효종대왕

역사선도소설

효종대왕 1권 병자호란

초판 1쇄 인쇄일 2019년 4월 13일
초판 1쇄 발행일 2019년 4월 19일

지은이 이광균
펴낸이 양옥매
디자인 임흥순
교 정 허우주

펴낸곳 도서출판 책과나무
출판등록 제2012-000376
주소 서울특별시 마포구 방울내로 79 이노빌딩 302호
대표전화 02.372.1537 팩스 02.372.1538
이메일 booknamu2007@naver.com
홈페이지 www.booknamu.com
ISBN 979-11-5776-164-7(04810)
ISBN 979-11-5776-709-0(04810) 〈세트〉

이 도서의 국립중앙도서관 출판시도서목록(CIP)은
서지정보유통지원 시스템 홈페이지(http://seoji.nl.go.kr)와
국가자료공동목록시스템(http://www.nl.go.kr/kolisnet)에서 이용하실 수 있습니다.
(CIP제어번호 : CIP2019014225)

1 권 병자호란

효종대왕

一 이광균 지음 一

孝宗大王

책과나무

문 밖에 봄이 찾아왔다.

모진 찬바람의 시련 속에서도 오히려 마음은 붉어진 홍매화.

순백의 왕벚꽃과 수줍은 듯 노란 개나리, 산등성이를 붉게 물들인 아름다운 참꽃과 철쭉꽃. 그리고 온 들녘을 그림같이 수놓은 복숭아꽃 살구꽃이 반갑게 찾아왔다.

그토록 찾아 헤매던 화사한 얼굴이다. 그 화사한 얼굴로 찾아온 친구들에게 가득 흰구름을 선사하고픈 마음이다. 이 아름다운 봄날에 『소설 효종대왕』을 세상에 내게 되어 기쁘기 한량없다.

소설 속의 봉림대군처럼 어려운 세상을 살아가는 사람들에게 저 친구들마냥 아름다운 희망을 안겨 주고, 그 희망의 열매가 탐스럽게 익어가도록 돌보아 주는 손길이 있다면 그것은 세상의 복이고 우리네의 행복일 것이다.

어려울 때마다 힘이 되어준 두용이와 경애, 무엇보다 아내에게 감사드린다.

2019년 4월 11일

이광균

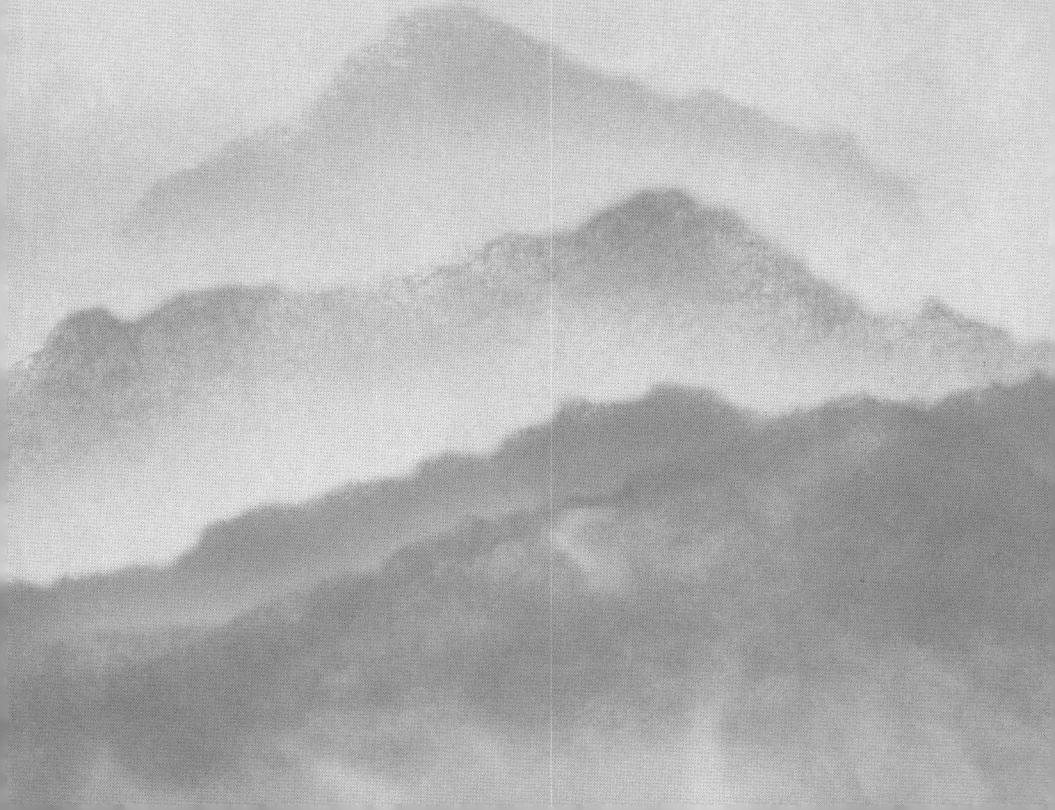

1_ 전쟁

"뭐라고요, 삼 일?"

놀란 봉림대군[1]이 기골이 장대한 중년의 사내를 쳐다보았다.

"삼 일 후면 압록강에 다다를 것이옵니다."

창백하게 식어 가는 봉림대군의 낯빛을 바라보며 사내가 조신하게 허리를 숙였다. 사내는 금강산에서 삼법수행[2]을 하고 있는 이무진이라는 사람으로 봉림대군과는 오랜 인연을 맺고 있었다.

"임 장군이 방비를 철……저……하게 하고 있다는 말은 들었습니다만."

봉림대군의 마른 입술에서 하얗게 갈라진 목소리가 났다.

"임 장군의 전략이야 철통같지만 12만이나 되는 대군을 무슨 수로 막아 낼지…… 그것이 걱정이옵니다."

그 말에 이무진을 쳐다보던 봉림대군이 툭, 시선을 떨구며 한숨을 길게

1) 봉림대군(鳳林大君): 인조의 둘째 아들. 훗날 조선의 제17대 임금인 효종대왕
2) 삼법수행(三法修行): 호흡법, 권법, 검법 수련

내쉬었다. 그 한숨 속에 십 년 전, 눈 속에서 얼어 죽을 뻔했던 기억이 떠올랐다. 생각만 해도 몸서리나는 전율스런 전쟁, 정묘호란이었다.

그해 겨울도 폭설이 내려 온 세상이 눈 속에 파묻혀 있었다. 그러한 때에 오랑캐가 평양을 지나 한양으로 향한다는 다급한 소식에 화들짝 놀란 아버지 인조는 신발조차 다 못 신고 신하들과 함께 강화도로 몽진했고, 자신은 형인 소현세자를 따라 전주로 피난했다.

급박한 상황이어서 미처 피난 준비를 못한 도성 안 백성들이 제 가족 찾느라 울부짖는 소리가 마치 악머구리 끓듯 한 황망한 피난길이었는데, 그 피난 행렬이 수원을 거쳐 안성을 지날 즈음 느닷없이 적군이 나타났다는 경악스런 소식을 듣자 으아 놀란 피난민들이 흡사 피라미 떼 흩어지듯 삽시간에 사방으로 흩어졌다.

살기 위해 눈을 까뒤집고 내뛰는 난리법석 속에서 봉림대군도 형과 떨어지게 되었다. 왕자라 하여 특별히 보호받을 수 있는 피난길이 아니었음에 도망치는 피난민들 속에서 자빠지고 구르며 뛰닫다 보니 벌판에 우뚝 솟은 높은 산자락이었다.

눈 덮인 높은 산 광막한 벌판에서 남쪽으로 방향을 잡아 길을 트기엔 아홉 살은 너무 어린 나이였다.

추위와 두려움에 새파랗게 언 봉림대군이 눈물로 아버지를 부르며 궁녀 두 사람과 눈 속을 헤맬 때 사람 냄새를 맡은 배고픈 이리 떼가 세 사람을 향해 달려오는 모습이 보였다. 추위에 얼고 겁에 질린 세 사람이 비명도 못 지르고 자지러지는데, 그때 어디서 나타났는지 갑자기 나타난 기골이 장대한 사내가 긴 칼로 앞장서 달려오는 늑대의 목을 내려치고, 연이어 두 세 마리의 목을 단칼에 베어버리자 피를 뿜으며 쓰러진 제 동료들을 놀란 눈으로 보던 늑대들이 이내 꽁지가 빠져라 도망쳐 버렸다.

사내가 겁에 질려 자지러든 봉림대군을 등에 업고 두 궁녀를 인도하여 소현세자의 행렬을 찾았다. 꼬박 하루를 걸어 세자의 행렬에 합류한 사내가 그간의 사정을 설명하자, 열여섯 살의 소현세자는 사내에게 무한한 칭찬을 했고, 그 공으로 사내는 호란이 끝날 때까지 봉림대군을 호위하는 임시 호위무사가 되어 지금까지 봉림대군에게 무예를 가르치고 있었다.

"정방산성은 어떻습니까?"

"황주 정방산성은 도원수[3]가 있음에도 방비가 허술했사옵니다. 진(陣)을 산속 깊은 곳에다 쳐 놔 큰길은 다 뚫려 있었사온데 이는 평양이 무너졌다 하면 황주는 그날로 떨어질 형국이었사옵니다."

"도원수라는 사람이 어찌……."

"김자점은 본래 그릇이 못 되는 위인이온데 반정공신이라는 이유로 감당치 못할 큰 감투를 썼음이오니……."

순간 난감한 눈빛을 보이는 봉림대군 앞에서 숨을 꿀꺽 삼킨 이무진이 다시 말을 이었다.

"지금이라도 임경업 장군의 계책을 받아들여 도강하는 청나라 군사를 막아야 하옵니다."

조신하게 올린 이무진의 말에 봉림대군이 깊은 한숨을 내쉬었다. 이무진의 말처럼 지금의 조정(朝廷)은 반정공신이라 일컫는 서인세력들에 의해 움직이고 있었다. 아버지 인조는 조선의 국왕임에는 틀림없다. 그러나 반정으로 왕위에 오른 임금이다 보니 힘이 없었다. 권력은 반정공신들의 손에 있었다.

"심양의 군사들이 5일 전에 출진했으니 앞으로 3일이면 압록강에 닿을

---

3) 도원수(都元帥): 조선군 총사령관

것이옵니다. 어서 속히 준비하시오소서.”

그 말에 봉림대군이 이무진을 다시 쳐다보았다. 이무진의 눈빛이 벌겋게 타오르고 있었다.

“알겠습니다, 스승님. 지금 바로 아바마마께 다녀오겠습니다.”

“정묘년에도 많은 백성들이 죽어나갔지만 이번 전쟁의 피해는 정묘년의 열 배, 아니 그 이상이 될 것 같사옵니다. 이 점 유념하시오소서.”

이무진의 말에 봉림대군이 고개를 깊이 숙였다 일어서며 의관을 갖추었다.

“스승님께선 바로 금강산으로 가십니까?”

“예, 대군 마마. 소인의 스승님께서 심양의 청나라 움직임을 정확하게 살펴 대군 마마께 알려드리라 하신 당부를 지금 다 말씀 드렸사옵고, 금강산에 가면 스승님이 산동의 사형께 다시 다녀오라 하실 것이옵니다.”

“산동에요?”

봉림대군이 의외라는 듯 눈을 똥그렸다.

“산동의 사형과 함께 다녀와야 할 곳이 있사옵니다.”

“금강산도 먼 곳인데 그 먼 산동을요?”

놀랍다는 듯이 봉림대군이 이무진을 쳐다보았다.

“소인들에게 거리는 그다지 문제 되지 않사옵니다.”

“그게 무슨…… 말씀이십니까, 스승님?”

봉림대군이 궁금한 얼굴을 하자 이무진이

“그런 것이 있사옵니다. 대군 마마.” 하며 웃기만 했다.

“정묘년 때부터 줄곧 보아 왔지만 스승님의 선법(仙法)은 그 끝을 모르겠습니다.”

봉림대군이 궁금한 얼굴로 머리를 갸웃댔다.

"소인의 스승님에 비하면 소인은 반딧불 정도에 지나지 않사옵니다."

이무진의 겸양에 봉림대군이 웃으며 말했다.

"겸손이 지나치십니다, 스승님."

오랜만에 보는 대군의 웃음이었다.

"듣자니 금강산에 새로 온 선동[4]의 수행력이 뛰어나다면서요?"

"예, 대군 마마. 조선을 위해 크게 쓰일 재목이라 여길 만하옵니다."

"그렇습니까?"

"예, 대군 마마."

웃음 띤 봉림대군의 얼굴에 놀라움이 묻어났다.

"조선을 위해 크게 쓰일 재목이라……"

말끝에 봉림대군의 낯빛이 밝아졌다.

"그런데요, 스승님. 스승님만은 동인이다, 서인이다 하는 붕당에 물들지 마시고 지금처럼 계셨으면 좋겠습니다. 그 도동도요."

관복을 입고 관모와 관대를 두른 봉림대군이 진심 어린 눈으로 이무진을 쳐다보았다.

"예, 대군 마마. 저는 오직 대군 마마 편이옵니다."

말끝에 허리를 깊숙이 숙였다 일어서는 이무진의 얼굴을 바라보는 봉림대군의 입가로 가득 미소가 번졌고 이무진의 입가에도 웃음이 배었다.

동인, 서인이라 하는 패거리 정치싸움으로 나라가 화를 당한 것이 임진왜란과 정묘호란이다. 나라야 망하든 말든 당의 이익은 절대 놓을 수 없느니라 사심을 부리다 나라와 백성들을 죽음의 공포 속으로 몰아넣은 임진왜란이 불과 40여 년 전의 일이고, 정묘호란 때 전주로 피난가다 눈밭

---

4) 선동(仙童): 어린 선도 수행자

에서 얼어 죽을 뻔했던 일도 바로 십 년 전 일이다. 그 기억은 지금도 진저리가 쳐진다.

전쟁은 백성을 곤궁으로 몰아넣고 나라를 피폐하게 만든다. 전쟁은 하지 말아야 한다. 아버지 인조를 찾아 대문을 나서는 봉림대군의 머릿속으로 전쟁은 없어야 한다는 되새김이 주문처럼 따라붙는데, 대문 앞 돌계단을 막 내려설 때였다. 맞은편에 사는 권 진사의 딸로 보이는 소녀가 장옷을 바짝 여민 채 대문을 열고 나오는 모습이 보였다. 갸름한 얼굴선으로 보아 권 진사의 딸이 틀림없다 여기는데, 그 소녀도 봉림대군을 보았음인지 봉림대군을 향해 고개를 조금 숙여 보이고는 이내 총총한 걸음으로 사라졌다. 걸음걸이로 보아 분명 급한 일이었다. 무슨 일일까 궁금증이 일다가 문득 자신의 걸음이 느리다는 사실을 깨달은 봉림대군이 따라나선 이무진과 작별하고는 궁궐을 향해 걸음걸이를 빨리 했다.

"지금 전하께오선 어전회의를 주재하시느라 바쁘셔서 만나 뵈옵기가 어렵사옵니다."

구르듯 달려 나온 대전 내관이 하얀 입김을 내뿜으며 전한 말이었다.

"세자 저하께서는 어디 계십니까?"

"저하께서도 어전회의에 동참하셔 계시옵니다."

대전 뜰 앞에서 봉림대군이 대전을 바라보았다. 대전에서는 가끔 고성이 일다 사라지기를 반복하고 있었다.

"무슨 일로 저렇듯 큰 소리가 예까지 들리오?"

"아뢰옵기 송구하오나……"

내관이 송구한 낯빛을 띠었다.

"화친파와 척화파가 워낙 첨예하게 대립하고 있어 저렇듯 고성이 오가고 있사옵니다. 아마 오늘 안으로 결론 내기는 어려울 듯 보이옵니다."

봉림대군의 한숨 소리가 다시 높아졌다.

왕이 신하인지, 신하가 왕인지……. 왕 앞에서 고성과 삿대질을 자유로이 할 수 있는 곳은 조선의 궁궐밖엔 없을 것 같다는 생각이 들었다.

반정공신들이 아버지를 임금으로 점찍었을 때부터 아버지의 자유로운 삶은 사라지고 얼굴에 주름만 늘어나는 고된 삶이 시작되었다. 하루가 다르게 노쇠해지는 아버지의 얼굴을 볼 때마다 봉림대군의 가슴이 미어졌다. 저도 모르게 신음소리 섞인 한숨을 토했다.

'아! 아바마마……'

봉림대군이 아버지 인조를 속으로 외쳐 부르며 하늘을 우러러 보았다. 그 올려보는 봉림대군의 두 눈에 눈물이 고이고 있었다.

"이놈들이 기어코……!"

벌겋게 달아오른 충혈된 눈의 임경업이 땀에 젖은 투구를 벗다 말고 전방이 트인 성루로 뛰어올랐다.

"강을 건넌 적의 기병이 3만 6천, 선봉장은 마부태라 하옵는데 용골대가 함께 참전하였다 하옵고, 좌익군의 수장은 예친왕 다탁이라 하옵니다."

적의 동태를 낱낱이 파헤친 급보가 첩첩이 쌓이는 성루엔 비장한 모습으로 둘러선 부장들이 숨죽인 채 다음 상황에 대비하고 있었다.

"다시 우익군 2만 2천이 단동에 당도했다 하옵고, 그 뒤를 이은 중군 7만을 태종 홍태시가 직접 거느리고 조선을 향한다 하옵니다."

"……!"

임경업의 시야에 적군의 실체가 드러나 보이기 시작했다.

과연 성루 아래로 까마득히 보이는 압록강에는 수천인지 수만인지 모를 인마가 번뜩이는 창검으로 무장한 채 까맣게 까맣게 몰려들고 있었다.

병자년(1636년) 섣달 초여드레(12월 8일)……

시월이 지나며 얼기 시작하던 압록강은 동지. 섣달로 접어들며 두껍게 얼어붙었고, 빙판의 압록강은 수만 인마가 도열할 수 있는 연병장이나 다름없었다.

그 연병장 한가운데.

조선이 개국 이래 250여 년 동안 성역으로 받들어 온 위화도가 청나라 군사의 말발굽에 짓밟히고 있었다.

"……!"

무참한 심경으로 위화도를 바라보는 임경업의 시린 눈 속으로 핏발이 다시 몰려들었다.

위화도는 고려왕조에는 마지막을, 조선왕조에는 시작을 안겨준 역사의 섬이었다. 그와 함께 조선은 바다를 통해 일어나는 전쟁에는 강한 면역력을 보이면서도 유독 대륙으로부터 밀려오는 전쟁에는 무력한 일면을 보였다. 그것은 작은 것이 큰 것을 이길 수 없다는 관념론과 중화(中華)라는 문화론이 새롭게 시작하는 조선왕조의 정신을 지배한 까닭이었다.

동방예의지국……

발달한 주자학의 이념으로 무장한 명나라가 고려왕조를 지배하던 원나라를 무너뜨리자 고려를 뒤집고 일어선 조선은 그 명나라 이념의 근간인 주자학을 국교로 정하기에 이르고, 조선의 유생들은 주자학의 본토 명나라를 대중화(大中華)라 우러르며 꿈의 나라로 동경하였다.

16

삼면이 바다인 이점(利點)을 십분 발휘, 해상 왕국을 건설한 장보고도 있었건만 조선은 삼면의 바다 속에 갇힌 작은 나라라 스스로 자처하며 소중화(小中華)로서 거듭나기만을 소망처럼 바라고 있었으니, 그 동방예의지국이라는 허울을 뒤집어 쓴 조선의 피맺힌 현실 앞에서 임경업은 뜨거운 오열을 속으로 삼키고 있었다.

'태평성대에야 동방예의지국이라는 칭송이 어찌 욕될 일이랴……'

그러나 국운이 풍전등화와 같이 위태로운 지경에서도 예(禮)를 고집하는 학자들은 줄어들 줄 몰랐고, 학문이 깊을수록 고집의 도는 더해 갔으니 식자우환이란 이를 두고 하는 말이 아니었으리……

도강하는 수만의 적군을 비감에 젖어 바라보던 충혈된 눈의 임경업이 숨죽인 채 둘러선 부장들에게 무거운 군령을 하달했다.

"봉수를 올리고 전군은 전투태세로 돌입하라!"

순간 성루는 성루를 박차고 튀어 나가는 전령들로 갑자기 소란스러웠고, 일순 임경업의 시야도 뿌옇게 흐려지고 있었다. 전쟁은 이미 이겨 놓은 싸움을 군사로써 확인하는 마지막 절차일진대, 그 승리를 확인하러 달려드는 청나라 군사들을 보고만 있어야 하는 임경업의 가슴이 찢어지는 듯 참담했기 때문이다.

'단 일만의 군사만이라도 있었던들……'

적이 도강할 주요 목에 일만여 군사들을 배치하여 놓는다면 적의 십만 대군쯤이야 무에 그리 어렵겠느냐 자신하던 임경업이었다.

'김자점, 이 더러운 놈!'

임경업이 조선의 도원수 김자점을 어금니로 씹으며 눈을 떴다.

"가자!"

성 안팎은 이미 뛰닫는 전령들의 요란한 말발굽 소리로 요란했고, 땀에 전 투구를 다시 눌러쓴 임경업이 부장들을 이끌고 전방으로 향하자 백마산성은 이내 핏발 선 장졸들의 눈에서 뿜어져 나는 살기로 가득 차기 시작했다.

적군이 침투할 주요 목에 화약을 묻고 병사들이 매복되었다. 그러나 임경업이 거느린 수하 군사라곤 창검을 잡을 수 있는 16세 이상의 농민군과 부녀자를 포함해서 2천여 명 남짓……. 그 누구의 눈에도 기치창검이 정연한 십 수만 적군을 맞아 싸워 이길 수 없다는 사실이 전율스러웠다.

살을 에듯한 북만주의 모진 회오리바람이 압록강 빙판을 휩쓸고 성곽을 덮치자 고개가 빠져라 압록강변을 노려보던 조선 병사들의 사기도 그 찬바람 앞에서는 한풀 꺾이고야 말았고, 돌 틈에 몸을 사린 병사들이 결코 추위만이 아닌, 이미 승산 없는 싸움에서 오는 불안으로 떨기 시작했다. 그때였다.

"조금도 두려워 말라!"

"군령에 따라 움직이면 이길 수 있는 싸움이니라!"

"전군은 동요치 말고 나를 따르라. 우리는 이긴다!"

산이 울리도록 쩌렁쩌렁한 임경업의 큰 목소리가 메아리쳤다.

번쩍이는 투구와 갑옷으로 무장한 임경업이 눈부시도록 하얀 백마에 올라 장중한 소리로 호령하는 모습은 신장(神將)을 연상케 하는 위엄이 있었다. 그 임경업이 늠름한 모습을 한 무장들을 대동하고 전방의 병사들을 독려하며 나서자 불안에 떨던 병사들은 그런 장군을 본 것만으로도 힘이 솟는지 다시금 눈빛을 빛내며 전의(戰意)를 가다듬었다.

손을 내밀면 푸른 물이 뚝뚝 흐를 것 같은 파아란 하늘로 다섯 줄기의 하얀 봉수가 오르고 있었다.

봉(烽)은 횃불로 신호하는 야간용이고, 수(燧)는 연기로 신호하는 주간

용이다. 봉수대에 설치된 다섯 개의 봉수는 각 고장이 평화로울 때는 하나를 켜고, 국경 밖에 적이 나타나면 둘을, 적이 국경에 가까이 오면 셋, 국경이 침범되면 넷, 우리 군사와 접전 중이면 다섯 개 모두를 켠다.

"저, 저거이 뭐이요? 다섯 줄기 아이요!"

"이런, 니기미! 터진다 터진다 하더니만서리 기어코 터지고 말았구만 기래!"

"봉수로 보아 적들이 이미 강을 건넌 모양이요. 아이고, 이러구 있을 때가 아이지, 날래들 피하시라요. 날래들 피해."

봉수에 놀란 의주, 선천, 정주간 요로(要路)의 백성들이 삼삼오오 모여 불안에 떠는 소릴 하다 이내 바람같이 흩어졌다. 오랑캐의 침탈을 수시로 겪어온 변방민들에게도 다섯 줄기의 봉수는 근래 보지 못한, 10여년 만에 처음 보는 큰 봉수였다.

"이보라우 상구 아바이, 저거이 어캐 된 기야요."

심상찮은 마을 사람들의 수런거림에 눈이 침침한 칠십 노파가 솟아오르는 봉수를 놀란 눈으로 보다 말고 옆집으로 달려갔다.

"할머이, 날래 피하시라요! 저건 떼놈들 노략질로 올린 봉수가 아니올쎄다. 저건 노략질이 아니라 전쟁이외다. 전쟁!"

"머시라. 저, 전-장?"

"그렇수다, 전쟁!"

"아이고, 이걸 우째! 사냥 나간 아덜이 아적 돌아 오덜 안했는데!"

놀란 채 비명 같은 소리를 지르던 노파가 폭삭 자지러들며 주저앉자 피하라 소리치던 사내도 이불을 들었다 뒤주를 들었다 하며 갈피를 못 잡고 있었다.

"우, 우쨌던, 피하고 보시라요. 저 봉수는 사방천지에서 다 보이는 거이니끼니."

"이걸…… 우째. 이……걸, 아이고……. 내…… 아들……."

"아니, 할머이!"

끝내 털퍽 하고 쓰러지는 노파를 마루에서 뛰어내려온 사내가 부축해 일으키는데 북쪽 하늘이 까맣게 물들고 있었다. 검은 연기였다.

"아니, 벌……써?"

검게 물드는 하늘을 바라보는 사내의 등줄기로 오싹하는 전율이 흘렀다. 그 오랑캐에게 양친 부모를 한꺼번에 잃은 사내였고 남편과 자식 다섯을 잃은 노파였다.

"이럴 수는 없수다래, 이럴 수는……. 내래 이 눔덜을……."

아들이 사냥나간 산을 망연자실 바라보던 노파가 꼬부라진 허리로 달려 나가더니 단궁5)부터 챙기기 시작했다.

"한 눔이라도 쏴 죽이지 못하면 내래 죽어서도 눈을 못 감을 거이니끼니. 이눔덜!"

뙤놈이라면 꿈속에서도 이가 갈리는 노파에게 오랑캐는 단연코 원수였다.

뿌리치는 노파를 기어코 따라 들어가 피난짐을 거들던 사내가 그러나, 발을 구르며 손짓하는 제 가족을 향해 달음박질친 것은 치솟는 검은 연기가 바로 코앞 발치에서 일어나면서부터였다.

---

5) 단궁(檀弓): 박달나무로 만든 작은 활

의주는 이미 불바다였다. 의주에 난입한 청나라 군사들이 지른 불이었
다. 검은 연기가 치솟을 때부터 발을 동동 구르던 성곽 위의 의주 부민들
이 충천하는 불길에 의주가 휩싸이자 의주가 탄다, 우리 집이 탄다며 오
열하기 시작했고, 그 울음은 이내 통곡으로 이어지고 있었다.

　"저, 저거이 도, 도대체 몇이나 되는 거이지?"

　방화(放火)를 끝내고 달려 들어오는 청나라 기병의 전율스런 모습이 육
안으로도 식별 가능할 즈음 매복한 병사들이 놀라 외치는 소리에 부민들
의 통곡 소리도 뚝 끊겨졌다.

　"웬수 같은 간나……새끼!"

　"쌍! 내래 오래 살 생각 없으니끼니!"

　"옳수다. 죽을 때 죽더라도 저 웬수들, 한 놈이라도 더 까부셔 버리고
죽자우요!"

　눈물을 찍어 내던 성곽 위의 한 사내가 이를 악다물며 돌멩이를 움켜
들자 짓쳐들어오는 적의 기병을 독 오른 눈으로 노려보던 사내들도 손에
손에 돌멩이를 움켜쥐었다.

　"쌍…… 놈…… 들!"

　바윗돌을 깨트려 만든 날카로운 돌멩이를 주워 나르는 부녀자들의 두
눈에서조차 퍼런 불이 뚝뚝 떨어지고 있었다. 그 눈앞에 무인지경 내닫듯
앞을 다투어 질주해 들어오는 청나라 기병들의 귀기스런 모습이 또렷하
게 보일 때였다.

　그때 어디선가 번쩍! 하는 섬광이 일더니 앞장서 달려 내닫던 청나라 기
병들이 하늘로 치솟는 모습이 보였다. 이어 천지를 깨뜨리듯 진동하는 화

약 폭발음에 고막이 찢어지는 듯하더니 그와 동시에 연이어 폭발하는 시뻘건 불기둥들이 하늘 높이 치솟을 때마다 갑주로 무장한 청나라 기병과 군마의 사지가 수십 길 밖으로 흩어져 떨어지는 모습이 선명하게 보였다.

그 장관에 동상으로 얼어 터져 피고름이 흐르던 부민들의 손끝에 불끈 힘이 솟아오르며 저도 모르게 고함이 터져 나왔다.

"죽여라!"

"한 놈도 놓치지 말고 다 죽여라!"

"죽여라 – 아 – !"

"우와 – 아 – !"

"와 – 아 – !"

솟구쳐 오르는 함성은 화약 폭발의 메아리와 함께 백마산성을 뒤흔들었다. 그러나 해를 가렸던 뿌우연 먼지가 걷히며 헤아릴 수 없는 많은 그림자들이 또다시 나타나자 함성은 갑자기 찬물을 뒤집어 쓴 듯 써늘하게 식어 갔고, 놀라 황소 눈을 한 부민들의 딱 벌어진 입들이 다물어지지 않고 있었다.

"이런, 니기-미. 씨부럴늄덜……!"

돌팔매로는 턱없이 먼 거리인데도 날카로운 돌멩이를 집어든 독 오른 부민들이 손가락이 끊어져라 손아귀에 바짝 힘을 줄 때였다. 그때 어디선가 "쏴라!" 하는 악에 받친 고함 소리가 났고, 이어 낭자한 총소리에 놀라 갈팡질팡하던 그 그림자들이 한꺼번에 무너져 내리는 모습이 분명하게 보였다. 그 광경을 지켜보던 성곽 위의 부민들이 돌멩이를 움켜쥔 채 벌떡 일어섰다. 분명코 그것은 그간의 고통을 까맣게 잊게 하는 믿지 못할 광경이었다.

"이겼다!!"

"우 – 와!!"

"이겼다! 만 – 세!! 만 – 세!!!"

자신도 모르게 지르는 함성이었다. 언제 일어났는지도 모르게 벌떡 일어나 핏대가 터져 나도록 질러대는 함성이 꼬리에 꼬리를 물면서 백마산성은 충천하는 사기에 휩싸이고 있었다.

진동하는 함성과 북소리에 놀란 청나라 좌익군 다탁의 예하 부대장 석탁과 니감이 후퇴하여 물러나지 않을 수 없었다. 석탁과 니감은 각각 기병 6천 기를 거느리고 백마산성을 공략했는데 이는 선봉장 마부태가 의주를 지나 안주, 평양 방면으로 무사히 진격하게 하기 위한 전략이었다.

"과연 임경업이오."

석탁이 소리치며 물러났으나 니감은 약 오른 눈으로 함성과 북소리가 요란한 백마산성을 끝까지 노려보고 있었다.

"제깟 것이 그래 봐야 독안에 든 쥐지요, 가면 얼마나 가겠습니까."

전열을 가다듬은 니감이 다시 산성을 포위하며 압박해 들어갔다. 수적 우세함을 내세워 총공세에 나선 것이었다. 그러나 그것은 니감의 오판이었다.

회오리바람을 몰고 오던 북서풍이 때마침 세차게 불어 대자 결사 항전에 나선 부민들과 조선 군사들이 성문에 준비해 두었던 마른 풀 더미에 불을 붙여 성문 밖으로 힘껏 내던졌다.

불은 바짝 마른 갈잎과 나뭇가지에 옮겨 붙으며 삽시간에 큰 산불로 번졌고, 불길을 미처 피하지 못해 허우적대는 적군을 기다린 듯 꿰뚫는 것은 조선군의 화살이었다. 뿐만 아니었다.

화공에 놀란 적병들이 서문을 향해 한꺼번에 몰려들자 조선군은 미리 묻어 둔 화약을 터트려 그들을 격멸해 나갔고, 또다시 몰려드는 청나라 기병의 머리 위로 비격진천뢰가 우박처럼 쏟아져 폭발하자 다시는 덤벼들 엄두를 못 내고 물러나는 청병들에게 이번엔 날카로운 돌팔매가 날아들었다. 성난 부민들의 비수 같은 돌팔매였다.

뜻밖의 저항에 놀란 석탁과 니감은 훤히 트인 남문을 바라보면서도 성문 공략에 선뜻 나서지 못하고 있었다.

"임경업의 용명이 허명은 아닌 듯하오이다."

"……."

그때 좌익군의 수장 다탁이 돌아설 뜻을 밝히자 기가 꺾인 석탁과 니감도 입을 다물었다.

"여기서 더 지체할 시간이 없소이다. 조금 있으면 황제의 본진이 곧 강을 건널 것 아니겠소."

"그럴 것입니다."

"갑시다, 시간이 없어요."

백마산성 공략이 어렵다는 것을 안 좌익군 수장 다탁이 군사를 돌려 이제 막 압록강을 건넌 우익군과 합세, 한양을 향해 치달리기 시작했다.

적은 군사로 대군을 막아낸 백마산성에서는 승리의 환호가 북소리와 더불어 솟구쳐 올랐으나 그러나, 군사의 준비가 없던 용천, 선천, 곽산, 정주는 단 하루 만에 함락되었다.

다섯 줄기의 봉수가 황주 정방산성에 전달된 8일 오전, 그 봉수를 바라보면서도 조선군 도원수 김자점은 태연했다.

"지금쯤 사신(使臣) 박노가 압록강을 건넜을 것이니라. 오랑캐가 조선의 사신을 환영하러 나오는 것은 당연한 일, 저건 임경업이 지레 겁을 먹고 봉수를 취한 것일 터이니 그리 알라. 오랑캐 따위가 어찌 국경을 넘겠는가."

그러나 허세 섞인 도원수의 위엄에 비해 다섯 줄기의 봉수는 위급해 보였다.

"도원수 대감!"

김자점이 임경업을 폄훼하는 것이야 그럴 수 있다 치더라도, 다섯 줄기의 봉수조차 무시하는 것은 도원수가 해야 할 처사가 아니었다. 그 처사에 반발한 군관 신용이 눈을 하얗게 치뜨며 다급하게 소리쳤다.

"저것은 세 줄기도 아니요, 네 줄기도 아닌 다섯 줄기의 봉수이옵니다. 임 장군이 확인도 없이 다섯 줄기의 봉수를 올렸다 보시옵니까?"

"……?"

"속히 방책을 세우소서, 일각이 급하옵니다."

몸이 단 군관 신용이 위급하게 소리쳤으나 뒷짐 진 김자점은 오히려 신용을 아니꼬운 눈으로 쳐다보았다.

"방책이라니……?"

"저 다섯 줄기의 봉수는 적과 교전중이라는 화급을 다투는 봉수이옵니다. 도원수께서 어찌 그 사실을 간과하려 하시옵니까!"

"아니, 이자가!"

순간 두 눈을 부릅뜬 김자점이 따지듯 덤벼드는 신용을 노려보았고, 빨개진 눈알을 무엄하게 치뜬 군관 신용도 지지 않고 도원수의 눈빛을 맞받았다.

"일각이 급하옵니다. 어서 속히 출진의 영(令)을 내리시옵소서."

"이런 고이헌! 네 감히 어느 안전이라고 함부로 나서는 게냐!"

"도원수 대감!"

평소 병법에 관해 바른 소리 잘하던 군관 신용을 마뜩찮게 여기고 있던 김자점이었다. 그 신용이 이젠 눈알마저 빤히 치뜨길 대수롭지 않게 하자 도원수 김자점의 턱수염이 바들바들 떨고 있었다.

"도원수 대감! 적의 날랜 기병이 조선의 대로를 따라 바람같이 내닫는다면 이틀 만에 평양이 떨어지옵니다. 평양에서 황주까지는 채 반나절 거리도 아니 되오니 우리가 지금 출진한다 하더라도 저들을 막을 시간이 없사옵니다. 병법에 이르기를 지피지기면 백전백승이라 했사오니 어서 속히 출진의 영을 내려 저들이 지나가는 주요 길목에 군사를 매복케 하시오소서. 한시가 급하옵니다. 대감!"

"너희 같은 하급 무관들이 걸핏하면 병법을 들먹이며 아는 체 한다만 내 알기로 여진의 오랑캐 따위는 알 필요도, 또한 상대할 가치조차 없느니라. 알 필요 없는 상대를 굳이 알고자 하는 것이 이미 병법에 어긋난 처사인즉슨……"

정곡을 찌른 신용의 다급한 외침에 안색이 핼쑥하게 굳어 가던 김자점이 청나라를 굳이 여진이라 업신여기며 자신의 체면을 높이려 했다.

"대감, 여진의 오랑캐는 이미 세종조의 그 오랑캐가 아니옵니다. 명나라와 대등한 군세를 가지고 명나라 공세에 나선 작금이올시다. 어서 출진의 영을 내리시오소서."

신용이 김자점의 허세 부리는 말꼬리를 잡아 또다시 정정(訂正)하며 다가서자 김자점이 "그렇게 잘났으면 네가 도원수 해먹을 일이지 어째 내 밑에서 밥을 먹느냐!"며 갑자기 빽 하고 소릴 질렀다.

"아니, 대감!"

26

더 무엇을 말하려던 신용의 입술이 파르르 떠는 김자점의 턱수염 앞에서 갑자기 다물어졌고, 황망해하는 신용을 싸늘한 눈으로 노려보던 김자점이 홱, 찬바람을 일으키며 사령부를 떠나 자신의 침실로 향했다. 속이 쓰릴 때면 으레 찾는 침실이었다.

'오랑캐 타도를 국시[6]로 정한 마당에 오랑캐가 쳐들어오다니…… 미친 것들!'

김자점은 그렇게 생각했다. 그러나 근래의 불측한 기운들은 자신이 이룩한 업적을 송두리째 뒤엎으려는 기색이 역력했다.

청나라의 군세를 굳이 왜소하게 폄훼하는 것도 그 불온한 기운들을 어떻게든 외면해 보려는 김자점의 마지막 발악 같은 것이었다. 또한 임경업의 공(功)과 그의 용명(勇名)이 조선 천지를 뒤덮으면서 병법을 앞세운 무장들이 불쑥불쑥 고개를 쳐드는 것도 볼썽사나웠고 임경업의 명성이 자신의 이름보다 한발 앞서는 것도 참지 못할 일이었다.

김자점이 임경업을 눈엣가시로 여기기 시작한 것은 자신이 심혈을 기울여 세운 계획에 반기를 들면서부터였다.

정묘호란 이후 거듭되는 군사력의 부족과 물자 공급의 어려움을 들어 김자점은 청북(청천강 이북) 포기를 구상하고 이를 곧 실행에 옮길 준비로 골몰한 적이 있었다. 그러나 4군 6진을 포함, 압록. 두만강을 경계로 하는 기존의 국경을 버리고 청천강 이남의 안주 중심으로 새 국경을 정한다는 계획이 알려지면서 온 조선이 술렁거렸다. 특히 이해 당사자들인 청북인들이 천둥에 놀라 뛰닫는 망아지 모양으로 입에 거품을 뿜으며 집단 반발의 움직임을 보이자 평안도 병마절도사였던 이괄의 난으로 호되게 놀

랐던 인조는 허둥대기만 할 뿐 아무런 대책도 세우질 못했다.

그러한 때에 청북 포기는 조선의 주권 포기라는 충의와 절개로 눈물바다를 이룬 의주부윤 임경업의 비장한 상소가 인조를 감동시키자 청북 포기의 주장은 한발 후퇴하였고, 그로 인해 김자점이 애써 세웠던 계획은 그대로 무산되고 말았다. 내색하진 않았으나 김자점의 증오가 뼛속에 사무쳤다.

그때 조선을 공포의 도가니로 몰아넣는 사태가 바다 건너 산동으로부터 일어나고 있었다.

명나라를 배반한 공유덕, 경중명의 9만 대군이 산동성을 쑥대밭으로 만들고는 바다 건너 조선의 용천을 향하고 있다는 첩보가 조선 조정에 보고되었던 것이다. 9만 대병을 막아낼 힘이 없는 조선은 두려움과 공포 속에 떨고 있을 뿐인데, 이때 임경업이 명나라 수군과 합세, 철산 앞바다에서 그 9만 대군을 격몰시키니 청나라에 투항하려던 공유덕, 경중명의 의도는 실패로 돌아갔고, 공유덕과 경중명만이 간신히 살아 도망치게 한 임경업의 용명은 명나라와 조선, 그리고 청나라에까지 떨치게 되었다.

그 승리에 감격한 명나라 황제 의종이 그런 조선의 장수 임경업에게 총병(摠兵: 사령관)이라는 명나라의 높은 관직을 하사하고 놀랄 만큼의 많은 포상으로써 그의 대공(大功)을 치하하자 조선과 조선 조정은 다시금 승리의 기쁨에 젖게 되었고, 그로 말미암아 의주부윤 겸 청북방어사에 재임명된 임경업이 인조 12년(1634년)에 다시 의주진 병마첨절제사를 더하여 백마산성을 방어하기에 이르렀다.

압록강 맞은편의 송골산과 봉황산에 봉화대를 설치하고 국경의 경비를 강화하는 중에도 틈틈이 의주 연변에 흘러 다니는 유민(流民)들과 헐벗은 백성들을 거둬들여 가족처럼 보살피자 조정에서는 그 공을 또한 치하하여 가의대부(嘉義大夫: 종2품)에 올렸고 의주, 선천, 정주, 곽산, 안주 연변의 수많은 백성들은 그런 임경업을 어버이처럼 믿고 따랐다.

그 임경업이 두 달 전, 청나라의 일방적인 선전포고에 의주 부민들을 백마산성으로 피신시킨 후 국경을 수비할 조선군의 열세를 들어 1만의 병력 증원을 요청한 일이 있었다. 그때 김자점은 "많은 군사로 국경을 수비하는 일이야 누군들 못하겠는가."라며 임경업의 요청을 일언지하에 거절, 자신의 불편한 심기를 드러내 보인 일이 있었다. 그러자 국경이 무너질까 염려하는 장수들이 더욱 목청을 돋우며 병법에 관한 한 도원수인 자신을 임경업보다 서너 수 아래로 치부하는 데는 이가 갈렸다.

이래저래 편치 못한 김자점의 속을 군관 신용이 병법을 들먹이며 긁어내리자 신물이 올라오도록 속이 쓰리고 아팠다.

"괘씸한 것들……"

목구멍까지 치밀어 오르는 분기를 삭이지 못해 파르르 떨던 김자점이 카악 긁어 올린 가래침을 사령부 앞뜰에 퉤! 뱉고는 두말없이 침실로 들어가 문을 닫아걸었다.

의주 통군정에서 시작된 봉수가 용천, 선천, 정주, 곽산, 안주, 숙천, 평양을 거쳐 조선군 도원수 김자점이 있는 황주 정방산성을 지나 사리원, 개성, 금촌을 경유, 한양 모악산(남산)에 당일로 당도해야 할 그 긴급을 알리는 다섯 줄기의 봉수는 그러나 도원수 김자점의 제지로 황주에서 멈추고 말았다. 이유인즉, 봉수의 진위를 검열해야 한다는 것이었다.

도원수 김자점은 36세의 젊은 나이로 반정에 가담, 인조반정을 성공시킨 공으로 반정 1등 공신에 녹훈된 사람이었다.

패기만만한 김자점이 반정의 주역인 영의정 김류의 후원까지 얻자 방약무인하게 된 것은 당연한 일이었고, 3년 전, 44살의 비교적 젊은 나이로 도원수의 자리에 올라 정방산성을 구축할 때 피골이 상접한 백성들을 강제로 끌어다 노역시키며 도원수의 위엄을 형벌과 매질로써 세우려다 암행감찰에 걸려 징계를 받은 것도 도원수로서는 김자점이 유일한 것이었다. 뿐만 아니었다.

남한산성을 지키는 군사들을 모두 영남군으로 배정하여 만에 하나 도성에 급변이 있을지라도 영남에서 미처 올 수 없게 했는데, 이는 다시는 무력 정변이나 반정이 일지 못하도록 사전에 그 뿌리를 차단하자는 계책이었으나 그러나 그것이 수도 방위를 무력하게 하는 절대 요인이 되는 줄은 꿈에도 몰랐다. 더구나 유사 이래로 압록. 두만강의 요충 지대엔 주요 길목에 중진(重鎭)을 설치하여 철통 같은 경계망을 이루어 놓았는데 도원수에 오른 김자점이 이를 무시, 김류와 합심하여 철폐해 버렸다. 그로 인해 의주의 진은 백마산성으로 옮기고, 평양의 진은 자모산성으로, 황주의 진은 정방산성으로, 평산의 진은 장수산성으로 옮겨 산성에서 큰길로 나오는 데 가까운 곳이 30~40리가 되게 하고 먼 곳은 하루나 이틀이 걸리는 거리가 되게 하여 양서(兩西) 일대의 큰 진을 모두 무인지경으로 만들었다.

적이 침투하는 주요 길목에 진지를 구축하는 것은 장수의 상식이었다. 그러나 병법을 모르는 김자점이 천하를 경영한다는 자만에 젖어 다만 이괄의 난 같은 내부 반란을 염려한다는 구실로 진을 옮겼지만 실은 자신의 세력 기반을 확고히 다지고자 하는 술책으로 군사의 발을 묶은 것일 뿐, 기동성이 강한 청나라 기병에 대한 대비책은 눈곱만큼도 염두에 두지 않았다.

그 조선군의 발이 묶인 틈을 타고 청나라는 그들이 자랑하는 팔기군으로 조선의 큰길만을 골라 조선 공략을 감행하고 있었다.

청나라의 선봉장 마부태가 이끄는 적의 대군이 안주를 함락시키고 숙천을 지나 질풍노도와 같은 여세로 다시 평양을 향해 치닫는 시각!

한양 대궐의 신료들은 그 사실을 까맣게 모른 채 오로지 척화에 들뜬 열기만을 내뿜고 있었다. 특히 박노가 사신으로 몰래 떠난 사실을 놓고 척화론자들은 눈을 하얗게 치뜨며 핏대들을 세우고 있었다.

"조정을 업신여기는 것도 분수가 있지 어찌 이럴 수가 있느냐 말이외다. 대간들의 합계를 묵살하고 화친으로 전하의 성총을 흐렸다면 이는 이 나라를 또다시 환란의 구렁텅이로 몰아넣고자 는 독단이 아니고 무엇이냐 말이외다."

"최명길, 그 자는 오로지 화친밖에 모르는 자 아니오이까."

"어이구, 이거야 원 창피해서 얼굴을 들고 다닐 수가 있나. 쳐야 할 오랑캐와 화친이라니."

척화를 주창하는 사람들이 김류, 김자점, 심기원, 김상헌 등 반정공신들이었고 홍익한, 윤집, 오달제 같은 젊은 신료들이 그 뒤를 따르고 있어 조정은 그들의 결정에 따라 움직이고 있었다. 특히 반정공신 김류, 김자점, 김상헌 등의 주청은 강력한 것이었고 윤집, 오달제, 홍익한 등의 상소는 극렬한 것이어서 인조는 어쩔 수 없이 오랑캐 정벌의 척화를 조정의 공론으로 받아 들였으나, 그러나 명나라 공략을 국시로 정한 청 태종 홍태시가 친명배금을 명분으로 삼아 인조반정을 일으킨 그 주역들이 끈질기게 척화를 주창하며 청나라를 적대시하자 그에 대한 보복으로 조선에 선전포고를 가해 오므로 인조는 사신 박인범을 청나라에 보내 청 태종의 의중을 탐색케 했다. 그런데……

박인범이 청 태종의 답서를 가지고 돌아온 뒤로 인조의 마음은 더욱 불안하여 갈피를 잡지 못하고 있었다.

그 답서에는

『귀국이 산성을 많이 쌓으나 나는 당당히 대로를 따라 한양으로 향할 것인데 그깟 산성을 가지고 나를 막을 수 있겠는가. 귀국이 믿는 것은 강화도이지만 내가 만일 팔도를 유린한다면 조그만 섬 하나로서 나라 노릇을 할 수 있겠는가. 귀국의 유신(儒臣)들이 척화를 주장하나 그깟 붓을 가지고 나의 강한 군사를 물리칠 수 있겠는가』했다.

청 태종의 답서로 인해 조정의 실세 중신들이 더욱 펄펄 끓어오르며 오만무례한 청 태종의 망언을 국치로 규정, 국난극복에 온 백성이 나서 줄 것을 외치며 전에 없이 강경하게 나섰다. 그러자 일선의 젊은 신료들은 한발 더 나아가 이 기회에 청나라를 아예 박멸하여 조선의 기개를 세계 만방에 떨쳐 보이자며 목이 쉬도록 외쳐 댔다.

그러나 젊은 신료들의 기대와는 달리 창칼을 바로 잡고 앞으로 내달을 만한 의혈 남아는 조선 천지엔 없었다.

사농공상의 철두철미한 신분제도 하에서 늘어만 가는 지배계급 사대부는 음풍농월에 노류장화라면 빠질 순 없어도 군사의 일이라면 하인 족속들에게나 떠맡기는 발뺌 속에 문치제일주의가 또 한 꺼풀 포장되어 조선의 힘이라고는 고작 지게작대기와 도리깨가 전부인 무장부재(武將不在)의 나라로 전락하고 만 뒤였다.

척화를 주창하는 조정의 실세 중신들에 둘러싸인 무력한 인조가 비참한 심경에 깊은 탄식만 거듭하고 있을 때 신료들 가운데서 자신에 찬 목소리가 들렸다. 영의정 겸 체찰사[7] 김류였다.

---

7) 체찰사(體察使): 오늘날의 계엄사령관

"전하, 군대의 사기가 높으면 능히 적군을 물리칠 수 있사옵니다. 엄명을 내려 군율을 높이 세우소서. 또한 오랑캐가 깊이 쳐들어 오면 도원수 및 부원수와 평안도, 황해도 감사를 노륙[8]의 법에 따라 처벌한다면 저들이 힘써 막을 것이옵니다. 그리하옵소서."

어이없다는 눈으로 김류를 노려보던 인조의 낯빛이 일순 노기를 띠었다. 그렇지 않아도 청 태종의 답서에 몸서리를 치던 인조였다.

"어찌 그들만 노륙의 법에 따라 처벌하겠소, 체찰사도 마땅히 그리하겠소!"

인조의 노기에 찔끔한 영의정 김류가 다음 말을 잇지 못하자 인조는 김류와 중신들을 내보내고 이조판서 최명길을 급히 불렀다.

"일이 이 지경에 이르렀으니 어찌하면 좋겠소."

최명길은 정묘호란 시 후금과의 화친을 이끌어 낸 장본인이었다.

"싸워서 지킬 계책도 정하지 못하고, 또한 화를 면할 책략도 갖추지 못하였을 때 오랑캐의 대병이 달려들어 오면 백성들은 어육이 되고 종묘와 사직은 파천(播遷)하여 강화도로 들어갈 뿐이오니, 이런 화를 당하면 장차 누가 그 허물을 책임질 것이옵니까. 신의 생각으로는 홍태시에게 다시 한 번 글을 보냄과 동시에 한편으로는 그들의 정세를 정확히 살펴 대처하심이 옳을 줄로 아옵니다."

"경의 충절을 과인이 어찌 모르리요. 허나 조정의 공론이 이미 척화로 굳어진 터에 이제 다시 화친을 도모코자 한다면 대간들이 경을 탄핵하지 않겠소."

"대간들이 신을 공격하는 탄핵은 얼마든지 감내할 수 있사옵니다. 하오

---

8) 노륙(孥戮): 죄를 범한 자의 처자까지 함께 처벌하는 극형

33

나 온 나라가 쓰러져도 서로 쳐다만 볼 뿐, 별다른 방책도 없이 싸우기만 고집하는 것은 실로 우려하지 않을 수가 없나이다."

그 말에 근심 가득하던 인조의 낯빛이 밝아지고 있었다.

"척화는 옳은 일이나 힘이 없고, 화친은 부끄러운 일이나 나라를 구하는 일이옵니다. 화친을 맺어 구차스럽게 살 바에는 차라리 의롭게 죽겠다하는 주장은 신하 된 자의 충절을 지키는 말은 될지언정 종묘와 사직을 위하여서는 아니 될 말이옵니다. 군왕의 도와 신하 된 자의 도가 같지 않은데 어찌 감히 의(義)를 들어 말할 수 있겠나이까."

"……옳은 말씀이오."

인조가 형형한 눈을 들어 그 최명길을 바라보았다.

"조선의 국력은 날로 피폐해 가고 오랑캐의 국력은 날로 강성해 가는 이때에 강한 적과 화친하는 일이 반드시 그른 일만은 아니옵니다."

인조의 고개가 조금씩 끄덕여지고 있었다.

"우선 정묘년의 맹약을 지켜 오랑캐의 의심을 누그러뜨리고, 그동안에 군비(軍備)를 증강해 놓았다가 오랑캐의 빈틈을 엿보는 것만이 국가를 위한 계책이 될 것이옵니다."

고개를 끄덕이던 인조의 눈빛이 빛을 냈다.

"그러나 신료들 대개가 실리보다는 명분에 사로잡혀 척화만을 고집하오니 장차 나라가 위태로움을 당했을 때 화를 일신에게 돌리기는 쉬워도 이익을 나라에 돌리기는 어려울 것이옵니다."

"그렇소."

인조가 맞장구를 쳤다.

"늦긴 하였사오나 지금이라도 사신을 다시 보내 전쟁만은 막는 것이 옳을 줄로 아옵니다."

화친을 해서라도 전쟁만은 막아야 한다는 최명길의 간곡한 주청에 인조는 힘이 났다.

정묘호란 시 힘도 없는 조선이 분기탱천하여 척화만을 고집하다 나라를 송두리째 잃는 어려움에 처했을 때, 조선의 실익을 따져 화친을 이끌어 낸 것도 최명길이었다. 그 최명길이 조정 대소 신료들의 손가락질과 비웃음을 무릅쓰며 인조를 독대, 박노를 사신으로 정해 청나라로 몰래 보냈다. 그러자 눈을 하얗게 치뜬 수찬 오달제와 부교리 윤집이 극렬한 상소를 올려 조정을 발칵 뒤집어 놓았다. 그 상소의 대략에

『근자에 간사하고 사특한 자가 아첨으로 전하의 귀를 가리고 아래로는 민심을 이반케 하여 장차 나라가 나라다울 수 없게 하고, 사람이 사람다울 수 없도록 할 것이옵니다. 본래 화친이라는 것이 남의 나라를 망하게 하고, 남의 종묘사직을 전복케 하는 것이지마는 오늘과 같이 심한 적은 없었나이다.

천조(天朝: 명나라)는 우리나라에 대해 부모의 나라요, 오랑캐는 부모의 원수이니 명나라의 신하 된 자가 부모의 원수와 형제의 맹약을 맺어 부모를 잊어버리는 지경에까지 이르고도 어찌 저리 태연할 수가 있겠나이까. 더구나 임진왜란 때의 일은 털끝만 한 것이라도 모두 명나라 황제의 은혜였으니, 먹고 숨 쉬는 동안에 우리나라에서는 그 은혜를 잊기 어려운 일인데, 하물며 지난번엔 오랑캐가 북경을 핍박하여 황릉(皇陵)을 더럽혔다니 마음이 놀라고 뼈가 아파 그 참혹한 말을 차마 들을 수 없었나이다. 차라리 우리나라를 송두리째 바쳐 망할지언정 의리상 구차히 보전할 수는 없을 것이옵니다. 미약한 힘이나마 우리의 군사를 모두 일으켜 중국을 따라 오랑캐를 치지는 못할지언정 어찌하여 화친하자는 의논을 차마 이때에 주창할 수가 있나이까. 하물며 최명길이 어전에 들어갈 때에 승지마저

물리쳤다는 것은 아, 너무도 심하옵니다.

　나랏일을 의논하는 것은 귀에다 대고 소곤댈 일이 아니요, 임금과 신하 사이에는 비밀이 없어야 할 것인데, 만일 말한 바와 대답한 것이 의로운 것이라 할진댄 비록 천만인이 모두 함께 듣는다 하여 무엇이 해로울 것이며, 의로운 것이 아니라 할진댄 옥루(玉淚: 임금의 눈물)도 오히려 부끄러울 것이니 하물며 하늘을 속이겠나이까.

　이제 안으로는 조정과 밖으로는 일반 백성들까지도 모두 명길의 고기를 씹어 먹고자 하는데 전하께서만 깊은 궁궐 속에 거처하시어 홀로 알지 못하실 뿐이옵니다. 또한 대간[9]의 의논이 이미 정하여졌는데도 오랑캐에 사신을 보내는 것이 불가할 것이 없다 하였다니 조정과 대각[10]을 업신여기는 것이 어찌 이다지도 극단에까지 이르렀단 말이옵니까. 이 말이 또한 족히 전하의 나라를 망칠 것이옵니다. 그런데 전하께서는 능히 그의 죄를 바로 다스리지 못하였을 뿐 아니라 도리어 그 말을 받아들여 대간의 합계가 올라갔음에도 국서(國書)는 이미 강을 건너갔다 하오니 아아, 국가에서 대간을 두는 것은 도시 무엇에 쓰려는 것이옵니까.

　장차 대간을 꺼리고 오직 사특한 의논만을 옹호하시며 간사한 신하만을 신뢰하신다면 마침내 전하께서는 나라를 잃어버리고야 말 것입니다.

　정태화는 사특한 논의에 동의하였는데 전하께서 특히 그를 가까이 하시니 이것은 여러 신하들을 아첨하는 길로 인도하는 것이옵니다. 오호라, 일찍이 당당한 수백 년의 종묘사직이 마침내 명길의 한마디 말에 망할 것이옵니까.』했다.

---

9) 대간(臺諫): 사헌부, 사간원의 대관과 간관
10) 대각(臺閣): 사헌부, 사간원의 총칭

상소를 읽어 내려가던 흥분한 인조가 그 상소문을 내던지며 소리쳤다.

"이 사람(최명길)은 원훈(元勳) 중신으로 사직에 공이 많은 사람이다. 승지를 물리치고 의논한 것은 대사를 경솔히 누설할까 염려한 까닭이었느니라. 허나 그의 말 가운데 혹 틀린 말이 있었다 할지라도 그를 멸시하거나 능욕하는 일이 있어서는 아니 될 일이었다. 헌데, 젖비린내 나는 어린 사람들까지도 모욕하기를 주저하지 않으니, 오늘날 이 나라의 풍습이 가히 한심스럽다. 헛된 이름을 구하지 않고 오로지 실사(實事)에 힘쓰는 그를 애쓴다 한마디 말은 않고 위 아래가 합심하여 어찌 모함에만 열을 올리는가. ……우선 이 둘을 파직하라!"

척화와 화친론자간의 첨예한 갈등보다도 더욱 심각한 것은 시시각각으로 다가오는 외환(外患)에는 대비 없이 무책임한 언동으로 조정에 혼란만 가중시키는 분별없는 관료들과, 눈앞에 이익이 없으면 자신의 책무마저 내팽개치는 조정의 난삽한 세태였다. 그런 조정 신료들의 세태에 환멸을 느낀 인조가 일벌백계의 본을 보이기 위해 먼저 그 둘부터 가차 없이 잘라 낸 것이다.

최명길을 파직하라 상소했던 윤집, 오달제가 오히려 파직당하자 놀란 영의정 김류가 최명길을 찾아와

"나라의 어려움을 어찌 공께서만 다 감당하려 하시오. 앞으론 이 사람이 대감을 도우리다."며 최명길을 옹호하고 나섰다.

그러나 박노가 사신으로 떠난 사실을 놓고 갑론을박하는 사이 평양이 청나라 군사들에게 무너지고 있었고, 그 박노조차 마부태의 군진에 갇혀 평양으로 되돌아와 있었다.

금강산 삼일암(三一庵)에 도착한 이무진이 스승인 백의선인(白衣仙人)에게 봉림대군을 만난 일을 소상히 고하였다.

"정묘호란을 당한 지 십 년이 지났는데도 힘을 기를 생각은커녕 백성들을 또다시 죽음의 구렁텅이로 몰아넣다니……. 쳐들어오는 적도들을 막아낼 힘도 없는 사람들이 척화한다 법석을 떨면 세상이 웃을 일 아니더냐."

백의선인이 이무진을 바라보며 혀를 끌끌 찼다.

"세상이 다 아는 일을 조정의 신료들만 모르는 것 같았사옵니다."

이무진의 그 말에 백의선인이 허허 하고 웃었다.

"주인 될 자질이 없는 사람이 나라의 주인이 되면 백성이 고달파지느니라. 조선이 생긴 이래 두 번째 맞는 위기로구나"

위기라는 말에 이무진의 얼굴이 침통하게 일그러졌다. 그런 이무진의 얼굴을 보다 말고 백의선인이 다른 말을 했다.

"깨어날 시간이 되었구나. 가자꾸나."

백의선인이 자리를 옮겨 어린 홍인이 누워 있는 작은 방으로 건너갔다. 이무진도 스승을 따라 작은 방으로 들어갔다. 방엔 홍인이 두꺼운 이불을 덮은 채 누워 있고, 그 머리맡 한쪽에 홍인의 아버지 한 진사가 우두커니 앉아 있었다.

백의선인이 홍인의 머리맡에 막 앉는데 죽은 듯이 누워 있던 홍인이 기척을 내며 눈을 떴다.

"정신이 드느냐?"

"스, 스승님……."

언제나 온화한 스승의 음성에 홍인이 두 눈을 떴다.

"홍인……아."

"아버지!"

자신의 머리맡 한쪽에서 떨리는 듯한 아버지의 목소리가 들리자 놀란 홍인이 아버지를 돌아보며 자리에서 일어나려 했다.

"아니다. 그대로 있거라."

스승이 어린 제자의 가슴을 다독이며 만류하는 가운데 아버지의 근심 어린 얼굴도 같이 끄덕이고 있었다.

어찌 된 영문인지를 몰라 누운 채 눈만 꿈벅이는 제자에게 스승이 웃음부터 보였다.

"네가 한 보름 이승을 떠나 있다가 이제야 돌아왔구나."

"예에?"

놀란 눈을 뚱그리는 어린 제자를 향해 스승은 대답 대신 조용하게 웃었다. 초췌한 모습의 아버지는 그런 사실이 믿기지 않는 듯 아직도 근심 어린 낯빛을 지우지 못하고 있었고.

"어떠하더냐, 선계(仙界)에 가 보니."

"예에……?"

"터질 듯 탐스럽게 열린 복숭아가 먹음직도 하고, 하늘엔 봉황새가 짝을 지어 떠다니고…… 이름 모를 꽃들은 또 어떠하더냐? 말 그대로 꽃 대궐이지? 그 속에서 놀던 복스러운 선동들이 네 앞길을 인도하였으니…… 이 모두가 꿈속에서 본 것들이 아니더냐?"

대답 대신 놀란 눈을 치뜬 채로 고개를 끄덕이는 제자에게 스승이 웃으며 말했다.

"잘 보고 왔느니라. 허허허……. 녀석. 네 형들인 성환이와 무진이도 다 다녀온 곳이다. ……허허, 그렇게 놀랄 일이 아니니라. 수행을 하다

보면 누구나 한두 번씩은 경험하게 되어 있느니라."

홍인이 골똘한 얼굴로 꿈을 기억해 내고 있었다. 스승님의 말씀처럼 분명히 본 것들이었다.

"그러니 어서 기력을 되찾아 다시 수행에 전념해야지?"

"예, 스승님."

기진하나마 또렷하게 대답하는 아들을 바라보며 한 진사가 그제야 안도의 숨을 쉬었다.

한 진사가 금강산 천주봉(天住峯)에 올라온 지 오늘로 꼭 보름이 되는 날이었다. 백의선인의 가르침대로 수행 정진하는 아들의 모습도 볼 겸, 또, 시시각각으로 다가오는 병란(兵亂)의 조짐에 대해 무언가 방도를 알고 있을, 그래서 좀 더 속 시원한 대답이 있지 않을까 고대하여 작심하고 산을 올라 백의선인을 찾은 것이었다. 그러나 눈앞의 사정은 달랐다. 공교롭게도 아들이 그 날 아침에 선계 여행을 떠났다는 것이었다.

자는 듯 누워 있는 아들의 모습은 더없이 평화로워 보였으나 한 진사는 좌불안석이었다. 누워 있는 아들을 바라보며 한 진사가 수심 가득한 얼굴을 하자 백의선인은 선도수행(仙道修行)을 하다 보면 한두 번쯤 겪는 일이니 걱정하지 말라는 말과 함께 보름 정도 지나면 깨어날 것이라고 위로까지 했었다. 그러나 누워 있는 아들을 보고서야 그 말이 귀에 들어올 리 만무한 한 진사였다. 땀에 젖어 가는 아들 앞에서 무심할 수 없는 부모의 심정이 백의선인의 그 말을 귓등으로 흘리게 한 것이었다.

자신에게도 스승이나 다름없는 백의선인의 말씀을 못 믿어서가 아니라 메말라 갈라지는 아들의 입술을 보면서 다른 생각을 낼 겨를이 없었다.

하루라도 빨리 자리를 털고 일어난 아들을 보고 싶은 일념에 한 진사는 보름 내내 아들의 이마에 솟은 땀을 씻어내며 아들의 머리맡을 지키고 있었다. 그런데, 지성이면 감천이랄까. 홍인이 자리에 누운 지 꼭 15일이 되는 날 정오에 깨어났다. 그것도 백의선인의 말씀마따나 단 하루의 오차도 없이 무탈하게 깨어난 것이다.

'그 참, 이럴 수가 있나…….'

백의선인의 예지에 놀란 한 진사가 정신을 가다듬고 백의선인에게 이마를 짚힌 채 누워 있는 아들을 다시금 쳐다보니 아들이 무슨 몹쓸 병에 걸렸었다거나 지독한 몸살로 앓아누운 것이 아니라 그저 한잠 푹 자고 일어난 아이같이 해맑은 모습이었다.

땀을 많이 흘려 야윈 모습만 아니라면 보름간 누웠던 사람으로 보기에는 그 얼굴이 너무도 맑았다.

'허……. 그 참.'

보름이 지나면 깨어날 것이라고 한 백의선인의 말씀에 의심을 품었던 자신이 경박했었다고 속으로 나무라며, 한 진사는 아들의 이마에서 손을 떼고 그림처럼 고요히 앉아 아들을 내려다보는 백의선인을 경외의 마음으로 다시 바라보았다.

신선 같았다.

탱화 속 신선이 그림 밖으로 나와 앉아 있는 듯한 살아 있는 신선…….

한 진사가 흩어졌던 마음을 가다듬고 옷매무새를 단정히 고쳐 앉는데 백의선인이 뒤에 있는 제자에게 조용히 일렀다.

"무진이는 밖에 나가 그 물을 가져오너라. 탁자 위에 있는 물 말이다."

스승의 등 뒤에 앉아 있던 이무진이 대답과 함께 일어섰다.

'심부름으로 왔다 간 사람이 없는데 물그릇이라니……?'

한 진사가 머릴 갸웃하며 문 밖으로 나가는 이무진을 물끄러미 쳐다보았다. 그리고 오래지 않아 이무진이 두 손으로 공손히 받쳐 들고 들어온 물그릇을 보았다.

"그 물을 한 진사께 드리거라."

한 진사가 얼결에 그 물그릇을 받았다. 그런데……

물그릇을 받아든 한 진사의 머리끝이 쭈뼛하며 등줄기가 쩌르르 떨었다. 그릇에 가득 찬 맑은 물에서 알 수 없는 향기가 진동하는 것이었다.

'이, 이런……!'

그건 물이 아니라 누가 보아도 약이라 할 만큼 향기가 짙었다.

놀란 가슴을 진정시킨 한 진사가 물그릇을 공손하게 받쳐 들고 조심조심 백의선인을 돌아보았다.

"대체…… 이것이 무슨 조화이온지요?"

한 진사의 물음엔 대답 없이 백의선인은 조용히 웃기만 했다.

"향기가 그윽한 걸 보니 이 물은 예삿물이 아닌 것 같사온데 선사님, 도대체 궁금합니다. 이 물이 무슨 물이온지요?"

"허허허…… 시간이 지나면 자연히 아시게 될 겝니다. 기력을 회복하는 데는 더없이 귀중한 물이니 그쯤 아시고…… 한 방울도 남김없이 아이에게 잘 먹이도록 하십시오."

한 진사가 놀라 똥그린 눈으로 그림같이 앉아 있는 백의선인을 한참이나 바라보다 말고 갑자기 생각났는지 아들에게 그 물을 떠먹이기 시작했다.

물을 다 먹이는 동안 그윽한 향기는 더욱 진동해 암자가 다 그 향기에 젖는 듯했다.

"대감! 도원수 대가—암!"

중화군수가 버선발로 뛰어들며 소리쳤다.

"크, 큰일 났소이다. 도원수 대감. 펴, 펴, 평, 평양이 무, 무너졌소이다. 평양이……!"

맨상투에 속옷 바람으로 뛰어드는 중화군수를 원수부의 일직 사령이 놀란 얼굴로 맞았다.

"무엇이라 했습니까, 지금?"

"아이고…… 김 장군. 크, 큰, 큰일 났소이다. 큰일……. 평양이…… 평양이 무너졌소이다. 평양이…….'

다섯 줄기의 봉수로 마음이 심란하던 터에 실신하여 자빠지는 중화군수를 머리끝이 쭈뼛 솟은 채로 바라보던 일직 사령이 김자점의 처소로 바람같이 내달았다.

"도원수 대감! 평양이 무너졌다 하옵니다. 속히 방책을 세우소서!"

일직 사령의 우레와 같은 소리가 김자점의 침실에 천둥 치듯 울려대자 만사를 잊으려는 듯 신음소리 요란한 기생 영화의 배 위에서 있는 힘을 다해 씨근덕대던 김자점의 몸이 순간 멈추었다.

"바, 방금…… 무어라 했느냐."

"평양이 청나라 군사에 함락되었다 하옵니다. 어서 속히 영을 내리시오소서."

몽롱하게 젖어 있던 김자점의 머릿속으로 순간 쩡! 하는 충격이 일었다. 정신이 든 것이었다. 아뜩한 현기증을 느끼며 일어서는 김자점의 목에 기생 영화가 매달려 떨어지지 않으려 했다.

"아서라, 나라에 변란이 일어났다지 않느냐. 어서 의관이나 준비하 거라."

알몸의 기생 영화가 탱글탱글한 젖무덤을 심통 사납게 흔들며 김자점 의 의관을 준비하는데, 천둥 같은 고함 소리가 또다시 들려오자 깜짝 놀 란 영화가 의관을 냅다 던진 채 이불 속으로 숨고, 갑자기 김자점의 손발 도 덜덜 떨기 시작했다.

흩어진 의관을 주워 든 김자점이 무언가 의젓한 영부터 내려야 한다 생각 했으나, 무슨 영을 어떻게 내려야 할지 도무지 생각이 나질 않았 다. 그리고 그 잘 들어가던 바짓가랑이도 오늘따라 공연히 속을 썩이고 있었다.

한참 용을 쓰는데 별장(別將: 정3품 당상군관) 이완이 침실로 뛰어들었다. 보니 김자점이 저고리 소매에 발을 들이밀고 허덕이고 있었다.

"대감, 바지는 여기 있사옵니다."

이완의 도움으로 의관을 갖춘 김자점이 그제서야 소리치며 영을 내렸다.

"어서 속히 봉수를 막고 저, 적군을 올리라!"

순간 두 눈을 똥그린 이완이 겁에 질려 덜덜 떨며 내린 김자점의 영을 다시금 정정하여 소리쳤다.

"봉수를 올리고 전군은 출진 준비를 서두르라!"

"이, 이 장군, 이를 어찌하면 좋소. 평양이 무너졌다면 평양에서 황주 는 호흡지간이요. ……무슨 방책이 없겠소?"

갑옷으로 무장한 이완을 까맣게 죽어 가는 얼굴로 바라보던 김자점이 그제야 허둥대며 발을 굴렀다. 그런 김자점에게 이완은 자신이 급히 준비 해 둔 상황을 간략하게 설명하며 김자점을 진정시켰다. 그런데 이완의 계 책을 다 듣고 난 김자점은 오히려 박장대소하며 깔깔댔다.

"역시 난 복도 많다니깐, 이렇게 어려운 때에도 만반의 준비를 다 갖추고 있으니깐 말이야. 아하하…….."

놀란 건 이완이었다. 임시방편에 불과한 약간의 방책을 믿고 이미 다 이긴 것처럼 경망을 떠는 도원수가 왠지 불안하여 꺼림칙한 생각을 떨칠 수가 없었다. 12만 대군이라는 엄청난 적군의 실체에 대해서는 관심조차 두지 않는 김자점의 경박한 모습이 새삼 걱정스러워 이완은 자신이 준비한 전략을 다시 한번 더 확인시켰다.

"대감, 내일 오전이면 청나라 군사들이 동선령을 지날 것이옵니다. 이미 육천여 병력이 매복에 들어갔으나 앞선 척후부대는 진중 깊숙이 끌어들여 쳐야 하옵고, 청군의 본진이 동선령에 다다랐을 때 도원수 휘하의 사천여 군사와 함께 총공세에 나선다는 전략을 잊지 마옵소서."

"암! 그러지, 그러구말구. 내 걱정 말구 어서 가서 준비나 서두르시오, 이 장군."

여전히 호들갑을 떠는 김자점을 뒤에 두고 이완은 동선령으로 향했다.

쓸쓸한 눈가루가 바람에 쓸려 가며 은빛으로 반짝이는 석양의 동선령 고개는 적막했다. 그러나 전운이 감도는 동선령 기슭은 매복군의 눈에서 뿜어져 나오는 시퍼런 살기로 뒤덮이고 있었다.

"이미 준비한 대로 도원수 대감과는 군략(軍略)을 정했소이다. ……허나 저들의 공세를 잠시 차단한다 하여 이 싸움이 중단되는 것이 아니니 대비 없는 그 다음이 문제 아니겠소."

"그러하옵니다, 장군. 강을 건넌 적군만 해도 이미 6만 대군이라 하오니 우리 1만여 보병으로는…… 죽을힘을 다해 싸운다 해도 중과부적이옵니다."

"중…… 과…… 부…… 적!"

일순 이완의 두 눈에 파아란 불꽃이 일다 사라졌다.

이미 처참한 최후가 보이는 싸움이었다. 1만여 병력으로는 12만 대군은 고사하고 적의 선봉을 맞아 싸우는 일조차 벅찬 일이었다. 더구나 보병으로 기병을 막는다는 것은 범람하는 홍수를 모래로 막는 일이나 무엇이 다른가.

다섯 줄기의 봉수를 접한 지 이틀 만에 평양이 함락되었다면 적군의 기세가 얼마나 대단한지는 보지 않아도 짐작할 일이었다. 그런데, 그 대단한 기세를 비웃기라도 하듯 조선군 도원수 김자점은 이틀 전까지 중화군수와 술독에 빠져 밤이 새도록 기생질에 여념이 없었다. 그런 김자점이 병력 이동에는 민감한 반응을 보여 소수의 병력일지라도 그 움직임에는 반드시 감시를 붙였고, 군사훈련 중인 부대에 대해서도 의심의 눈길을 풀지 않았다.

적의 침공에 대비한 훈련이나 전력증강을 위한 전술, 전력에 힘써야 할 장수들이 의심에 찬 도원수의 눈길을 피해 가며 장수의 본분에 충실하기란 어려운 일이었다. 시간이 지날수록 조선군의 방위 태세는 허술해질 수밖에 없었다.

"이럴 수는 없습니다. 이럴 수는……."

울먹이는 신용을 이완이 말없이 바라보았다.

"도원수라는 자가…… 도원수라는 자가 대비는커녕……."

신용의 울먹임에 이완의 주먹이 부르르 떨었다.

지략가도 아니요 장수도 아닌 자가 반정공신이라는 이유만으로 조선의 병권을 틀어쥔 어처구니없는 처사에 늘 반발하던 신용이었다.

말끝마다 들먹이는 것은 병법이나 사실은 자신의 무지를 가리기 위한 수단으로 아는 체하는 것일 뿐, 아는 만큼 구사한다는 김자점의 그 병법

너스레에 또한 아부로 날을 새던 중화군수가 실신이 아니라 지금 당장 죽어 자빠진대도 눈썹 하나 까딱할 신용이 아니었다. 그러나 무식할수록 목소리 크고 무능할수록 높이 되는 조정의 한심스런 작태는 패대기쳐야 한다며 입에 거품을 물던 군관 신용이 주먹으로 책상을 내리치며 울먹였다.

"지금 이 추위에도 우리 군사들은 동상에 얼어 가며 매복을 하고 있습니다. 누구를 위한 매복이고 누구를 위한 죽음입니까……"

울분에 떨던 신용의 질끈 감은 두 눈에는 어느새 눈물이 배어나고, 먼 하늘을 시리게 바라보는 이완의 어금니에서는 으드득 하는 소리가 났다.

"저, 저것이 무엇이냐?"

퀭한 눈으로 동선령을 바라보던 도원수 김자점이 소스라쳤다.

기치창검이 정연한 청나라 기병이 동선령 고개를 넘어 달려들어 오는 모습을 보자 등골이 오싹했던 것이다.

"이 별장! 이 별장은 무얼 하고 공격을 하지 않는 거냐, 어서 저 적도들을 막으란 말이다."

도원수 김자점은 이완과의 군략도 잊은 채 허둥대었다. 척후대가 동선령을 넘어 도원수가 있는 진중에 다다르고, 본대가 동선령에 이르렀을 때 동시에 공격하기로 한 군략을 김자점은 동선령을 넘어서 진군해 들어오는 청나라 기병을 보자 군략이고 작전이고 갑자기 다 잊은 것이었다.

"공격하지 않고 무얼 꾸물거리느냐! 어서 공격하란 말이다!"

청나라 군사들이 진중까지 들어오면 조선군은 다 죽을 것 같았다.

김자점이 발을 동동 구르며 소리쳤다.

"공격하란 말이다. 공격을!"

벼락같이 질러 대는 김자점의 고함에 놀란 전령이 바람같이 내달려 매복 중인 이완에게 도원수의 명을 전달했다. 그러나 도원수가 잠시 착각한 것으로 안 이완은 적의 본대가 동선령에 이르거든 동시에 공격하기로 했던 군략이었음을 차분하게 설명하고 아울러 도원수의 건투를 빈다는 말까지 더하여 그 전령을 돌려보냈다. 그러나 김자점은 막무가내였다.

"그깟 군략이 다 뭣이냐. 도원수가 군세를 살펴 공격하라면 공격할 일이지 무슨 변명이 그리 많다더냐. 지금 이 시각부터 작전 변경이라 일러라. 어서 저 적도들부터 막고 군략을 새로이 짜라 이르란 말이다!"

청천벽력 같은 도원수의 명에 이완의 가슴이 철렁했다.

적의 본대가 이르기도 전에 선봉대를 공략한다면 적의 본대는 필시 다른 길을 택할 것이다. 그럴 경우…… 군사력의 열세에 있는 조선군은 치명적인 타격을 입을 것이고 한양 도성은 손 한번 써 볼 겨를 없이 유린당할 것이었다.

내려앉아 타는 가슴으로 이완이 도원수를 다시 한번 설득해 보았다. 그러나 도원수 김자점은 조금도 물러서지 않았다.

"건방진 놈 같으니라구, 도원수의 명을 거역하고도 살아남길 바랐더냐! 가서 다시 한번 일러라. 적의 선봉대가 동선령을 넘기 전에 공격하라고 말이다. 어서 속히 가거라!"

불같이 노한 도원수의 고함에 이완도 지지 않고 맞섰다.

"적의 본대를 공략하기 위해 준비했던 군사를 움직여 소수의 척후대를 공격한다면 조선군의 전략이 노출되어 적에게 역공당할 우려가 있다. 이는 작은 것을 탐하다 큰 것을 잃게 되는 격이니 처음의 전략을 그대로 이

행하는 것만 같지 못하다."며 도원수의 전령을 차갑게 돌려보냈다.

"이런 고이헌 놈! 도원수의 작전 변경을 뭘로 알고 이리 방약하게 군다는 게냐. 내, 이놈을 당장 군율로 다스릴 것이니 전령은 어검(御劍)을 가지고 가서 그놈의 모가지를 뎅겅 잘라 오너라!"

김자점이 노기를 삭이지 못해 파르르 경련을 일으키며 지르는 소리에 혼비백산하여 달려온 전령을 바라보며 이완이 탄식했다.

"승패는 이미 정해졌으니 사람의 힘으로야 어찌하겠는가."

어검을 들어 보이는 전령 앞에서 이완은 참담한 심정으로 공격 명령을 내렸다.

매복해 있던 육천여 군사로 4백여 척후대를 무찌르기란 그리 어려운 일이 아니었다. 산기슭에 몸을 숨겼던 조선 군사들의 활이 일시에 시위를 벗어나고, 묻어 두었던 화약이 폭발하자 4백여 척후대는 반항 한번 못하고 말에서 떨어져 굴렀다. 조선군의 일방적인 승리였다.

4백여 구의 시체가 나뒹구는 동선령 고개에 마치 개선장군처럼 나타난 김자점이 전장을 한 바퀴 휘둘러보고는 어깨를 으쓱거렸다. 이대로만 싸운다면 적군은 얼마든지 막아낼 수 있을 것 같았다.

'잡아 놓고 보니 별것도 아닌 걸 가지고 그렇게 겁을 냈다니, 원…….'

부끄러웠던 자신의 속마음을 감추기라도 하려는 듯 김자점은 잔치판부터 벌였다. 승리를 자축한다는 명분이었다.

승리를 자축한다며 전장(戰場) 뒷정리에 바쁜 장수들을 굳이 불러 모아 놓곤 김자점은 처음부터 제 자랑이었다.

"하 -, 내가 오늘과 같은 일이 있을 줄 알고 여러분의 훈련에 일일이 신경을 썼던 것이오. 내가 그렇게 감독하지 않았던들 오늘과 같은 대승이 있을 수 있었겠소?"

"……?"

"적이 자랑하는 철기병이 자그만치 사백이요, 사백! 그 사백을 내가 잡았다 그 말이요. 바로 내가!!"

김자점이 손바닥으로 가슴을 탁! 탁! 치며 좌중을 훑어보았다.

"여러분도 보았다시피 이번 싸움에서 우리 군사는 단 한 사람도 다치지 않았소이다. 이는 분명 하늘이 이 사람을 도와 오늘의 승리를 이끌게 한 것이 아니겠소이까?"

"……?"

"오늘의 승리는 조선사에 다시는 없을 찬란한 대승으로 기록될 것이오."

승리의 기쁨에 젖어 귓불까지 빨개진 김자점이 잔을 높이 들어 걸쭉하게 들이켰다.

"봉화가 타오르고 평양이 무너졌다 했을 때부터 사실 나는 만반의 준비를 이미 다 갖추고 있었소."

잔을 탁! 소리가 나도록 내려놓은 김자점이 수염을 타고 흘러내리는 술방울을 손바닥으로 쓸어 닦으며 이완을 쓱 하고 스쳐 보았다.

"나는 적이 반드시 저 동선령을 넘을 것으로 보았다 이 말이외다."

그 말에 장수들이 시큰둥한 눈을 치떴다.

"병법에 이르기를 지피지기면 백전백승이라…… 했소이다. 그 정도의 병법이야 이 도원수가 어찌 모르겠소이까마는…… 어험, 어쨌든 적들은 이 동선령을 재차 넘으려 할 것이오. 그러니 제장들은 오늘과 같이 매복해 있다가 내 명령에 따라 공격해 주길 바라오. ……보시오, 잡아놓고 보니 별것도 아니잖소."

김자점이 더욱 떳떳하게 소리쳤다.

"오늘같이만 싸운다면 청나라 팔기군인들 뭐 별거겠소? 우린 반드시 승리할 겝니다. 하늘이 나를 지키고 있는 한 적은 저 동선령을 넘지 못할 거다 이 말이외다."

청나라 군세를 턱없이 얕잡아 보는 도원수의 경박한 처사에 심사가 괴로운 이완이 제 자랑에 바쁜 김자점을 망연히 바라보는데, 승리했음에도 불구하고 깊은 시름에 잠겨 있는 별장 이완을 의아하게 바라보던 종사관 정태화가 물었다.

"이 별장께서는 오늘의 승리가 기쁘지 않으십니까?"

수심 가득한 눈으로 정태화를 바라보던 이완이 긴 한숨만 가득 뿜어낼 뿐 대답이 없자 정태화가 더욱 궁금한 얼굴을 했다.

"오늘의 승리는 이 별장의 공이다 생각하던 차올시다마는, 이 별장께서는 기분이 몹시 언짢은가 봅니다."

"나는 공을 세운 바 없소이다."

"공이 없다니요. 이 별장께서 미리 준비하지 않았던들 오늘과 같은 대승을 어찌 꿈이나 꾸었겠습니까?"

"글쎄, 이건 승리가 아니라 패전의 전주곡올시다!"

"아니, 이 별장!"

순간 정태화의 안색이 싸늘하게 돌변했다.

"아무리 도원수가 이 별장의 공을 가로챘다고는 하지만 이건 너무 심한 말이 아닙니까."

"공을 가로채다니, 그건 또 무슨 소리요?"

오히려 이완이 눈을 뚱그렸다.

"그럼, 아니란 말씀입니까?"

"미안한 말씀이나 지금 이곳엔 가로챌 만한 공은 고사하고 적의 강공에 대비한 그 어떤 계책도 강구된 바 없는 무방비의 전장올시다."

"도원수의 말대로라면 승리가 눈앞인데 그 무슨 말씀이오이까?"

눈을 뚱그리는 정태화를 이완이 코웃음 치며 쏘아보았다.

"종사관이라면 저 동선령을 재차 넘겠습니까?"

"예……?!"

순간 정태화의 머리가 무엇에 크게 얻어맞은 듯했다. 동선령에 매복병이 있다는 것을 안 이상 적은 분명 다른 길을 택할 것이다. 그건 병법이 아니라 상식이었다.

"그, 그렇다면……?"

"더 이상 방법이 없어 내 평생 처음으로 무장이 된 걸 후회하고 있는 중올시다."

낙심한 이완의 한숨이 길게 이어졌고, 하얗게 식어가던 종사관 정태화의 목덜미에서는 꿀꺽 하고 마른침 넘어가는 소리가 났다. 작은 승리에 도취되어 기고만장했던 부끄러움보다도 당장 있을 다음의 싸움이 염려되었던 까닭이다.

그날 오후였다.

조선군 도원수 김자점은 별장 이완이 진을 벌였던 그 자리에 조선군을 똑같이 매복시키고 자신도 그 진의 중앙에 당당하게 자리 잡았다. 한번의 승리가 자신감을 안겨 준 때문이었다.

삭풍이 나뭇가지를 흔들고 지나가는 바람소리만이 횡행하는 동선령 고개는 또다시 적막에 휩싸이고 있었다.

저녁 나절이 지나도록 적의 침입이 없자 더욱 기가 산 도원수 김자점은 술을 동이째 들고 앉아 보란 듯이 껄껄대며 마시기 시작했다. 그런데……
조선군의 매복을 두려워한 청나라 군사들이 산을 타고 넘어 매복군의 후방에서 기습 공격을 가해 온 것이었다.

갑작스런 적의 기습에 조선군의 진지는 순간 아수라장이 되었고, 매복했던 육천여 조선 군사들이 동선령 고개로 밀려나오며 사상자가 속출하기 시작했다.

"막아라!"

허를 찔린 조선 군관들이 뒤로 밀리며 고함만 질러댔다.

"도망가는 자는 내가 벨 것이니라! 막아라! 막아……!!"

군관들이 장검을 빼어들고 목이 터져라 소리쳤으나 소용없는 일이었다. 처음부터 막아내고자 한 싸움이 아니라 죽고자 한 싸움이었다. 임금 인조의 피난 시간을 벌어주기 위한 육탄 지연술이 아니었던가……

그러나 조선군의 기습으로 진행되어야 할 싸움이 오히려 적의 역습을 받는 싸움으로 전락하자 조선군에 비해 월등한 군세로 밀고 들어오는 청나라 기병들을 일만여 보병으로서는 막아낼 재간이 없었다.

총소리와 비명 소리, 그리고 악에 받친 고함 소리가 난무하는 가운데 동선령은 조선군의 시체로 점차 뒤덮여 갔고, 간신히 몸을 뺀 수백여 조선군이 뒤로 밀려 후퇴하면서 그제야 조선군의 패배는 기정사실이 되었다.

놀란 것은 도원수 김자점이었다.

어찌나 창졸간에 당한 일인지 손에 든 술바가지를 놓지도 못한 채 멀뚱한 눈으로 쳐다만 보는데, 번쩍이는 갑주로 무장한 청나라 기병이 긴 창을 꼬나들고 짓쳐들어오는 모습이 눈앞에 선명하자 도원수의 체면보다으아 놀란 김자점의 두 다리가 먼저 내뛰었다.

얼결에 말잔등에 올라 고삐를 잡았으나 그러나 몇 발짝 내닫기도 전에 그 말조차 청나라 군졸이 쏜 화살에 맞아 꼬꾸라졌고, 땅바닥을 구르던 김자점이 튕겨 일어서며 뜀박질이 시작되었다.

'어쩐지 승리가 손쉽더라니……'

조선군의 열세를 핑계로 좀 더 일찍 달아났더라면…… 하는 때늦은 후회가 뒤닫는 김자점의 뇌리에 아쉬움으로 따라붙었다. 아니면 이완의 계책이라도 받아들였던가. 지금쯤 안전한 곳에서 편히 쉬고 있을 자신의 모습이 눈앞에서 아른거리자 김자점의 마음에 갑자기 그 작은 승리가 원망스러웠다. 그러나 그 생각을 다하기도 전에 달아나는 조선군 도원수의 투구를 향하여 이번엔 독 묻은 화살이 빗발처럼 날아들자 혼비백산한 김자점이 도원수 휘장이 달린 투구를 활랑 벗어 내던지고는 죽어라 앞만 보고 내달렸다. 도원수가 달아난 정방산성은 이내 청나라 군사들로 북적대기 시작했다.

적막한 동선령, 그 처절했던 격전장엔 일만여 조선군의 시체만이 처참한 모습으로 나뒹굴고 있었다. 조선군의 완전한 패배였다.

홍인이 기력을 되찾아 가고 있었다. 빠른 회복이었다.

신선같이 우러러 뵈는 백의선인이 손수 지어 만든 둥근 환약의 효험과 이름 모를 맑은 물의 효력이 어우러진 때문도 있으려니와, 이제 막 피어나는 13세 나이의 뜨거운 혈기가 회복을 더욱 돕는 것이리라.

음식 섭취하는 양이 예전과 같이 왕성해지고 수척했던 얼굴에 생기가 돌며 홍인이 수련에 다시금 의욕을 보이기 시작하자 마음을 놓은 한 진사가 백의선인에게 다가가 궁금한 것 한 가지를 어렵게 꺼내어 물었다.

"청나라가 곧 쳐들어올 것이라는 소식을 듣고 올라왔는데 혹 아시는지요?"

"이미 쳐들어왔습니다."

"예에?"

놀란 한 진사의 얼굴이 까맣게 죽어 갔다.

"무진이가 이미 다 보고 오지 않았습니까."

"아니, 언……제."

"이미 평양을 지나고 있을 겝니다. 청나라 군사들이."

까맣게 죽은 얼굴의 한 진사는 안절부절못했고 백의선인이 깊은 한숨을 내쉬었다.

"이 나라가 스스로 화를 불렀으니 누구를 탓할 일은 아니나 죄 없는 백성들이 당할 고초를 생각하면 가슴이 미어집니다."

백의선인으로부터 병란에 대한 근심 어린 언사를 기대했던 한 진사였다. 그런데 병란에 대한 걱정은 고사하고, 예방이나 대책에 대해 일언반구도 없이, 청나라 군사가 이미 평양을 지나고 있을 것이라는 말에 한 진사의 입술이 메말라 갔다.

피가 튀어 내를 이루는 전쟁이라면 몸서리가 쳐지는 한 진사였다. 이미 10년 전에 정묘호란을 몸으로 겪어내지 않았던가. 전쟁은 일어나지 말아야 한다. 헐벗고 굶주린 가난한 백성들에게 전쟁은 지옥과 무엇이 다른가.

"하오면 선사님. 무슨 방도가…… 없을런지요?"

하얗게 메말라 가는 입술로 한 진사가 조심스럽게 물었다.

"방도가 아주 없는 것은 아닙니다. 허나, 나라의 안위보다 일신의 영달과 출세에 눈이 먼 몇몇 야욕가들이 백성을 속이고 임금까지 속이려 드는데야 방도가 있은들 무얼 하겠습니까."

그 말에 한 진사가 고개를 끄덕였다.

"아는 것도 없는 사람들이 반정공신이라는 이유만으로 임금의 총신이 되어 임금의 눈과 귀를 가리고 있으니 장차 이 나라에서 어찌 광명천지를 바랄 수 있겠습니까."

고개를 끄덕이던 한 진사가 무릎을 치며 한숨을 쉬었다.

"허허! 참으로 통탄할 일입니다. 통탄할 일."

그림 속 신선 같은 백의선인이 섬광과도 같은 눈빛을 번쩍이며 조정의 난삽한 세태를 꿰뚫어 말하는 그 밝은 혜안에 한 진사가 또 한번 놀라고 있었다.

인조반정을 일으킨 공신들이 측신(측근신하)이랍시고 들어앉아 있는 조정은 공신들 간 권력다툼과 그런 공신들에게 아부하여 출세나 보장받으려는 무리들로 득시글거리는 난전이나 다름없었다. 나라의 안전은 나중이요, 첫째가 자신의 영달이었다.

그 부귀영화를 얻으려 분주를 떨다 일어난 전쟁이 이괄의 난이요, 정묘호란이 아니던가. 더구나 임금의 눈과 귀를 가린 측신들의 무차별한 가렴주구는 천심이라 할 민심까지 돌아서게 했다.

이 나라 조선이 창업된 이후 나라에 큰 환란이 있을 때마다 위기의 조선을 구해낸 것은 의지가지없어 헐벗고 굶주림에 떠는 가련한 백성들이었다. 그 백성들이 어쩐 일인지 인조가 등극한 뒤에는 조정에 등을 돌렸다. 인조의 측신들이라는 반정공신들이 나라를 절단내고 있다 믿는 때문이었다. 그 결과 정묘호란은 물론이고 전쟁이 터진다 터진다 하는 작금의 상황에서도 나라를 구해 보고자 물밑에서 움직이는 그 어떤 작은 움직임도 보이질 않았다. 그것이 한 진사를 전율케 했는데, 백의선인마저 방도가 없다 하므로 한 진사의 속마음은 천길 깊은 수렁으로 빠져드는 듯했다.

"정녕 방도가 없다 하시오면 피난이라도 가야 하질 않겠습니까?"

"피난 갈 시간도 없으려니와 이번 병란은 그리 오래가지 않을 겝니다.

병란에 대비가 없으니 싸우나마나한 싸움이지요. 그러나 그 뒤에 오는 백성들의 고초란…… 쯧쯧."

혀를 차며 고개를 가로젓는 백의선인을 한 진사가 굳은 얼굴로 바라보았다.

"대책도 없고 방책도 없으니."

한숨 속에 묻혀 가는 백의선인 앞으로 한 무릎 다가앉은 한 진사가 다급하게 물었다.

"어찌 되는 것이옵니까?"

"항복이지요. 그것도 무조건 항복……"

"예?!"

놀란 한 진사의 얼굴에서 갑자기 핏기가 가셔지고 있었다.

"하, 항복이라니요?"

"쯧쯧."

한 진사는 입술뿐만 아니라 목구멍까지 메말라 가고 있었다.

백의선인이 그런 한 진사를 외면하여 고개를 돌렸다.

"임진왜란도 이겨낸 우리 조선이 저 무지한 오랑캐에게 항복을 당한단 말씀이시옵니까?"

"청나라는 지금 명나라마저 정복할 야심으로 군사력을 강화하고 있습니다. 이러한 때에 우리 조정이 숭명배금의 명분에만 얽매이지 말고 청나라 군세를 사실대로 인정하여 그에 따른 대비만 했어도 조선이 쉽게 무너지기야 하겠습니까만, 나라의 운명이란 것도 사람이 만들어낸 인과응보에 불과한 것이니 어쩌겠습니까."

"어찌 이런 일이……"

낙담하여 얼굴빛이 사색으로 물드는 한 진사와는 달리 백의선인의 언사는 냉정했다. 연민을 보이던 조정에 미련을 떨쳐 버린 듯한 모습이었다.

"조정이 짓고 조정이 받는 업보이니 그건 그렇다 하더라도 백성들이야 무슨 죄가 있겠습니까."

백의선인이 낙담하여 고개를 떨군 한 진사를 바라보았다.

"여인…… 여인들을 숨겨야 합니다."

"예? 여인들……이라니요?"

뜻밖에 백의선인의 입에서 여자 이야기가 나오자 핏기 없는 낯빛의 한 진사가 놀라 되물었다.

"이번 전쟁에서 청나라는 조선의 여인들을 많이 잡아갈 겝니다."

"여, 여인들을 잡아가다니요?"

"승자의 노획물이지요."

"노…… 노획물이라 하시오면……"

"재물로 간주하려는 저들의 의도인데…… 허어……"

"재물로 간주하다니 무슨 말씀이시온지……?"

무슨 뜻인지를 몰라 눈을 뚱그리는 한 진사에게 백의선인이

"잡아간 여인들을 조선의 재물과 맞바꾸려는 저들의 의도라는 말입니다."

하고 말하자 한 진사의 목에서 마른침 넘어가는 소리가 났다.

"여인들의 몸값을 부풀려 조선의 재물을 남김없이 빼앗고, 나아가 조선이 다시는 일어서지 못하도록 쐐기를 박고자 하는 저들의 고단수 술책인데…… 조선이 어찌 눈치나 채겠소."

문득 긴 한숨소리가 들렸다. 그 소리는 고개 숙인 채 메말라 갈라진 입술을 굳게 문 한 진사가 내뱉는 신음 같은 한숨 소리였다.

"산을 내려가시거든 한 진사께서 수고를 좀 하십시오. 여인들만큼은 노소를 불문하고 숨겨둘 곳을 미리 만들어 대비할 수 있도록 말이지요. 그렇게만 한다면 한 진사가 있는 고을만큼은 무사할 겝니다."

"어찌 제가 있는 고을뿐이겠습니까. 될 수 있는 한 많은 고을이 피해를 입지 않도록 서둘러 준비를 하겠사옵니다."

"그리고 한 진사……"

백의선인이 수심에 가득 찬 한 진사를 넌지시 바라보았다.

"이번엔 우리가 항복을 하지만 다음에는 우리가 항복을 받아 낼 겁니다."

한 진사의 두 눈이 갑자기 커졌다.

"하, 항복을 받아 내다니요?"

"지금 이 나라에는 이렇다 할 나라정신이 없어 중국의 간섭을 받고 있지만 우리가 우리 정신만 찾았다 하면 그때는 사정이 지금과는 사뭇 다르다는 말입니다."

한 진사가 무슨 뜻인지 몰라 눈만 끔벅대었다.

"정신이 나가면 사람도 식물과 다를 바 없습니다. 마찬가지로 나라에도 나라정신이 있는데 그 정신이 빠져 버리면 그 나라는 강대국의 노리개가 될 뿐이에요."

"……."

"고려 때는 불교가, 지금은 주자(朱子)의 정신이 이 나라 조선을 지배하고 있질 않습니까?"

한 진사가 고개를 깊이 끄덕였다.

"고구려가 강성했던 이유는 배달의 근본정신인 경천(敬天), 숭조(崇祖),

59

애인(愛人)의 사상이 백성 개개인의 머릿골 속에 녹아 있었기 때문입니다. 나를 알고 조상을 알고 하늘을 아는 사람, 그런 사람들로 가득 찬 나라는 망할 수가 없어요. 이제 곧 그런 날이 올 것이나······"

한 진사가 두 눈을 치뜨고 귀를 바짝 모았다.

"허나 지금은 내 것 소중한 줄 모르는 어리석은 정신이 나라를 지배하고 있으니 나라가 흔들릴 밖에요."

그 말에 한 진사가 두 눈을 지그시 감았다가 떴다.

"우리 조선이 공맹과 주자를 마치 제 부모나 되는 양 정신없이 떠받드는 사이 우릴 상국으로 섬기던 저 여진족 청나라는 물력을 앞세워 이 나라는 물론 중원까지 도모하고 있습니다. 엄청난 일이지요."

한 진사의 두 눈이 다시 치떠졌다.

"지금은 우리가 청나라의 발달된 총포와 물력 앞에 무릎을 꿇지만 우리 민족이 욱일승천했던 저 고구려와 고조선의 정신만 되찾았다 하면 명나라가 부럽지 않아요. 드넓은 만주와 저 중원 땅이 본래 우리 땅이 아니었습니까."

한 진사가 올롱하게 치뜬 눈으로 백의선인을 쳐다보았다.

"복희팔괘[11]를 만든 태호복희는 5대 환웅이신 태우의 환웅의 열두 아드님 중 막내아드님이신데 천신(天神)숭배의 풍습을 중원 땅에 남겼습니다. 또 치우천황은 자오지천황으로 역대 환웅 중의 한 분이실 뿐 아니라 한(漢)족의 조상이라 일컫는 황제 헌원을 격파하여 물리치신 분입니다."

"······."

---

11) 복희팔괘(伏羲八卦): 동이족인 복희씨가 만든 주역의 여덟 가지 괘. 농사에 필요한 기후를 예측하고자 팔괘를 만들었다는 설이 있음

한 진사가 알 것 같기도 하고 모를 것 같기도 한 표정을 지었다. 그러자

"한나라 고조 유방이 군사를 일으킬 때 그 풍습에 따라 천신과 치우천황에게 제사를 지냈지요. 이는 천신은 천주(天主)로서 하느님을, 치우는 병주(兵主)로서 수호신이라 믿는 풍습 때문이 아니겠습니까?"

하는 백의선인의 말에 한 진사의 고개가 이내 끄덕여졌다. 고사에서 읽어 본 내용이었다.

"그런데 놀라운 일은 중국에서 군사를 일으킬 때는 지금도 천신과 치우천황에게 먼저 제사를 올린다는 사실입니다. 특히 치우천황에게 제사를 올릴 때는 산동성의 동평군 수장현 관향성 내에 있는 치우천황의 능 앞에 가서 직접 제사를 올리는데 그 장엄하고 성대하기가 이를 데 없다 하니 참으로 대단한 일이 아닙니까?"

그렇게 말하는 백의선인의 두 눈에서 갑자기 형형한 광채가 쏟아져 나는 듯했다.

"되찾아야지요. 그 기백을 다시 찾아야 합니다. 그래야 우리가 못난 후손이라는 멍에에서 벗어날 수 있는 겁니다."

한 진사의 주먹에 힘이 들어가고 있었다.

"이제 저 청나라가 조선을 병탈(兵奪)하고 나면 반드시 명나라를 정복할 것입니다. 그리 되면 청나라는 조선의 상국이 되는 것이고……"

그 말에 한 진사가 고개를 다시 떨어뜨렸다.

"안타까운 일입니다. 안타까운 일. 청나라는 없던 힘도 새로이 길러 천지사방을 제집 드나들듯 들고 나고 하는데, 우리 조선은 그나마 조금 남았던 힘마저 당쟁으로 송두리째 뽑아 버리고 입으로만 척화한다며 저리 난리들이니……."

한 진사가 길게 한숨을 내쉬었다.

"청나라가 중원을 정복하고 나면 그 힘은 지금의 열 배가 넘을 겝니다. 병약한 조선이 무슨 힘으로, 어떻게 그 막강한 힘에 맞서 싸워 나갈지 참으로 걱정입니다."

한 진사와 이무진을 바라보는 백의선인의 눈가에 근심이 눈물처럼 어렸다. 그러자 한 진사가 그런 백의선인에게 다른 말을 했다.

"지금같이 위급한 때에 나라를 구할 장수가 있으면 그를 도와 힘을 합할 생각들을 해야 하는데, 조정에서조차 그런 장수를 모함하려고만 하니 이 안타까운 현실을 어떻게 이해해야 좋을지 모르겠사옵니다."

백의선인이 한 진사의 말을 조용히 들었다.

"이름난 장수조차 모함을 받는 세상이온데 이름 없는 민초들이야 더 말해 무엇 하겠사옵니까. 믿을 수 있는 조정이라면 백성들이 잘 따랐겠지요. 하오나 백성들의 등 돌림이 단단한 걸 보면 조정에 인물이 없기는 없나 보옵니다."

"잘 보셨습니다. 지금 조선엔 임경업만 한 장수도 없어요. 임경업은 박엽 장군이 아끼던 사람인데 문무를 겸한 출중한 장수입니다. 이 나라 조정에 장수를 알아보는 눈이 없어 겪게 될 앞으로의 일이 걱정입니다만 어쩌겠습니까. 이것도 다 이 나라가 받아야 할 업보인 것을요."

힘을 내어 다른 말을 하려던 한 진사가 백의선인의 업보라는 말에 고개를 다시 숙였다.

"이번 환란은 사람이 만든 인재라 더욱 참담할 뿐입니다. 쯧쯧, 도원수 김자점이 임장군의 계책만 받아들였어도 나라가 보존될 일을. 허허, 그것 참."

허탈해하는 백의선인의 얼굴에 수심이 몰려들었고, 그런 백의선인을 향해 한 진사가 또 다른 말을 했다.

"그런데 선사님, 선사님의 말씀처럼 우리가 정말 저들로부터 항복을 받아 낼 날이 오겠사옵니까?"

그 말끝에 한 진사를 바라보는 백의선인의 입가로 알 듯 말 듯한 웃음이 물리고 있었다.

"준비가 되어 있어야 하겠지요. 항복을 받아 낼 준비가."

항복을 받아 낼 준비라는 말에 무언가 큼지막한 것을 생각했음인지 한 진사가 눈빛을 빛내며 되물었다.

"준비라 하시오면?"

"우선 급한 것은 사람이지요. 사람이 있어야 계획도 세우고 준비도 하는 것이니까. 사람 없이 이루어지는 일이란 이 세상엔 아무것도 없습니다."

"사……람이라 하시오면 어떤 사람을 말씀하시는 건지요?"

사람이라는 말에 다소 맥이 빠진 한 진사가 작은 목소리를 냈다.

"정신이 바로 든 조선 사람이면 누구나 다지요."

조선 사람 전부 다? 하고 한 진사가 속으로 되묻는데

"처음부터 크게 생각하면 어려운 일이지만 천리길도 한 걸음부터라는 마음으로 꾸준하게 해 가다 보면 아는 사람들이 모여들게 되고, 그 아는 사람들이 자꾸 모이다 보면 동지가 생기게 마련입니다. 동지가 많아지면 그만큼 힘도 나는 법이고."

하며 백의선인이 묻지도 않은 말에 대답을 하는 것이었다.

"무언가 뒤가 보장되는 일도 아닌데 그 어려운 일을 하겠다고 자청하여 나서는 사람들이 있겠사옵니까?"

엄청났던 기대가 일순간에 무너지는 듯하자 한 진사의 되묻는 말에도 힘이 빠져 달아나고 있었다.

"허허… 있다마다요. 벌써 이곳에서 수련을 쌓고 나간 제자만 해도 둘

63

이나 됩니다. 그것도 고력수행[12]을 마다 않고."

"예에?"

'수십 명도 아닌 겨우 두 명? 그것도 자랑이라고' 하는 비웃음 반 조롱 반인 한 진사의 두 눈이 가늘게 치떠졌으나 내색치는 않았다.

"그렇게 놀라지 마십시오. 그 사람들은 일당 백, 일당 천의 능력을 두루 갖춘 사람들이니까……"

그 말에 한 진사가 옆에 앉아 있는 이무진을 돌아보았고 이무진의 얼굴이 갑자기 붉어졌다.

"일당 백, 일당 천의 능력이라 하시오면……"

믿을 수 없다는 듯이 한 진사가 되물었다.

"말 그대로 한 사람이 백 명이건 천 명이건 당해 낼 능력이 있다 그런 말이지요."

"아니, 어찌 그런."

한 진사의 두 눈이 뚱그렇게 커지고 있었다.

"그런 능력을 익히자면 무슨 특별한 비법 같은 것이라도 전수받아 득도를 해야 하는 것이 아니옵니까?"

"비법이 따로 있는 것은 아닙니다. 호흡수련을 깊이 하다 보면 개개인의 성품에 따라 특히 관심 가는 곳이 있는데 그 법을 찾아내어 더욱 열심히 연마하고 정진하다 보면 나만의 온전한 선법이 이루어집니다. 첫 제자 성환이는 검법에 특히 관심이 많았고, 여기 있는 무진이는 염력에 관심이 많아 둘 다 제 관심대로 열심히 수련을 했지요. 그 결과 성환이의 검법은 무림에서도 세 손가락 안에 꼽힐 만큼 높은 이름을 얻었고, 무진이는 그

---

12) 고력수행(苦力修行): 괴로움을 참고 이겨내는 수행

누구도 흉내 못 낼 엄청난 괴력의 염력을 가지게 되었습니다."

한 진사가 뚱그래진 눈으로 이무진을 다시 돌아보았다.

"성환이는 지금 치우천황릉이 있는 산동의 수장현에서 무예수련생을 지도하고 있습니다. 우리 조선인 후예들만 데려다 수련을 시키는데 벌써 수백 명이 모였으니 반가운 일이지요. 무진이는 산동과 만주 일대의 일을 소상히 보고 다니며 성환이를 돕고 있는데 특히 걸음이 빨라요. 천리마보다도 세 곱절 빠르니 아무도 이 아이를 따라잡질 못합니다."

스승의 칭찬에 갑자기 머쓱해진 이무진이 귓불까지 빨개진 얼굴을 깊숙이 숙였고 한 진사가 놀란 눈으로 그런 이무진을 다시 쳐다보았다.

"심양의 청나라 사정을 손바닥 보듯 훤히 알게 된 것도 다 이 아이 덕분이라면 덕분인데, 우리가 아는 이런 사실을 조정에서만 모르고 있으니 허허…… 그것 참."

"일당 백, 일당 천의 능력을 가진 젊은이들이라면 굳이 중국으로 보낼 일이 아니지 않사옵니까?"

한 진사가 당장 서운한 눈빛으로 백의선인과 이무진을 번갈아 쳐다보았다.

"조선에서 그런 능력을 보였다가는 제 명대로 살기 힘들 겁니다."

"예?"

한 진사가 놀라서 두 눈을 치떴다.

"무인이건 문인이건 이름이 좀 났다 싶으면 그 싹부터 잘라버리려 혈안이 된 세상인데, 이런 조선에서 수백 명씩 떼로 몰려다니며 무예수련을 한다면 어찌 되겠습니까? 어림없는 소리지요. 이럴 때는 아무도 모르게 일을 진행시키는 것이 상책입니다."

"그럼 훗날을 대비하신다는 것이……?"

"그렇습니다. 지금은 어렵지만 다음에 오는 군주는 밝고도 명철하신 분이니까 그때를 대비하는 것이지요."

한 진사가 무릎을 쳤다. 안개 속에 가려졌던 모든 의문이 풀린 것이다. 한 진사의 표정이 밝아졌다.

"나는 내 제자들에게 기대하는 바가 큽니다. 이미 성환이는 제 재량껏 활약을 하고 있고, 무진이도 나름대로 큰 활약을 하고 있습니다. 이제 홍인이가 부지런히 수행에 힘을 쓰고, 그리고 셋이 힘을 합치면 천하무적이 될 겝니다. 특히 홍인이는 수행자들이 미처 갖추지 못하는 부족한 점을 골고루 채워 주고 있어요. 문이면 문, 무면 무, 선(仙)이면 선, 교(敎)면 교."

자식 이야기가 나오자 한 진사의 두 눈이 다시 커졌다.

"앞으로 저 사람들이 해야 할 일은 참으로 중대한 일입니다."

"중대한 일이라 하시오면?"

백의선인의 무거운 언사에 몸을 낮춘 한 진사가 조신한 어조로 되물었다.

"나라가 못 하는 일을 저 사람들이 앞장서 해내야 하는 일이니 막중대임이라 할 밖에요."

"나라가 못 하는 일을 어찌 감히 제…… 자식놈이……"

조신한 태도를 보이던 한 진사의 얼굴 위로 갑자기 놀란 빛이 스쳤다. 신선이나 다름없는 백의선인의 말씀이니 아니 믿을 수 없고, 믿자니 자식 자랑이 되는 것 같아 마음속으로 격랑이 일다 사라졌다. 그러나 한 진사의 그런 기분은 백의선인의 다음 말에 묻히고 말았다.

"세상에 그냥 얻어지는 일은 아무것도 없습니다. 피눈물 나는 노력이 있어야겠지요. 앞으로 저 아이에겐 뼈를 깎는 고통과 살을 도려내는 아픔이 뒤따를 겝니다. 참고 견뎌내야 하겠지요. 또 그러리라 나는 믿습니다."

아들의 일을 자신의 일로 믿는 한 진사였다. 아들 스스로도 스승의 눈에 들 만큼 집념을 보이고 있었고, 자신 또한 그래야 하느니라 누누이 강조하던 터이었다. 그리고 홍인의 탄생을 예고할 때부터 이미 이 아이는 장차를 대비해 큰 공부를 해야 할 사람이라며 자신을 애정으로 대해 오던 백의선인이었다. 그런데, 큰 공부라기에 막연히 과거에 급제할 만큼의 공부로만 알았었지 이렇게 몸과 마음과 온 정신을 집중해서 하는 공부라고는 상상도 해 본 일이 없었다. 그러나 근자에 들어 백의선인의 혜안으로 미루어 공부라는 것이 어떤 것인지 어렴풋하게나마 짐작하게 되었다.

"허어, 날씨가 추운데…… 이번 겨울은 어느 해보다도 혹독한 겨울이 될 겝니다. 한 진사만이라도 단단히 준비하도록 하세요."

"여부가 있겠사옵니까. 산을 내려가는 대로 곧 준비하겠사옵니다."

"이번 전쟁이 속전속결이긴 하나 지난 정묘호란 때와는 양상이 크게 다를 겝니다. 그때에는 저들과 화친을 맺는 것으로 끝이 났으나 이번에는 우리가 항복을 당합니다. 그 점을 유념하십시오."

"알겠사옵니다."

"무진이 너는 내일 아침 날이 밝는 대로 산동으로 떠나거라. 가서 성환이와 함께 태산 도관의 선우영재 선사를 만나 보거라. 어려운 일이기는 하나 혹 좋은 방도가 있다면 나라를 위해 다행한 일일 것인즉."

"예, 스승님."

"나가서 떠날 채비를 갖추거라."

"예, 스승님."

"그리고 한 진사."

"예, 선사님."

"한 진사와 가까운 사람들은 한 진사의 말을 믿을 것이나 먼 마을 사람들은 반신반의할 겝니다. 기껏해야 지난 정묘년의 난 정도로만 생각할 거란 말이지요."

한 진사가 고개를 끄덕였다.

"해서 부득이하게 한 진사의 집 곳간에 쌀을 가득 쌓아 둘 터이니 그 쌀을 사람들에게 골고루 나누어 주도록 하세요. 그러면 믿고 피난처를 잘 만들 겝니다."

"싸, 쌀이라니요?"

한 진사가 또다시 놀라며 화등잔만 한 눈을 들었다.

"가엾은 생령들을 구하기 위해 방편으로 쓰는 것이니 선계에서도 그 정도야 용서하시겠지요."

알 듯 말 듯한 말을 혼잣말처럼 내뱉는 백의선인의 말에 한 진사의 목젖이 거푸 오르내리기만 했다.

"많이 궁금하시겠지만 우선 급한 것부터 막는 것이 도리겠지요. 내일 아침 날이 밝는 대로 저 아이와 같이 산을 내려가십시오. 집에 당도하시거든 곳간부터 확인하시고 순서에 따라 일을 진행하시면 됩니다. 시간이 많지 않아요. 서둘러야 될 겝니다."

딴 때 없이 서두르는 백의선인의 기색에 방에서 물러나온 한 진사도 급하게 짐을 꾸리기 시작했다. 짐이랄 것도 없는 괴나리봇짐 하나가 전부지만 어찌된 일인지 자꾸만 손발이 떨려 꾸렸던 봇짐을 다시 풀고, 꾸렸다간 또다시 풀었다. 무엇보다 곳간에 가득 쌓여 있을 쌀을 생각하니 마음이 바쁘지 않을 수가 없었다. 한두 가마도 아닌 수십 가마니를, 사람도 없이 하룻밤 사이에 어떻게 한꺼번에 운반해 나르는지가 몹시 궁금했다. 혹여 홍길동의 술법처럼 눈 깜빡할 사이에 그 모든 것이 오고 간다면 또 모를까.

'아니지. 이 분은 홍길동이보다 위면 위였지 그 아래는 아닐 거야. 그러

니 그런 술법에 능하신 게지…….'

  그러다 보니 어느새 날이 밝고 있었다. 들뛰는 가슴을 진정시키지 못한 한 진사의 마음 속에 그 기막힌 선법을 남몰래 배울 수는 없을까 하는 욕심이 구름처럼 일다가 사라지기를 밤이 새도록 반복하고 있었던 것이다.

2_ 파천

"무, 무엇이······ 평양이 함락되었어?"

평양 감사의 장계[13]에 소스라치게 놀란 인조의 낯빛이 갑자기 하얘지고 있었다.

"우리 군사들은······ 우리 군사들은 그동안 어디서 무얼 했단 말이요. 평양이 함락되는 줄도 모르고······"

"송구하옵니다, 전-하······"

창백하게 식은 낯빛의 인조가 황망하게 소리치는 앞에서 우의정 이홍주는 민망함에 고개를 들지 못했다.

"척화로 공론을 모은 지가 얼마나 되었다고 적군이 평양까지 들어왔단 말이요. 대체 대소 신료들은 그동안 무얼 했길래 적군이 나라 안까지 들어오는 것도 모르고 있었단 말이요!"

"······"

---

13) 장계(狀啓): 전장의 보고서

"영상……! 영상은 어디 있소. 어서 속히 영상을 들라 이르시오! 영상을……."

황황하게 소리치는 인조의 고함을 등 뒤로 받으며 득달같이 내닫는 우의정 이홍주의 걸음이 허둥대고 있었다.

청나라 군사 3만이 압록강을 건넜다는 임경업의 장계를 받아 든 지 하루가 지난 13일에 청나라 군사 6만이 평양을 향하고 있다는 안주 목사의 장계를 인조는 차마 믿으려 하지 않았다. 그러나 연이어 도착한 평양 감사의 장계는 그런 인조의 기대를 한순간에 무너뜨린 비보였다.

'평양이 무너지다니…… 장차 이 일을……'

대전으로 급히 달려온 영의정 김류와 좌의정 홍서봉, 그리고 침통하게 앉아 있는 우의정 이홍주를 향해 인조는 있는 힘을 다해 쩌렁! 소리를 질렀다.

"척화만이 살 길이다 주장하던 그대들이 아니던가! 방책도 없이 척화만을 고집했었다면 이는 과인과 종묘사직을 업신여긴 것이리라! 척화를 부르짖던 입들이니 그 잘난 입으로 어디 방책들을 말해 보라!!"

인조의 진노에 세 정승은 엎드려 고개를 들지 못했다.

"방책도 없이 적을 맞아 싸운다는 것은 섶을 지고 불 속으로 뛰어드는 꼴! 평양이 무너졌다면 그 다음은 개성이 아니겠소!!"

"……!!!"

"정승의 직에 있는 사람들이 어찌 그리도 무심하단 말이요. 어서 나가 대책들을 세우시오!! ……대책을!!!"

발악하듯 질타하는 인조의 진노에 놀라 뛰다시피 대전을 물러나온 세 정승의 등줄기엔 진땀이 배어났다. 인조의 지적대로 평양이 유린되었다면 그 다음은 개성, 그리고 그 다음엔 한양이었다. 생각만 해도 등골이 오싹한 일이었다.

"사정이 급하게 되었으니 일을 나눕시다."

김류의 제안으로 세 정승은 각기 일을 분담해서 맡았다.

영의정 김류는 육조의 판서, 참판, 당상들을 불러 모아 대책을 찾기로 하고, 좌의정 홍서봉은 비변사의 당상들과 함께 군사의 일을, 우의정 이홍주는 만에 하나 있을지도 모를 강화도 파천에 대한 만반의 준비였다.

세 정승이 밤을 새워 가며 동분서주하고 있던 14일 새벽녘, 여명을 가르며 일필단기의 준마가 쏜살같이 도성으로 날아들었다. 도원수 김자점의 장계였다. 장계는 머리털이 곤두서는 경악스런 내용이었고, 황주가 이미 적의 수중에 들었다는 비보였다. 이에 세 정승은 만사를 제쳐 두고 강화도 파천을 의논했다. 내용은 간단했다. 오늘 아침 안에 떠나야 한다는 것이었다.

평양이 함락된 지 하루 만에 도원수 김자점마저 패했다는 소식은 물 길러 나왔던 아낙네의 입을 통해 처음 퍼졌고, 이윽고 소문은 삽시간에 도성 안팎으로 흉흉하게 번지기 시작했다.

"아이고 세상에, 꼭두새벽부터 이 무슨 난리냐고요. 오랑캐가 쳐들어오다니요……?"

"한양조차 지킬 군사들이 없다 하니 짐부터 싸라. 아니, 패물부터 챙겨라. 시간이 없다. 서둘러라, 서둘러!"

"아, 대궐이 저리 조용한데 난리는 무슨 난리냐고요. 이건 분명 유언비어라고요. 글쎄……"

"그리 믿으면 자네는 남게. 나는 저 대궐의 작당들 더 이상 못 믿겠으니까!"

괜한 헛소문에 장단 맞추지 말라는 듯 땅바닥에 쭈그려 앉는 아낙을 향해 모로 찢어진 눈자위를 희번덕거리던 사내가 안방으로 뛰어 들어가 패물을 챙기기 시작했다. 그러자 갑자기 정신을 차린 듯 아낙도 곳간으로 내달았다.

평양이 무너짐으로 해서 비로소 알게 된 오랑캐의 침략 소식이었다. 그러나 평양이 무너진 지 단 하루 만에 조선군 도원수마저 패했다는 소식은 한양 도성을 대공황 속으로 몰아넣기에 충분했고, 오랑캐의 침략을 미리 알고 있었을 조정이 어찌 백성들 피난 갈 시간마저 빼앗으려 드는지, 그 미덥지 못한 조정의 한심스런 작태에 가득 분통을 터트리며 이를 가는 한양 부민들이었다.

"그래서요, 과인더러 또다시 몽진하라 이 말이요?"

뜬눈으로 새하얗게 밤을 새워 가던 인조는 새벽녘, 도원수 김자점이 싸움에 져 패퇴했다는 비보를 받자 충격으로 잠시 혼절했었다.

가뜩이나 혼란스럽던 대궐에서 인조의 혼절은 파란을 예고하는 흉사나 다름없는 일이었다. 발칵 뒤집힌 대전의 소란 속에 재빨리 뛰어든 어의들의 도움으로 인조는 곧 회복되었으나 신료들의 불안은 가중되고 있었다. 그 불안에 젖은 신료들로 비상소집되어진 편전에서 인조는 힐문하고 있었다.

"과인이 아무리 덕이 없기로…… 세 번씩이나 몽진을 떠나는 임금을 보았소……?"

인조의 가느랗고 하얀 손가락이 떨고 있었다.

인조반정 직후에 일어난 이괄의 난으로 막 임금 자리에 오른 인조는 충청도 공주로 피난해야 했었다. 정묘호란 때는 강화도로 피난했었고, 이제 다시 또 강화도로 몽진한다면 세 번째 피난이었다.

"이런 일이 어찌…… 세…… 번씩이나 있을 수 있단…… 말이요. 세 번씩이나……"

인조의 눈가에 고이던 눈물이 볼을 타고 흘렀다. 그 눈물 앞에서 대소 신료들 또한 숨죽여 오열하기 시작했다.

"소…… 송구하옵니다……만…… 전-하."

인조가 눈물에 젖은 눈으로 이홍주를 바라보았다.

"우선 속히 세자 저하와 빈궁 마마, 그리고 대군들을 먼저 강화도로 보내시오소서. 저들의 기세로 보아 아무래도 오늘을 넘기기가 어려울 듯……하옵니다."

"그러하옵니다, 전하. 조금이라도 이에서 더 지체한다면 자칫 실기할까 두렵사옵니다."

먼저 눈물을 거둔 우의정 이홍주가 인조의 울음이 진정되기를 기다려 강화도 파천을 간청하자 또한 영의정 김류가 동조하여 분위기를 일신했고, 애써 감정을 추스르던 인조도 눈물에 젖은 채 삼정승을 바라보았다.

"강화도 수비를 책임질 검찰사(檢察使)는…… 정해 놓았소?"

"아뢰옵기 황공하오나 강화도 검찰사에는 한성판윤 김경징이 적임일 듯하옵니다."

우의정 이홍주가 기다린 듯 나섰다. 밤새 몽진을 준비했던 이홍주였다.

"한성판윤이라면…… 영상대감의 자제가 아니요!"

다소 누그러진 빛을 띠던 인조가 갑자기 두 눈을 똥그리며 낮게 엎드리는 김류를 향해 정색했다.

"경의 아들이…… 이 어려운 소임을 감당할 수 있겠소?"

"경징이…… 다른 재주는 없사오나…… 적을 막고 성을 지키는 소임에 어찌 그 마음과 힘을 다하지 않겠나이까……"

그러나 중신들은 김경징의 천거를 마뜩잖게 여겼다.

한성판윤 김경징은 아버지가 영의정이라는 후광을 등에 업고 종횡무진으로 치닫는 통에 육조의 관리들은 상하 구분도 할 줄 모르는 그를 망나니로 치부하고 있었다. 그런 그를 우의정 이홍주가 굳이 강화도 검찰사로 천거한 것은 임금의 총애를 한몸에 받고 있는 영의정의 비위를 맞추기 위함이었다. 강화도 파천이 결정되면서 조정은 바삐 움직이기 시작했다.

"대군 마마, 대궐에서 승지가 오셨사옵니다."

봉림대군이 튕겨 나왔다. 임경업과 김자점, 그리고 궐내의 동정을 이미 꿰뚫고 있던 봉림대군이었다.

"이미 준비하고 있었습니다. 아우 인평도 제 집에 와 있습니다."

그 말에 승지 한흥일이 고맙고도 듬직한 눈빛으로 봉림대군을 바라보았다.

"날이 밝기 전, 지금 바로 떠나야 하옵니다. 대군 마마."

"아바마마께오선?"

"파천하실 준비가 다 되었사오니 바로 출발하실 것이옵니다."

"알겠습니다. 바로 출발하겠습니다."

"소인은 빈궁(嬪宮: 왕세자의 부인) 마마를 모시고 나오겠사옵니다."

말을 마친 승지 한흥일이 말을 몰아 바람같이 내달렸고, 봉림대군은 준비하고 있던 대로 자신의 부인과 가솔들, 그리고 인평대군을 앞세워 피난길에 나섰다. 이미 정묘호란을 온 몸으로 겪어본 봉림대군이었다. 대문 밖 큰길에는 아직 피난민들이 아니 보였으나 담 너머로 들리는 소리는 믿어야 할지 말아야 할지로 옥신각신 하는 소리들이었다. 그러나 종묘사직의 위패가 먼저 길을 떠났고, 왕실의 대군들이 피난길에 나섰다는 소식이

퍼지며 옥신각신 하는 소리들은 잦아들었고 이내 통곡하는 소리들이 사방에서 들렸다. 그 통곡소리에 봉림대군의 온몸으로 오싹 하는 진저리가 쳐졌다. 십 년 전 피난하던 때의 전율스러움이 또다시 떠오른 것이다.

"아! 하늘이시여……"

봉림대군이 하늘을 우러르며 한숨을 쉬었다. 눈물이 고였으나 그러나 지금은 눈물을 흘릴 때가 아니었다. 이제 곧 당도할 궁인들과 나이 많은 원로대신들이 같이 피난을 떠날 것이다. 그들 앞에서 눈물을 보이는 것은 왕자의 도리가 아니었다. 적어도 조선의 왕자로서 당당함을 보여야 할 것이었다. 그때 권 진사의 집 대문이 열리며 권 진사의 부인과 가솔들이 봉림대군 피난행렬에 합류했다. 권 진사의 딸 권오희도 바짝 긴장한 얼굴로 어머니를 따라 나섰는데 손에는 큰 보따리가 들려 있었다. 피난지에서 쓸 이불이거나 두툼한 겨울 옷가지일 것이었다.

종묘 앞에 당도했을 때 승지 한흥일이 뛰어나오는 모습이 보였다. 그 뒤로 형수인 빈궁이 탄 가마가 보였고, 가마 뒤로 따라오는 궁녀와 군사들이 보였다. 채 정비되지 않은 급박한 모습이었다.

"대군 마마, 빈궁 마마께서 나오셨사옵니다."

승지가 가쁜 숨을 몰아쉬며 봉림대군 앞으로 뛰어왔다.

"원손 마마는 어디 계십니까?"

봉림대군이 가마를 향해 뛰어가며 승지를 돌아보았다. 원손은 나라의 장손이었다.

"빈궁 마마께오서 안고 계시옵니다."

그때 가마의 문이 열리며 빈궁이 봉림대군을 향해 목례를 하고 원손의 손을 흔들어 보였다.

"빈궁 마마, 고초가 크실 줄로 아옵니다. 조금만 참으시오소서. 이 고비만 넘기면 다시 환궁하실 것이옵니다.”

“예. 대군. 대군도 무탈……하셔야지요. 환궁할 때까지 무탈하시기 바랍니다.”

빈궁의 목소리가 가늘게 떨고 있었다. 빈궁인들 정묘호란을 겪지 않았으리… 겁에 질린 빈궁의 가느다란 목소리에 봉림대군의 목이 메어지며 눈시울이 붉어졌다.

“예…… 빈궁…… 마…… 마……”

갈라지는 목소리를 가까스로 추스려 인사를 마친 봉림대군이 가마의 문을 닫고 피난길을 재촉했다.

아침 해가 떠오를 무렵…… 쏟아져 나오는 피난 인파로 큰 길은 인산인해를 이루고 있었다. 사대부와 사대부의 가솔들, 그리고 온 도성 안 백성들이 채 다 꾸리지도 못한 피난 짐을 머리에 이고 등에 진 채 앞을 다투어 피난길에 합류면서 전쟁은 기정사실이 되었다.

봉림대군이 가마를 호위하며 가는 도중 가끔 뒤돌아 보았는데, 피난 행렬은 끝이 보이지 않았다. 아침 햇살을 등 뒤로 받으며 떠나는 그 끝없는 피난 행렬 속에서 유독 김경징이 유난스러워 보였다. 이불 보따리에 작은 솥단지 하나, 그리고 쌀과 소금이 전부인 서민들의 가난한 짐에 비해 김경징의 피난 짐은 보기에도 엄청났다.

이미 우마차 동원령을 내리고 있던 김경징은 평양이 무너졌다 했을 때부터 짐을 싣기 시작, 60여 대가 넘는 우마차에 짐을 바리바리 가득 싣고도 우마차가 모자라 안달하던 중에 아버지 김류의 첩과 그 자신의 첩들까지 차례로 가마에 태워 피난길에 올랐다. 이불 한 채, 쌀 한 줌 더 지고 갈 힘 없는 피난민들의 눈알에 핏발이 선 건 그때부터였고, 더욱이 김경징의 머슴과 종들조차 우마의 잔등에 올라탄 위세로 피난민을 향해 겁도 없이 호령해 대는 꼴딱서니는 울분이 극에 달한 피난민들에게 돌이라도 던지고픈 충동을 일게 했다.

왕자들도 걸어서 피난을 가는 마당에 저것들이…… 하는 눈빛이 피난 길에 가득 차고 있었다. 대궐에서 나온 짐보다도 많은 행장을 꾸린 김경징의 방자한 처사에 배신감을 느낀 피난민들이 치밀어 오르는 시뻘건 분노를 그래도 참으며 길을 가는데 자꾸만 눈알이 빨개지는 것은 이미 신분에서부터 억눌려 버린 그 짙은 설움 때문이었다.

"어린것들조차 제 먹을 걸 지고 가는 마당에 저것들은 첩년들까지 처신고 놀이 가듯 하고 자빠졌으니…… 원, 니미……."

젖어드는 눈시울을 팔뚝으로 닦아 내던 피난민들의 목구멍에서 악에 받친 분노가 터져 오르고 있었다.

"씨-팔놈들!"

"육시랄 새끼들!"

"저런 개만도 못한 새끼들이 나라 꼭대기에 앉아 있으니 나라 꼴이 이 모양이지. 니미 씨부럴 새끼들!"

엄청난 세도에 맞서 대항할 힘이 없는 피난민들이었으나 울분에 싸인 채로 내뱉어지는 시뻘건 분노는 어느새 피난 행렬을 뒤덮고 있었다.

울분과 분노에 싸인 그 피난 행렬이 김포를 지나 통진에 이르렀을 때 짧은 겨울 해는 이미 서산에 붉은 낙조를 드리우기 시작했고, 서울 장안의 피난민들이 한꺼번에 몰린 나루터는 인산인해로 북적대고 있었다. 그런데, 그 울분에 핏발 선 눈동자들이 한꺼번에 쏠린 나루터가 피난민들을 경악케 했다.

"아니?"

"배! 배가 없다. 배가……!"

뒤쫓아 오는 오랑캐의 험악한 칼날에 목이 달아날까 오금이 저린 피난민들이 저마다 비명 같은 소릴 외쳤다.

"배가 없—다—아—"

나루터로 뛰쳐나간 피난민들이 위아래로 뛰달으며 열심히 배를 찾아보았지만 배다운 배는 보이지 않고 다만 나루터 한구석에 풍랑에 떠밀려 온 듯한 고기잡이 조각배 세 척만이 휑뎅그렇게 남아 바람 부는 대로, 물결 이는 대로 출렁이고 있었다. 그 황량한 모습이 추운 겨울날 피난민의 마음을 더욱 을씨년스럽게 하고 있었다.

놀라기는 봉림대군도 마찬가지였다. 빈궁과 원손을 보호해야 한다는 책임감 하나로 쉬지 않고 달려온 봉림대군이었다. 그런 봉림대군이 나루터에서 발이 묶이리라고는 상상도 못했다. 몸이 단 봉림대군이 한시라도 빨리 강화도에 들어가야 한다는 일념에 나루터 아래위로 내달려 보았지만 배는 보이지 않았다. 허탈했다. 빈궁과 궁인, 자신의 식솔들이 둘러서 있는 곳으로 돌아가는 무거운 발걸음의 봉림대군을 한흥일이 침통한 얼굴로 맞았다.

"검찰사 김경징이 강화유수를 만나러 갔사오니 조금만 기다려 보시오소서, 곧 좋은 소식이 있을 것이옵니다. 대군 마마."

"저 많은 백성들도 마음만은 우리와 같을 텐데…… 걱정입니다."

봉림대군이 근심어린 눈으로 한흥일을 바라보았다.

"김경징이 전함을 가지고 오면 보다 많은 사람들을 실어 나를 수가 있을 것이옵니다. 심려 놓으소서. 대군 마마."

그 말을 원임(原任: 전직) 대신 김상용이 거들었다.

"그리하옵니다, 대군 마마. 큰 배 수십 척이 움직이면 쉬이 건널 수가 있을 것이옵니다."

김상용의 말에 봉림대군의 낯빛이 조금은 밝아지는 듯했다.

봉림대군과 한흥일, 김상용이 왕실과 백성들의 안위를 걱정하며 갯바람에 떨고 있는 그 시각, 강화도 검찰사 김경징은 강화유수 장신을 만나고 있었다.

"달리 배가 없으면 전함이라도 끌고 오란 말이외다!"

"저, 전함을요?"

"이가 없으면 잇몸이라 했소이다. 어쨌든 건너는 가야 하질 않겠소이까."

강화도 검찰사 김경징이 뒤에 늘어선 왕실과 피난민들을 힐끗 돌아보며 소리쳤으나 강화유수 장신은 얼른 알아듣지 못했다.

"하, 하오나 전선(戰船)을 움직이자면……"

"이보시오, 유수 영감! 내가 강화도 검찰사요. 어명을 받든 검찰사란 말이외다. 어명으로 전선을 움직이는데 그깟 절차가 다 무어요. 나는 왕실을 보호해야 할 막중한 책무가 있는 사람이다 그 말이외다. 장차는 저 피난민들까지도 말이외다. 아시겠소?"

눈알을 부라리며 어명을 들먹이는 검찰사 앞에 목이 움츠러든 강화유수 장신이 더는 대꾸 없이 강화도에서 전선과 고기잡이배 수십 척을 끌고 왔다. 그런데 왕실을 보호해야 한다며 큰소리치던 김경징이 말과는 달리 그 배에다 제집 가속들과 짐을 먼저 싣고, 나머지 작은 배에는 그의 친구들과 그 식솔들을 거둬 싣고는 온다간다 한마디 말 없이 부랴부랴 배를 몰고 나아갔다. 그러자 설마 하고 끝까지 바라보던 원임 대신 김상용이 그 광경에 놀라 발을 구르며 소리쳤다.

"저런, 고이헌! 종묘사직의 신주가 예 계시고 왕실의 지중하신 분들이 추위에 떨고 계시거늘. 저런 저, 저, 죽일 놈을 보았나!"

"왕실을 먼저 보호해야 할 검찰사가 저래도 되는 겁니까?"

김경징의 분수 잃은 처사에 승지 한흥일도 눈에 쌍심지를 돋우며 격분했다. 그러나 배들은 이미 강화도를 향해 방향을 잡고 있었고 그때서야 놀란 왕실의 근위병들이 나루터로 내달리며 허세 섞인 고함에 악에 받친 욕지거리도 질러 보았으나 이미 떠난 배는 까딱도 없이 바다 같은 강을 유유히 건너고 있었다.

겨울 찬바람에 놀라 발악하듯 울부짖는 아홉 달 된 원손을 안고 있는 세자빈과 왕실의 부인들이 그 떠나는 배를 망연자실 바라보며 추위에 떨고 있었다.

"빈궁 마-마."

봉림대군 식솔들과 권오희 모녀, 궁녀들이 추위에 떨고 있는 세자빈을 둥글게 감싸기 시작했다. 이미 온몸이 얼어붙어 파랗게 질린 왕실의 부인들이 사시나무 떨듯 떨면서도 고개가 빠져라 강 건너를 바라보는 것은 건너갔던 배가 한시라도 빨리 돌아오기를 바라는 마음에서였다. 그러나 학수고대하던 그 배는 날이 어둑어둑해서야 돌아왔고 그 건널 준비로 부산을 떠는 왕실보다도 눈알을 부라리던 피난민들이 먼저 일어서며 나루터엔 질서가 무너지기 시작했다.

왕손과 대군들이 아직 건너지 못하고 있던 터에 김경징이 제집 가솔들을 먼저 피난시키고 돌아오자 "네깟 놈만 잘났느냐."며 핏대를 세우던 가난한 백성들이 드디어 앞으로 내달린 것이다. 그렇잖아도 김경징의 처사에 가득 불만을 품고 있던 피난민들이었다.

무리지어 내달리는 것은 비단 가난한 피난민들뿐만이 아니었다. 이미 술렁이던 군중들이었다. 체면으로 눈치를 살피던 사람들은 처음 몇뿐이었고 사대부니 양반이니 하는 시절 좋던 때의 그 허울들도 죽느냐 사느냐를 가름하는 기로에서는 다 겉치레에 불과했다.

점잖게 내딛던 발걸음들이 뜀박질 쳐대는 피난민들에 뒤처지기 시작하면서 그 또한 뛰달을 수밖에 없었다. 오랑캐가 닥치기 전에 저 강을 건널 수만 있다면 살 수 있다 믿는 마음들이었다. 차례를 기다려 배에 오른다는 것은 애초부터 싹수없는 얘기였고, 살려면 누구보다 먼저 배에 올라야 했다. 앞만 보고 내닫는 그 절박한 마음들이 결국 나루터를 사태 지게 했는데, 급기야 그 사태는 몇 척 아니 되는 조각배를 사이에 두고 피 튀기는 조각배 쟁탈전으로 이어졌다.

먼발치에 세자빈과 대군들이 엄연히 서 있는데도 피난민들은 막무가내였다. "네가 나를 모르는데 난들 너를 알겠느냐"는 반감을 피난민들은 온몸으로 그렇게 표출해 대는 것이었다.

"빨랑빨랑 삿대질을 하란 말이요, 자꾸 사람들이 더 타잖소."

어느 틈에 배에 먼저 오른 약삭빠른 사내가 삿대든 사내를 향해 짜증 섞인 소리 질렀다.

"언, 니미……. 누군 할 줄 몰라 안 허우? 사람들이 뱃전을 놔야 삿대질도 할 거 아뇨."

우락부락한 얼굴에 눈자위를 희뜩이던 삿대 든 사내가 삿대질을 하려는 사이에도 잽싼 피난민은 몇 명 더 올라탔고 배를 저어 나가려는 사람들과 그 배에 오르려고 발버둥치는 사람들이 밀고 당기며 엎치락뒤치락하는 사이 드디어 싸움이 벌어졌다.

　싸움은 미처 배에 오르지 못한 피난민들이 뱃전을 잡아끌며 시작되었다.

　"그 손 놔야 갈 거 아냐, 이 양반아!"

　"죽으면 죽었지 죽어도 못 놔!"

　"그래서 뭘 어쩌겠다는 거요! 그 참 답답한 양반일세."

　"답답하면 내리면 될 거 아냐. 내리라구 당장, 내가 대신 올라갈 테니까!"

　뱃전을 잡아끌던 사내가 당장 뛰어오를 기세로 눈알을 반들거렸다.

　"그 말 같잖은 소리 작작 하고 그 손 놔! 존 말루 헐 때."

　삿대 든 사내도 질세라 험악한 인상으로 위협했다.

　"뭐야, 좋은 말?"

　"그래, 이 작자야!"

　"머야, 작자……? 못 놔! 쌍놈아."

　삿대 든 사내의 위협에 뱃전을 잡아끌던 사내가 대뜸 욕지거리로 응수했다.

　"노란 말이다, 이 자식아!"

　"이 새끼야, 못 놔. 죽어도!"

　오랑캐의 군병이 금방이라도 달려들 것 같은 불안에 초조한 기색을 보이던 사내의 입에선 당장 거친 욕설이 튀어나왔고, 삿대 든 사내의 핏발 선 두 눈에도 노기가 몰려들었다.

　"이런 쥑일노메 새끼!"

　노성을 지르며 달려 나온 삿대 든 사내가 그 삿대로 악착같이 매달려 떨어지지 않으려는 피난민의 팔뚝을 사정없이 후려갈겼다. 그러자 사내의 팔이 우둑! 소리를 내며 부러져 너덜대는 것이 보였고 이어 죽는다 악

83

을 쓰며 비명을 질러 대는 그 오싹한 틈에 우락부락한 사내는 삿대를 힘차게 저어 물 가운데로 나갔다.

애당초 못 먹는 감 찔러나 본다는 심통으로 뱃전을 잡아끌다가 멀쩡한 팔만 잃은 사내는 죽을 듯 버르적거리며 주위의 동정을 구하려 했으나 악머구리 끓듯 소란한 아귀다툼 속에서는 그런 울부짖음도 생판 모르는 남의 일이었고, 또한 기우뚱하게 기운 불안한 모습으로 물길을 잡아 나아가던 그 작은 고깃배도 강 한복판에 이르러 자꾸만 제자리를 맴돌더니 급기야 뱃전이 들리며 순식간에 뒤집혀 버렸다.

허겁지겁대며 뒤따르던 작은 배 한 척이 그 광경에 놀라 뒤로 내빼는데 물에 빠진 피난민들이 허우적대며 그 작은 배로 몰려들었다. 살려 달라 애원하며 매달리는 사람들을 그러나 또한 살기 위해 내치는 사람들과의 애처로운 싸움이 반복되는 사이 필사적으로 매달리던 험악한 인상의 우락부락한 사내가 배 난간을 붙잡고 튀어 오르는 것이 보였다. 이를 본 배 안의 억센 몇 사람이 같이 죽을 순 없다며 그 사내를 밀쳐 내려 우 몰려드는 순간, 중심 잃은 작은 배도 절규하는 비명 소리와 함께 전복되고 말았다. 의지할 아무 것도 없는 강 한가운데서 허우적대던 수십 명의 피난민들이 물먹은 이불 보따리와 함께 차갑고 깊은 물속으로 서서히 가라앉고 있었다.

이미 깨어진 무질서 속에서 세자빈은 울고 있었다. 구중궁궐 깊은 내실에서 추위를 모르고 지내던 귀한 몸의 세자빈에게 살을 에듯한 섣달의 갯

바람은 잔혹했고 살풍경한 눈앞의 현실도 가혹스러웠다.

"빈궁 마마……!"

동궁 나인들을 지휘하여 세자빈을 둥글게 감싸던 동궁전 상궁이 안타까이 소리쳤다.

"마……마"

그러나 파랗게 얼다 못해 까맣게 질린 세자빈은 이미 온전한 모습을 잃어가고 있었다. 법도 있는 왕실의 체통과 세자빈으로서의 품위를 끝까지 지켜 내려 무진 애를 쓰던 세자빈이었다. 그러나 살 속을 파고드는 송곳 같은 갯바람과 참담하게 능멸당한 초라한 왕실의 견딜 수 없는 충격이 세자빈이 지녀야 할 최소한의 품위마저 무자비하게 무너뜨린 것이다.

"마─아─마."

자신의 의지와는 상관없이 경련을 일으키며 떠는 몸뚱아리와 떨어져 나갈 것같이 아픈 귀의 통증, 그리고 따닥딱딱 하고 부딪는 이 사이에서 자신도 모르게 새어나오는 신음 소리와 헛소리가 바람막이로 둥글게 둘러싼 동궁 나인들에게조차 안타깝게 들렸다.

"빈궁 마─아─마……"

그 앞에서 동궁전 상궁이 또 한번 소리치며 발을 굴렀다.

"암만 봐도 김경징의 처사는 잘못되었네!"

원임 대신 김상용이 세자빈을 바라보며 이를 앙다물었다.

"죄송하옵니다, 대감."

"자네가 죄송할 게 무에 있는가. 미친 망아지처럼 날뛰는 저 철없는 망나니가 가소로워 하는 말이니 괘념치 마시게."

세자빈을 보호해야 할 책무가 있는 승지 한흥일이 죄스러움에 고개를 들지 못하자 김상용이 그런 한흥일을 위로하며 김경징의 처사를 나무랐다.

임진왜란과 정유재란, 정묘호란을 몸으로 겪어 낸 김상용이었다. 그 김상용의 눈에 직위를 남용, 제 잇속부터 차리는 김경징의 처사는 차마 눈 뜨고는 보지 못할 꼴불견이었다. 제 애비 김류를 믿는 터수일 것이나 그러나 난리가 평정되고 나면 왕실을 능멸한 처사는 곧 극죄로 다스려질 것이었다.

'어……리……석은 놈!'

그러나, 그렇다 하더라도 지금은 그 누구도 김경징을 제지할 수 없었다. 훈구 대신이나 왕실의 대군이라 할지라도 왕명을 받든 피난지의 수상 앞에는 감히 함부로 나설 수가 없기 때문이었다. 그런데 그런 김경징을 참다못한 봉림대군이 준엄한 어조로 불러 세웠다.

"이보시오, 검찰사!"

김경징이 봉림대군을 돌아보았다.

"빈궁 마마와 원손께서 추위에 떨고 계시는데 속히 조치를 취해야 할 게 아닙니까!"

질책하듯 준열하게 호통 치는 봉림대군을 퉁명스럽게 쏘아보던 김경징의 얼굴에 순간 불쾌한 기색이 역력하게 배어나다 사라졌다. 대군이라 하여 무서워할 김경징이 아니었으나 추위에 얼어 파랗게 떨고 있는 세자빈을 힐끗 쳐다보고 난 김경징이 수하 무장들에게 호통을 쳤다.

"뭣들 하고 있느냐, 빈궁 마마와 원손을 뫼시지 않고!"

그리고 다시 봉림대군을 빤히 쳐다보던 김경징이 단지 그 말 한마디만을 남긴 채 횅하니 그 자리를 떠났다.

남겨진 봉림대군과 왕실이 수모를 당한 셈이었다. 그러나 그런 수모쯤은 전쟁터이므로 잊기로 했다. 급한 것이 빈궁과 원손의 안전이기 때문이었다. 그런데, 벌떼처럼 아우성치는 피난민들 한가운데를 뚫고 횃불 대열이 나타났다. 김경징의 군졸들이 배를 가지고 온 것이었다. 그러나 횃불에 비친 배는 전선이 아닌 작은 고기잡이배였다.

"아니, 이…… 이런!"

작은 고기잡이배와 군졸들을 번갈아 쳐다보던 봉림대군의 안색이 싸늘하게 굳어 갔다. 그러자 위에서 시키는 대로 했을 뿐이라는 말만 어색하게 되풀이하던 군졸들이 슬금슬금 도망치듯 뒷걸음질을 쳐댔다.

"검찰사는 어딨느냐! 배를 바꾸라. 배를 바꿔 오란 말이다. 배를!"

도망치듯 달아나는 군사들을 몇 발짝 쫓아가며 소릴 지르던 낙심한 봉림대군이 휘청 하고 자리에 섰다. 날은 이미 어둡고 바람마저 세차게 불어 배를 띄울 수조차 없게 된 그 절망보다 무너진 왕실의 존엄과 김경징의 모멸 가득한 독선에 대항할 아무런 힘이 없다는 사실에 봉림대군의 두 무릎이 꺾였다.

"이럴 수는 없다. 이럴 순 없어!"

주저앉은 채 몸부림치는 봉림대군의 양 볼로 하염없는 눈물이 굵게 흘러내리고 있었다.

"무, 무어라! 강화 길이 막혔어?"

영의정을 비롯한 대소 신료들의 호위를 받으며 세 번째 몽진길에 오른 인조의 어가가 남대문을 막 벗어날 무렵 소름이 오싹 돋는 비보가 또 한 차례 날아들며 급하게 내닫던 인조의 어가도 우뚝 멈추어 섰다.

적진을 살피러 나갔던 이흥업과 80여 기병이 창릉(서오릉) 밖에서 모두

전몰당하고 군관 두 사람만이 겨우 살아 돌아왔다는 것이다. 더욱 기가 막힌 것은 마부태가 거느린 적의 대군이 이미 연서역을 통과하여 홍제원에 진을 친 채 강화도로 가는 길목을 모두 차단했다는 것이었다.

눈앞이 아찔한 소식에 대소 신료들의 창백한 얼굴로 절망이 몰려들었고 인조는 놀라 허둥대는 신료들의 대책을 채 듣기도 전에 남대문부터 닫아걸게 하고는 그 문루로 황급하게 뛰어올랐다.

"강화 길이 막혔다니 대체…… 이 일을 어찌해야 한단 말이요!"

문루에 미처 다 오르지 못해 자리조차 잡지 못한 사색의 중신들을 돌아보며 인조가 창황(愴怳)하게 소리쳤다.

"그렇게 멀뚱히 서 있지들만 말고 대책을 말해보란 말이오. 대책을!"

파랗게 질린 인조가 발을 굴러 가며 다급하게 소릴 쳐도 중신들은 주인 앞에 죄지은 강아지마냥 머리만 조아릴 뿐 말이 없었다. 대책이 있을 리 없었다.

묵묵부답의 중신들을 노려보던 인조의 눈에 또 한번 노여움이 솟구쳐 올랐으나 인조는 가까스로 눌러 참고 하염없이 천정만 바라보았다.

'그래도 한 나라의 대신이요 중신이라 하는 사람들이 어찌 이다지도 무력하단 말인가……' 인조의 가슴에서 억장이 무너져 내리는 소리가 들리는 듯했다.

위급한 국난에 처한 조선 중신들이 중지를 모아 세운 대책이라고는 도감대장 신경진으로 하여금 모화관에 진을 치게 하여 얼마간의 시간적 여유를 얻어 보자는 것이 유일한 대안이었다.

"그걸 어찌 대책이라 할 수 있겠소!"

어설픈 대안에 인조의 진노가 결국 폭발했다.

"그래도 그대들은 이 나라의 중신이요 대신이라는 사람들이오. 그런 그

대들의 대책이라는 것이 고작 그것뿐이오?"

인조의 고함이 남대문 문루를 쩌렁 하고 울렸으나 뾰족한 수가 없는 중신들은 꺾인 고개를 들 줄 몰랐다.

그때 성루로 급히 뛰어드는 무장이 있었다. 철산부사를 거쳐 지금은 체찰부의 부장으로 있는 지여해였다.

"전하, 저들은 천리 길을 쉬지 않고 달려 왔기에 말과 군사가 모두 지쳐 있을 것이옵니다. 이때에 포병을 동원하여 사현에 나가 적의 선봉을 무찌른다면 전하께서는 무사히 강화도에 이르실 수 있을 것이옵니다. 원하옵건대 신에게 정병 오백만 주시옵소서. 나아가 힘써 싸우겠나이다."

목소리만 우렁찬 것이 아니었다. 엎드린 모습도 늠름해 보였다.

고개를 처든 중신들이 지여해를 마치 지옥에서 부처 만난 듯 반색한 눈으로 바라보는데 그 중 영의정 겸 체찰사 김류가 가장 기꺼운 얼굴을 했다. 지여해가 자신이 수상으로 있는 체찰부의 무장이기도 했거니와 모두가 싸우기를 마다하고 도망가기 바쁘던 터에 죽음을 두려워 않고 싸우다 죽기를 청하는 수하 무장의 그 가상함만으로도 손상된 자신의 체면이 만회되기에 충분하다 여긴 것이다.

"아, 그야 당연하지요. 오백이 아니라 오십의 군사라도 당장 대동하고 나가 싸워야지요. 암, 그래야지요. 그래야 하구말구요. 암-암."

천군만마라도 얻은 듯 체찰사 김류가 할금할금 인조의 눈치를 살피며 큰 소리로 지여해를 두둔하자 절망에 젖어 있던 인조의 낯빛도 밝아졌다.

"경들은 어찌 생각하시오?"

인조의 맑은 음성에 힘입은 김류가 괜스레 뒤를 돌아보았다 말았다 하며 분주를 떠는데

"전-하······" 하고 중신들 틈에 끼어 있던 이조판서 최명길이 정색하고

나섰다.

"체찰부 부장 지여해의 용기는 가상하옵니다. 하오나 군사 오백으로 적의 십만 대군을 물리치기란 어려운 일이옵니다. 선봉의 기세를 약간 누그러뜨릴 수는 있겠사오나 저 오백여 군사가 순국하고 나면 대대적인 적군의 보복이 있을 터이온데 그때는 무엇으로 대처하시겠나이까. 전하께서는 신중을 기하시어 대처하심이 옳을 줄로 아옵니다."

최명길의 지적에 밝았던 인조의 낯빛이 다시 어두워졌고, 귀밑까지 째어지던 김류의 입도 다시 오므라붙었다. 옳은 말이었다.

"그, 그럼…… 어찌하면…… 좋겠소."

"전하, 오랑캐가 이미 홍제까지 내려왔다면 일은 급하게 되었나이다. 한양 가까운 곳에서 방어할 만한 땅으로 남한산성만 한 데가 없사오니 아뢰옵기 송구하오나 전하께서는 수구문을 통하여 남한산성에 잠시 납시어 계시다가 사태의 추이를 보아 강화도로 몽진하심이 어떠하겠나이까."

"도성이 이미 포위당했다면 그 또한 어려운 일 아니겠소?"

"유도대장 심기원과 도감대장 신경진이 적을 맞아 죽기로 싸워 준다면 다소간의 여유는 있을 것이옵니다. 전-하."

최명길의 빈틈없는 제안에 비로소 힘을 얻은 듯 눈빛을 빛내며 앞으로 썩 나서는 좌의정 홍서봉을 영의정 김류가 콧바람을 일으키며 쳐다보았다.

"그럴 바엔 차라리 지여해가 나가 싸우는 것이 낫겠소이다. 원……"

혀를 차며 눈 흘기는 김류의 면박에 코가 뭉툭해진 좌의정 홍서봉이 무안한 얼굴을 떨구고 더 말을 못 하자 마땅한 대책도 없고 계책도 없는 중신들 틈에서 최명길이 다시 나섰다.

"전하, 종묘사직의 존망이 경각에 달려 있사온데 이에서 더 무얼 망설이겠나이까. 신이 적진으로 달려나가 적장을 만나 보겠나이다. 윤허하여 주소서.”

인조가 결기 세워 나서는 최명길을 기대와 불안 섞인 눈으로 다시 바라보는데

“이보시오, 이판! 적장을 만나 무얼 어쩌겠다는 것이요. 또다시 그 잘난 입으로 화친을 논하겠다는 게요?”

하며 그때까지 잠자코 있던 예조판서 김상헌이 불이 뚝뚝 떨어지는 눈으로 최명길을 노려보았다. 척화와 화친을 사이에 두고 자신의 주장을 조금도 굽힐 줄 모르던 두 사람이었다.

“나는 화친을 도모하러 가는 것이 아니라 저들의 발을 잠시나마 묶으러 가는 것이오이다. 가는 길에 오랑캐가 나를 죽인다면 나는 마땅히 저들의 말발굽 아래에서 죽을 것이나 다행히 서로 이야기가 성사된다면 조정을 향한 칼날을 잠시라도 머무르게 할 것이니, 그사이 전하께서 무사히 남한산성에 당도하실 수 있다면 그보다 더 다행한 일이 어디에 있겠소이까.”

노여움에 불타던 김상헌의 눈빛이 다소 누그러드는 듯이 보이자 대소 신료들의 눈빛도 온통 최명길에게 쏠렸다.

“이판께서 그리 말씀하시니 고맙소. 허나 저들은 금수만도 못한 오랑캐들이 아니오. 그 무지막지한 오랑캐의 소굴로 어찌 이판을 보내겠소.”

“전하, 그 점은 너무 심려치 마시오소서.”

인조가 의아한 눈으로 최명길을 바라보았다.

“신은 일찍부터 화친을 주장해 왔나이다. 적장 마부태도 그 점은 익히 아는지라 신이 달려 나가면 저들은 신을 반드시 진중으로 끌어들일 것이옵니다.”

“그렇기만 하다면 오죽이나…… 좋겠소.”

그러나 윤허를 기다리는 최명길을 바라보는 인조의 눈빛이 가늘게 떨

고 있었다. 심려치 말라는 말은 자신을 안위시키려는 최명길의 배려임을 알기 때문이었다. 정묘호란을 당했을 때도 최명길은 임금인 자신의 불안한 마음부터 안정시키고 나서 온몸으로 적진에 뛰어들어 사태를 극적으로 반전시켰었다. 십 년이 지난 오늘 또한 그 마음 변함없이 몸을 던져 희생을 자처하고 나서는 최명길을 보자 기대보다 오히려 그 최명길마저 잃지 않을까 불안한 인조의 마음이 먼저 떤 것이다.

"위태로운 길임을 알면서도 종사를 위해 기꺼이 적의 진중으로 들어가겠다 하시니…… 이…… 판,"

"하교하시오소서 전-하……"

인조는 최명길의 손이라도 덥석 잡아주고 싶었다. 그러나 그 감정을 억누른 채 부드러운 눈으로 최명길을 바라보는 인조의 눈시울이 어느새 붉어지고 있었다.

"사지로…… 보내야만 하는 과인을…… 용서…… 하시구려."

"화, 황공하옵나이다. 전-하."

적세가 도대체 얼마나 되는지, 지금 이 순간 어디까지 내려오고 있는지 염탐할 능력도, 대처할 경황도 없이 쫓기는 긴박함 속에서 중신들의 의견조차 물어 볼 틈 없는 다급한 인조의 마음이 그러나 그렇게 말하고야 말았다. 윤허하는 인조의 목소리는 메어져 갈라졌고, 그 앞에 머릴 조아린 최명길의 어깨도 가늘게 떨고 있었다.

"몸성히 잘…… 다녀와야 하오……"

"서, 성은이 망극하옵니다. 전-하."

"그리고 누굴…… 부사로 삼았으면 좋을지…… 말해 보오."

숨 돌릴 경황조차 없는 가운데서도 임금으로서 할 수 있는 성의를 다하려는 인조 앞에서 최명길의 눈시울도 붉어지고 있었다.

"하오면, 동중추부사 이경직과 함께 가겠나이다."

동중추부사 이경직은 성품이 강직하고 담대한 사람이었다.

"이경직?"

"예, 전하"

인조는 급히 이경직을 불러 최명길의 부사로 삼고 금군(禁軍: 임금의 호위군) 20명을 특별히 배정하여 만일에 있을지 모르는 사태에 대비케 했다. 금위군의 호위를 받으며 최명길과 이경직이 떠나는 것을 보고서야 인조는 남한산성으로 향했다. 그런데…… 임금의 어가를 메야 할 교군들이 없었다. 오랑캐가 한양 도성을 포위했다는 소식을 듣고 모두 달아난 것이었다.

황망하게 뛰닫던 어영대장 원두표가 그 즉시 말을 대령했으나 고삐를 잡을 마부도 도망치고 없었다. 머리끝이 쭈뼛 솟은 원두표는 어영군의 군졸로 급히 고삐를 잡게 하고 남한산성을 향해 길을 재촉했다.

인조가 구리개길(동현)을 경유, 수구문에 이르렀을 때 한꺼번에 쏟아져 나온 피난민들로 수구문 주변은 일대 수라장을 이루고 있었다.

임금의 행차임을 뻔히 알면서도 무엄함을 무릅쓴 이들 피난민들이 그 행렬에 혹여 낙오나 되지 않을까 엎어지고 자빠지며 울부짖는 소리가 수구문 길바닥을 온통 핏물처럼 뒤덮었다. 악머구리 끓듯 한 그 울음소리를 꽁지에 단 인조의 행차가 신천과 송파 두 나루를 건너 산 밑에 이르렀을 때는 날이 이미 어두워 캄캄했고 이경(밤 10시경)이 지나서야 비로소 남한산성에 들어설 수 있었다.

남한산성에 무사히 들어선 인조는 강화도로 떠난 자식들과 원임 대신들, 그리고 적진을 향해 떠난 최명길이 어찌 되었는지 그 궁금한 소식에 견딜 수가 없어 불안에 젖은 눈으로 밤을 밝히고 있었다.

그 시각, 강화도에서는 눈물을 털고 일어선 봉림대군이 세자빈과 원손, 그리고 자신의 가솔들과 원임 대신을 보호하기 위해 밤중임에도 주변을 살폈다. 김경징의 독선에 맞설 힘은 없었으나 그래도 자신은 조선의 왕자였다. 가족과 백성을 돌봐야 할 의무가 있는 사람이었다. 그러나 그 의무도, 잠시도 쉬지 않고 불어대는 세찬 바람 앞에서는 빛이 바랠 수밖에 없었다. 어부들이나 쓰는 비좁고 냄새나는 컴컴한 초막에 세자빈과 원손을 모실 수밖에 없는 현실을 타개할 방도가 없는 것이었다.

그렇게 춥고 불안한 밤을 보낸 봉림대군이 날이 밝자마자 그나마 그 작은 배에 세자빈과 원손, 그리고 왕실의 여인들을 차례로 실었다. 코를 찌르는 역한 생선 비린내에 세자빈과 왕실의 여인 등이 심한 구역질을 했으나 그러나, 강을 건너는 것이 급선무였다.

세자빈과 왕실의 여인들을 먼저 보내고 두 번째 배에 자신의 가족과 원임 대신들을 실어 보냈다. 세 번째 배에 오른 봉림대군이 배에 오른 사람들을 살펴보는데 권오희 모녀가 헝클어진 머리를 단장도 못 한 채 배 난간에 기대 구역질을 하고 있었다. 그 모습이 자신의 가족들이나 왕실의 여인들과 같은 모습이어서 애처로웠다.

아수라장이나 다름없는 피난지에서 배를 바꾸라 명할 처지도 못 되는 봉림대군이 그 작고 험한 배를 타고 간신히 강화도에 들어서긴 했으나 수십 리에 뻗쳐 있는 피난민을 배로 실어 나르기란 무리였다.

"배를 잡아라! 배를."

"강을 건너야 산다. 배를 잡아라!"

눈이 뒤집힌 채로 달려드는 피난민들의 핏발 선 눈은 흡사 아귀나찰의 눈이었다. 더구나 절박한 마음들이었는데 하룻밤을 논두렁에서 얼고 밭고랑에서 지치다 보니 그 몰골은 말 그대로 산 귀신의 모습이었고, 인산인해의 인파가 또다시 난투극이나 다름없는 조각배 쟁탈전으로 북새통을 이루고 있을 때 나루터 입구가 갑자기 시끌 하더니 피난민들이 한쪽으로 급격히 쏠리며 비명소리가 난무하기 시작했다. 이제나저제나 가슴 졸이며 뒤돌아보게 하던 그 청나라 군졸들이 기어코 들이닥친 것이었다.

무방비의 피난민들이 마구잡이로 휘두르는 청나라 군사들의 무자비한 칼날에 무참하게 도륙당하며 급기야 나루터는 끈적한 피비린내에 물씬 젖어가고 있었다.

"빨리 뛰어! 빨리―이!"

"아이고, 난 더 못 뛰겠어요."

"이대로 가다간 다 죽는단 말이야! 조금만 참고 뛰어, 조금만!"

가족을 데린 사내들일수록 급했다. 어차피 강을 건너긴 틀렸고 이젠 당장의 목숨 부지가 더 급한 일이었다.

어디로든 뛰어가 가족의 몸을 숨겨야 할 가장으로서는 피가 마르는 일이었다.

'산속으로 숨어야 해, 산속으로.'

그러나 도망이 수월한 일은 아니었다. 오랑캐는 말을 탄 채 짓쳐들어오는 기마 군단이요, 이쪽은 이고 진 피난 짐에 줄줄이 가족이 달린 피난민이었다. 그 피난민을 상대로 청나라 기병들은 마치 사냥놀이 하듯 했다.

말을 타고 휘두르는 청나라 기병의 날카로운 창칼이 번쩍일 적마다 피난민의 머리통과 몸뚱아리는 따로 떨어져 굴렀고 특히 남자는 무조건 도륙이었다.

청나라 기병의 말발굽 아래 남녀노소 구분 없는 시체들이 쌓이며 나루터는 이제 죽이기에만 혈안이 된 야차 같은 군사들과 눈알이 뒤집힌 채 살고자 내튀는 피난민들로 뒤엉킨, 그야말로 피비린내와 비명소리가 진동하는 생지옥이었다. 그 생지옥에서 강화유수 장신의 노모가 얼어 죽었다. 장신은 장유의 아우였고 장유는 봉림대군의 장인이었다. 왕자의 사돈이 적군의 칼날을 피해 달아나다 도랑에 빠져 허리가 꺾인 채로 얼어 죽은 것이었다.

한편 홍제원을 지나 사현의 마부태가 있는 군진으로 향해 가는 최명길의 마음은 착잡하기만 했다. 이미 홍제원까지 내려와 진을 치고 있는 적군의 삼엄한 경계로 홍제원 이북은 마치 남의 나라 같은 삭막한 느낌이었고, 살기등등한 기세의 청나라 군진 한가운데를 두려움 무릅쓰고 쫓아오는 단 한 명 초라한 금위군의 애처로운 모습도 최명길의 가슴을 자꾸만 아리게 했다.

임금의 명을 받든 20여 명의 금위군조차 출발과 동시에 모두 다 달아나 버린 그 황량한 사행 길을 끝끝내 남은 부장 한 사람과 부사 이경직만이 적진까지 따라온 것이었다.

'어찌 그들만의 잘못이랴, 그들도 가족이 딸린 한 집안의 가장인 것을……'

정묘호란을 당한 지도 어언 10여 년……. 강산이 뒤바뀌는 그 10여 년 동안 청나라는 명나라마저 정복할 야욕으로 군세가 다섯 배, 열 배도 넘게 늘어나고 있는데 비해 조선은 그나마 남아 있던 힘마저 부질없는 당파 싸움에 탕진해 버리고 국본(國本)인 백성들의 살림살이조차 바닥을 드러나게 하고 있었다.

　권력 유지를 위해서라면 헐벗은 백성들의 등골조차 서슴없이 우려 빼고자 혈안이 된 권력가들의 착취를 피해 깊은 산골짜기로 들어가 화전을 일구는 화전민이 늘고, 탐관들의 손길을 피해 멀리 바다 건너 섬으로 들어가는 유랑민이 늘면서 줄어드는 호구 수에 놀란 조정과 지방 관아가 실태 파악에 나서긴 했지만 한곳에 뿌리내려 정착하지 못하고 떠도는 부평초 같은 굶주린 백성들로 인해 제대로 조사가 되지 못했다.

　이에 조정은 조정에 보고된 호구 수보다 유랑민을 많이 낸 지방 수령들을 체직(遞職)과 면직, 또는 해임 등의 강경한 방법으로 몰아세우기에만 몰두하자 이에 해당되는 지방 수령들이 제 한 몸 건사하기에 바빠 지고한 왕명에 대해서조차 편법으로 대처하는 일들을 예사로이 자행하기에 이르고, 그런 지방관들에게 목민(牧民: 어질게 다스림)은 환상이요, 부국강병이라는 말조차 아득히 먼 나라의 전설 같은 이야기로 간주되는 마당에 척화란 더더구나 씨알머리 없는 얘기로 치부되었다.

　척화는 입으로만 하는 정치구호가 아니요, 나라 운명의 사활이 걸린 현실의 문제인데도 나라가 어찌 되고 백성이야 어찌 되든 말든 안전한 자신들의 입지만 믿고 사방팔방에 척화유시문(오랑캐를 타도하자는 성명서)을 남발하는 김류, 김자점의 행태는 그렇다 치더라도 나라의 백년대계를 내다볼 안목을 지녀야 할 젊은 신료들조차 나라 안의 실상은 뒤로한 채 덩달아 달아오르는 그 경솔함에 최명길의 가슴은 찢어지는 듯했다. 김류와 김자점의 입김 탓이라 아니할 수 없는 노릇이나, 나라의 무거운 짐을 짊어지고 나아가야 할 젊은 동량들마저 시류에 영합하는 영악스러움이 안타까워 긴 한숨 끝에 하늘을 우러러보는 최명길의 눈시울이 시렸다.

　'시대가 사람을 만든다더니……'

나라와 백성의 안위조차 뒷전으로 팽개치는 시류의 영악함이 결국 사행 길의 최명길을 울게 했다. 하염없는 눈물이었다.

볼을 타고 흘러내리는 눈물을 소매가 얼룩지도록 닦아 내는데 어느덧 마부태의 군막 앞이었다.

조선 사신의 행차 소식에 마주 나오던 마부태가 상대가 최명길임을 알고는 껄껄 웃으며 맞이했다. 그러나 최명길은 웃지 못했다. 지금쯤 남한산성을 향해 허겁지겁 내닫고 있을 임금 인조를 생각하면 웃음이 나올 수가 없었다.

"마 대인, 귀국과 조선은 지난 정묘년에 형제의 의를 맺어 서로 군사를 일으키지 않기로 맹약하였소이다. 우리 조선은 그 약속을 금석맹약[14]으로 믿고 따랐는데 무슨 연유로 대군을 일으키어 이렇듯 깊이 들어왔소이까?"

마부태의 웃음을 애써 외면한 급한 마음의 최명길이 마부태가 권하는 자리에 앉기도 전에 그 일부터 따졌다.

"그야 지난 정묘년의 약속 불이행 때문이지요. 그 확답을 들으려 온 거외다. 우리는……"

"아니, 마 대인. 조선이 맹약을 어기다니요? 그 무슨 당치않은 말씀이시오이까?"

자리에 앉으며 최명길이 정색했다.

---

14) 금석맹약(金石盟約): 어떠한 어려움에도 변하지 않는 맹서

"그럼 지금까지 정묘년의 약조를 잘 지켰다고 보시는 거외까?"

"그렇다마다요, 우리같이 힘없고 나약한 나라가 어찌 먼저 약속을 어기겠소이까."

"이것 보시오, 최 대감. 조선 조정이 척화로 공론을 모으고 군사를 징발했다는 증거가 여기 있소이다."

언성을 높이며 따지듯 쳐다보는 최명길을 향해 마부태는 인조가 평양 감영과 의주부윤에게 보냈던 척화유시문을 내보이며 차갑게 눈을 흘겼다.

"어디 그뿐이오? 우리 황제께서 나라 이름을 후금에서 청(淸)으로 바꾸시고 연호를 숭덕(崇德)이라 했는데도 조선 조정에서는 그 숭덕 연호를 따라 쓰질 않고 있소이다. 그리고 금년 가을까지 보내기로 했던 공물은 왜 아직 보내지 않고 있소이까?"

"……"

"그것만 보더라도 조선은 이미 정묘년의 약조를 어기고 있음이 아니더이까."

숨을 꿀꺽 삼킨 최명길이 마음을 가다듬었다. 마부태의 지적은 사실이었다.

"또 있소이다, 최 대감."

최명길의 안색이 어두워져 갔다.

"우리 황제께서 대청 제국의 제위(帝位)에 오르신 후 새로운 약조를 맺고자 화친할 것을 수 없이 요청했는데도 조선은 오히려 척화로 공론을 모으고 우리 사신들을 홀대했소. 그 바람에 우리 사신들이 여러 번 곤경에 처한 적도 있었소이다."

마부태는 인조의 왕비 인렬왕후의 빈소에 조문 차 사신으로 왔다가 웃지 못할 봉변을 당한 일이 있었다. 그 일을 생각했음인지 마부태의 입가에 계면쩍은 웃음이 흘렀다.

인조의 왕비인 중전 한 씨가 인조 13년 12월에 42세의 나이로 별세하자 후금의 조문 사절로 온 마부태가 홍태시의 국서를 가지고 온 것이 탈이었다. 그 국서의 내용인즉,

『국호를 청이라 하고 한(汗: 칸)을 높여 황제라 하며 연호를 천총에서 숭덕으로 고쳤으니 조선은 군신의 예를 다하라.』였다.

마른하늘에 날벼락 같은 그 국서로 말미암아 조선 조정은 한때 요동을 쳤다.

오랑캐와 형제의 맹약을 맺은 것만으로도 치욕으로 여기던 조선의 사대부였다. 그런데 이제 와서 그 오랑캐를 임금으로 섬기라……? 그야말로 온 조정이 발칵 뒤집히고 온 나라가 들먹거릴 일이었다.

조선의 청징(淸澄: 맑고 깨끗함)함을 어찌 오랑캐 따위에게 더럽힐까 보냐며 눈을 하얗게 치뜨던 사대부와 조정 대소 신료들이 드디어 그 조문 사절을 목 베고 오랑캐를 타도하자는 흥분한 목청이 터져 나오기 시작한 것이다. 그와 때를 같이 하여 조선의 천지 사방에서는 '무찌르자 오랑캐, 때려잡자 홍태시'를 부르짖는 구호가 집집마다 마을마다 흐르고 넘쳤다.

조정과 나라 안팎의 분위기가 이렇듯 험악하게 돌아가자 빈전(殯殿: 빈소)을 지키는 빈전도감들도 오랑캐의 조문을 가당찮게 여겨 금천교에 장막을 치고 그곳을 빈소인 양 속였다. 그러나 그런 사실을 모르는 마부태와 용골대가 빈 장막에 제물을 차리고 제례를 올리려 할 때였다. 하필이면 그 순간에 바람이 세차게 불어 장막이 들춰진 것이었다.

"아니?"

"빈전이 비어 있질 않습니까!"

놀란 용골대가 소리치며 돌아섰고, 이어 사태의 전말을 눈치챈 마부태가 조문 사절을 능멸한 처사는 곧 황제를 능멸한 처사라며 격분해 뛰쳐나가는데, 그때 마침 숙위(숙직근무)를 교대하려는 금위군 부대가 일사불란하게 움직이며 이들 앞으로 다가왔다. 순간 머리끝이 쭈뼛한 마부태와 용골대는 그곳을 함정으로 알았다. 자신들을 해치러 달려 나오는 군사들로 착각한 것이었다.

햇빛에 번쩍이는 창검으로 무장한 군사들이 점점 더 가까이 다가오자 혼비백산한 채로 허둥대던 마부태와 용골대가 겁에 질린 소리를 지르다 말고 그대로 내뛰었다. 달아나는 발걸음들이 어찌나 잽싼지 영문을 모르는 금군들은 그들을 멀뚱한 눈으로 바라만 볼 뿐 이유를 몰랐다.

가쁜 숨을 헐떡이며 간신히 창덕궁의 담을 뛰어넘은 마부태와 용골대는 그 길로 압록강을 건넜다. 도망 중에 조선군의 파발을 우연히 사로잡아 보니 공교롭게도 그 파발은 인조가 평안감영과 의주 부윤에게 보내는 척화유시문이었다. 그 유시문을 마부태가 최명길에게 보인 것이다.

"조선의 왕자와 척화를 고집하는 신료들을 우리 청나라에 보내 오면 우리가 그들을 설득하여 화친을 이루어 내려 무진 애를 썼소이다. 그런데 조선에서는 단 한번도 성의를 가지고 대한 적이 없었어요."

그건 사실이었다. 조선이 오랑캐와 무엇을 하겠는가.

"지난달 초에도 본인이 의주의 임경업에게 말한 바 있소. 우리의 대병이 압록강을 넘어 출병 중에 있을지라도 왕자와 대신들을 보내 화친할 것을 청한다면 우리는 그 즉시 출병을 정지하고 화친에 응하겠다고 말이지요."

그것도 사실이었다.

"기억나시오이까?"

쏘아보는 마부태의 눈초리가 가늘게 찢어지고 있었다.

"허나, 마 대인. 조선으로서는 그만한……"

"내 말 아직 끝나지 않았소이다, 최 대감!"

갑자기 써느런 마부태의 언성에 말허리가 잘린 최명길이 차갑게 쏘아보는 마부태를 마주 쳐다보는데 마부태의 눈빛에서 순간 파아란 불꽃이 일었다. 살기(殺氣)였다.

"척화로 공론을 모았으니 조선엔 척화를 주장하는 자들이 그만큼 많다는 뜻 아니오?"

최명길의 안색이 점점 더 어두워지고 있었다.

"우린 내일…… 그 자들을 색출해 내어 그 자들이 보는 앞에서 한양 도성을…… 쑥대밭으로 만들…… 작정이오."

어금니를 잘근잘근 씹어 말하는 마부태의 화살 같은 눈총이 까맣게 죽어가는 최명길에게 날아들었다.

"그런데 그토록 척화를 주장하던 사람들이 어째 한 사람도 아니 보이냔 말이오. 우리가 한양 도성을 포위하는 동안 내내 말이오."

최명길의 고개가 숙여졌다.

"그자들더러 우릴 막아 보라 해 보시요. 말로만 떠들지 말고 말이오."

어느새 마부태가 차갑게 웃고 있었다. 비웃음이었다.

태평성대도 힘이 있고서야 보장받을 수 있는 일이었다. 그러나 단 3만의 기병도 막아낼 힘조차 없는 조선이 눈만 뜨면 척화요, 입만 열면 문치(文治) 제일이니 그 허장성세의 가소로움을 마부태가 시퍼런 살기 흐르는 눈으로 비웃는 것이었다. 그 비웃음 앞에 고개 숙인 최명길의 등줄기로 써느런 전율이 흘렀다.

"하오나 마 대인……"

최명길이 마부태를 공손하게 불렀다.

"우리 조선이 화친을 배척하고 척화로 공론을 모은 데는 그만한 이유가 있었기 때문이 아니겠습니까?"

뒤집어 마부태를 설득하지 못하면 만사는 수포로 돌아갈 것이었다. 마부태의 심기를 누그러뜨리고 임금 인조의 피난 갈 시간을 버는 것……

최명길이 마부태 앞에 공손한 태도를 보이며 그의 기분을 거스르려 하질 않자 싸늘하게 비웃던 마부태가

"이……유……?"

하며 가는 실눈을 치떴다.

"그렇소이다, 마 대인. 우리같이 작은 약소국이 조선에 비해 수십 배나 큰 대국과 국경을 맞대고 살면서 척화한다고 하는 일이 사리에 합당하다고 보시오이까?"

이제 와서 그게 무슨 뚱딴지 같은 소리냐는 듯 마부태가 눈알을 뚱그렸다.

"그것은 명분이외다."

"명분……?"

"계란이 바위를 이길 수 없음은 누구나 다 아는 사실 아니오이까."

"그렇긴 하오만…… 그것이 명분하고 무슨 관계가 있다는 말이오?"

살기등등하던 마부태의 눈빛이 다소 누그러들고 있었다.

"지난 정묘년 이후로 귀국의 소인 잡배들이 압록강과 두만강을 넘어 조선의 민가를 약탈하고 조선의 부녀자들을 수도 없이 잡아갔소이다. 심지

어는 국경을 지키는 우리 군사들까지 해쳐 가면서 말이지요."

"뭐……요?"

눈썹이 꿈틀하던 마부태가 최명길을 정시했다. 처음 듣는 소리였다.

"두만강을 접경으로 하고 있는 회령에서는 작은 부락이 아예 통째 폐허가 되기도 했소이다. 이는 아주 최근의 일이었습니다마는…… 차마 두 눈을 뜨고는 볼 수 없는 참혹한 참상이었지요."

"그것이…… 사실이요?"

"사실이고말고요. 회령에는 지금도 그 증거가 뚜렷하게 남아 있소이다."

청나라 군사들이 저지른 만행을 담담하게 밝히는 최명길 앞에서 마부태의 얼굴이 침통하게 일그러지고 있었다.

"그러니 변방의 수령들이 이 같은 사실을 어찌 아니 고할 수 있었겠습니까."

인품으로 보아 최명길은 거짓말 할 사람이 아니었다. 침통하게 일그러진 얼굴의 마부태가 최명길의 인품을 믿어 그 이야기를 듣기 시작했다.

"피에 젖은 한 맺힌 보고가 하루도 잘 날 없이 조정에 올라오니 조정은 조정대로 편치 않아 이 사실들을 공론에 부쳤소이다."

마부태가 말없이 듣고만 있었다.

"공론이 일자 혈기 왕성한 젊은 신료들을 중심으로 무언가 일이 진행되었지요. 말릴 수 없는 일이었소이다."

"……"

"척화는 공론이었으나 아주 자연스런 일이었습니다. 화친을 주장하는 나도 척화를 주장하는 이들에게 낯을 들 수 없는 것이 바로 이런 점 때문이었으니……"

바라보는 마부태의 눈썹이 꿈틀했다.

"죄 없는 내 동포가 원통하게 죽어 가는데 가만히 보고 있을 사람이 누가 있겠습니까. 더구나 나라의 녹을 먹는 신료라는 자들이 이를 알고도 모른 척한다면 장차 백성들을 무슨 낯으로 대하구요……"

듣고 있던 마부태의 숨소리가 갑자기 길게 울려 났다.

"온 나라가 들끓는데 혈기 왕성한 젊은 신료들이 가만있을 수 있었겠습니까? 나는 그 점에 있어 척화는 탓할 일이 아니라 보고 있습니다."

그 말에 마부태가 무어라 말대꾸를 하려는데 최명길이 마부태를 먼저 불렀다.

"마 대인……"

마부태가 마뜩찮은 눈으로 최명길을 쏘아보았다.

"우람한 청년이 달려들어 네 살배기의 목을 죄고 흔든다면 마 대인은 어찌하시겠습니까."

"당연히 말리겠지요."

마부태가 퉁명스럽게 대답했다.

"우리 조선은 네 살배기 젖먹이와 다름없소이다."

그 말에 피식 하고 웃던 마부태가 어깨를 한번 으쓱 추스렸다.

"조선은 공맹의 학풍을 계승한 나라라 자처하는 자긍심이 강한 나라오이다. 그에 따라 명분 또한 소중히 여기는 나라이기도 하구요."

마부태가 옆에 있던 술병을 앞에 놓았다.

"조선은 명분에 따라 목숨도 초개같이 버릴 줄 아는 세상에 몇 안 되는 나라 가운데 하나이기도 하오이다. 이런 명분을 아는 사람들에게 변방의 일들은 너무도 파렴치한 행위들이었어요."

숨소리를 또 한번 크게 내던 마부태가 제 앞에 놓인 잔에 손수 술을 따르고는 묵묵히 마시기 시작했다.

"그러니 우리 젊은 신료들이 명분을 앞세워 서로 죽으려 다투는 것인데 이를 누가 말리겠소이까."

마시고 난 빈 잔을 마부태가 조용히 내려놓았다.

"물리적인 힘은 없으나 이것이 조선의 저력이외다. 창칼보다 더 무서운 숨은 힘이지요."

마부태가 또 술을 따르고 있었다.

"임진왜란 때도 우리 조선은 전 백성이 무섭게 일어섰었습니다. 지난 정묘난 때에도 그러했구요."

은근히 위협하듯 말하는 최명길을 향해 마부태의 가는 눈이 치떠지다 사라졌다.

"명분이 바로 서면 죽음을 두려워하지 않는 나라가 바로 우리 조선입니다. 이제 또 그 명분이 바로 설 때가 온 것이니…… 마 대인."

마부태가 반쯤 비운 술잔을 다시 내려놓았다.

"우리가 숭덕 연호를 쓰지 않는다 하셨는데, 아직 명나라가 건재하고 있소이다. 명나라는 우리 조선이 임진왜란으로 곤경에 처했을 때 선뜻 나서서 피를 흘려 준 아주 고마운 나라입니다."

그 말에 마부태의 가는 실눈이 다시 하얗게 치떠졌으나 최명길이

"허나, 또다시 우리가 어려움에 처했을 때 귀국이 선뜻 나서 도와준다면 우리 조선은 청나라를 명나라 대하듯 또한 그렇게 하고도 남을 것이외다."

하고 말하자 노여움 담아 치떴던 마부태의 눈도 다시 사그라들었다.

"그런 명나라와의 의리를 저버리고 무지막지하게 창칼로 위협하며 청나라 연호를 쓰라면 죽어도 아니 쓸 나라가 바로 우리 조선이외다."

어느새 마부태는 고심하고 있었다. 지난 정묘년에 조선 깊이 들어 왔다가 조선 의병들에게 둘러싸여 악전고투하던 기억이 생생하게 떠오른 것이다. 한때 퇴로까지 차단당하여 얼마나 당황했던가. 최명길의 말처럼 죽기를 작정한 조선 백성들이 이제 또다시 충(忠)을 앞세워 벌떼처럼 달려든다면 이는 분명 눈앞이 아찔하도록 난감한 일이 될 것이었다.

그때 갑자기 마부태가 끙! 하는 신음소리를 내며 들었던 술잔을 떨어뜨렸다. 독 오른 조선 의병들의 피 묻은 돌팔매가 자신을 향해 날아드는 환상이 보였던 것이다.

"아니, 마 대인!"

최명길이 오히려 놀라 자신의 손수건으로 마부태의 옷자락에 묻은 술을 닦아 내었다.

"어허— 이런, 어쩌자고 이런 실례를……"

일어선 마부태가 최명길의 두 손을 잡아 제지하며 극구 사양했다.

"허허…… 최 대감. 최 대감의 말씀을 듣고 보니 우리가 조선을 너무 얕보았던 것 같소이다."

"얕보다니요, 우리가 힘이 없는 것은 사실이오이다."

"허— 그 힘이라는 것이 어찌 영원할 수 있겠소이까."

그 말에 최명길이 나직한 자세로 마부태의 말을 경청했다.

"그리고 정묘년의 일을 우리가 어찌 잊을 수 있겠소. 최 대감의 말씀에도 일리는 있으니…… 최 대감,"

"말씀하시지요."

처음에 비해 사뭇 부드러운 모습을 한 마부태가 최명길의 두 손을 잡았다.

"우리가 이렇게 깊이 들어온 까닭은 화친하자는 데 그 뜻이 있습니다."

"화…… 친…… 이라니요?

최명길이 뜬금없다는 듯이 두 눈을 똥그렸다.

"우리 황제께서 나라 이름을 청이라 하셨고 또한 제위에도 오르셨으니 그 이전에 있었던 모든 사안들은 마땅히 새로 바꾸어야 할 것 아니겠습니까."

"……?"

"그래서 오늘과 같은 불행을 사전에 방지하고 양국 간의 우의를 돈독히 하고자 수없이 많은 사신을 보내 화친할 것을 요청했는데도 번번이 거절당하고 말았소이다. 그러니 황제께서도 화가 날 만하셨지요."

두 손을 잡힌 채로 최명길이 고개를 끄덕였다.

"이제 우리 황제 폐하께서 남하 중에 계시니 머잖아 한양 도성에 곧 당도하실 겝니다."

"아니, 황제께서 직접?"

"그렇소이다, 최 대감. 황제께서 손수 본진을 이끌고 남하 중이시오이다."

'그, 그렇다면……'

인조도, 또한 피난 중인 신료들도 모르고 있던 사실이었다. 임경업과 이완 등 일선의 무장들이 알고 있는 사실을 공교롭게도 조선 조정에서만 모르고 있던 것이다. 그것은 이 같은 사실이 도성에 알려지면 혼란이 일까 우려한 김자점이 그 사실을 감춘 까닭이었는데 결국 이 정보의 은폐로 조선은 다시금 일어설 수 없는 깊은 나락으로 추락하고 만다. 어쨌든,

뜻밖의 사실에 놀란 최명길의 머릿속이 바쁘게 움직였다. 이건 임금 인조의 피난 시간을 버는 그런 일만으로 끝날 간단한 문제가 아니었다.

'최소한의 피해! 최소한의 피해!'

최명길의 급한 마음속이 그렇게 외쳐대고 있었다.

청나라 황제가 몸소 정벌에 나섰다면 그 피해는 조선이 미처 감당치 못할 가공할 재앙이 될 것이었다. 자신이 그토록 절절하게 외친 화친 주장도 조선이 입을 피해를 최소화하자는 데 그 뜻이 있지 아니했던가…… 최명길이 안절부절못하는데 마부태가 최명길을 다시 바라보았다.

"황제 폐하께서 친히 강림하셨다 돌아가실 때에는 절대 빈손으로는 아니 가실 겝니다. 그 점에 대해서는 조선도 마음의 준비는 하고 있어야 할 줄로 압니다."

"염려해 주어 고맙소이다. 마 대인……"

최명길이 마부태의 잔에 술을 가득 따랐다. 전쟁이 아니라면 정이 가득 넘칠 그런 잔이었다. 그 잔을 훌쩍 비운 마부태가 최명길에게도 술을 가득 채워 주었다.

"마 대인……"

"말씀하시구려."

마부태의 음성이 부드러웠다.

"기왕에 말이 나왔으니…… 한 가지 부탁이 있소이다."

푸짐한 안주를 입 안 가득 물던 마부태가 눈을 똥그랬다.

"부탁……이라고요?"

"그러하오이다, 마 대인."

"무슨 부탁이요, 말씀해 보시구려."

안주를 씹던 마부태가 머리를 깊이 숙인 최명길에게 오히려 재촉했다.

"도성 안엔 미처 피난하지 못한 우리 백성들이 많이 남아 있소이다. 이들의 생명과 재산을 강탈하는 일이 없기를 부디…… 간곡하게 부탁하오이다."

말끝에 최명길의 눈시울이 붉게 젖어가자 마부태는 별것도 아니라는 듯 가슴을 썩 내밀며 자신 있게 대답했다.

"난 또, 무슨 특별한 부탁이라고…… 그런 부탁이라면 부탁이랄 것도 없지요. 황제께서 오신 이후에 일어나는 일들에 대해서는 책임질 수 없는 일이나 그때까지만이라도 내 특별히 단속하리다. 염려 마시구랴."

"감사하오이다, 마 대인. 진정…… 감사……하오이다."

자리에서 일어선 최명길이 마부태에게 거듭 머리를 조아리며 고마워하자 오히려 마부태가 멋쩍어 했다.

"우리 전하께서는 귀국이 소망하는 바를 말씀드려 잘 성사되도록 노력하겠소이다."

"고맙소이다, 최 대감. 피차간에 유혈 사태는 없을수록 좋은 일 아니겠소이까."

"그러하오이다, 마 대인."

마부태가 최명길의 두 손을 다시 잡았다.

"노력해 보십시다, 최 대감."

"그리하오리다, 마 대인…… 그리고 오늘 많은 신세를 지고 가오이다."

"허허…… 신세는 무슨."

마부태는 마치 오래된 지기를 보내는 듯 군영 밖까지 따라 나와 최명길을 배웅해 주었다.

마부태가 최명길을 안 지는 오래되었다.

십 년 전 정묘호란 시, 한양 도성이 후금군에 함락되어 임금과 조정이 강화도로 피난했을 때, 나라가 망할지언정 척화는 해야 한다며 분기탱천한 명분을 내세운 신료들이 임금 인조를 둘러싸고 있었다. 그때, 실리의 바탕 없이 명분만 주장하는 것은 그릇된 유자(儒者)의 못된 고집이라며 명분론자들을 신랄하게 비판, 나라부터 구하고야 명분도 설자리가 있다는 최명길의 주장에 인조가 동조하여 최명길이 어렵게 어렵게 화친을 유도해 내었다. 그 위기의 조선을 구해 낸 최명길의 충성심을 누구보다도 잘 아는 마부태였다. 충성심과 함께 실리와 참된 명분을 아는 최명길을 마부태는 말이 통하는 사람, 참 아까운 사람으로 여기고 있었다.

금강산을 내려온 이무진은 사형 허성환이 운영하고 있는 산동의 도장에 도착해서 조선의 사정과 스승 백의선인의 말씀을 전했다.

"스승님께서 그렇게 말씀하셨단 말인가, 태산에 계신 선우영재 선생을 찾아뵙고 오라고?"

"예, 형님."

"그렇잖아도 그 어른을 한번쯤 찾아뵈려던 참이었는데 마침 잘되었구먼. 자, 안으로 들어가지."

도장의 조선인 제자들에게 고구려의 전통무예와 환국검도를 가르치던 허성환이 이무진의 두 손을 반갑게 잡으며 안으로 들어갔다.

"산동과 금강산이 먼 거리인데도 이렇듯 쉬이 왕래를 하는 걸 보면 자네 걸음이 빠르긴 참 빠르네."

"원, 형님도. 형님 걸음에 비하면 제 걸음이 걸음입니까? 이제 겨우 걸음마를 뗐을 뿐이지요?"

"허허…… 그 사람."

격의 없는 웃음이 한바탕 방안을 울렸다.

"그래, 조선의 사정이 날로 어려워지고 있지?"

"어려운 정도가 아니라 지금쯤 조선팔도가 청나라 군사들에게 철저히 유린당하고 있을 겁니다."

"아니 그게 무슨 소린가. 화친을 청하러 사신을 보냈다더니 화친이 성 사되지 않았단 말인가?"

이무진을 쳐다보는 허성환의 두 눈이 뚱그래졌다.

"조정이 화친과 척화파로 나뉘어 끝끝내 싸움질인데 화친이 이루어지 겠습니까?"

"……?"

"오는 길에 황주와 평양, 의주를 거쳐 심양을 다시 둘러보았는데 임경 업 장군이 있는 백마산성을 제외하고는 방어태세를 제대로 갖춘 곳이 단 한 곳도 없었습니다."

"허어……!"

"더구나 대로마다 뚫려 있으니……"

그렇게 말하는 이무진의 호흡이 가빠지고 있었다. 허성환의 안색은 어 둡게 굳어지고 있었고.

"심양엘 들려보니 심양은 정예화된 군사들로 발 디딜 틈이 없었습니다. 그 수가 하도 많아 대체 군사의 수가 얼마나 되는가 하고 사람들에게 물 어보았더니 전체 군사의 수는 30만이 좀 넘고 기마병만 10만이 된다 하였 습니다."

"정예군 30만에 기병만 10만?"

"예, 그런데 이번에 출병하는 청나라 군사의 수가 12만이라 하고 태종 홍태시가 직접 본진을 이끌고 간다 하는데 군사의 수만 보더라도 조선은 막아낼 힘이 없잖습니까? 그런데도 대로마다 무인지경이니 조선이 온전할 수 있겠습니까?"

이무진의 핏대 솟은 소리에 탄식하던 허성환이 갑자기 생각난 듯 되물었다.

"가만, 홍태시가 직접 나섰다고?"

"예, 형님."

허성환의 뜬금없는 물음에 이무진의 두 눈이 올롱해졌다.

"그자가 본진을 이끌고 조선을 침범한다면 조선은 가망이 없네, 가망이 없어……"

"아니, 왜요. 형님?"

이무진이 허성환의 장탄식을 가로막으며 되물었다.

"그자가 어떤 자인가. 이미 광해군 시절부터 조선 정복을 꿈꾸던 자가 아닌가. 정묘호란도 그자가 일으킨 전쟁이고……"

"예, 맞습니다. 형님."

"이번 전쟁에서는 묵은 원한까지 씻으려 할 게야."

"묵은 원한이라니요?"

"광해군 시절 평양감사였던 박엽 장군에게 당한 빚이지."

"빚이라 하시면……?"

눈을 감은 채 깊은 한숨을 내쉬는 허성환을 이무진이 의아한 눈빛으로 쳐다보았다.

"누르하치와 그 아들인 홍태시가 조선을 정복하고자 기회를 노린 적이 있었는데, 박엽 장군에게 덜미를 잡혀 구사일생으로 살아난 적이 있었어."

"예에……?"

이무진이 놀란 눈을 치떴다.

"박엽 장군은 구봉 송익필 선생에게 단학(丹學)을 전수받으신 분이 아닌가. 병법에도 능했지만 술법에도 능했지. 그 술법에 그들 부자가 당했던 게야."

"어떤……?"

이무진이 궁금한 낯빛을 했다.

"무슨 일이었는가 하면 말일세."

궁금해하는 이무진에게 허성환이 지난 일을 설명하기 시작했다.

"만주를 석권한 후금의 누르하치가 조선마저 정복할 야심으로 심양에서 대군을 이끌고 단동으로 내려갔었네. 그때가 박엽 장군이 평양감사로 있을 때였는데 장군이 모를 리가 있었겠나? 누구보다도 그 사실을 먼저 안 박엽 장군이 일필단기로 압록강을 건너 단동으로 들어갔지."

이무진이 더욱 궁금한 얼굴을 했다.

"분명 일필단기의 장군이었는데 누르하치와 홍태시가 보니 박엽 장군 뒤로 수를 알 수 없는 대군이 따르고 있는 게야."

이무진의 두 눈이 올롱했다.

"박엽 장군이 저들보다 더 많은 군사로 진을 치고는 누르하치에게 싸움을 걸었지. 장수 대 장수로 결판을 내자고 말이야."

허성환을 바라보는 이무진의 눈빛이 궁금증으로 빛났다.

"그랬더니 저쪽에서 홍태시가 장창을 휘두르며 나왔는데 달려 나오던 홍태시가 단 일합에 비명도 못 지르고 말에서 떨어져 굴렀어."

이무진의 목젖에서 마른침 넘어가는 소리가 났다.

"그러니 저쪽에서 가만있을 수가 있나? 홍태시의 아비 누르하치가 고함을 지르며 달려 나왔지. 그러나 그도 역시 비명소리와 함께 말에서 떨어져 굴렀어."

놀란 이무진의 두 눈이 꿈벅댔다.

"그 두 사람이 박엽 장군 앞에 무릎 꿇은 뒤론 다시는 조선을 향해 기회를 엿보는 일은 없었네."

두 눈을 꿈벅이던 이무진이 고개를 끄덕이고 있었다. 박엽 장군의 도력이 어느 정도인지 알 것 같아서였다.

"박엽 장군이 이들을 살려 둔 이유는 이들 여진족으로써 북쪽 오랑캐인 나선(羅禪: 러시아)을 경계하고자 함이었는데, 그러나 누가 알았겠나, 나라 안에서 정변이 일어나 반정이 일 줄을……"

"참 좋은 기회였는데……"

이무진이 알아듣고 아쉬워했다.

"후금의 10만 대군도 눈 하나 깜짝 않고 물리쳐 낸 장군이지만 그를 믿고 지지해 주던 광해군이 폐위당하자 장군 역시 스스로 목숨을 버렸는데, 그 박엽 장군이 죽고 없다 하니까 후금이 즉시 대군을 일으켜 조선을 침범한 게야. 십 년 전에 자네가 봉림대군을 구한 바로 그 전쟁 말일세."

이무진이 회상의 눈빛으로 고개를 끄덕였다. 스승의 지시에 따라 봉림대군을 처음 만났던 일이 마치 어제 일처럼 또렷했다.

"참으로 안타까운 일이 아닌가. 그 반정공신이란 자들이 불세출의 명장을 잃고도 정신을 못 차려 오늘과 같은 화를 자초하고 말았으니."

"……"

"모르긴 해도 이번 전쟁은 쉬운 전쟁이 아닐 것 같네. 나라를 통째 잃을 거 같아."

"제가 보기에도 그리 보였습니다. 마치 큰 범이 궁지에 몰린 토끼를 잡는 듯이 보였으니까요."

"허어……."

"하, 그 참."

두 사람의 얼굴이 침통하게 일그러지는 그 때 허성환이 화제를 돌렸다.

"막내는 어때, 수련에 열심을 보이던가?"

"예."

허성환이 화제를 바꾸자 이무진의 얼굴에도 화색이 피어나기 시작했다.

"선계를 다녀온 이후로 더 열심인 거 같았습니다."

"그래? 벌써 선계를?"

허성환이 기쁜 얼굴을 했다.

"어린 막내가 제법이구먼, 벌써 선계를 다 다녀오고."

"어린 나이인데도 스승님의 가르침을 그대로 흡수해 내는 것 같았습니다. 그런 막내를 보시며 스승님께서도 매우 흡족해하시는 것 같았구요."

"그럴 만도 하실 테지. 막내가 태어나기 전부터 공을 드리신 스승님이 아니신가."

"그래서 그런지는 몰라도 제가 보기에도 믿음직해 보였습니다. 괜스레 정도 더 가고……"

"핫하하. 그런가? 아마도 막내는 우리가 생각하는 그 이상의 사람이 될 게야. 암, 틀림없이 그리 되겠지. 그 모습을 빨리 보고 싶구먼, 장한 그 모습을 말이야."

허성환이 진정으로 기뻐했다.

"그 나이에 걸음이 얼마나 빠르던지요, 금강산의 수련장 한 바퀴를 도는데 그 모습이 마치 다람쥐가 나뭇가지를 타고 날듯이 날렵하게 보였습니다."

"기본인 걸음걸이가 튼튼해야 만법(萬法)을 두루 득달할 수 있는 것인데 걸음걸이가 그 정도라면 기대해도 되겠네, 기대해도 되겠어. 핫핫핫

핫……."

웃음 끝에 생각이 났는지 허성환이 웃음을 그치고 이무진을 바라보았다.

"이러고 있을 때가 아니지. 태산 도관엘 가봐야 하잖은가."

이무진이 대답 대신 씩 웃었다.

"가세, 얼른 가서 스승님과 조선의 사정부터 알려드리세."

도장 밖으로 나선 두 사람이 태산을 향해 길을 잡았을 때 중낮에 걸린 해가 서산을 향해 기울어지고 있었다.

"해 안으로 당도하자면 부지런히 걸어야 하겠구먼."

"그래도 좀 천천히 가십시오. 제 걸음으로는 형님을 도저히 못 쫓아갑니다."

"천리 준마보다도 세 곱절 빠르다는 자네가 그 무슨 소린가?"

"세 곱절이 대숩니까? 저보다 빠른 형님을 제가 어떻게 따라갑니까. 멋모르고 북경에 따라갔던 지난번엔 아주 죽는 줄 알았습니다."

"그랬던가? 그렇다면 오늘은 좀 천천히 걷기로 함세."

입가에 웃음을 띤 허성환이 앞장서 천천히 걷는 중에도 도장이 이미 시야에서 멀어지고 있었다. 뒤따르는 이무진의 귓전을 스치는 바람 소리가 귓속을 먹먹하도록 울려대고 있었다.

남한산성은 텅 비어 있었다.

영의정 김류와 도원수 김자점이 산성 수비군을 모두 영남군으로 배정한 까닭이었다. 영남에서 군사가 오려면 며칠이 걸릴지, 몇 달이 걸릴지 모를 일이었다.

수비 군사가 없는 텅 빈 성에 머물러 있기란 불안하기 짝이 없는 노릇이었다. 수비군을 영남군으로 배정하여 수도 방위를 무력하게 한 책임에 대해서는 자책하는 기미도 없이 영의정 김류가 인조를 향해 불안해 죽겠다는 표정을 지었다.

"저, 저, 저-언-하, 날이 밝는 대로 가, 강화도로 햐, 향, 향하시옵소서. 이곳 사, 사, 산성은 수비군이 부족하여 자, 잠시라도 머물러 있을 수가 없을 듯하옵니다."

겁에 질려 말조차 더듬는 김류를 인조가 홱 돌아보았다.

"산성의 수비군을 영남군으로 배정한 것은 영상이 아니오? 강화로 들어가면 안전하다는 것을 과인인들 어찌 모르겠소. 허나 이미 강화 길이 끊겼다 하질 않소. 어디로 간단 말이요! 영상은 날개라도 달렸소?"

핏발 선 눈으로 소릴 빽 지르는 인조 앞에서 영의정 김류는 더 말을 못하고 목을 움츠렸다. 인조는 그 움츠러든 영의정과 엎드린 공신들을 향해 조선군이 반항 한번 못하고 속수무책으로 주저앉은 것은 탐욕에 눈먼 그대들 때문이 아니냐고 혹독하게 질타하고 싶었으나 목구멍까지 치밀어 오르는 분기를 억지로 눌러 참고 간신히 버티고 있었다. 그런데 그때 병조판서 이성구가 큰 소리로 엎드렸다.

"전하, 새벽 야음을 틈탄다면 저들의 눈을 잠시 속일 수 있을 것이라 사료되옵니다. 그리하소서."

무슨 큰 계책이라도 되는 양 떳떳하게 말하는 이성구를 보자 눈알을 반짝이던 영의정 김류가 이성구의 계책이 참으로 묘안이다 응원하려 나서려는데 인조의 성난 목소리가 먼저 터졌다.

"일국의 병조판서란 자가 어찌 그 모양이요. 평지에서나 야음을 틈탈 일이지 이런 산꼭대기 비탈길에서 어찌 야음을 틈탄단 말이요. 답답들 하오. 답답들 해……"

경멸에 가까운 인조의 핀잔에 병조판서 이성구의 목이 자라처럼 움츠러들었고 김류는 고개를 돌려 안도의 숨을 내쉬었다.

그때였다.

"전-하, 위험천만한 육로를 통하여 강화로 몽진하시기보다는 먼저 인천으로 납신 연후에 뱃길을 이용하여 강화도로 들어가시는 것이 어떠하겠나이까."

순간 소리 나는 쪽을 돌아보던 인조의 낯빛이 밝아졌다.

"듣던 중 옳은 소리요. 그리합시다. 날이 밝는 대로 인천으로 향할 터이니 그리들 준비하시오."

대사헌 이식이었다. 대사헌 이식이 침통하게 가라앉은 무거운 분위기를 뚫고 조심스레 말했는데 뜻밖의 결론이 나자 고개를 든 중신들이 서로를 쳐다보며 고개를 끄덕였다. 바른 견해라는 것이었다.

남한산성은 이미 깊은 밤이었다. 온 삭신에 알이 밴 듯 피곤한 몸인데도 인조는 밤잠을 이루지 못했다. 인조뿐만이 아니었다. 가솔들을 미처 챙기지 못한 중신들도 뜬눈으로 밤을 지새기는 마찬가지였다.

문득 휘파람 소리가 괴기스럽게 들려오고 있었다. 아니 그건 휘파람 소리가 아니라 앙상한 나뭇가지를 할퀴고 지나가는 바람 소리였다. 그 산등성이를 휘감아 몰아치는 겨울 밤바람이 전쟁의 공포에 움츠러든 마음들을 더욱 스산한 나락으로 떨구고 있었다.

"그동안 안녕하셨사옵니까?"

"오! 참으로 귀한 손님들이 오셨구만. 어서들 오게."

도동의 안내에 따라 방으로 들어서는 두 사람을 선우영재가 반가운 얼굴로 맞았다.

"그래, 백의선인께서도 안녕하시고?"

"예, 어르신."

"그렇잖아도 궁금했었는데 잘 왔네."

큰절을 올리고 꿇어앉은 두 사람을 향해 편히 앉으라며 웃는 선우영재의 하얀 수염 사이로 가지런한 치아가 보였다.

"지금쯤 조선이 곤경에 처해 있을 터인데…… 조선이 의지하는 우리 명나라가 선뜻 나서서 도와주지 못하는 걸 보면 가슴이 아프네."

"제 아우의 이야길 들어 보니 이번 원정에 청국의 홍태시가 직접 대군을 이끌고 남하한다 하옵니다. 조선의 사정으로는 청국의 대군을 막아내기가 어려울 듯하온데…… 가슴만 타옵니다."

"왜 아니 그렇겠는가, 당연히 그러하지."

애가 타 얼굴이 까맣게 죽어가는 허성환을 선우영재가 근심 가득한 눈으로 바라보았다.

"그 홍태신가 뭔가 하는 자는 조선만의 걱정거리가 아닐세. 우리 명나라에도 깊은 상처를 남길 자야. 그자의 칼날이 이미 이 나라 목줄에 닿아 있질 않은가. 그런데도 나라를 맡은 사람들이 대책 세울 생각들은 아니하고 저렇게 싸움질로 시간을 허비하고 있으니…… 쯧쯧,"

이때의 명나라는 극에 달한 환관들의 횡포로 국정이 농단[15]되고, 황실이 분열되어 민심이 흉흉했다. 힘을 앞세운 관리들의 수탈에 항거하는 민중들이 늘어나면서 나라 안 곳곳에서는 민란이 끊이지 않았고, 외적의 침입에는 관심도 없이 황실과 신료, 관리와 백성들이 너나없이 일어나 서로를 적으로 여기며 사투만을 일삼고 있었다. 이른바 난세였다.

그 난세를 출세의 발판으로 이용, 자신의 세력을 넓히려는 무리들이 늘면서 명나라 전역에서 반란의 징후가 보이고 있었다.

"사정이 이러하니 조선인들 어찌 도울 수가 있겠는가. 이것이 어쩌면 조선과 우리 명나라가 지고 가야 할 숙명일지도 모르네."

"명나라에는 이름난 장수들이 많사온데 어찌 숙명이라 하시옵니까?"

선우영재를 향해 허성환이 궁금한 얼굴을 들었다.

"이름난 장수이면 무얼 하겠는가. 뒷받침할 힘이 없는걸."

선우영재의 씁쓸한 그 한마디에 허성환과 이무진이 침묵했다.

"사실은 조선보다 명나라가 더 걱정일세."

"예……? 그 무슨 말씀이시온지……"

어두워지는 선우영재의 얼굴을 바라보며 허성환이 오히려 긴장했다.

"저 홍태시란 자가 노린 건 애초부터 명나라였네. 명나라 정복에 뜻이 있었다 이 말일세. 그런 야욕을 품고 있었으니 당연히 배후에 있는 조선을 염두에 두지 않을 수 없었겠지. 그래서 조선과 화친을 이끌어 내 조선의 발을 묶으려 했던 것인데 조선이 이를 거부하니 이 기회에 아예 조선부터 정벌하고 나서 명나라를 치겠다…… 그런 뜻일세."

선우영재를 바라보는 허성환과 이무진의 안색도 어두워졌다.

---

15) 국정농단(國政壟斷): 권리를 독점하여 나라의 정치를 좌지우지함

"우선 당장엔 조선도 아픔이 있겠지. 허나 명나라는 아픔이 아니라 죽음이 기다리고 있으니 그게 더 문제가 아닌가."

"예? 죽음…… 이라니요?"

뜻밖의 이야기에 충격이 인 듯 멍한 눈으로 허성환이 선우영재를 쳐다보았다.

"중원의 주인이 바뀐다는 뜻일세."

"예……? 그, 그럴 리가요."

놀란 허성환과 이무진이 서로를 쳐다보았고 이어 허성환이

"저들이 조선이야 어찌한다 하더라도 이 큰 명나라를 어찌 감히 넘보겠사옵니까. 명나라가 어떤 나라인데……" 하며 놀란 마음을 애써 감추려 했다.

"달도 차면 기운다고나 할까. 명나라의 운이 이미 다했으니 어쩌겠나. 허허…… 동쪽에서 뜬 해가 중천에 있으니 달이 아무리 밝은들 그 해에 비하겠는가."

"저희 스승님께서도 말씀하시길 이번 전쟁의 본래 뜻은 명나라에 있다 하셨사온데 어르신께서도 그리 말씀하시오니…… 정녕 방도가 없사온지요."

"방도는 없네. 허나 조선과 명나라가 힘을 합쳐 후일을 도모한다면 길이 아주 없지는 않을 것이나 그러나 그 길은 아주 험난하네."

허성환과 이무진을 바라보는 선우영재의 눈 속에 허망이 서리는 그 때였다. 선우영재의 신임을 한몸에 받고 있는 수제자 사마휘가 들어와 허성환과 이무진을 한동안 쓸어보다가 선우영재 옆에 앉으며 의외의 말을 했다.

"사부님, 지금 조선의 임금이 도성을 버리고 남한산성으로 피신했다 하옵니다."

순간 허성환과 이무진이 놀란 눈을 치뜨고 서로를 보았다.

"임금이 세 번씩이나 도성을 버리고 피신하는 걸 보면 조선의 명도 다 했나 보옵니다."

경악하여 몸 둘 바를 몰라 하던 두 사람이 순간 두 눈을 부릅떴고, 선우 영재가 그런 사마휘를 향해 엄한 눈을 떴으나 그러나 사마휘의 그 말끝엔 비웃음이 물리고 있었다.

"변방의 힘없는 작은 나라들이 으레껏 겪는 수모라 새삼스러울 것은 없 사오나 그래도 조선은 대대로 우리 명나라의 속방이었는데 다시 청나라 의 속국이 된다 하니 이젠 우리와도 견원지간이 되질 않겠사옵니까. 저런 나약한 조선이 어떻게 고구려의 후예임을 자처하는지 그 까닭을 모르겠 사옵니다. 사부님."

"말을 삼가 하라."

선우영재의 호통에 사마휘가 입을 다물었으나 허성환과 이무진의 치뜬 눈은 감길 줄 몰랐다.

임금 인조가 도성을 버리고 남한산성으로 피신했다는 소식에 더 자리 에 앉아 있지 못하고 태산 도관을 나와 산을 내려오는 두 사람의 마음이 허허로웠다. 나라는 달라도 수행은 같은 것일진대 사마휘라는 자의 눈빛 과 그 말투는 수행자의 것이라기보다는 오히려 야심과 야망을 품은 자에 게서나 봄직한 음흉한 것이어서 두 사람의 마음이 더욱 스산해 발길이 잘 떨어지지 않았다.

날이 채 밝기도 전인 새벽 어스름……

인조는 말을 타고 남한산성을 나섰다. 어영대장 원두표와 건장한 체구의 어영군이 인조를 호위하고 그 뒤를 소현세자와 중신들이 따랐다. 그런데,

"아니, 이런!"

음지의 비탈길은 온통 빙판이었다. 그 빙판길에 인조가 탄 말이 미끄러지며 앞으로 더 나아가질 못하자 말에서 내린 인조가 어영군사들의 부축을 받으며 길을 재촉했다.

"어서 가자, 어서!"

뒤도 돌아보지 않고 열심히 내려가던 인조가 갑자기 억! 소리를 지르며 나뒹굴었다.

"아바마마!!!"

뒤따르던 세자가 비명을 지르며 앞으로 내달렸고 뒤이은 중신들이 비탈길을 구르며 달려왔다.

"전하!!!"

인조가 비탈길의 빙판을 잘못 디뎌 부축하던 장졸들과 함께 공중방아를 찧으며 굴러 떨어진 것이었다.

"전하!"

"전하! 괜찮사옵니까."

비명에 가까운 고함 소리와 함께 원두표가 달려왔고 뒤이어 영의정 김류, 좌의정 홍서봉, 병조판서 이성구, 대사헌 이식 등이 울음 같은 비명을 지르며 달려들었다.

"전-하……"

"전-하……"

몰려든 신료들의 울음소리를 들으며 일어서던 인조가 갑자기 허리를 짚으며 미간을 잔뜩 찌푸렸다. 돌부리에 채인 허리에 통증이 몰려오는 모양이었다.

"이 사람이 아니었더면 큰일 날 뻔했소."

몸을 날려 자신을 구해 낸 장졸의 어깨를 두드리며 비탈길에서 빠져 나온 인조가 산등성이에 올라섰을 때 문득 산 아래로 보이는 올망졸망한 산봉우리와 깊은 계곡, 그리고 끝없이 이어지는 까마득한 비탈길이 시야에 들어왔다. 그제야 보니 남한산성은 높고 험준한 산악이었다.

"……!"

지금껏 이토록 높은 산에 올라 본 역사가 없는 인조였다. 그런데 어떻게 이 높은 산을 다 올라왔는지 인조는 그저 아연할 뿐이었다.

산 아래를 망연히 굽어보던 인조의 두 다리가 가늘게 경련하며 떨고 있었다. 며칠째 밤잠을 설쳤는지, 경황이 없어 음식은 몇 날을 걸렀는지 기억에도 없었고 다만 청나라 군사의 추격이 무서워 밤길의 남한산성을 허겁지겁 오른 것 외엔 아무 생각나는 것이 없었다.

얼마나 급하게 올랐던지 두 발이 동상에 걸려 퉁퉁 부은 것도 몰랐고, 나뭇가지에 찔리고 할퀸 머리카락이 봉두난발이 된 것도 몰랐다.

이제껏 물 한 모금 입에 대지 못해 쓰린 속은 인조의 허리를 휘게 했다. 허기 탓인지 팔다리가 자꾸 떨렸고 피로하고 지친 눈에 까마득히 보이는 비탈진 산길은 정녕 천리만리처럼 멀어 보였다.

'어쩌자고 이 높은 델 올라왔누……'

인조는 지쳐 있었다. 화살처럼 찔러 오는 아침 햇살에 눈알마저 따갑자 인조는 그 자리에 눌러앉아 눕고만 싶은 충동을 억지로 참아내며 영의정 김류를 힘겹게 돌아보았다.

"산성으로 돌아갈 것이니…… 다시 길을…… 인도하오."

말하는 것도 힘에 겨운 듯 작은 소리였다.

"예? 저, 전하! 이, 인천으론 아니 가시옵니까?"

놀란 김류가 목소리를 떨었다.

"나는 더…… 못 가겠소. 산성으로 돌아가 만전에 대비할 것이니…… 어서 길을 내도록 하오."

힘에 겨워 작은 목소리를 내던 눈이 움푹 들어간 인조가 휘적 하고 발걸음부터 옮기자 어영대장 원두표를 위시한 어영군이 산성을 향해 다시금 치달아 오르기 시작했다. 내려오던 행렬과 다시 올라가는 행렬이 뒤엉켜 한순간 산길이 어수선했다. 그 혼란한 틈에 경기감사의 행방이 묘연하다는 체찰부의 보고가 김류에게 전달되었다.

"묘연하다니? 아니, 그럼 도망을……?"

영의정 김류가 이를 뿌드득 갈며 욕설부터 퍼부었다.

"더러운 잡놈의 새끼! 개만도 못한 놈이 경기감사를 맡고 있었으니 나라 꼴이 이 모양이 되었지. 에이, 개 같은 놈!"

욕을 하면서도 뒷맛이 개운치 않았는지 김류는 퉤! 침을 뱉으며 끝을 달았다.

"전쟁이 무섭기는 다 마찬가지지…… 어이, 쌍놈 새끼!"

그러면서 김류는 어깨를 오싹 떨었다. 그렇잖아도 겁이 나 죽을 판이었는데 경기감사마저 행방을 알 수 없다 하자 오줌을 다 지렸다.

3_ 남한산성

산성으로 돌아온 인조는 서둘러 방어태세부터 갖추었다.

도감대장 신경진에게 동성 망월대를 지키게 하고, 수어사 이시백에겐 서성을, 호위대장 구굉에게는 남성을, 총융대장 이서에게는 북성을 맡겨 각각 지키게 했다. 또한 이영달, 이확, 이직을 중군으로 삼아 성루를 지키게 하고, 수원부사 구인후를 부장으로 삼아 남한산성 방어에 총력을 기울여 나갈 때 경기 일원의 인근 수령들이 피난 길의 인조를 구원하기 위해 군병을 이끌고 산성으로 몰려들었다.

제일 먼저 여주목사 한필원이 달려왔고 그 뒤를 이어 이천부사 조명욱, 양근군수 한회일, 지평현감 박환, 파주목사 기종헌 등이 군사를 이끌고 합세했다. 이렇게 모인 군사의 수가 1만 2천여 명이었고, 종실과 삼의사 (내의원, 전의감, 혜민서), 노복 등이 5백여 명, 인조를 따라 입성한 어영청, 총융청, 훈련도감군을 전부 합한 인원이 1만 3천 8백여 명이었다.

창고관리를 맡은 나만갑이 창고의 식량을 확인해 보았는데 쌀이 1만 4천 3백여 섬, 피곡 5천8백여 섬, 콩이 3천 7백 섬, 장이 2백 20여 독이었다.

"그 양이면 얼마나 쓸 수 있겠는가?"

"성안 1만 3천 8백여 군사가 한 달 보름 정도 쓸 양식에 지나지 않사옵니다."

"허어-"

인조는 탄식했다. 이제 조선이 버틸 수 있는 최후의 시간은 길어야 45일이었다. 이 45일 안에 조선의 운명이 결정 날 것이었다.

인조가 남한산성 4대문에 수비군을 배치하고 병력과 식량에 대한 최종 점고를 끝낼 무렵 석양을 등지고 최명길이 돌아왔다.

"그래, 적의 동태는 어떠하더이까."

반색해 맞은 인조가 그 두 사람 최명길과 이경직의 노고를 치하한 뒤 적군의 동향에 대해 물었다.

"이미 도성까지 진출한 저들로 인해 서대문과 동대문은 막혔사옵고 각 진에서 울려 대는 시끄러운 군악으로 도성 안팎이 떠들썩하옵니다."

"백성들의 고초는요? 미처 피난하지 못한 우리 백성들이 도륙당하는 일은 없는지요……"

인조의 입술이 메말라 갔다.

"불행 중 다행스럽게도 도성 안의 백성들을 해치는 일은 없었사오나 다만 우마와 젊고 아름다운 여인들은 보이는 대로 끌어가고 잡아가기에 여인들의 고초가 클 것으로 보옵니다."

입술을 깨물던 인조가 고개를 떨구었다. 자신의 부덕의 소치였다. 그 밖에 또 무슨 변명이 있겠는가……

"저들의 요구는…… 알아보았소?"

인조의 수척한 눈이 최명길을 바라보았다. 무언가 방도를 찾는 눈빛이었다.

"외람되옵게도 전하, 저들은 화친을 요청해 왔나이다."

"화…… 친이라……"

인조가 천장을 바라보며 한숨지었다.

"조선 깊이 들어온 이유가 단지 그 까닭이라 하더이까?"

"그러하옵니다, 전하. 저들은 저들이 먼저 화친할 것을 요청하였는데도 우리 조선이 오히려 척화로 공론을 모았다며 불만을 나타내었나이다."

"그것이 말이나 되는 소리요. 이판!"

처음부터 숨소리를 크게 내며 듣고 있던 예조판서 김상헌이 숭은전이 쩌렁 울리도록 큰소리를 질렀다. 예의 그 불이 뚝뚝 떨어지는 눈빛이었다. 그 눈빛으로 또다시 큰소리를 지르려 할 때였다.

"가만있어 보시오, 예판! 이것이 어디 이판이 하는 소리요? 저들이 하는 소리지. 마저 들어봅시다. 마저 듣고 대책을 강구해도 늦질 않아요."

영의정 김류가 김상헌을 막았다. 김상헌의 카랑카랑한 예봉을 사전에 막지 않으면 이 자리는 또다시 난장판이 될 것이었다.

"전하, 저들이 트집 잡는 또 하나는 저들의 숭덕 연호를 우리 조선이 쓰지 않는다는 것이었사옵니다."

파르르 몸을 떨던 예조판서 김상헌이 그 최명길을 후려칠 기세로 다시 쏘아보았다.

"그리고…… 세폐를 제때 보내지 않았다는 핑계를 들어 태종 홍태시가 직접 내려와 그 책임을 묻겠다고도 하였나이다."

"태종 홍태시가 직접……?"

"그러하옵니다, 전하."

순간 인조와 중신들이 놀란 눈을 홉뜬 채 숨을 멈추었다. 갈수록 태산이라더니 그야말로 첩첩산중이었다.

"전하, 저들은 지금이라도 화친이 성사된다면 당장 회군하여 돌아간다 하였나이다."

간곡한 주청이나 다름없는 최명길의 보고에 희망을 기대하는 눈들이 최명길과 인조를 번갈아 쳐다보는데 아니나 다를까, 역시 찬바람 일으키는 소리가 났다.

"이판은 그 말을 믿소?"

이미 눈에서 불이 철철 넘쳐흐르던 김상헌이 또다시 고함을 질러 댄 것이었다.

"정녕 저들이 화친에 뜻이 있다면 어째서 태종이 직접 내려오겠소. 이는 그 뒤에 도사리고 있는 음모가 있음이예요, 음모가……"

김상헌이 인조를 향해 바닥에 엎드렸다.

"전하, 지난번 국서에서 보신 바와 같이 저들의 주장은 한결같은 것이옵니다. 이미 저들과 형제의 맹약을 맺은 것만으로도 수치이온데 하물며 군신의 예이겠나이까. 이는 저들이 우리 조선을 너무도 업신여긴 까닭이옵니다."

인조가 눈을 감은 채 손으로 이마를 짚으며 용상에 털썩 하고 등을 기대앉았다.

"지금이라도 우리 온 조선이 떨쳐 일어나 죽기로 나선다면 저들은 스스로 물러갈 것이옵니다. 하오나 저들의 요구대로 우리 조선이 아무 스스럼없이 화친에 응한다면 싸워 보기도 전에 미리 항서를 쓰는 꼴이나 다름없는 일이오니 장차 명나라에 대해선 무어라 변명해 올리겠나이까."

미간을 잔뜩 찌푸린 인조가 엎드린 김상헌을 측은한 눈으로 바라보았다.

"전-하, 하늘엔 두 해가 있을 수 없사옵니다. 우리가 저들을 임금이라

130

부른다면 명나라가 또한 어찌 가만있겠나이까. 이는 명나라와의 우호관계를 우리가 먼저 깨는 일이오니 전하, 부디 통촉하시옵소서."

김상헌의 쩌렁쩌렁한 외침에 인조의 안색이 괴로움으로 일그러졌다. 김상헌의 주장이 틀린 것만은 아니었다. 그러나 청 태종 홍태시가 대군을 이끌고 남진 중인 마당에서야 김상헌의 주장이 현책일 수는 없었다. 이미 도성마저 빼앗긴 인조였다. 그 도성으로 청 태종이 입성한다면 사태는 조선이 미처 감당치 못할 방향으로 흘러갈 것이었고, 그때는 그 누구도 신변의 안전조차 보장받지 못하는 절망의 나락으로 떨어질 것이었다. 그것이 인조를 전율케 했다.

남한산성에 입성한 지 3일째가 되는 날, 군사들이 아침 식사를 막 끝냈을 무렵이었다. 오랑캐가 나타났다는 급보가 전해지며 산성은 갑자기 불난 집처럼 부산했다.

장수들이 지르는 고함 소리가 사방에서 울려나고 활과 창을 찾아 든 병사들이 제 위치를 찾아 긴박하게 뛰달으며 급기야 산성엔 전운이 감돌기 시작했다. 그러나 산성을 전투태세로 몰고 갔던 그 오랑캐는 마부태가 보낸 사신으로 확인되면서 전투태세는 곧 경계태세로 전환되었고 마부태의 화친 요청에 대한 긴급회의가 숭은전에 소집되었다.

"화친을 논의할 왕자와 대신들을 보내라 하는데 대군들이 모두 강화도에 있질 않소."

중신들이 뜨악한 눈으로 서로를 쳐다보았다.

"굳이 왕자라야 한다면 강화도에 있는 대군들을 불러와야 되지 않겠소?"

긴 장마 끝에 햇살 같은 반가움이 이는 말이었다. 드디어 인조가 화친을 결정한 것이었다.

"전하, 산성의 절박한 사정으로는 강화도에 가는 일조차 여의치 않사오니 마부태에게 다시 한번 사신을 보내 절충안을 찾아보는 것이 어떠하겠나이까."

그 희망에 부푼 눈들이 최명길을 바라보는데 돌연 큰소리가 났다. 또 그 김상헌이었다.

"아니 되옵니다, 전-하. 조정의 공론이 척화로 정해진 지가 이미 오래되었사온데 이제 와서 화친하신다 함은 천부당 만부당하신 처사이옵니다. 거두어 주소서, 전-하."

김상헌의 척화 주장이 이젠 귀엣가시처럼 들리고 있었다. 척화에 동조하던 신료들조차 김상헌을 건성으로 쳐다보는데 엎드린 김상헌이 최명길을 획 하고 쳐다보며 소릴 질렀다.

"저들이 두 번씩이나 도성을 유린하였는데도 그대는 부끄럽지도 않소? 나라의 신하 된 자가 마땅히 나가 싸우다 죽을 생각은 아니하고 어찌 화친에만 열을 올리시오. 정녕 하늘이 부끄럽지도 않소?"

노려보는 김상헌의 두 눈에서 불같은 노기가 철철 넘쳐흐르고 있었다.

"이보시오, 예판! 그만 좀 고정하시오. 상감께서 계시온데 어찌 그리도 언성이 높으시오. 그만 좀 하고 일어나시오. 그만 조-옴!"

인조의 눈치를 살피던 영의정 김류가 발을 동동 굴러가며 김상헌을 나무랐다.

"이 한목숨 바쳐 난국이 수습된다면 내가 먼저 나서오리다. 그러나 죽는 것만을 어찌 충이라 할 수 있겠습니까. 죽을힘을 다하여 전하와 종묘사직을 보필할 수만 있다면 그 또한 신하 된 자의 충이 아니겠습니까."

최명길이 김상헌을 향해 그동안 참았던 한마디를 했다. 눈물겨운 일이었다. 화친도 종사를 위한 계책이요 척화도 종사를 위한 계책이었다.

"전하, 마부태가 사신을 보내 화친을 독촉하는 까닭은 태종 홍태시가 한양 도성에 도착하기 전에 화친을 이끌어 내어 그 공을 독차지하려는 술수가 아니겠나이까. 하오니 그 술수를 역이용함이 어떠하겠나이까."

"역이용……?"

"그러하옵니다, 전하."

그 소연한 틈을 비집고 좌의정 홍서봉이 조심스럽게 나서자 이번엔 왕방울 같은 눈들이 홍서봉을 쳐다보았다.

"화친을 서둘러 맺으려는 마부태이다 보니 조선 사신의 왕래에는 별다른 의심을 하지 않을 것이옵니다. 이때에 왕자와 대신을 가장하여 사신을 보낸다면 마부태도 믿지 않겠나이까."

입부터 벌어지던 영의정 김류가 납죽 찬동했다.

"과연 그러하옵니다, 전하. 좌의정의 묘안이 참으로 합당하온데 신의 생각도 바로 그와 같사옵니다. 왕자와 대신을 가장한 사신이 자주 왕래하다 보면 적세도 살필 수 있을 것이옵고, 에…… 또…… 그 뭐…… 이거야말로 일거양득이 아니겠나이까. 전하?"

분에 가득한 김상헌의 두 눈이 김류와 홍서봉, 최명길을 돌아가며 쏘아보았으나 묘안 중의 묘안이라며 이구동성으로 극찬하는 신료들의 찬동에 그 눈빛은 무시되었고, 인조의 승인 하에 그 즉시 가짜 왕자와 대신 인선이 착수되었다.

그러나 쉬운 일일 수가 없었다. 왕자의 풍모와 품위는 이미 몸에 배어 있어야 했다. 그리고 대신에겐 남모를 위엄이 그득 넘쳐흘러야 했다.

장시간의 논의 끝에 왕자에는 그럴듯한 품위를 갖춘 종실의 능봉수(綾峯守: 정4품)가 뽑혔고 임시 우의정엔 형조판서 심집이 뽑혔다.

형조판서 심집은 누가 보더라도 위엄이 서려 있었다. 외모부터가 차가웠다. 일생 거짓을 모르고 살아온 그였기에 주변에선 그를 대쪽이라 불렀다.

왕자답게 수려한 외모를 갖춘 능봉수와 꼬장꼬장한 외풍을 지닌 형조판서 심집이 성문을 나설 때 좌의정 홍서봉은 심집의 손을 잡고 몇 번이고 거듭 당부를 했다.

"평생을 거짓 없이 살아온 형판에겐 죄송한 일이나 종사의 행, 불행이 이번 길에 달렸소이다. 부디 한 번만 눈 딱 감고 넘어가 주시오. 부탁하오이다. 형판……"

"…… ."

"정녕…… 대감만 믿사오이다. 형판."

손아귀에 힘을 주었다 놓는 홍서봉의 얼굴엔 간곡함이 배어 있었다. 가짜 사신의 묘안을 발의한 홍서봉이었기에 그의 당부는 더욱 간절할 수밖에 없었다. 그러나 심집은 대답이 없었다. 한평생을 신의로만 살아온 자신이 종사를 위하는 길이라 해도 막힘없는 거짓말이 줄줄 나올지는 그 자신도 장담을 못 한 것이었다.

그 대답 없는 심집을 보내는 좌의정 홍서봉의 가슴 한구석이 웬일인지 불안하여 께름칙한 마음을 떨쳐버릴 수가 없었다.

눈 덮인 산길을 힘겹게 내려온 능봉수와 심집이 적진 한가운데서 잔뜩 주눅든 모습으로 떨고 있었다.

"마 장군을 뵈러 온 조선의 와, 왕자와 대, 대……신이외다."

빤한 눈으로 그 두 사람 능봉수와 심집의 위아래를 훑어보며 묻는 기골이 장대한 청나라 장수 앞에서 떨리는 가슴을 진정한 심집이 찾아온 용건을 간단히 말하자 놀란 장수가 마부태의 군막을 향해 득달같이 달렸고, 이어 조선의 왕자가 찾아 왔다는 전갈에 만면 가득 희색을 띤 마부태가 그 두 사람을 맞으러 바람같이 달려 나왔다. 그런데 그런 마부태의 모습이 어찌나 위풍당당했는지 놀란 능봉수와 심집이 그 기세에 눌려 또다시 주눅이 들었다.

이미 적진에 들어설 때부터 기가 죽은 두 사람이었다. 무시무시한 창검과 갑주로 중무장한 청병들이 빼곡하게 들어찬 그 가운데를 통과한다는 일부터가 사람의 혼을 빼는 일이었는데, 추위에 떨던 몸이 더구나 막강한 적의 군세에 놀라다 보니 신분을 가장한 자신들의 처지가 더욱 불안했던 것이다.

"어느 분이 왕자분이시오이까."

"내, 내가…… 능봉…… 군이요."

카랑한 목소리에 화들짝 놀란 능봉수가 자신을 능봉군이라 자칭하자 마부태가 능봉수 앞으로 나아가 고개 숙여 깍듯이 예를 표했다.

"추운 날씨에 오시느라 고생 많으셨습니다. 자리에 앉으시지요."

불안과 긴장에 몸이 굳은 두 사람을 자리에 앉히고야 마부태도 자리에 앉았다.

"조선국의 왕자와 대신을 뵙자고 청한 것은 화친을 의논하기 위함이었소이다. 이미 이조판서 최명길 대감에게 통고한 바도 있거니와 화친만 이루어진다면 우린 당장이라도 철군하여 돌아갈 것입니다. 그런즉, 두 분께서는 마음을 풀고 허심탄회하게 화친 논의에 임해 주시기 바랍니다."

마치 문관처럼 예를 존중하고 격식을 차리느라 애쓰는 모습의 마부태였으나 그러나 그 태도와 목소리는 딱딱 끊어지는, 어쩔 수 없는 장수였다.

"만일 이 자리에서 화친에 대한 결론이 얻어지지 않는다면 잠시 후에 당도하실 황제 폐하께서 친히 화친을 매듭지으실 겝니다. 그때는 어떠한 환란이 발생할지 모르는 일이니 두 분께서는 그 점을 양지하시고 조선이 취해야 할 바를 말씀해 주십시오."

"이보시오, 마 장군. 우리는 다만 귀국이 원하는 화친의 조건만 들으려 온 것뿐이오. 이 자리에서 우리가 결정할 일은 아무것도 없소이다. 마 장군께서는 그 점을 헤아려 주셨으면 합니다."

애써 긴장을 풀던 능봉수가 자신의 입장과 조선이 바라는 화친의 조건을 분명하게 말하고 나서자 마부태의 눈꼬리가 치떠졌다.

"왕자와 대신을 보내라 한 것은 결정을 짓자는 것이지 결정을 유보하자는 것이 아니었소이다. 지난번에 사신으로 왔던 박인범도 그렇고, 박노와 박난영도 그렇고. 어떻게 조선의 사신들은 한결같소이까. 입으로 바른말은 잘하면서 어찌 뒤꽁무니만 빼느냐 말이요."

마부태가 다소 격앙된 표정을 짓다 말고 무슨 생각이 떠올랐는지 안을 향해 소리쳤다.

"사신 박노와 역관 박난영을 이리 데리고 오라."

순간 능봉수와 심집의 머리끝이 쭈뼛했다. 박노와 박난영이 있다는 사실을 미처 몰랐던 것이다.

무언가 일이 잘못 돌아가고 있었다. 어찌 그들이 자신들을 몰라보겠는가.

"지난번 박노와 박난영이 사신으로 왔으나 그때는 우리가 이미 출병한 뒤였소. 그래서 그들 사신이 무슨 말을 하려고 왔는지 아직 다 듣질 못했습니다. 마침 그 두 사람 다 내 진중에 있으니 불러서 그 말을 마저 들어 보고 괜찮으시다면 화의에 대한 논의를 같이해 보도록 합시다."

"하급 관료와 무슨 논의를 같이 하겠소이까. 그냥 두도록……!"

능봉수가 그 두 사람의 동석을 막으려고 마부태를 제지했으나 허사였다. 능봉수의 말이 채 끝나기도 전에 박노와 박난영이 이미 장막 안으로 들어서고 있었다.

능봉수가 아뿔싸! 하고 탄식하는 빛을 보였으나 심집은 이미 사색이었다.

장막 안으로 들어서던 박노와 박난영도 놀란 모양이었다. 그러나 그것도 잠시, 박노와 박난영은 사지에서 부모나 만난 것 같은 얼굴로 반색하며 달려왔다.

"능봉수 어른께서 어찌 이곳엘."

순간 마부태의 눈이 날카롭게 빛났고, 재빨리 일어선 능봉수가 박난영의 입을 가로막았다.

"조선의 왕자와 대신을 오라기에 나와 우상인 심집 대감이 함께 와 화친을 논의 중에 있으니 그대는 딴말을 말라."

어리둥절한 박난영과 박노가 눈을 꿈벅이며 그 뜻을 몰라 하는데 마부태의 안색이 점차 험악하게 일그러지고 있었다. 일국의 왕자가 앉아 있는데 뻣뻣하게 서서 들어오는 것도 의심스러웠지만 박난영의 첫마디가 '왕자 저하'가 아닌 '능봉수 어른'이었다.

"왕자 저하가 아니고 어찌 능봉수 어른이요?"

순간 섬뜩한 찬바람이 능봉수와 심집의 가슴을 덮쳤다.

"왜 대답이 없소!"

"그, 그건……"

마부태가 다시 두 사람의 우물쭈물한 눈빛을 가로채며 소릴 질렀다.

"대답을 하란 말이다!"

이미 석연치 않은 구석을 눈치챈 마부태가 눈앞에 먹이를 둔 독사의 눈을 하고 두 사람을 노려보았다. 그러자 그 눈빛에 놀란 심집의 다리가 후들대며 떨고 있었다.

"이곳은 전장이니라! 너희들의 목숨이 내 손에 달렸음을 아느냐 모르느냐!"

"마, 마 장군."

"내가 진심을 담아 대했거늘 어찌 조선의 사신 따위가 나를 능멸하려 드느냐!"

이미 사신으로 대하던 예는 온데간데없고, 자리에서 벌떡 일어선 마부태가 장검을 빼어들자 자지러질듯 놀란 심집이 마부태 앞에 꿇어 엎드렸다.

"마, 마 장군. 하, 할, 할 말이 있소이다."

장검을 든 채 씩씩대던 마부태가 심집을 노려보았다.

"무엇이냐, 할 말이란!"

"마, 마 장군의 마, 말씀이 옳습니다. 우, 우린, 왕자도…… 아니고, 대신도 아닙니다."

순간 경악한 능봉수가 심집을 노려보았다.

"나, 나는 평생 거짓을 모르고 살아온 조, 조선의 형조판서 심……집이외다. 내가 바, 바른말을 하는 것은 내 평생 거짓을 모르고 살아온 내 명예에 오점을 남기지 않기 위함이니…… 마 장군께서는 믿어 주시길 바랍니다."

지켜보던 박난영과 박노의 눈빛이 왔다갔다 했다.

"또한 저분은 종실의 능봉수이지 진짜 왕자는 아닙니다."

"이보시오, 우상! 이 무슨 해괴한 소리요."

오싹하는 등줄기로 써느런 전율을 느낀 능봉수가 소리쳤다.

"그만 하시지요, 능봉수 어른. 내 이미 다 말하지 않았습니까."

"우, 우상!"

"글쎄, 그만 하시래도요. 마 장군이 솔직한 분인데 내 어찌 이런 분을 속이겠습니까."

심집은 어느새 태연한 모습으로 돌아가고 있었다.

"이보시오, 우상! 지금 제정신으로 말하는 것이요? 대군인 날 보고 능봉수라니. 정신 차리시오, 우─상!"

능봉수가 눈알이 시뻘게지도록 소리를 질렀으나 한번 돌아선 심집은 요지부동이었다. 능봉수와 심집이 벌이는 심각한 언쟁을 들으며 박난영과 박노는 사태의 전말을 알아차릴 수 있었다.

"이미 모든 사실이 백일하에 드러났는데 무얼 더 우겨 보려는 게냐."

마부태가 경멸 가득한 눈으로 능봉수를 노려보는데 이번엔 뒤에 섰던 박난영이 앞으로 뛰어나왔다.

"아니오이다, 마 장군. 이분은 왕실의 왕자이시고 종실의 능봉수는 따로 있소이다. 우상이 긴장한 탓으로 잘못 말한 것이니 이 앞에서 더 무례한 언동은 삼가해 주시기 바라오이다."

"뭐? 무엇이라? 능봉수가 왕자라고?"

"그렇소이다, 마 장군."

순간 마부태가 박난영을 집어삼킬 듯한 눈으로 노려보았고, 심집은 코웃음을 쳤다.

"네 이놈! 박─난─영!"

마부태의 고함이 쩌렁 하고 장막을 울렸다.

"역관인 너를 사신으로 공대했거늘 감히 날 속이려 드는 게냐?"

"어찌 마 장군을 속이려 함이겠소이까. 사실을 사실대로 말하는 것뿐이오이다."

"이놈이 그래도……!"

마부태가 박난영 앞으로 한 발짝 다가섰다.

"왕자와 종친을 구분치 못 할 네놈이 아닐 터, 어째서 첫 대면에 능봉수 어른이라 했느냐. 대답을 해라!"

순간 말문이 막힌 박난영을 노려보는 마부태의 눈빛이 써늘했다.

"어째 대답을 못 해!"

다시 마부태의 고함이 터졌고 급기야 박난영과 능봉수의 처지는 궁지에 몰렸다.

"괘씸한 놈! 이놈을 당장 끌고 나가 목을 베어라. 그리고 박노는 지금부터 포로로 취급할 것이니 이놈을 포로들 우리 속에 가두어라. 물과 음식은 하루에 한 끼만을 주되 머리는 깎아 변발시키고 만일 허튼 수작을 부리거나 반항하거든 나에게 알리지 말고 그 즉시 목을 베어라."

"아니, 마 장군. 사신을 목 베다니요. 이건 너무 심한 처사가 아니오이까."

박난영을 감싸며 능봉수가 나섰으나 사신으로서의 예는 고사하고 죄인 노려보듯 하던 마부태가 능봉수에게마저 소리를 꽥 질렀다.

"네놈도 모가지가 잘리고 싶은 게냐!"

능봉수가 움찔하며 뒤로 한 발짝 물러섰다.

"뭣들 하는 게냐. 저놈들을 당장 끌어내지 않고!"

마부태를 노려보며 완강하게 저항하던 박난영을 우람한 무사들이 달려들어 병아리 채듯 낚아채 나가자 박노 또한 끌려 나갔고 능봉수와 심집은 겁에 질린 채 덜덜 떨고만 있었다.

"능봉수는 들어라. 네 오늘 운이 좋았느니라. 다행히도 조선에 형조판서와 같이 양심 바른 중신이 있었기에 오늘만큼은 살려 돌려보낸다."

능봉수가 허리를 꼿꼿이 한 심집을 핏발 서린 눈으로 쳐다보았다.

"이 즉시 돌아가서 네 나라 임금에게 고하라. 만일 진짜 왕자와 대신이 달려와 오늘의 일을 사죄치 않으면 그 대가는 열 곱 스무 곱으로 치르리라고 말이다. 알았으면 당장 돌아가렷다!"

마부태의 군진에서 쫓겨나듯 굴러 나온 두 사람이 산성을 향해 내닫기 시작했다. 앞만 보고 내달리는 두 사람의 등 뒤에서 마부태가 금방이라도 다시 부를 것 같은 착각에 머리털이 곤두서는 전율을 느끼며 두 사람은 허우적대었다.

"그래서요?"

"박난영은 순직했고 박노는 조선인 포로들 속에 갇혀 변발당한 채 치욕을 겪고 있을 것이옵니다."

노기를 삭이지 못해 두 눈을 부릅뜬 인조 앞에서 능봉수가 꿇어 엎드린 채 일의 전말을 소상하게 고하고 있었다. 때론 목이 메인 채 흐느끼고 때론 격정에 몸을 떠는 능봉수와는 달리 얼굴색 하나 변함 없이 떳떳하게 앉아 있는 심집을 향해 인조의 노기 가득한 눈과 신료들의 능멸 가득한 눈빛들이 독화살처럼 날아들고 있었다.

"이보시오, 형판! 무에 그리 잘한 일이 있다고 고개를 빳-빳이 들고 있소이까!"

영의정 김류가 참다못해 소릴 질렀다.

"그것이 어째 종사를 위한 진실이오이까, 적장을 위한 진실이지. 원-

나라의 중신이란 사람이……"

영의정 김류는 임금 앞임에도 불구하고 벌겋게 달아오른 얼굴로 큰소리를 질러댔다.

"좌상이 거듭거듭 당부하질 않았소이까. 이번 길에 종사의 안위가 달렸다고 말이요. 그런데, 그런데 이거이 도대체 뭡-니까!"

거친 숨을 몰아쉬던 김류가 그래도 분이 풀리지 않는지 심집을 향해 또다시 소리를 질렀다.

"형판의 명예가 종사의 안위보다 더 소중하다- 이 말이외까!"

불거진 눈알을 디룩거리며 쏘아붙이는 영의정의 분노는 쉽게 가라앉을 것 같지 않았다.

"고정하시지요, 영상대감. 이번 일은 발의를 한 제게 책임이 있으니 적진엔 제가 다시 다녀오겠습니다. 가서 이번 일에 대한 사과부터 하고 저들의 의중을 깊이 알아보겠소이다."

"좌상! 아, 분명 좌상께서 다녀오시겠다 하셨소?"

"그렇소이다, 영상대감. 산성에 아니 계신 왕자를 굳이 고집하는 저들의 의도가 무엇인지 그 점도 알아보구요."

"그럼 그렇게 하십시다."

좌의정 홍서봉이 적진에 다녀올 소임을 스스로 자청하고 나서자 좀처럼 분기가 가라앉지 않을 것 같던 영의정 김류가 디룩거리던 눈알을 게눈 감추듯 감추고 당장 인선에 착수했다.

"부사엔 누가 적임이라 보시오이까."

"호조판서 김신국과 함께 다녀오겠소이다."

"호판이요……?"

김류가 눈을 치뜬 채 깜박였다.

"오! 그렇지요. 호판이라면 이번 소임에 적임일 것이외다."

사행 길에 자신이 빠진 것만으로 다행으로 여긴 김류가 인조를 향해 바쁘게 엎드렸다.

"전-하, 정사엔 좌의정 홍서봉, 부사엔 호조판서 김신국으로 정해 이번……"

"그렇게 하시오."

통명스런 인조의 대답이 혼자 분주를 떠는 김류의 말을 가로막았다.

다음날 오전, 뼛속까지 스며드는 찬바람을 맞으며 좌의정 홍서봉과 호조판서 김신국이 마부태의 진영으로 들어섰다. 오색찬란한 깃발을 휘날리며 일사불란하게 내닫는 수백, 수천의 날랜 기병들의 공포스런 모습에 홍서봉과 김신국이 저도 모르게 어깨를 움츠렸다.

"좌상 대감이 아니오이까."

사신으로 내왕하던 마부태가 어느 틈에 홍서봉의 얼굴까지 기억하고 있었는지 마부태가 먼저 아는 체 하지 않았다면 홍서봉과 김신국의 뻣뻣하게 굳었던 긴장은 풀어지지 않았을 것이다.

"이분은 호조판서 김신국 대감입니다."

홍서봉은 자신을 먼저 알아본 마부태에게 김신국을 소개했다.

"본 듯한 얼굴이오만 왕자는 어째 아니 보이오?"

"봉림대군과 인평대군은 모두 다 강화도에 계시오이다. 마 장군께서도 아시다시피 강화 길은 막혀서 우리로선 갈 수 없었소이다. 뿐만 아니라 설령 장군께서 길을 열어 주신다 하더라도 두 분 대군 마마를 모시고 오는 데는 며칠의 시간이 걸릴지 모르는 일이었는지라 만부득이 종실의 능봉수를 군(君)으로 봉하여 사신으로 보냈던 것이니 부디 너그러이 보아주시기 바랍니다."

"아니 그럼 왕자는 못 온단 말이요?"

두 눈을 부릅뜬 마부태가 홍서봉의 사과는 듣는 둥 마는 둥 하고 오직 왕자만을 찾았다.

"방금 말씀드렸다시피 두 분 대군께서는 강화도에 계시고 또한 강화 길은 끊겼소이다. 예서 강화까지는 며칠이 걸릴 지 모르는 먼 길……"

"누가 대군을 말했소? 왕자를 말했지! 다음 대의 임금이 될 왕자 말이요, 왕자!"

순간 경악한 홍서봉과 김신국의 등골로 오싹하는 전율이 흘렀다. 마부태의 말대로라면 왕자는 소현세자를 지칭하는 것이었다. 조선이 왕자들을 세자(世子)와 대군(大君)으로 구분하는 데서 오는 작은 오해였을 것이다.

사색이 된 홍서봉과 김신국이 말을 못 하고 떨기만 하는데 두 눈을 부라리던 마부태가 오히려 불안한 기색을 띠었다.

"이거 아무래도 안 되겠소. 조선 조정을 믿고 있다가는 내가 큰 낭패를 당하겠소. 이렇게 어물쩍거리다 황제 폐하께서 당도하시기라도 하는 날이면 내가 그 책임을 어찌 다 감당하겠소."

마부태가 갑자기 초조한 기색을 띠며 안절부절못하자 홍서봉과 김신국의 마음도 덩달아 불안하고 초조했다.

"더이상 다른 말은 필요 없소. 조선의 왕자를 빨리 보내시오. 왕자가 직접 정승들을 대동하고 이리로 온다면 그때 다시 화친을 논의하겠소. 그리 알고 돌아들 가시오."

단지 그 말만을 남기고 마부태는 장막 안으로 휑하니 사라졌다.

"영상대감, 대체 이를 어찌하면 좋단 말입니까."

"아, 글쎄…… 그게…… 난들 어쩌겠소. 세자 저하께서 나서 주신다면 또 모를까."

울상이 되어 버린 좌의정 홍서봉에 비해 영의정 김류는 코딱지까지 후벼파는 여유로움을 보였다.

"이번 사행 길은 저희가 다녀왔으니 다음 번 사행 길은 영상께서 다녀와야 하지 않겠습니까."

"머, 머라!"

놀란 김류가 김신국을 돌아보다가 갑자기 비명을 터트렸다.

"앗 따따따…… 하이-고…… 따가워라."

김류의 손톱 끝에 굵은 코털 몇 개가 엉긴 채 박혀 있는 커다란 코딱지가 묻어 있었다.

"에휴- 눈물이 다 찔끔 나네그랴. 에효요……"

콧등을 문지르다 말고 멀거니 코딱지를 들여다보던 김류가 그 코딱지를 빈청[16] 바닥에 아무렇지도 않게 퉁겨 버리고는 곧 김신국을 노려보았다.

"아, 그런데 호판, 지금 뭐라 했소. 다음 번 사행길에 나더러 가라……이 말이요?"

콧구멍이 따가운지 김류는 연신 콧구멍을 벌름거렸다.

"영상대감 말고 이 조정에 누가 더 있습니까. 당연히 가셔야지요."

"아, 머 머 뭐라, 당연…… 하다고요? 아, 그럼 전하는 누가 모시고요."

"내관들이 있질 않습니까. 어영대장도 있고……"

호조판서 김신국이 눈을 흘기며 돌아앉자 김류는 당황했다.

"내, 내가 가면 이 으, 의정부는 어떡하고요?"

---

16) 빈청(賓廳): 정2품 이상 고위 관직자 회의실

"우상과 좌상대감이 있지 않습니까."

"어허! 그만들 두세요. 지금 어린애들 장난하듯 할 때입니까."

보다 못한 좌의정 홍서봉이 그 두 사람을 뜯어말리는데 눈을 뚱그린 영의정 김류가 손가락으로 김신국을 가리키며

"저 사람이, 저 사람이 나더러 다음 번 사행길, 아니 사지엘 다녀오라 하질 않소. 좌상도 듣지 않았소. 지금," 하고 홍서봉을 바라보았다.

"방법이 없다 보니 한번 해 본 소리지 그게 어디 그렇게 하란 소립니까? 영상께서 가시면 조정과 이 산성은 어떡하라구요."

"헤-에…… 그렇지요? 그렇지요? 내가 가면 이 나라 조정과 남한산성이 텅 비지요. 그렇지요?"

그제서야 김류의 입이 헤벌쭉 벌어졌다.

"아, 그런데 말이요. 그게 듣고 보니 그렇습디다. 이 나라 왕자를 보내라 하면 두 분 중 한 분을 골라 보내면 될 일이지만 세자를 보내라…… 하면 골라 보낼 세자가 없질 않소이까. 아다시피……"

김신국의 눈이 다시 씽그래지자 김류가 헛기침을 했다.

"에헴, 좋소이다, 좋아요. 세자 저하를 보내라…… 고 한 저들이 심한 건 사실이외다. 허나, 그렇다고 또 아니 보낼 수야 없질 않소이까. 그러니깐…… 그게…… 에헴, 헴. 그 참 딱하다…… 이 말씀예요, 내 말은."

"그러니까 방법을 찾아보자는 것 아닙니까."

"세자 저하께서 화친에 응했다가 인질로 잡히는 날엔 그땐 화친이고 뭐고 다 집어치우고 이 나라 조선이 항서를 써야 된다 생각하니…… 에헴, 그 참…… 아, 딱해요, 딱해."

달리 묘안이 있을 리 없는 김류가 고개를 삐딱하게 돌리고 눈알을 굴려 그 두 사람을 쳐다보았다.

"영상대감, 이 일을 공론에 부쳐 봄이 어떻겠소이까."

홍서봉의 말에 김신국이 토를 달았다.

"예조판서 김상헌이 가만있겠습니까?"

"아, 그자는 안 돼요. 그자가 이 회의장에 들어서면 공론이고 뭐고 다 깨지는 겝니다. 그 점은 명심하시구랴."

영의정 김류가 김상헌의 입회를 손을 내저으며 반대하자 회의는 자연히 비밀리에 진행될 수밖에 없었다.

그날 저녁, 영의정 김류의 주도 하에 좌의정 홍서봉, 이조판서 최명길과 김신국, 이성구, 한여직, 장유, 윤휘, 홍방 등이 모여들었다. 그 가운데 잔뜩 위엄을 갖춘 영의정 겸 체찰사 김류가 지휘봉을 앞에 들고 회의를 이끌어 갔다.

"이야기는 간단하오이다. 저들의 요구에 순응하느냐, 아니면 불응하느냐."

중신들의 눈이 올롱 치떠졌다.

"순응하여 종사를 보전시키느냐, 아니면…… 에헴, 에…… 그렇소이다."

위엄 끝에 뒷말이 궁색해진 김류가 괜시리 지휘봉만 만지작댔다.

"여러분께서도 다 아다시피 저들은 조선이 세자 저하와 대신을 보내 화친을 청할 때만 이에 응하겠다 했답니다."

중신들이 놀란 눈을 치뜨고 서로 수군대었다.

"이는 우리 조선을 얕잡아 본 천인공노할 망언임에 틀림없소이다마는,"

갑자기 지휘봉을 힘주어 잡은 김류가 격앙된 눈빛으로 둘러앉은 중신들을 휘둘러보았다.

"그러나…… 우린……."

"……"

"……힘이 없소이다."

한참 뜸을 들이던 끝에 결국 힘 빠진 소리를 내더니 김류가 다시금 지휘봉을 만지작거렸다. 그리고 다시 말을 이었다.

"위중지경에 처한 종사의 안위를 생각할 때 적장 마부태의 요구를 마냥 모른 척할 수만도 없는 일이니 이 점을 유념하여 의견들을 세워 주시기 바라오이다. 에헴."

김류가 지휘봉을 땅! 소리가 나도록 놓고 제자리에 앉자 의견이고 뭐고 없었다. 예조판서 김상헌이 없는 회의는 만장일치였다.

"머, 뭐라 했소, 영상!"

놀라 화등잔 만한 눈을 치뜬 인조가 떨고 있었다.

사색이 되어 돌아온 좌의정과 호조판서가 털어놓은 말, 즉 마부태가 말한 왕자는 대군이 아니라 세자였다는 믿지 못할 사실이 밝혀지며 숭은전은 한때 찬물을 끼얹은 듯 바싹 얼어붙었고, 마부태 또한 화친에 대한 책임으로 불안에 떨고 있더라는 홍서봉의 말에 인조는 어서어서 대책을 찾아보라 일렀다. 그리고 곧바로 빈청에서 영의정의 주도하에 회의가 진행되고 있다는 소식을 내관을 통해 들은 것이 저녁 무렵…… 그런데, 그런데…… 회의 결과는 너무도 뜻밖이었다.

"전-하, 이는 모든 신료들의 한결같은 뜻이옵고 또한 종사를 살리는 길이기도 하옵니다."

"세자를…… 세자를 적진으로 보내는 길 외에 정녕 다른 방도는 없다,

148

이 뜻이요?"

"송구하옵니다, 전-하."

순간 숭은전은 인조가 토해 내는 고뇌에 찬 신음 소리에 천 길 낭떠러지 같은 깊은 나락 속으로 가라앉았다.

"전-하, 종사의 위급함이 경각에 달려 있사온지라 달리 다른 방도는 찾지 못하였사옵고 또한 저들의 요구를 끝끝내 물리치기도 어려운지라……"

허리를 나직하게 굽힌 김류가 '마지못해 중론에 따랐나이다. 종사를 어지럽힌 죄 백번 천번 죽어 마땅하오니 신을 죽여주소서.' 하고 틀에 박힌 말로 인조를 위로하려는 찰나였다.

"아바마마, 소자가 다녀오겠나이다. 윤허하여 주소서." 하고 세자가 나섰다.

"세자가……?"

한숨 속에 묻혀 있던 인조가 의외라는 듯 눈을 뜨고 세자를 돌아보았다.

"아바마마, 소자가 가서 저들이 요구하는 바가 무엇인지 소상히 알아보고 오겠사옵니다."

한 치의 흔들림도 없어 보이는 세자였다. 종사를 구하고 아버지를 구하는 길이라면 죽음도 불사하겠다는 의지가 역력히 배어나는 세자의 야무진 모습에 숭은전의 무거운 분위기가 뜻밖으로 풀어지는 듯이 보였다.

"조정 중신들의 뜻이 그러하고 세자의 뜻이 또한 그러하다면 의당 그래야겠지. 허나……"

인조의 한숨 섞인 목소리에 한없는 아쉬움과 안타까움이 짙게 묻어나는 그때였다. 숭은전의 문이 갑자기 활짝 열렸다.

놀란 김류가 자리에서 일어섰고 중신들의 고개가 일제히 뛰어드는 김상헌에게로 쏠렸다.

"전하! 신의 불충을 용서하여 주소서."

인조 앞에 엎드려 용서를 구하고 난 김상헌이 중신들을 향해 돌아앉자마자 숭은전이 떠나가라 악을 썼다.

"나라의 녹을 먹는 너희가 어찌 이리도 무도할 수 있느냐. 세자 저하를 사지에 몰아넣고 그 덕으로 너희는 살아남겠다, 그 뜻 아니더냐. 진정 너희가 세자 저하를 인질로 삼아 적진에 보내고자 한다면 나는 내 손으로 너희들의 목부터 벨 것이니라. 내 어찌 금수만도 못한 너희들과 한 하늘 아래 살 수 있겠느냐. 종사가 위태로움에 처해 있으면 마땅히 나가 싸워야 하는 것이 신료 된 도리거늘, 어찌 세자 저하를 인질로 보내면서 하찮은 너희들의 목숨은 부지하려 드느냐. 나를 따돌리고 얻은 결론을 중신들의 뜻이라 매도한 너희들이 역사의 이름 앞에 떳떳할 줄 알았더냐."

놀라 벌어진 입을 다물 줄 모르는 김류와 홍서봉, 김신국 및 그 외의 신료들이 황당한 눈으로 김상헌을 쏘아보고만 있었다. 자신들의 주장이 그른 것만은 아니나 죽기를 각오하고 달려드는 김상헌을 맞상대한다면 외적을 앞에 두고 내분만 가져올 뿐이었다.

강한 외적을 눈앞에 두고 내분을 일으킨다면 그것은 자멸을 초래하는 것이었다. 그 자멸의 길에서 벗어나는 길…… 그것은 침묵이었다.

중신들은 누구도 입을 열지 않았다. 그런데 그때 또 뜻하지 않은 사태가 벌어졌다. 두 눈을 부릅뜬 의창군(義昌君) 광(珖)과 동양위(東陽尉) 신익성이 숭은전으로 뛰어든 것이었다. 의창군 광은 선조의 후궁 인빈 김씨 소생으로 선조의 여덟 번째 왕자였고, 신익성은 전 영의정 신흠의 아들로 선조의 딸 정숙옹주의 남편이자 선조의 사위였다. 두 사람 다 왕실과 무관할 수 없는 사람들이었다.

흰자위가 빨개지도록 눈을 부릅뜬 의창군 광이 고래고래 악부터 썼다.

"누구요! 누가 감히 세자 저하를 적진에 보내자 했소!! 누가 감히 이 나라 왕실을 욕보이고자 했소!!!"

분하고 억울해서 못살겠다는 듯 발을 구르던 의창군 광이 온몸을 부들부들 떨었다.

"나오시오! 세자 저하를 적진에 보내고자 발설한 자는 냉큼 앞으로 나오란 말이요!! 내가 그자의 목부터 치겠소. 그리고 나도 세자 저하의 발앞에 엎드려 죽으리다. 어느 놈이요!! 어느 놈인지 당장 나오란 말이요!!!"

몸을 떨며 악을 쓰던 의창군 광이 가쁜 숨을 가다듬는 사이 이번에는 신익성이 격앙된 목소리로 인조 앞에 엎드렸다.

"전하, 우리 조선이 척화로 공론을 모은 지 이미 오래 되었사옵고 오랑캐와 국교를 단절한 지도 이미 오래 되었사옵니다. 그런데 임금의 신하 된 자들이 시세에 따라 흔들리며 사사로운 이득에 눈이 어두워 화친을 서슴없이 주장하더니 마침내 세자 저하를 적진에 인질로 보내자는 간악한 무리들까지 생겨났나이다. 이는 종묘사직과 왕실을 업신여기고 능멸한 처사가 아니겠나이까. 신하 된 자가 왕실을 능멸한다면 이는 죽어 마땅하나이다. 지금 이자들을 만백성이 보는 앞에서 효수하시고 다시 한번 척화의 결기를 다지시어 250여 년 이어 온 종묘사직의 틀을 공고히 하시오소서!"

김상헌에 이은 의창군과 신익성의 일진광풍과도 같은 무서운 일갈이 피바람 몰아치듯 숭은전을 덮치자 숭은전은 한동안 숨소리조차 들리지 않는 적막 속에 갇혀 미동조차 없었다.

밖엔 밤바람이 스산하게 스쳐가고 있었다.

고개 숙인 중신들은 아무 말이 없고 용상에 몸을 기댄 인조는 괴로움을

이겨내려는 듯 손으로 이마를 꾹 눌러 짚고 있었다. 그 손 아래, 인조의
번민과 고뇌가 폭포처럼 흐르는 미간엔 내 천 자로 깊게 패인 겹주름이
가늘게 경련하고 있었다.

"아바마마, 소자가 다녀오겠나이다. 소자가 직접 적장을 만나 그 속마
음을 알아보겠나이다. 윤허하여 주소서."

적막 속에 갇힌 채 미동조차 없던 고요를 소현세자가 깨고 나섰다.

"아바마마, 우리 조선이 척화를 주장해 오는 동안 저들은 오랫동안 화
친을 요구해 왔나이다. 그 요구속엔 분명한 까닭이 있을 것이옵니다. 소
자는 그것을 밝혀 돌아오겠나이다. 윤허하여 주시오소서."

거듭되는 소현세자의 주청에 눈썹이 꿈틀 하던 김상헌과 의창군 광, 동
양위 신익성이 약속이나 한 듯이 동시에 세자 앞으로 달려 나가 그 앞에
엎드렸다.

"아니 되옵니다, 세자 저하. 저하께서 가시는 날엔 이 나라 조선의 종
묘사직이 위태로워집니다. 가셔서는 아니 되옵니다. 세자 저하……"

"그러하옵니다, 세자 저하. 저하께서는 다음 대의 보위를 이어 가실 지
중하신 몸이옵니다. 부디 그 청을 거두어 주소서. 세자 저하."

김상헌과 의창군이 소현세자의 옷자락을 잡고 울며 만류하는 사이 신
익성은 무릎으로 기어 나가 인조 앞에 부복하고 울며 애원했다.

"전하, 세자 저하를 금수만도 못한 오랑캐의 소굴로 보내실 수는 없사
옵니다. 말려 주소서, 전-하."

인조의 미간이 경련하며 떨었다.

"저들이 처음에는 왕자를 청하다가 이제 와서 세자 저하를 보내라 하는
것은 계략이 있어서이옵니다. 저들의 계략에 말려들어서는 아니 되옵니
다, 전-하."

신익성이 머리를 짓찧으며 피눈물로 호소하자 김상헌과 의창군이 다시 달려나가 가세했다.

"저언-하-, 신 예조판서 김상헌을 먼저 죽여 주소서. 세자 저하를 저들 오랑캐의 진중으로 보내고자 한 불충을 사전에 미리 막지 못한 죄만으로도 신은 죽어 마땅하나이다. 더구나 군신의 예를 강요하고 칸을 높여 황제라 부르라 한 저들의 오만불손한 작태에 이미 수치를 당한 터이온데 하물며 세자 저하를 그 오랑캐의 진중으로 납시게 하다니요, 그런 치욕을 어찌 산 눈으로 차마 볼 수 있겠나이까. 신을 먼저 죽여 주소서. 즈-언-하-아."

김상헌이 진짜 죽기로 작정한 듯 마룻바닥에 머리를 세차게 들이받자 경악한 중신들이 놀란 눈을 치켜뜨고 덜덜 떨었다. 사태는 갈수록 걷잡을 수 없이 확대되어 가고 있었다.

경황없이 사태를 지켜보던 김류가 어느덧 사태의 분위기를 간파해 가고 있었다. 시간이 지날수록 김상헌의 만류가 대세를 이끌어 가고 있다 여긴 때문이었다. 그 대세에 편승하기 위해 눈알을 굴리던 김류가 자리에서 일어나 마룻바닥에 머리를 들이받고 있는 김상헌을 애절한 눈으로 만류해 일으키며 눈물을 흘렸다. 눈물뿐이 아니었다. 섧디 서러운 흐느낌까지 토해 내었다.

영문을 모르는 김상헌과 의창군, 신익성 등이 그런 김류를 의아한 눈으로 쳐다보는데 김류가

"즈-언-하-. 신 영의정 겸 체찰사 김류의 불충을 대죄로 다스려 주시오소서."

하고 어깨까지 출렁이며 큰 소리로 우는 것이었다.

"실로 중신들의 결의는 신이 불충하고…… 용렬했던 탓이옵니다. 전-하."

모든 중신들의 시선이 김류에게로 쏠렸다.

"신이 신료들의 수상 자리에 있으면서 오늘날 같은 환란을 미처 방지하지 못한 죄…… 백 번 죽어 마땅하나이다."

김류가 굵은 눈물을 흘리며 자신의 과오를 스스로 책망하자 고개 숙인 중신들이 하나같이 동정의 눈길을 보냈다. 그런데,

"하오나 전-하, 이번 세자 저하의 사행 논의는 신이 먼저 말렸어야 했음에도 불구하고 중신들의 결의가 워-낙 완고한지라 신으로서도 어찌 손써 볼 겨를이 없었나이다."

중신들의 눈이 치떠졌다.

"전-하, 지금이라도 늦지 않았사오니 중신들의 결의를 철회하여 주시고 세자 저하를 말려 주시오소서. 즈-언-하."

하며 바닥에 납죽 엎드렸다. 그리고 모든 책임을 중신들에게 뒤집어씌우고 자신은 대세가 기우는 쪽으로 슬그머니 자리를 옮기는 것이었다. 영의정의 주도 하에 회의를 진행했던 중신들이 또다시 놀라 경악하지 않을 수 없었다.

김류가 바닥에 엎드린 채로 울음을 멈추지 않자 당혹감과 배신감에 몸을 떠는 중신들에 비해 김상헌, 의창군, 신익성의 눈빛은 반짝반짝 빛이 났다. 위기의 순간에 영의정의 출현은 천군만마보다 더한 구원군이었다.

영의정 곁으로 달려온 세 사람이 마치 합창이라도 하듯 동시에 엎어지며 간청했다.

"즈-언-하, 영의정의 주청을 가납하여 주시오소서."

영의정이 가세하자 숭은전은 기를 쓰고 죽으리라 몸부림치던 세 사람의 절망적인 분위기에서 이제는 완연한 승자의 분위기로 뒤바뀌고 있었

다. 전세가 역전된 것이었다.

끝 모르게 이어지던 인조의 절망 섞인 긴 한숨도 어느덧 안도의 숨으로 돌아오고, 결기 돋워 나섰던 세자도 한발 뒤로 물러섰다. 모든 것이 없었던 일로 정리되는 순간이었다.

"이 모두가 종사를 위한 충절임을 과인이 어찌 모르겠소. 영상께서 그리 말씀하시니…… 고맙소."

임금도 자식 앞에서는 약할 수밖에 없는 부모였다.

"즈-언-하, 전하의 성의를 어지럽힌 신에게 대죄를 내려 주시옵소서. 즈-언-하."

"당치 않아요, 그것이 어디 영상의 죄요? 아무 말 말고 돌아들 가서 쉬도록 하세요, 밤이 깊었어요."

인조가 용상에서 일어나 세자의 부축을 받으며 숭은전을 나서자 영의정과 세 사람이 벌떡 일어나 중신들을 쓱 하고 훑어본 후에 인조의 뒤를 따라나섰고, 숭은전엔 영의정 김류의 뜻에 따라 움직였던 중신들만이 남아 어둠에 찬 밤공기에 젖어 가고 있었다.

"선우 선사가 그리 말하더란 말이냐?"

"그러하옵니다, 스승님."

"허허……"

백의선인이 이무진과 허성환을 바라보며 허허롭게 웃었다.

태산도관에서 내려오던 그날 두 사람은 곧바로 금강산을 향해 달렸다.

바람 앞의 등불 같은 조국의 운명 앞에 마음이 급해진 두 사람이 산동 도장에 들릴 새도 없이 조선을 향했다. 외로운 산성에서 불안에 떨고 있을 임금을 생각하니 허성환과 이무진의 마음이 급해지지 않을 수 없었다. 그리고 무엇보다 봉림대군…… 이무진에게 봉림대군은 피붙이보다 더 살가운 사람이었다. 왕자임에도 불구하고 더없이 소탈한 봉림대군이 자신을 진심으로 대함에 그런 제자를 위해서라면 자신의 목숨을 내어서라도 보호하고자 하는 이무진이었다. 그런 봉림대군이 십 년 전 정묘호란 때와 같이 또다시 두려움에 떨고 있을 생각을 하니 가슴이 좁여 내닫는 이무진의 발걸음이 번개보다도 빨라보였다.

"선우 선사는 좀 달리 말하길 고대했건만…….”

백의선인이 긴 한숨 속에 묻혀가고 있었다. 그때

"스승님.”

하고 한숨 속에 묻혀가는 백의선인을 이무진이 조신하게 불렀다. 백의선인이 눈을 뜨고 이무진을 바라보았다.

"봉림대군께서 강화도에 계시다 하옵니다. 가서 구해야 하지 않겠사옵니까?”

그 말에 허성환이 이무진을 바라보며 고개를 끄덕였다.

"당연히 그래야지. 허나 19세라 하면 봉림대군 스스로 자신과 가솔들을 책임질 만하지 않겠느냐.”

"그래도 아직 어리시지 않사옵니까.”

"허허, 네가 봉림대군에게 정이 듬뿍 들었나 보구나.”

벌겋게 충혈되어 가는 이무진의 두 눈을 바라보며 백의선인이 허허 하고 웃었다.

"그동안 네게 배운 무예가 얼마더냐. 그만하면 스스로 호신할 수 있으니 크게 염려하지 않아도 되느니라."

"제게 배운 무예로 적병 백여 명은 당해낼 수 있겠사오나 저 많은 대군을 무슨 수로 이겨내겠사옵니까."

"일당 백, 일당 천의 능력을 가졌다 하더라도 개인 한 사람의 힘으로는 12만 대군을 이길 수 없는 것이니라."

백의선인의 그 말에 치떠졌던 이무진의 두 눈이 가늘게 떨었다.

"네게 무슨 계책이라도 있느냐?"

이번엔 백의선인이 이무진을 바라보며 넌지시 물었다.

"계책이 있는 것은 아니오나, 형님하고 제가 힘을 합치면 봉림대군을 구해 내기는 어렵지 않다 여기옵니다."

"이번 전쟁은 십 년 전 정묘호란 때와는 판이하게 다른 전쟁이니라. 그 땐 봉림대군만 구하면 되는 일이었지만 이번 전쟁은 봉림대군이 세자빈과 원손을 모시고 있질 않느냐? 봉림대군만 구한대서 해결될 일이 아니니라."

그 말에 허성환의 고개가 끄덕이었고, 치떴던 이무진의 두 눈빛도 수그러들었다.

"허나, 나라 안에 들어온 도적떼는 한시라도 빨리 내보내는 것이 상책이니라."

"예?"

백의선인의 그 말에 두 사람이 동시에 고개를 들었다.

"너희 두 사람이 12만 대군을 물리치기는 어려워도 슬기를 모으면 불가능한 일도 아니다. 전쟁은 지략의 싸움이기도 하니……"

알 듯 말 듯한 백의선인의 말씀에 두 사람이 서로를 쳐다보았다. 무언가 방도가 있다는 말씀이었다.

"홍태시가 심양에서 나왔다면 심양이 조금은 허술할 것 아니겠느냐?"

순간 두 사람의 눈빛이 왔다 갔다 했다. 그때 스승이

"그 후방을 교란하는 일."

하며 빙긋이 웃었다. 그 순간 두 사람의 머릿속으로 쩽! 하는 울림이 일었다.

"너희는 발이 빠르기에 가능하다."

"……!"

"보통 사람의 발걸음으로는 어림도 없는 일이지."

두 사람의 고개가 동시에 끄덕였다.

"심양에 있는 군량미 창고에 불을 지르고 화약고를 터트리면 명나라가 후방을 공격하는 줄 알고 홍태시가 철군을 하지 않겠느냐?"

이무진과 허성환의 입이 딱 벌어졌다. 12만 대군의 허를 찌르는 과감한 지략이 아닐 수 없었다. 그때 가만히 듣고 있던 홍인이 자신도 형님들을 돕겠다고 나섰다.

"스승님, 저도 형님들을 도와 같이 싸우겠사옵니다."

말만 당돌한 것이 아니라 눈빛도 전의에 불타오르고 있었다.

"네가……?"

"네, 스승님"

세 사람의 이목이 홍인에게 쏠렸다.

"허허허……"

스승이 웃었고 옆에 있던 이무진이 그런 홍인의 머리를 쓰다듬었다.

"네 뜻은 가상하다만 넌 아직 해야 할 공부가 남아 있느니라."

"형님들을 돕고 나서 해도 되지 않겠사옵니까? 이번 일은 전쟁이온데……"

"네가 전쟁을 아느냐?"

스승이 전의에 불타오르는 홍인에게 물었다.

"을지문덕 장군의 살수대첩이나 제갈공명의 적벽대전을 글을 통해 보았사옵니다. 그리고 싸움은 힘도 좋아야 하지만 머리를 잘 써야 한다는 것도 알고 있사옵니다."

"머리를 잘 써야 한다는 것은 무슨 뜻이냐?"

"살수대첩에서는 물을 이용해 적의 대군을 격멸했사옵고, 적벽대전에서는 적의 배를 쇠사슬로 묶어 움직이지 못하게 한 연후에 대승을 거두었사옵니다."

"그래, 그랬지."

"이번 싸움도 홍태시의 급한 마음을 이용하면 승산이 있으리라 생각되옵니다."

"홍태시의 급한 마음이라니……?"

백의선인이 짐짓 모른 체하며 물었다.

"홍태시가 조선 깊숙이 들어올 때는 자신의 퇴로가 차단당하지 않을까 걱정하지 않겠사옵니까?"

"그래, 그렇지."

"조선 군사들이 홍태시의 퇴로를 차단하고 공격을 하면 홍태시가 당황할 것이고, 그때 숨어 있던 조선 군사들이 전부 일어나 홍태시를 공격한다면 승산이 있으리라 보옵니다."

"허허, 그래 네 말이 맞다. 어린 너도 아는 책략을 조선 왕실에서만 모르는 것 같구나. 허허허."

스승의 웃음에 이무진이 홍인의 어깨를 다독여 주었다. 그러나 어린아이의 이야기로 듣기에는 논리가 분명했다. 이것도 다 스승님의 가르침 덕분이라 생각한 이무진과 허성환이 어린 홍인을 대견하다 칭찬하고는 이

내 스승의 다음 이야기에 주목했다.

"달 없는 밤이어야 한다. 달 없는 밤에 검은 옷으로 갈아입고 번개처럼 뛰어 다니면 너희들을 잡을 사람은 세상 어디에도 없을 것이니라. 무진이가 심양의 사정을 잘 알 터이니 둘이 힘을 합해 해 보거라. 너희 둘의 활약 여하에 따라 조선 백성들의 고초와 홍태시의 철군이 달렸느니라."

이무진과 허성환이 환하게 밝아진 얼굴로 스승에게 고개 숙여 대답했다.

"예, 스승님. 그런 일이라면 눈 감고도 할 수 있사옵니다."

대답과 함께 두 사람이 서로를 쳐다보며 웃었다. 자신에 찬 웃음이었다.

"그리고 그 일을 성사시킨 후에 성환이 너는 한양 남산의 묵적골에 자리를 잡고 산동을 왕래하거라. 산동을 오가자면 뱃길도 열어야 할 게고. 허니 미리 준비를 해야겠지. 그 자리는 무진이가 보고 왔으니 심양으로 가면서 둘러보고 가거라."

"알겠사옵니다, 스승님."

환하게 밝아진 얼굴의 형들을 바라보며 홍인이 시무룩했다.

"허허, 너는 네가 해야 할 공부를 잘 하는 일이 네 형들을 돕는 일이다. 그렇게 섭섭해하지 말거라."

"그럼요, 스승님. 우리 홍인이가 수련을 얼마나 잘하는지요. 뜀걸음도 빠르지만 돌멩이 던지는 솜씨는 조선 제일입니다. 지난번에 50보(약 22m) 앞에 있는 솔방울 맞추기 내기를 해서는 제가 졌습니다."

"그랬느냐?"

"예, 스승님."

이무진의 칭찬에 홍인의 귓불이 빨개졌다.

"그래, 어떤 내기였던고?"

"소나무에 달려 있는 솔방울 10개씩을 맞춰서 떨어뜨리는 내기였는데 홍인이는 10개를 모두 맞춰 떨어뜨렸고 저는 8개를 맞춰 떨어뜨렸사옵니다."

"허허, 그래?"

이무진의 칭찬에 스승이 허허 하고 웃었고, 홍인이 쑥스러운 듯 얼굴을 숙였다.

"가만 있자. 그리고 보니 벌써 저녁 때가 되었구나. 성환이도 오랜만에 왔고, 너희 3형제가 모처럼 모였으니 오늘 저녁은 내가 준비하마."

스승이 저녁을 준비하신다는 말씀에 허성환과 이무진은 소리 없이 웃었고, 홍인은 무슨 뜻인지 몰라 두 눈을 꿈벅대었다. 스승님이 저녁 준비하신다는 말씀은 생전 처음 하시는 말씀이었다.

"건넌방으로 가보자. 음식이 준비되었을 테니까."

허성환과 이무진은 아무 말 없이 건넌방으로 자리를 옮겼고, 홍인은 무슨 일인지 몰라 어물쩍 형들을 따라 건넌방으로 발길을 옮겼다. 그런데,

"우와! 스승님, 형님."

홍인이 놀라 외쳤다. 큼지막한 상에 장뚝배기가 뜨거운 김을 뿜으며 아직도 부글부글 끓고 있었다. 거기에 더덕 장아찌며 산나물 반찬이 김이 무럭무럭 솟아오르는 쌀밥과 함께 소담스럽게 차려져 있었다.

"스승님은 내내 우리랑 같이 계셨는데 언제 이런 저녁까지 준비하셨사옵니까?"

홍인이 궁금해 죽겠다는 눈으로 스승과 형들을 쳐다보았다.

"많이 궁금할 테지. 허나 조금 있으면 너도 알게 될 거다."

조용히 웃고 있는 스승을 대신해서 이무진이 말했다.

"그럼 형님도 아시는 겁니까? 큰 형님도요?"

"그래, 무진이 말처럼 지금은 몹시 궁금할 거다. 그러나 지금처럼 열심히 수련해 가다보면 자연히 알게 될 터이니…… 서 있지만 말고 어서 상

앞으로 와서 앉거라.”

큰형인 허성환이 홍인을 불러 앉혔다. 홍인이 놀란 눈으로 상에 놓인 음식들을 바라보며 다가가 앉는데 무럭무럭 피어오르는 김이 코끝에 쐬이자 목구멍에서 꿀꺽 하고 침 넘어가는 소리가 났다.

“네가 시장했던 게로구나, 어서 들자.”

스승이 수저를 들고 음식을 입에 대는 동안에도 홍인은 궁금증이 구름처럼 일어 좀처럼 수저를 들지 못했다. 그러자 이무진이 홍인의 등을 쓰다듬었다.

“처음이라 어리둥절하겠지만 스승님이 주시는 것이니 의심 말고 먹거라. 음식이 식는다.”

홍인의 궁금증이 가라앉기 전에 형들도 음식을 맛있게 먹기 시작했다. 맞은편에 앉은 허성환의 재촉에 홍인이 엉거주춤 수저를 들었다.

“……!”

맛이 일품이었다. 뽀글뽀글 지져 놓은 강된장이 특히 입맛을 당겼다. 첫 수저를 들고 나니 궁금증이며 의심들이 눈 녹듯 사라지며 수저가 바삐 움직이기 시작했다. 스승님도 맛나게 드시고, 형들도 맛있게 먹는데 내가 질 수 있느냐는 듯 쌀밥과 된장과 더덕을 양 볼이 불룩하게 튀어나오도록 집어넣고 우걱우걱 씹었다. 그런 홍인을 바라보며 백의선인이 흐뭇하게 웃었고, 두 형들은 입을 가리며 웃었다. 구수한 된장 향기와 가끔씩 웃는 형들의 웃음 소리…… 그리고 어둑어둑 깔려오는 어둠에 삼일암이 서서히 묻히고 있었다.

섣달 중순(12월 18일)의 날씨 치고는 겨울답지 않은 푸근한 날이었다.

　인조는 지난밤의 움츠렸던 마음을 털어 버리고 새 출발을 다짐할 겸 따사로운 햇살을 받으며 신료들과 함께 성을 순시하고 있었다. 그 인조의 눈에 햇볕에 녹아내린 눈을 치우느라 가래질하며 법석을 떠는 병사들의 모습이 화창한 날씨만큼이나 활기차 보였다.

　동문 망월대에 오른 인조가 중신과 장수들을 불러 모아 노고를 위로하는 자리에서 종묘사직을 끝까지 싸워 지켜 내겠다는 뜻을 분명히 밝혔다.

　"과인의 부덕으로 죄 없는 신민(臣民)이 고초를 겪고 있음이니, 이제부터 과인도 몸소 군사를 거느리고 싸움에 임할 것이요."

　그 말 속에는 지난밤 왕실이 겪어야 했던 참담함에 대한 원망이 서려 있었다.

　"화친과 척화의 양 갈래 길에서 과인은 많은 번민을 하였소. 그러나 이젠 화친하는 길도 끊겼으니 오직 싸워서 지켜 내는 길뿐입니다."

　장수들이 눈빛을 빛냈다.

　"남한산성이 외로운 성이기는 하나 이제 밖으로부터 구원군이 당도하는 날이면 어찌 외로운 산성이라고만 하겠소. 과인은 종묘사직과 나라의 안위를 지켜 낼 구원군이 오리라 반드시 믿고 있으니 문무백관들은 맡은 바 소임에 그 역량을 십분 발휘해 주길 바라오."

　강렬한 인조의 눈빛 앞에서 장수들의 눈빛도 결연해졌다. 임금이 몸소 싸움에 나서겠다는 의지를 밝히는 앞에서 장수들의 결심이 굳지 않을 수 없었다. 그리고 구원군이 오리라 굳게 믿는 인조가 사대문의 장수와 병사들을 불러 손수 어주(御酒)를 내리고 어깨를 다독이자 산성엔 일시나마 사기가 충천했다. 아울러 인조는 각 도의 관찰사와 도원수 김자점, 부원수 신경원에게 유시문을 보냈다.

『과인이 외로운 산성에 갇혀 있도다. 형세가 날로 급박하고 구원군마저 없어 국가의 존망이 경각에 달렸으니, 경들은 군사를 거느리고 급히 달려와 종사의 위급함을 구원토록 하라.』

그러나 이때의 김자점은 산속에 숨어 목숨부지에 여념이 없었다.

인조가 결사항전의 의지를 선포하고 나선 직후 제일 먼저 북문 수비를 맡고 있던 어영대장 원두표가 군병을 이끌고 나가 징과 꽹과리를 두드리고, 호적을 요란하게 불어대는 청병 여섯 명을 쳐 죽이고 수급을 베어 왔다.

어영대장 원두표는 북문 수비대장 이서가 병으로 소임을 다하지 못하자 후임으로 북문을 맡았는데, 맡은 첫날에 적군의 수급을 베는 전과를 올린 것이었다. 이에 감격한 인조가 원두표를 따라 같이 참전했던 병사들을 불러 다시금 어주를 내리고 그 공을 일일이 치하하며 각각에는 은 30냥과 2단계 특진의 영예까지 안겨 주었다. 그러자 산성의 조선 병사들은 싸움의 기회가 자신들에게도 주어지기를 눈 빠지게 기다리는 상황으로 발전하고 있었다.

그러나 작은 승리의 기쁨은 오래가지 않았다. 청군 진영에서 청병을 총동원, 산성을 두 겹, 세 겹으로 겹겹이 에워싸고는 민가에 불을 지르기 시작했다. 멀리서 보기에도 방화로 보이는 시뻘건 불기둥들이 하늘높이 치솟고 있었다. 그것은 분명 그 여섯 명 주검에 대한 분풀이였다.

"비겁한 놈들!"

"우리하고나 싸울 일이지 죄 없는 민가는 왜 불 지르고 지랄들이야. 개 같은 새끼들……"

"씨벌놈들! 이리로 오기만 왔담 봐라. 이 쇠도리깨로 대갈통부터 빠셔 버리고 말 테니까."

산성의 조선 병사들이 이를 갈며 분통을 터트리는 동안에도 방화는 계속되었다.

"아니, 저건 또 뭐야. 도성 안에서도 불길이 치솟고 있잖아!"

"아이구, 씨부럴놈들. 저 쌍놈들이 조선팔도를 모조리 불 싸질러 버릴 모양일세."

놀란 것도 잠시, 이어 그 얼굴들이 파래지며 비명 같은 한숨을 내질렀다.

"아이고, 내 집…… 아이구 가심이야."

늙수구레한 병사가 가슴을 주먹으로 치다가 그대로 주저앉았다.

"한양이 불바다니 우리 집도 타 버렸겠지."

안타까운 소리를 지르던 그 병사가 갑자기 고개를 푹 꺾었다.

"아이구-우, 하느님. 이제 우린 어찌 살라고요. 그 집을 어찌 장만한 건데요. 그리고 우리 소는, 우리 황소는?"

그제야 생각났는지 핏발 선 눈을 다시 들던 늙수구레한 병사가 그 불길을 바라보며 정신없이 소릴 지르기 시작했다.

"내 집! 우리 소! 우리 누렁이. 누렁아! 누-렁…… 아……"

곧 뛰어 내려갈 듯 안타까이 지르던 소리 끝에 결국 우는소리가 났다.

"어흐흐흐…… 내가 어떻게 기른 황손데. 누-렁……아. 우리 황소야……"

비단 그 병사뿐이 아니었다. 정든 집, 정든 가족과 뿔뿔이 흩어져 졸지에 이산가족이 된 조정의 문무백관들도 입장은 마찬가지였다.

남한산성에서 송파에 이르는 직선거리의 모든 민가가 잿더미로 변하고, 장안에도 불을 놓아 그 불길이 장장 9일간이나 계속된 엄청난 규모의 방화 속에 자신의 집만이 무사하길 바란다는 것은 차라리 엄동설한에 딸기 한 송이 얻길 바라는 애처로운 소망이나 다름없는 일이었다.

"어휴-우, 하늘도 무심하시지."

"우쩌자고 이런 일이 십 년이 멀다 하고 일어나는가 말이여, 내 말은."

수도 한양에 난입한 청나라 병사들이 질러 대는 불길을 망연자실하게 바라보는 산성의 문무백관과 피난민들의 넋 잃은 얼굴 위로 핏물 같은 눈물이 하염없이 흘러내리고 있었다.

그들이 눈물과 한숨으로 하얗게 밤을 새워 어느덧 아침 해가 막 떠오를 무렵이었다.

느닷없이 진동하는 북소리, 징소리, 꽹과리 소리에 설핏 들었던 잠마저 달아나 버리고, 놀란 조선군이 동서남북 사주경계를 위해 콩 튀듯 뛰달으며 갑자기 산성은 전운에 휩싸이고 있었다.

그 소리는 남문 앞에서 들려오고 있었다.

남문 수비대장 구굉이 남문 성루 위에 급히 올라 내려다보니 백여 명은 족히 되어 보이는 청나라 군사들이 떼로 몰려와 징을 두드리고 호적을 불어대며 시끌벅적하게 소란을 떨고 있었다.

그 떼거지로 몰려들어 요란을 떨어대는 적군들을 내려다보던 구굉이 생각에 잠겼다. 박자도 없이 두들겨만 대는 북소리, 징소리, 꽹과리의 시끄러운 소리에 산성이 더욱 어수선하기는 했으나 이는 분명 그 여섯 명의 분풀이를 하려는 저들의 계략일 것이었다. 밤새도록 민가를 불태워 조선군의 마음을 산란하게 흔들어 놓고 아침도 먹기 전에 호들갑을 떠는 것은 겹겹이 에워싼 저들의 우세한 숫자를 앞세워 조선군의 사기를 떨구고자 하는 술책일 것이고.

그 계략을 간파한 남문대장 구굉이 차분하게 작전을 세워 일전을 준비했다.

166

단 여섯 명의 수급일지나 조선군은 그 작은 승리로 마음들이 고무되어 있었다. 임금이 손수 내린 은전과 두 계급 특진이라는 영예까지 보장되고 보니 조선군은 서로 먼저 출전하여 공을 세워 보리라는 마음들이 팽배해 있었다. 더구나 밤새 솟아오른 불길로 조선군의 마음속엔 독한 보복심이 잠재해 있었다. 이런 마음들은 싸움의 훌륭한 원동력이 되었다. 구꿩은 그것을 간파하고 있었다.

남문 수비대원들을 불러 모은 구꿩이 병사들을 일일이 점고한 뒤에 1. 2. 3대로 진영을 나누었다.

"저것은 우리 조선군의 사기를 떨어뜨리려는 술책임이 분명하다. 저들을 일시에 섬멸하려면 번개 같은 기습만이 최선의 방책일 것이니라. 제군들은 나의 뜻을 알겠는가?"

번쩍이는 갑주로 무장한 남문대장 구꿩이 장검을 뽑아들고 힘주어 소리 지르자 눈에 바짝 독이 오른 조선 병사들이 남문 성루가 들썩하도록 힘찬 대답을 했다.

이미 군사들의 마음속엔 죽음을 두려워하지 않는 사기가 충천하고 있었다. 그 마음을 알아차린 구꿩이 또한 큰 소리로 영을 내렸다.

"제1대에 속한 궁수들은 성곽으로 올라가 정조준하고 있으라! 화살 한 대에 적병이 한 놈씩이니라!"

"제2대에 속한 돌격대는 말에 올라 문 뒤에 숨어 있으라. 궁수들이 활을 쏘고 나면 달려 나가 보이는 대로 베는 것이니라."

"제3대에 속한 보군(보병)들은 적의 수급을 베어 돌아온다. 다들 자신 있는가!"

구꿩이 또 한번 소리치자 남문 성루의 대들보가 들썩했다.

"각자 위치로 돌아가 신호를 기다리라!"

구굉의 명에 따라 바람같이 내닫는 조선 군사들에겐 이미 승리가 눈앞에 보였다. 제 위치를 찾아가는 발걸음들이 그렇게 가뿐할 수가 없었고 그리고 가슴과 전신에 죄어오는 긴장감이 또한 그렇게 짜릿할 수 없었다.

"쌍놈들, 어디 맛 좀 봐라."

이미 궁수들의 눈에 목표물이 정확하게 들어오고 있었다. 살을 메긴 궁수들이 구굉의 신호가 떨어지기만을 마른침이 넘어가도록 기다리고 있는데, 문틈을 내다보던 돌격대장의 목이 갑자기 쭈뼛했다. 구굉의 신호와 함께 화살에 꿰인 채 꼬꾸라지는 적병을 분명 보았던 것이다. 뿐만 아니었다. 징과 꽹과리를 내던진 채 살고자 내빼는 적군들은 이미 자신이 상상했던 모습이었다. 그 상상과 조금도 다를 바 없는 눈앞의 광경에 짜릿한 전율을 느낀 돌격대장이 저도 모르게 소리쳤다.

"돌격하라!"

그와 동시에 하늘을 찌르는 함성이 천지를 진동하며 백여 명의 돌격대가 짓쳐 나갔다.

화살에 맞아 허둥대는 적군을 베기란 그리 어려운 일이 아니었다. 나무 뒤로 숨는 놈까지 달려가 단숨에 베어 버린 전투는 조선군의 일방적인 승리였다. 그 뒤를 보병이 뛰어나가 적병의 수급을 취하려는데 숨어 있던 적의 복병이 구름 떼처럼 몰려들어 그 수급을 미처 다 취하지는 못했으나 백여 명 적을 사살한 조선군은 부상자 하나 없이 깨끗한 완승을 거두었다.

이날 취한 적군의 수급은 20여 두, 사살은 100여 구, 미처 자르지 못한 적군의 시체는 적병들이 끌고 갔다. 환호의 북소리가 산성 가득 울려 퍼지는 가운데 승리의 소식에 놀란 인조가 두 팔을 벌린 채 환한 모습으로 달려와 구굉과 그 군사들의 대공(大功)을 입술이 마르도록 치하하고, 특진의 영예와 포상을 아낌없이 내렸다. 그 승리로 산성의 사기는 하늘을 찌를 것 같았다.

그 싸움 이후, 마부태가 보낸 사자가 역관(譯官: 통역사) 정명수를 대동한 채 어제의 결전장이었던 남문 앞에 다시 나타났다. 화친을 청하러 온 것이었다.

소식을 접한 김류는 결연한 얼굴로 소리부터 질렀다.

"이는 우리 군사들의 사기가 충천해 있기에 저들이 놀라 화친을 청하러 온 것이니 굳이 응할 까닭이 없질 않소. 이제야말로 조선의 기개를 세계 만방에 보일 때가 온 것인즉, 그것들을 당장 물러가라 이르시오!"

김류가 소리치며 김상헌을 돌아보았고, 소매 속에 양팔을 찔러넣은 예조판서 김상헌이 고개를 끄덕였다. 아주 당연하다는 낯빛이었다. 이에 호조판서 김신국이 남문 성루로 달려나가 그 청나라 사신을 소리쳐 쫓아보냈다.

"아름다운 우리 조선이 어찌 금수와 다를 바 없는 오랑캐들과 화친을 논의하겠는가. 우리는 결단코 싸워서 물리칠 것이니 사신은 지금 당장 돌아가렷다!"

말을 마친 김신국이 청나라 사신과 역관 정명수를 한번 힐끗 쳐다보고는 그들이 미처 다른 답변을 하기도 전에 성루에서 사라졌다.

청나라 사신이 역관 정명수와 함께 반나절을 내리 기다리다 제풀에 지쳐 돌아간 그날, 인조는 성을 순시하던 중 사대부의 이름 있는 선비들과 당상관(정3품 이상의 고급관료) 이상의 관원들이 얼굴이 퉁퉁 부어 눈이 감긴 채 성벽에서 기어 내려오는 것을 보고 체찰사 김류를 향해 물었다.

"어찌 된 일이오?"

"지금 성내엔 군사의 수가 부족하여 모든 관원과 사대부의 선비들도 일반 군사들과 똑같이 야간파수를 보고 있사온지라 추위에 손발이 얼고 얼굴에 동상이 걸려 저리 되었사옵니다."

그 말에 인조가 기어 내려오는 선비와 관원들을 향해 성큼 걸음을 옮겼다. 눈물겨운 참상이었다.

손발은 물론 얼굴마저 얼어터져 진물이 흐르고 있었다. 그 몸으로 임금의 부축을 받자 황감해 몸 둘 바를 몰라 하는 선비와 관원들을 바라보는 인조의 목이 메어졌다.

인조는 성벽에서 내려오던 그 외의 관원들과 선비들을 모두 불러 세워 간곡한 어조로 그 노고를 치하한 뒤 그 자리에서 김류에게 명했다.

"앞으로 관원과 선비들은 낮에만 성루에 올라 맡은 소임을 다하게 하고 밤에는 휴식을 취하게 하도록 하오. 다만 급박한 일이 있을 때는 노소를 불문하고 동참해야 할 일이나 늙고 병든 이들은 감당치 못할 것이니 같이 다 휴식할 수 있도록 체찰사가 힘써 주오."

인조의 간곡한 당부와 하명을 전해 들은 관원들이 임금의 성은에 감복해 눈물을 흘렸다.

호조판서 김신국이 포상의 공정을 기하기 위해 군공청(軍功廳) 설치를 건의하므로 인조는 이를 받아들여 이조참의 이경여와 병조참의 정기광에게 그 일을 전담케 했다. 군공청은 임진왜란 시 나라에 세운 공을 공적에 따라 공정하게 포상하던 임시기구였다.

청나라 사신이 역관 정명수를 대동하고 다시금 화의를 요청해 왔으나 조선 조정에서는 이를 일언지하에 거절, 차갑게 돌려보냈다.

두 번에 걸친 화친 요청을 조선이 박절하게 거절하자 청나라 진영에서는 그 분풀이로 대대적인 공세를 취하기 시작했다. 남한산성의 조선 군사들도 그 청나라 침략군을 맞아 결사항전에 나서며 전쟁이 시작되었다.

　"화약을 터트려라!"

　"조총사수들은 정조준하라!"

　"진천뢰를 날려라!"

　"적병은 오합지졸이니라! 겁먹지 말고 응전하라!"

　이미 상승세를 타고 있던 승기(勝氣)였다. 사대문의 대장들이 자신만만하게 외치는 소리에 각 대문에서는 미리 준비했던 폭약과 진천뢰, 조총, 화살 등으로 차분하게 응전해 나갔고, 어영별장 이기축과 북문대장 원두표, 동문대장 신경진의 두드러진 활약으로 적의 드센 공격이 드디어 무위로 끝나가고 있었다.

　산성을 겹겹이 에워싼 병력의 우세함을 내세워 무작정 공격해 들어온 것이었으나 시간이 지남에 따라 청나라 군사의 희생자는 늘어만 가는데 비해 조선군의 기세는 조금도 수그러들 기미를 보이지 않자 적군의 공세가 주춤한 것이었다. 조선 진영에서는 그때를 놓치지 않고 사대문을 열고 나가 적군을 격멸하기 시작했다.

　북문대장 원두표가 휘하의 군졸들과 함께 후퇴하는 적병을 후려치는 것을 필두로 동문대장 신경진과 남문대장 구굉, 어영별장 이기축이 동시에 달려나가 적병을 찌르고 베었다. 이때 남문에서는 자원하여 싸움에 임한 선비 윤지원이 표창을 던져 말 탄 적의 기병 두 명을 죽이는 기예를 보이자 보고 있던 조선 군사들이 함성을 지르며 박수를 보냈다.

　조선군의 대승이었다.

　이날의 승리는 조선군이 남한산성에 고립된 이후 얻어낸 최대의 승리였다.

승리의 여파는 대단했다. 피난민들 속에 낀 재야 선비들조차 그 청나라 군사들을 오랑캐 여진족이라 낮잡아 부르며 주먹들을 씰룩거렸다.

"쌍놈들! 여진족 주제에 어딜 감히 넘봐, 넘보길."

"우리가 그동안 참고만 있었더니 저것들이 우리를 봉놋방(주막집의 큰방) 샌님으로 알고 있었던 게야, 저 쌍놈들이."

"만주 땅을 깔고 앉은 것만으로 감지덕지해야지, 봉당(封堂) 빌려주니 안방까지 내놔라 이 뜻 아냐. 언—니미, 뻔뻔스런 잡 새끼들."

이 정도야 아무것도 아니라는 듯 손바닥을 털던 휘칠한 키의 사내들이 불 같은 눈으로 서로를 바라보며 하는 말이었다. 장대한 기골에 번뜩이는 눈매로 보아 김류, 김자점의 파행에 등을 돌린 재야인들이 분명했으나 위기의 조선을 구해야 한다는 사명감에서는 모두가 하나 같은 마음들이었다.

"해동선국(海東仙國) 조선을 어찌 보고 감히."

"만주는 물론이고 중원조차 본래 우리 땅이 아니었냔 말이야, 그 옛날엔."

자신에 찬 선비들이 눈들을 부라렸고 최악의 상황에서 연전연승을 거듭하던 조선군의 사기도 이날에 이르러 최고절정에 달했다. 그러나 저승사자와 같던 청나라 병사들도 막상 싸워 보니 별것 아니라는 자신감을 얻은 뜻깊은 승리임에도 불구하고 산성에는 그 자신감을 지탱해 줄 여력이 없었다. 식량도 부족했지만 무엇보다 말 먹일 풀이 떨어져 말이 굶어 죽어 나가는 것이었다.

기병(騎兵)들의 상실감은 컸다.

기병에게 있어 말은 자신의 목숨이나 다름없는 살붙이였다. 기병에게 말이 없다면 궁수들에게 활이 없는 것이나 무엇이 다른가. 더구나 그 살붙이조차 식량으로 대용해야 할 형편이고 보니 군사들의 절망감은 곧 전의상실로 이어졌다. 그러나 그래도 부족한 식량이었다.

중신들이 전직 관원과 피난민에게는 식량의 배급을 중지해 줄 것을 인조에게 간청하기에 이르렀다.

"그들이 과인을 믿고 따라왔는데 있으면 같이 먹고 없으면 같이 굶을 것이지 어찌 주지 않을 수 있겠소."

없는 식량이나마 끝까지 같이 나누어 먹자는 인조의 그 말을 전해 들은 성안 피난민들과 전직 관료들이 감복하여 울지 않는 이가 없었다.

그날 밤 자정에 인조가 성을 순시하는데 서쪽 하늘에 큰 별 하나와 작은 별 여럿이 모여들더니 가운데 큰 별을 둘러싸고 오래도록 밝게 빛나고 있었다. 큰 별이 움직이자 작은 별들도 흩어져서 홀연히 서쪽으로 사라져 버렸는데, 인조와 중신들이 모두 기이하게 여기며 좋은 조짐이 있기를 기원했다. 그러나 새벽이 되면서 짙은 안개가 끼고 갑자기 먹구름이 몰려오더니 추적추적 겨울비가 내리기 시작했다. 경계를 보던 장수와 군사가 모두 그 비에 젖어 고통을 호소하기에 이르고, 밤을 꼬박 새워 가며 군사들의 사기를 북돋우던 인조는 세자와 함께 뜰 복판으로 내려가 서서 그 비를 맞으며 하늘에 빌었다.

"하늘이시여, 오늘의 일이 이 지경에 이른 것은 우리 부자가 하늘에 죄 지은 소치일 것이옵니다. 어찌 군사와 백성들에게 죄가 있겠나이까. 부디 이 나라 억조창생들의 고초만은 덜어 주시오소서."

그러나 비는 더욱 거세게 쏟아졌고 충혈된 눈의 인조도 그 비를 피하지 않았다.

"전하, 우중이옵니다. 옥체를 보전하시오소서."

보다 못한 중신들이 달려나와 꿇어 엎드리며 울음을 터트렸다.

"내 몸이 어찌 종사와 억조창생의 안위보다 소중하겠소, 경들은 염려

말고 들어가 있으오.”

“아니 되옵니다, 전-하.”

“전-하, 옥체를 보전하소서.”

중신들 또한 뜰 복판에 같이 엎드려 겨울비에 젖어 가는 가운데 간절한 소망을 빌고 또 비는 인조와 소현세자의 볼 위로 핏물 같은 눈물이 하염없이 흘러내리고 있었다.

인조가 오전 내내 하늘에 빌고 난 그날 오후, 신기하게도 비가 개이고 청명한 겨울 하늘이 보였다. 비 온 뒤라 하늘은 더욱 맑고 고왔다.

그 하늘을 바라보며 성안 온 백성들이 임금의 간곡한 발원에 감동하여 목놓아 울었다.

“전-하, 이 무지한 백성들을 위해 그토록 성심을 태우시다니요.”

“전-하.”

“무엇으로 성은에 보답하겠나이까. 전-하……”

온 산성이 울음 속에 잠겼다. 피난민도 울고, 전직 관료들도 울고, 경계를 보던 장수와 병사들도 그 성은에 감읍해 울었다.

“이것을 군사들에게 나누어 주오.”

인조는 자신이 깔고 덮던 산양피 이불과 방석 등을 성을 지키는 군사들에게 선뜻 내 주었다. 한 사람의 군사라도 더 보호하려는 인조의 처절한 몸부림이었다.

인조의 그 몸부림에 관료들도 모두 나서 비에 젖은 군사들을 보호하려 애썼다. 그러나 허사였다. 비 온 뒤 대륙의 거센 찬바람이 조선팔도를 뒤덮자 산하는 온통 빙판으로 덮였고, 성곽을 지키는 군사들의 몰골도 차츰 정상을 잃어 갔다.

팔다리가 뻣뻣하게 굳은 채 시체로 발견되는 군사가 두셋인가 하더니

174

집단으로 동사한 군사들이 부지기수로 나타났다. 적의 날카로운 창칼 앞에서도 죽음을 두려워 않던 장졸들이 그 추위 속에서는 손써 볼 틈도 없이 맥없이 쓰러져 구르는 것이었다.

"아니 되오! 아니 되오! 우리 군사들이 추위에 더 이상 얼어서는 아니 되오. 군사들을 보호하시오, 군사들을……"

인조가 절규했다.

"구원군! 구원군이 와야 하오, 구원군이……"

인조가 정신 나간 사람처럼 소리치고 있었다. 추위와 배고픔에 지친 이들을 구원해 낼 손길은 오직 구원군밖에 없었다. 그러나 애타게 기다리는 구원군의 소식은 어디에서도 들려오지 않고, 군사들의 피해가 갈수록 확산되자 몸이 단 인조는 다시금 도원수와 각 도 감사와 관찰사들에게 유시문을 보냈다.

『남한산성이 포위당한 지 여러 날이 흘렀다. 성은 갈수록 위태롭고 급박한 형세가 더할 수 없는 지경에 이르렀으니 경들은 대군을 이끌고 와 이 나라 종사와 억조창생을 구원토록 하라』

그러나 그 유시문은 산성을 벗어나기도 전에 산성을 에워싼 적군에게 곧바로 빼앗겨 버리고 만다. 이미 남한산성은 청나라 병사들이 세워 놓은 송책(松柵: 소나무 울타리)에 갇혀 있었다. 높이가 서너 길이나 되는 송책을 넘는다는 것은 새처럼 가뿐히 날아 넘기 전에는 어려운 일이었고, 또 그 송책을 가까스로 뛰어넘었다 하더라도 청나라 군사들이 이중 삼중으로 쳐 놓은 덫에 걸리게끔 되어 있어 산성은 외부와의 통로가 완전히 차단된 상태였다.

그런 줄 모르고 구원군이 오기만을 학수고대하던 산성에서는 급기야 구원군에 대한 기대가 원망으로 바뀌어 가며 조선군의 사기도 점차 수그러들고 있었다.

그때, 기죽은 산성으로 원주영장(營將) 권정길과 원주목사 이중길이 군사를 거느리고 종묘사직을 구원하러 왔다는 소식이 꿈결인 양 숭은전에 전해지며 산성엔 환호가 올랐다. 죽었던 부모를 다시 만난 기분이었다.

고립된 산성의 인조에게 구원군의 출현은 이것이 유일한 것이었고, 그만큼 기대도 컸다.

"구원군이 왔다! 전군은 전투 준비를 갖추라! 드디어 구원군이 왔다!"

그 한 마디만으로 산성엔 희망이 부풀어 올랐다.

"전투 준비를 서두르라!"

그 말이 아니더라도 전투 준비는 이미 저절로 이루어지고 있었다. 얼마나 학수고대하던 구원군의 출현이었던가.

이제야 살길이 열렸다 믿는 성안의 전 군사들이 자발적으로 호응하여 적군을 물리치려 만반의 준비를 갖추는데 돌연 검단산 쪽에서 폭약 터지는 소리와 조총 소리가 낭자하게 들렸다. 그 불길한 소리는 산성의 군사들을 불안으로 몰아가기에 충분했고, 시간이 지날수록 더욱 낭자해지는 총소리에 문득 써늘한 전율 같은 것이 산성 군사들의 가슴을 훑으며 지나갔다. 혹시나 하는 불측한 마음이 들었던 것이다.

몇 시각 동안 그렇게 들려오던 요란한 총소리가 잦아들며 궁금증에 몸이 단 산성으로 거의 초주검이 되어 달려온 초관 하나가

"원주에서 올라온 구원군이 적병의 매복에 걸려 모두 전멸했다"는 가슴이 철렁 내려앉는 비보를 전하므로 성안은 또다시 깊은 절망 속으로 빠져들었다.

마지막 믿었던 희망이 사라져 버린 성내 조선군의 사기는 곱절로 저하되고 있었다. 추위와 배고픔 앞에 장사는 없었다. 조선군의 사기가 그예

자취를 감춰 버린 것이었다. 성안의 사정이 이러하자 답답한 김류에게 무녀 앵무(鸚鵡)가 찾아와

"오늘은 화친과 싸움이 모두 길하다"고 하므로 그 말을 곧이들은 김류가 중신들을 불렀다.

"화친과 싸움을 함께 도모한다면 오늘 반드시 두 가지 소망을 이룰 것이니 제장과 제신들은 내 뜻에 따라 움직여 주길 바라오."

중신들이 어이없다는 눈으로 김류를 쏘아보았다.

"싸움을 하려거든 싸움을 하고 화친을 하려거든 화친을 할 것이지 하루 안에 화친과 싸움을 어찌 같이할 수 있겠소이까. 노래와 곡(哭)은 같이할 수 없는 이치와 무엇이 다르오이까."

나만갑이 통박하며 김류의 의견을 반박하자 중신들도 고개를 끄덕이며 모두 뿔뿔이 흩어졌다.

눈 속에 묻혀 가는 강화도……

매섭게 몰아치는 북서풍이 서해의 따뜻한 기류를 만나 눈구름을 만들고, 장마철 먹구름 같은 눈구름이 강화도 하늘을 까맣게 뒤덮은 가운데 강화도엔 목화송이 같은 함박눈이 온 산천과 들에 쏟아져 내리고 있었다. 그 눈 속에서도 강화도를 에워싼 수만의 청나라 군사들이 조선 백성들의 가옥을 헐어 그 재목으로 작은 배를 만들고, 산에서 나무를 베어 큰 배를 만드는데, 그 의도는 강화도 정벌에 있다는 소문이 강화도를 휩쓸고 있었으나 강화도 검찰사 김경징은 콧방귀도 안 뀌었다.

"어느 놈이 그따위 헛소문을 퍼트려 민심을 교란하려 드느냐. 이곳 강화도는 금성탕지[17]와 같은 곳이니라. 제 놈들이 날아 들어오지 못하는 한 얼음을 깨고 오겠느냐, 아니면 헤엄을 쳐서 들어오겠느냐. 이런데도 불구하고 유언비어를 퍼트리는 놈이 있다면 그 즉시 참형에 처할 것이니라."

그러나 소문은 그런 엄포쯤은 무서워하는 기색도 없이 파문처럼 자꾸만 퍼져 나갔다. 그러자 그 소문의 진위를 파악해 내려 봉림대군과 김상용, 한흥일 등이 바삐 뛰어 다니며 동분서주하는데도 김경징은 오히려 그들을 비웃었다. 뿐만 아니었다.

김포와 통진에 있는 나라 곡식을 피난민을 구제한다는 명목으로 싣고 와 가난한 피난민들에게 고리의 돈을 받고 팔거나, 또는 술을 빚어 친구들과 방자히 마시고는 매양 큰소리치기를 꺼려 하지 않았다.

"나라가 어찌 될지 모르는 위태로운 지경에 다다랐는데 대군이라 하여 어찌 내 일에 참견하려 하며, 피난 온 대신이 어찌 감히 나를 지휘하려 하는가. 나는 그래도 나라의 대임을 맡은 중신(重臣) 중의 중신이 아니더냐. 아버지는 영의정에 체찰사를 겸하였고, 아들은 검찰사이니 우리 집안이 아니면 누가 이 나라의 환란을 책임지겠느냐."

그러나 술에 젖어 횡설수설하는 김경징을 꼬장꼬장한 선비들이 마냥 보고 있지만은 않았다. 별좌 권순장과 생원 김익겸, 진사 심희세와 윤선거 등이 함께 몰려가 김경징을 책망한 것이었다.

"검찰사 대감, 지금이 술 마시고 풍악을 울리며 노류장화에 젖어 있을 때요? 지금은 나라의 형세가 풍전등화와 같이 위급지경에 이른 비상시국이오이다. 피난지의 수상이 와신상담은 못할망정 이것이 다 무엇이요.

---

17) 금성탕지(金城湯池): 방비가 아주 견고한 성

어서 치우고 맡은 바 소임을 다해 주시오. 검찰사 대감!"

한 상 걸판지게 차려 놓고 친구들과 함께 한참 흥에 겨웠던 김경징이 느닷없이 몰려온 선비들에게 따끔한 일침을 당하자 귓구멍이 가시에 찔린 듯 인상이 험악하게 일그러지더니 자리에서 벌떡 일어섰다.

"네까짓 이름 없는 천한 것들이 나더러 무엇이라? 너희가 정녕 나를 모른단 말이더냐?"

선비들도 물러설 기세가 아니었다.

"아버지는 영의정에 체찰사를 겸한 나라의 어른이요, 나는 그 아들이자 강화도 검찰사이니라. 이런 나에게 네깟 것들이 찾아와 감히 무어라 방정맞게 입방아를 찧는 게냐!"

"검찰사 대감!"

별좌 권순장이 앞으로 나서며 말대꾸를 하려 했다. 그러자 김경징이

"시끄럽다, 이놈아!" 하며 노기에 이글거리는 눈으로 권순장을 노려보더니 급기야 명을 내렸다.

"저놈들을 당장 형틀에 잡아 묶어라!"

그 한마디에 마당 분위기는 갑자기 살벌하게 식어 갔다.

"내 오늘 매에 못 이겨 죽어 가는 저놈들의 꼬락서니들을 보아 가며 한잔해야겠다. 나를 모욕하려 들면 저 꼴을 면치 못할 것이라는 것을 똑똑히 보여 줄 것이니, 뭣들 하느냐. 저놈들을 당장 잡아 묶지 않고!"

군졸들이 달려들어 선비들을 묶고 일변 형틀을 내오고 하며 어수선을 떠는 사이 김경징이 사람 잡는다는 소문이 뛰닫고 내달아 봉림대군과 김상용의 귀에도 들렸다.

눈을 하얗게 치뜬 봉림대군과 김상용이 뛰어들어 보니 가관이었다.

형틀에 묶인 선비들은 선비들대로 악에 받쳐 지르는 소리에 동헌 뜰은

악머구리 끓듯 시끄러웠고, 동헌 마루엔 술에 취한 남녀가 또한 그들대로 한데 어우러져 한참 춤판을 벌이고 있었다.

　관원들의 제지를 뿌리치며 달려든 김상용이 그 술판이 벌어진 마루 위의 술동이를 번쩍 들어 걸판진 상 위에다 냅다 메쳤다. 순간 술동이가 천둥 벼락치는 소릴 내며 박살이 났고, 놀란 기생들은 저마다 내뛰기에 바빠 춤판은 삽시간에 난장판이 되었다.

　술에 취해 몽롱한 눈을 치뜨는 김경징을 향해 분기 가득한 김상용의 노성이 폭발했다.

　"네, 이노―옴! 네 애비가 영의정에 체찰사를 겸한 줄은 세상이 다 아느니라. 네놈이 네 애비를 믿고 천둥 망아지처럼 날뛴다만, 하늘 무서운 줄 왜 모르느냐."

　김경징이 비틀대며 일어나 김상용을 멀뚱한 눈으로 쳐다보았다.

　"다 늙은 네 애비가 상감을 뫼시고 외로운 산성에 갇혀 그 위기가 조석에 박두해 있거늘 네놈은 이 사실을 아느냐, 모르느냐."

　서 있기도 힘에 겨운 듯 김경징이 연신 비틀거렸다.

　"네놈이 어명을 앞세워 무엄하게 날뛴다만, 그 어명이 나라를 지키고 백성을 보살피라는 어명이지 어째 이런 술판이나 벌이고 바른말 하는 선비들을 잡아다 족치라는 어명이더냐! 네 이노―옴!"

　준열하게 꾸짖는 노재상의 분기는 대단했다. 김상용은 김상헌의 형으로 꼿꼿하기가 김상헌보다 더한 사람이었다. 보다보다 더 이상 못 참겠는 불의에는 목숨을 내어놓고 싸우는 김상용인지라 나라 안에서 그 이름은 김상헌 못지않게 드높았다. 그런 김상용이 피난지임을 감안, 김경징의 처사가 다소 못마땅하더라도 참고 넘기려 했으나 도저히 참고서는 못 견딜 지경에까지 이르자 예의 그 목숨을 내어놓고 싸우기 시작한 것이었다.

"나라에 닥친 위기가 경각에 달려 있음은 네놈이 더 잘 알고 있지 않더냐!"

입을 헤벌린 김경징이 게슴츠레한 눈으로 김상용을 쳐다보았다.

"어명을 받든 네놈이 삼남의 군병을 모아 상감을 구원하러 가야 옳은 일이거늘, 어찌하여 너는 삼남의 군졸을 모아 강화도로 오겠다는 장수들의 의논마저 묵살하여 그 일을 저지하였느냐. 그러고도 네놈이 무사히 살아남길 바랐더냐!"

김상용이 대갈일성을 터트리며 동헌이 쩌렁쩌렁 울리도록 준엄하게 꾸짖자 뜰에 남아 있던 군졸들이 놀라 슬금슬금 자리를 피해 줄행랑을 쳤고, 술에 취한 김경징은 허리에 차고 있던 검찰사의 인(印)을 풀어 눈 쌓인 마당에 내던지며 멀건 눈으로 김상용을 쳐다보았다.

"그렇게 잘났으면 노인네가 해먹으면 될 거 아뇨!"

"무, 무어라?"

"인을 저-어기 풀어 놨으니 가져다 해먹으쇼, 언-니미."

눈동자가 풀어진 김경징이 턱으로 그 인을 가리키고는 그 자리에 풀썩 주저앉아 하품을 늘어지게 해댔다.

"무어라 했느냐, 네 이놈! 정녕 하늘이 두렵지 않느냐."

그 말에 김경징은 하늘을 멀뚱멀뚱 쳐다보고는 빈정거렸다.

"대감은 저 눈 내리는 하늘이 두렵수?"

"무에야?"

"죄 많은 사람은 하늘이 두렵겠지. 그러나 난 하나도 두렵지 않소. 펑펑 내리는 눈이 얼마나 좋은데 두렵다고 하쇼. 엉? 대감."

"무, 무엇이. 네 이노옴!"

술에 취해 방약무인으로 지껄이는 김경징과 더불어 실랑이를 벌이는 것도 부질없는 일이라 여겼음인지 김상용의 꾸짖음은 처음에 비해 많이 누그러지고 있었다.

✺

그날 이후로 김경징은 강화도 외곽의 수비나 작은 섬의 정탐에는 아예 손을 놓은 채 술타령만 벌였고, 봉림대군과 김상용 등 일부 전직 고관들이 사병을 풀어 강화도 밖의 동태에 촉각을 곤두세우고 있을 때였다.

해가 진 어스름에 통진가수(通津假守) 김정이 김경징에게 화급을 다투는 전령을 보냈다.

『적병이 수레에 배를 싣고 와 나루에 배를 띄우고 있으니 밤사이 강화도에 상륙하려 함입니다. 속히 조처를 취하시오소서.』

전령이 전한 급보를 책상 위에 펴 놓고도 김경징은 오히려 빈정거렸다.

"이 겨울에, 그것도 이 야밤에 적병이 강을 건넌다?"

"분명히 그러할 것이옵니다."

"허─ 이 놈이 유언비어를 퍼트려 군정을 더럽게 어지럽힐 놈일세."

오히려 놀란 눈을 치뜬 건 전령이었다.

"야, 이놈아! 너라면 이 야밤에 저 강을 건너겠느냐?"

"능히 그럴 수 있습니다. 검찰사 대감."

"이놈이……"

한시가 급해 몸이 단 전령을 김경징이 모멸 가득한 눈으로 빤히 쳐다보았다.

"이놈은 필경 나를 모함하기 위해 헛소문을 퍼트리러 온 놈이야!"

"아니, 검찰사 대감."

전령이 눈을 치떴다.

"우선 네놈을 군령으로 다스리고 볼 일이렷다!"

"검찰사 대감! 적병이 강 건너에 가득 찼소이다. 어찌 확인도 없이 생사람을 잡으려 하시오이까."

"시끄럽다, 이놈아. 네놈과 같이 얕은꾀를 쓰는 놈들 때문에 늙은 대신과 나어린 대군까지 나를 업신여기는 게 아니냐. 내가 네놈의 목부터 베어 다시는 이런 요언이 판치지 못하도록 그 뿌리를 뽑고야 말겠다."

"검찰사 대감, 확인부터 해 보시오소서. 이 두 눈으로 똑똑히 보았나이다."

다급해진 전령이 사력을 다해 외쳤다.

"아니, 이놈이. 그래도 그따위 주둥일 함부로 놀렷?"

안면 근육이 실룩하던 김경징이 전령의 따귀를 힘껏 갈겼다. 그러나 전령은 아픔보다도 더욱 원망스런 눈초리로 김경징을 쏘아보았다.

"네놈이 째려보면 어쩔 테냐. 고-이연놈, 여봐라!"

김경징이 소리치자 호위 무사들이 달려 나왔다.

"이놈을 잡아내어 유언비어와 허위사실 유포 죄로 효수하렷다."

전령은 호위 무사들에게 끌려 가면서도 악을 썼다.

"확인부터 하고 날 죽여도 늦진 않소이다. 검찰사 대감! 강화도의 수많은 생민들을 생각해 보소서. 검찰사 대-가-암!"

절규에 가까운 그 목소리가 문턱을 막 넘기 전에 숨넘어가는 급보가 또다시 날아들었다. 갑곶 파수장이었다.

"거, 거, 검찰사 대감. 크, 큰일 났소이다. 갑곶나루 십 여리 안팎이 온통 적선들로 꽉 찼소이다."

"머……? 뭐-이야?"

"어서 서둘러 방책을 세우소서. 화급을 다투는 일이오이다."

그제서야 놀란 김경징이 허둥대기 시작했다. 오만과 안이함에 젖어 있던 김경징이 갑자기 닥친 환난에 방비책이 없음을 한탄하며 급한 대로 주변의 가까운 사람부터 불렀다. 그리고 끌려가던 전령도 불러 세웠다. 한 사람의 군사라도 아쉬운 때였다.

평소 작전에 관심 없던 김경징이 더구나 급한 때를 당해 제대로 된 작전을 세울 리 만무했다. 급보를 받고 달려온 사람들에게 그저 하나씩 임무를 맡기는 것이 전부였다.

제일 먼저 달려온 갑곶 파수장 이일상과 박종부에게 군병과 화약, 철환 등을 나누어 주어 파수에 만전을 기하라는 당부를 하는데 윤신지가 달려왔다.

해숭위 윤신지에게는 대청포를 지키게 하고, 그 다음 전창군 유정량에게는 불원을, 또 그 다음 이경에게는 가리산을 맡아 지키게 하고서는 자신은 진해루에 나가 갑곶을 바라보며 싸움을 독려할 생각이었다.

뒤이어 강화유수 장신이 달려오자 장신을 주사대장(舟師大將)으로 삼아 광진에 묶어 두었던 선단을 갑곶으로 불러오게 했다. 경황 중에도 적의 선단이 강화에 상륙하기 전에 막아야 한다는 생각이 든 것이었다.

또, 이때 다행히도 충청수사(忠淸水使) 강진흔이 수군과 함선 일곱척을 이끌고 들어오자 김경징은 사지에서 구원군 만난 듯 기뻐하며 그 배들을 갑곶에 배치시켰다.

또한 우르르 몰려든 원로대신들과 봉림. 인평 두 대군들에게 김경징은 사세의 위급함을 설명하고 원로대신이라 할지라도 죽기로 싸워 성을 지켜 줄 것을 요청, 이에 결연히 나서는 한흥일과 정백형에게 성첩(城堞)을 나누어 지키게 하고, 연미 서쪽은 풍덕군수 이성연, 연미 북쪽은 개성유

수 한인과 도사 홍정, 갑곶 이하는 첨지 유성증, 선원 이하는 유정량, 광성 이하는 윤신지에게 다시 맡겨 지키게 했다. 이에 따라 한흥일과 정백형, 임선백 등은 집에서 데리고 온 하인들과 함께 남문을 지키고, 회은군이 여러 종친을 거느리고 동문을, 민광훈. 여이홍 등 여러 조신(朝臣)들이 서문 성루에 앉았으나 그나마 북문은 사람이 없어 지키질 못했다.

그러나 성을 지키겠다고 성루에 오른 사람들이나 이를 지켜보는 아녀자들이나 서로가 민망하여 고개를 들지 못했다. 성루에 오른 사람들은 병장기라곤 잡아 본 역사가 없는 사람들이 대부분이요, 조총이 어떻게 생겼는지도 모르는 사람들이 태반이었다. 맨손으로 성루에 올랐으나 나오는 건 헛웃음뿐이었다.

"하다못해 창이라도 있어야 할 것 아니오이까. 창고에 있는 창과 활은 언제 쓰려고 저렇게 아껴 두는 것이오. 지금 곧 나눠 주시오. 맨손으로야 어찌 성을 지키겠소이까."

김경징을 찾아가 무기 공급을 요청하는 한흥일에게 김경징은 엉뚱한 소리를 했다.

"그건 우리 아버지가 만들어 놓은 것인데 어찌 내가 함부로 쓰겠소. 기다려 보시오. 우리가 이렇게 최선을 다하고 있으니 하늘이 도와 좋은 수가 있겠지요. 기다려 봅시다."

기가 차지 않을 수 없었다. 하늘이 도울 것 같았으면 전쟁이 나지 않아야 했다. 병장기를 나눠 달라는데 하늘이 도울 것이라니…… 한흥일이 하염없이 실소하며 돌아서지 않을 수 없었다.

한흥일의 이야기를 전해 들은 김상용은 가슴을 치며 분해했다.

"이 무슨 황당무계한 말인가, 하늘이 도울 것이라니…… 아이고 이 미친놈의 두 부자가 기어코 나라를 절단 내는구나. 애비는 나라를 그르치더니 그 자식놈은 강화도마저 말아먹으려 작정을 했어…… 어이구……"

"대감, 고정하소서."

입술이 파랗게 죽어가던 김상용이 비틀했고, 놀란 한흥일이 달려들어 그 김상용을 부축했다.

"나 같은 늙은이야 지금 죽는다 한들 무슨 여한이 있겠는가마는 이대로는 안되겠네. 저 미친 망아지에게 강화도를 맡겼다가는 모두가 생귀신이 되고 말겠어."

"대…… 감."

한흥일이 무안한 얼굴을 들었다.

"아무래도 봉림대군을 만나야겠네. 저놈의 미친 망아지를 감찰할 수 있는 사람은 조선에선 오직 봉림대군뿐이네. 봉림대군밖엔 없어. ……어디 계신가."

"성곽을 둘러보고 오신댔으니 지금쯤 오실 때가 되었사옵니다."

마치 호랑이 제 말하듯 했다. 한흥일의 말이 끝나기 무섭게 봉림대군이 들어선 것이었다. 김상용이 반색하며 다가갔다.

"대군 마마, 대군께오서 친히 진지를 한번 살펴보시지요. 대군이 아닌 다른 사람이 진지를 살펴본다 하면 김경징이 반드시 막을 것이옵니다. 김경징의 독단을 막고 다른 방책을 세우실 분은 오직 대군밖에 아니 계십니다."

그렇잖아도 성루에서 바라본 진지가 허술하다 여겨 방책을 찾아 나선 봉림대군이었다.

"한번 다녀오시지요. 세밀히 살펴보고 오시면 저희 같은 늙은일지라도 모든 꾀를 내어 적을 물리칠 계책을 마련해 보겠사옵니다."

김상용의 간곡한 청을 한흥일이 눈빛으로 동조하자 봉림대군이 흔쾌히 승낙했다. 오히려 자신이 바라던 바였다. 그날 밤이었다.

횃불을 밝혀 든 봉림대군이 순찰에 나섰다. 그러나 용기백배하여 나섰던 봉림대군의 두 다리에 맥이 풀리고 있었다. 진지에는 장수 몇 사람과 초급 무관 몇 명만이 남아 눈에 독을 품고 있을 뿐, 병사들이 없었다. 김경징으로 인해 이미 무너진 기강이었는데, 더구나 적의 대군이 폭풍처럼 밀려들고 있다 하자 기겁한 병사들이 다투어 도망쳐 달아난 것이었다. 허탈하다 못해 기가 막힌 봉림대군의 두 눈에 눈물이 그렁하고 맺혔다.

봉림대군의 이야기에 넋이 나간 김상용과 한흥일의 볼 위로도 하염없이 눈물이 흘러내리고 있었다.

영의정 김류가 인조의 명을 받들어 성을 순시하던 중 남문 성루에 이르자 남문 아래로 보이는 적의 진영이 매우 허술하게 보였다. 김류는 적군이 비로소 피곤에 지친 것이라 판단하고 사대문을 지키는 대장들을 불렀다.

"지금 보니 남문 아래로 보이는 적의 진영이 전과는 달리 몹시 허술하게 보이는데 이는 우리가 강공할 절호의 기회라 여겨지오. 제장들의 의견은 어떠하오?"

"허술하게 보이는 것은 사실이나 그건 눈앞에 보이는 곳일 뿐이옵고, 저 좌우에는 필시 수많은 매복군이 숨어 있을 것입니다. 조선군을 유인해 내기 위해 벌인 위장술이지요. 적의 계략에 말려들어서는 아니 되옵니다."

북문대장 원두표가 적의 숨은 계략을 설명하고 김류를 완곡하게 만류하자 고개를 갸웃하던 김류가 성루에 서서 그 아래를 다시 내려다보았다. 역시 허술해 보였다.

햇볕 따사론 곳에 우마와 함께 삼삼오오 모여 앉은 청병들의 모습은 한가로워 보였고 그 모습은 분명 산성의 조선 군사들에게 연전연패를 당해 전의를 상실한 무기력한 모습으로 보였다.

"저길 좀 보시오. 저렇게 무기력한 병사들이 어찌 매복인들 했겠소이까. 이것은 하늘이 주신 천재일우의 좋은 기회요. 이때를 놓치지 않고 강공해서 완전한 승기를 잡아야 합니다."

김류의 전의는 점점 불타오르고 있었다.

"영상대감, 어영대장께서 바로 보신 겝니다. 적병들이 앉아 있는 맞은편 계곡에는 필시 수많은 복병이 있을 것입니다. 저것은 유인책에 불과합니다."

남문대장 구굉마저 공격을 반대하므로 김류는 장수들이 싸움을 회피하고 있다는 생각을 떨쳐버릴 수 없어 안색을 바꾸었다.

"이거 아니 되겠소이다. 승기가 보이는 싸움인데도 장수 된 자들이 싸울 생각은 아니하고 기피하려고만 들다니…… 이래도 되는 거외까?"

"대감, 저것은 싸우러 가는 길이 아니라 죽으러 가는 길이올시다. 군사들을 어찌 사지로 몰아넣겠소이까."

순간 그렇게 말하는 북문대장 원두표를 노려보는 김류의 눈에 살기가 돌았다.

"죽으러 가는 길이라니! 그럼 내가 할일없이 군사들이나 죽이는 그런 사람이란 말이오? 나는 지금 상감의 명을 받들어 조선군의 사기를 북돋우러 나온 영의정 겸 체찰사란 말이외다!"

김류가 체찰사의 위엄을 앞세우며 어검을 들어 보였다. 전장에서 체찰사의 영은 곧 임금의 영이었다.

"군사들을 사지로 몰아넣다니…… 같은 말을 해도 분수가 있지. 내가 그렇게밖에 안 보인단 말이외까?"

북문대장 원두표를 도끼눈으로 쏘아보던 김류가 빽 하고 소리를 질렀다.

"만일 상감께서 영을 내리셨다면 그때는 어쩔 것인가. 그때도 그대들은 꽁무니만 뺄 것인가! 지금 군사들을 독려하지 않으면 두 번 다시 기회는 오지 않을 것이니 지금 당장 전고를 올리렷다!"

김류가 어검을 높이 들고 성난 장수처럼 포효했다. 그래도 사대문 대장들이 말을 듣지 않자 자리를 박차고 나선 김류가 큰 북 앞으로 달려가 북채를 잡아들었다.

"아니 되오이다. 지금 북소리를 울리면 적진에 선전포고를 하는 격이지 않소이까!"

뒤따라 달려간 원두표가 북채를 잡아채며 북 앞을 가로막자 김류의 안면 근육이 살기로 부들부들 떨렸다. 체찰사의 위신이 말이 아니었다. 그때 체찰사의 비장 유호가 김류 곁으로 다가서며 허리 굽혀 아첨했다.

"대감, 체찰사의 명은 곧 전하의 명이옵니다. 명에 따르지 않는 자들은 군율로 다스리소서."

"이를 말이더냐!"

김류가 어검을 뽑아들고 소리쳤다.

"너희가 나가 싸우지 않겠다면 내가 친히 군사를 독려할 것이니라!"

눈에 독이 오른 김류가 사대문의 비장들을 불러 세웠다.

"때는 지금이니라. 군사들을 이끌고 어서 나가 싸우라!"

체찰사가 뽑아 든 어검 앞에서도 비장들은 움직이지 않았다. 사대문 대장들의 견해가 옳은 것임을 누구보다도 잘 알고 있는 비장들이었다.

"어랍쇼? 너희마저 나의 명을 거역하겠다, 이 말이렷다?"

김류가 어검을 비장 유호에게 주며 소리쳤다.

"명을 거역하는 자는 누구를 막론하고 목을 쳐라."

김류의 명이 있자 눈알을 반짝 하고 빛내던 유호가 가까이에 있던 사대문 비장의 목을 후려쳤다.

순간 땅바닥에 떨어진 비장의 머리통에서는 눈까풀이 파르르 떨다 멈추었고 목이 달아난 몸뚱이는 분수 같은 피를 내뿜으며 넘어진 채 팔다리를 허우적댔다.

처참한 동료 비장의 죽음을 눈앞에 보고서야 사대문의 비장들이 마지못해 공격에 나섰다.

함성을 지르며 내리 쏟아져 달려가는 조선군의 비호같은 맹공에 무방비의 적군이 살기 위해 도망가는 모습은 누가 보더라도 조선군의 승리였다.

"보시오! 저것 좀 보시오! 저런 저들이 무엇이 겁이 나 도대체 공격을 망설였단 말이오."

김류는 이미 승리한 장수처럼 껄껄거렸다. 북채를 다시 빼앗아 든 김류가 있는 힘을 다해 북소리를 울렸고, 비장 유호는 붉은 깃발을 좌우로 펄럭이며 신바람 나게 흔들었다.

북소리가 천지사방에 진동하는 가운데 조선 병사들은 도망가는 적병을 쫓아 적진 깊숙이 들어가고 있었다.

"으하하하하…… 어떻소, 청나라 군사와 접전 이래 오늘 같은 대승을 일찍이 거둔 적이 있었소이까?"

김류가 기고만장했다.

"으하하하하하, 공격하라! 공격하라!"

김류는 신이 나 북을 두드렸고, 비장 유호는 북소리에 맞추어 깃발을 흔들어 댔다. 그러나 붉은 깃발은 응원 깃발이 아니었다. 붉은 깃발은 진격하는 아군에게 유리한 방향을 제시하는 신호용 깃발이었다. 깃발이 좌로 향하면 병사들은 왼쪽으로 몰려가야 했고, 깃발이 우로 향하면 역시 오른쪽으로 돌아 공격해야 했다. 그걸 모르는 비장 유호가 붉은 깃발을 마치 조자룡의 헌 칼 쓰듯 마구 흔들어 댄 것이었다.

영문을 모르는 조선 군사들이 깃발에 따라 돌아가는 것은 당연했다. 그 돌아가는 조선 군사들의 품새는 보기에도 사나웠다.

치달리던 군사들이 공격하단 돌아서고, 돌아서단 덤벼들고, 또다시 돌아서다 다시 돌아 나아가고, 앞으로 갔다, 뒤로 갔다, 엎어지고, 자빠지며, 정신없이 내뛰다간 좌로 돌아 우르르, 우로 돌아 우르르…… 수십 번을 그렇게 뜀박질만 쳐 대다 제풀에 지쳐 풀썩풀썩 쓰러졌다. 김류의 비위를 맞추려던 유호가 결국 조선군의 힘만 쭉 빼놓은 것이었다.

더욱 가관인 것은 북을 두드리는 김류의 방망이질이었다. 때에 따라 공격도 하고 후퇴도 시키는 것이 북이었다. 북소리로 신호하는 것이었다.

조선군의 승기가 보이는 듯하자 김류는 배고픈 강아지 언 똥에 주둥이 처박는 격으로 급하게 급하게 서두르며 마구 진격해 들어갔다.

그러나 북채는 도깨비 방망이가 아니었다. 없는 것을 있게 하고 죽은 자를 되살려내는 그런 도깨비 방망이가 아닌데도 김류는 공격도 후퇴도 아닌 북소리를 혼자 신이 나 마구 두드린 것이었다.

그때였다.

깊숙이 들어간 조선군의 후방에서 갑자기 포성이 울리더니 삽시간에 조선군이 뿔뿔이 흩어지는 것이었다. 화약이 폭발한 것이었다.

그 뿐 아니었다. 맞은편 계곡에 숨어 있던 적의 기병들이 일시에 달려 나와 총을 쏘고 활을 날리기 시작하면서 조선군은 독 안에 든 쥐 모양으로 무참하게 도륙당하기 시작했다. 그 광경에 놀라 북질과 깃발 짓을 멈춘 김류와 유호가 도륙당하는 조선군의 참혹한 광경을 멀거니 선 채 바라보며 벌어진 입을 다물지 못하고 있었다. 눈알이 다 튀어나오도록 놀란 건 사대문의 장수들이었다.

"이, 쳐 죽일 놈들!"

속수무책일 수밖에 없는 참담한 사태에 몸을 떨던 북문대장 원두표가 칼을 빼어 들고 김류와 유호의 목을 베고자 소릴 지르며 달려나가는 것을 놀란 사대문의 장수들이 달려들어 기를 쓰고 말린 끝에 가까스로 하극상(下剋上)은 막았으나 서로가 분한 마음은 삭이지를 못했다.

흥분을 가라앉힌 원두표가 칼 대신 북채를 빼앗아 들고 그때서야 비로소 후퇴의 신호를 보내니 이미 늦은 때였다.

조선군의 대참패였다. 조선군의 사망자는 3백여 명, 부상자는 2백여 명이 넘었다. 지금껏 이루었던 전과들을 한순간에 날린 꼴이었다. 땅에 떨어진 조선군의 사기는 재기불능이었고, 조선군의 유능한 장수 지여해, 신성립, 이원길 등이 이때 전사했다.

고개 꺾인 김류에게 비장 유호가 달라붙어 또다시 아첨으로 김류의 비위를 맞추었다.

"어영대장 원두표가 때맞추어 구원을 못 했기에 지금과 같은 참변을 당했으니 그를 군율로 다스려 이번 패전의 책임을 물어야 할 것이옵니다."

김류가 또 옳게 받아들였다.

김류는 원두표의 죄를 논하기 위해 정승 이하 중신들을 모두 불렀다.

"너 원두표는 어찌하여 퇴각하는 조선군을 때에 맞춰 구원하지 않았느

192

냐. 그 죄를 물어 군율로 다스릴 것이니라."

원두표와 사대문 장수들, 그리고 중신들이 의아한 눈을 치뜨고 김류를 쏘아보았다.

"오늘 이 수치스런 패배의 원인은 처음부터 원두표에게 있었소이다. 출전하라는 체찰사의 명에 우선 불복했고, 또한 우리 군사가 퇴로를 찾지 못해 허둥댈 때 어영대장으로서 그 책무를 다하지 못하였소. 이에 본인은 원두표에게 극죄(極罪)를 논하고자 하니 중신들은 기탄없는 의견을 제시하기 바라오."

김류가 자신의 영달을 위해 자신의 책임을 또다시 다른 사람에게 뒤집어씌우려 하자 그때껏 잠자코 있던 좌의정 홍서봉이 그 간사한 김류를 화살 같은 눈으로 쏘아보며 버럭 소릴 질렀다.

"영상은 말을 삼가시오! 사대문의 대장들이 적의 계략이라 출전을 그렇게 말렸는데도 출진은 누가 시켰소이까! 어찌 이번 책임도 다른 사람에게 뒤집어씌우려 하시오. 그것이 영상이 할 도리오이까!"

김류가 소릴 질러 대는 홍서봉을 뻘쭘한 눈으로 쳐다보았다.

"그리고 또, 체찰사의 몸에 붙어 기생하는 체찰사의 비장 유호는 어떠하오이까. 우리 군사는 단 한 사람도 상감의 군사 아닌 사람이 없는데 그자가 어찌 감히 비장의 목을 함부로 치오이까. 그리고 그 깃발이 어디 응원 깃발이더이까?"

김류와 유호의 안색이 차츰 사색으로 물들어 갔다.

"이번 패전의 책임을 물어 그자는 노륙의 죄를 면치 못할 것이외다."

속이 후련한 좌의정 홍서봉의 일갈에 김류는 핼쑥하게 굳은 얼굴로 자리에서 일어나 곧바로 숭은전 앞뜰에 머리 풀고 꿇어앉아 석고대죄에 들어갔고, 어영군사들에게 붙잡힌 유호는 개처럼 끌려 다니며 짓밟힌 끝에 맞아 죽어 그 꺾이고 구겨진 시체가 성밖으로 내던져졌다.

그렇게 패전의 후유증으로 시끌시끌하던 산성에 기쁜 소식이 하나 날아들었다. 유도대장 심기원의 장계가 도착한 것이었다.

『호조참의 남선, 어영별장 이정길과 더불어 밤중에 애오개에 주둔한 적 4-5백 명을 공격하여 쳐 죽였나이다』

승전보였다.

인조는 기뻐하며 심기원을 제도도원수(諸道都元帥)에 제수하고 이정길에게는 상급을 내렸는데, 뒤에 들은 소문은 그게 아니었다.

삼각산에 진을 치고 있던 유도대장 심기원이 야음을 틈타 성안에 주둔하고 있던 마부태를 공격한 것은 사실이었다. 그러나 예상 밖의 기습에 놀란 마부태의 병사들이 일단 후퇴하였으나 조선군의 전세가 미약하다는 것을 알고는 전열을 가다듬어 일대 반격을 가해 왔다.

조선군에 버해 수십 배나 많은 적을 당해 낼 재주 없는 심기원은 군사들을 거의 다 잃다시피 하고는 삼각산의 군진마저 내버린 채 맨발로 뛰어 광릉으로 달아나 버렸는데, 삼각산 진중에 옮겨 두었던 호조의 문서와 재물조차 모두 다 빼앗기고, 그로 인해 백악산(白岳山)에 숨어 있던 피난민까지 몰살당하는 대참패를 당했다.

광릉으로 숨어든 심기원은 곧 양근(楊根)의 미원(彌原)으로 들어가 전쟁이 끝날 때까지 단단히 숨어 지냈는데 이런 사실을 알 까닭이 없는 산성에서는 유도대장 심기원이 하루속히 달려와 구원해 줄 것만을 애타게 기다리고 있었다.

"상중에 있던 심기원이 어찌 이런 큰 전공을 세울 수 있었겠는가. 다 하늘이 무심치 않았음이로다."

인조는 그 승전보를 몇 번이고 거듭 보며 기쁨을 감추지 못했다.

승전보에 힘입은 인조가 그날 밤늦게 김류의 죄를 용서해 주었다. 그러나 석고대죄에서 풀려난 김류가 원두표에 대한 보복으로 원두표의 부장 한 사람을 골라 엉뚱한 누명을 씌워 초주검이 되도록 때려 분을 풀고는 체찰부에서 올린 오백여 사상자 수도 박박 지우고 단 40명의 사상자만 난 것으로 고쳐 두었다. 그러나 조선군이 패전을 당하던 그 시각, 한양에는 청 태종 홍태시가 휘하의 주력 부대를 이끌고 입성하고 있었다.

마부태와 용골대, 좌익군의 수장 예친왕 다탁 등의 영접을 받으며 들어서는 청 태종은 과연 황제의 위용을 갖춘 위풍당당한 모습이었다. 황금으로 치장한 황금 연(輦: 가마) 위에 황금색 용포를 입은 청 태종이 높다랗게 앉아 있었다.

그 청 태종이 있는 본진을 가운데로 하여 전후좌우에 도열한 수만 정예 군사들의 모습은 당당해 보였고, 한양 도성에서는 청 태종의 입성을 축하하는 총포 소리와 청나라 군악 소리가 끝없이 울려 나고 있었다.

청 태종이 한양에 입성한 바로 그 다음날, 홍태시는 날이 밝기가 무섭게 남한산성으로 향했다. 워낙 많은 대군의 출발이었기에 이들은 세 갈래 길로 나누어서 진군해 들어갔다.

광나루와 마포, 헌릉(獻陵)은 쏟아져 들어오는 이들 청나라 군병들의 물결로 온통 북새통이었고, 해가 져서야 그 군병들이 송파에 진을 쳤는데 청나라 본진이 마부태의 진영으로 들어서는 모습은 남한산성에서도 뚜렷하게 보였다.

하루종일 이어지는 군사들의 이동을 망연자실하여 바라보던 산성의 조선군사들과 만조백관, 그리고 피난민들의 두 눈에서는 두려움과 공포에 젖은 눈물이 하염없이 흘러내리고 있었다. 이젠 싸워서는 이길 수 없다는 무력증이 만연해진 산성 곳곳으로 끝 모르게 이어지는 자괴의 한숨 소리와 비탄, 그리고 오열하는 소리가 전염병처럼 번져가고 있었다.

청 태종이 진을 친 적진에는 눈물로 범벅을 이룬 조선 여인들이 끌려 나와 청 태종 영접에 강제 동원되고 있었다. 그 눈물에 젖은 여인들의 눈길이 떠날 줄 모르는 진영 밖…… 거기엔 어린아이들의 시체가 산더미처럼 쌓여 있었다.

고사리 같은 손가락을 입에 문 채 얼어 죽은 아이, 눈구덩이 속에서 제 어미를 부르다 두 눈을 부릅뜨고 죽은 아이, 울다 지쳐 얼굴이 얼어 터진 채로 죽은 아이 등등, 주로 영아에서부터 다섯 살에 이르기까지의 어린 아이들의 주검이었다. 이는 처음 조선이 청나라와 화친한다는 소문을 듣고 피난하지 않았던 사대부의 부녀자들과 민간의 여인들이었다. 화친이 단절되고 싸움이 시작되면서부터 청나라 군사들이 와서 늙은이는 죽이고 젊은 여자들만 잡아간 것인데, 조선의 기습공격에 대한 분풀이로 아녀자들을 잡아다 진중에 가두어 두고 아이들은 귀찮아 진 밖으로 내다 버린 것이 그 참상이었다.

그 진 가운데 청 태종 홍태시가 기거할 대전(大殿)이 세워졌다. 3층의 단위에 지은 정사(精舍)는 조선에선 미처 보지 못한 대단히 화려한 전각이었고, 그에 비해 남한산성에는 온갖 것이 다 궁색해지고 말과 소가 모두 죽어 살아 있는 가축이라고는 눈을 씻고 찾아볼래야 찾아 볼 수가 없는 지경이 되었다.

임금 인조는 침구가 없어 옷을 입은 채로 자고, 밥상에도 찬이 없어 닭다리 하나만을 올렸으나 인조는 그마저 놓지 못하게 했다.

그런 산성이 청 태종 홍태시의 입성 소식과 송파에 진을 친 청나라 군사들의 위용을 바라보며 설을 맞이하고 있었다. 우울하고 암울한 송년(送

年)이었다.

불 꺼진 산성……

이제 날이 저물면 병자년은 가고 새해 정축년이 밝아 올 것이다. 그러나 산성엔 희망이 없었다. 청나라는 청 태종까지 달려 나와 응원을 하는데 텃밭인 조선에서는 산성에 고립된 임금을 구원하고자 하는 그 어떤 움직임도 보이지 않았다. 진정 우울한 날씨만큼이나 쓸쓸하고 외로운 세모맞이였다.

희망의 빛을 찾아볼 수 없는 외로운 산성……

정녕 새해에는 희망도 가망도 없어 보였다. 이제껏 오지 않은 구원군이 새해라고 해서 선뜻 달려올 것은 아니었기에……

4_ 화친도
척화도……

정축(丁丑)년 첫날……

밝은 새해일 수 없었다.

아침 일찍 광주목사(廣州牧使) 허휘가 가져온 쌀떡 한 그릇이 아니었다면 그나마 새해 첫날 떡 구경조차 못할 형편의 산성이었다. 인조는 신료들의 신년 하례도 생략한 채 한자리에 모여 그 떡을 나누어 먹었다. 말없이 떡을 씹으면서 임금과 신하는 같은 생각을 하고 있었다.

이제는 적과 싸워 이길 수 없다는 분명한 사실과 또한 무모한 싸움은 오히려 더 큰 화만 자초하리라는 공통된 인식이 그것이었다.

김류가 싸움에 대패한 이후 패잔병으로 전락한 조선군에게 전의란 더 이상 찾아볼 수 없는 옛날 이야기가 되었고, 추위와 기아에 시달리는 백관들에게도 척화란 전설 같은 소리가 되었다. 이제 남은 길은 화친이었다. 화친만이 조선을 구하는 길이라 거듭 다짐들을 하고 있었다.

떡을 씹으면서도 인조와 신료들은 똑같은 생각에 골몰하고 있었다. 그러나 어떤 방법으로 화친을 이끌어 내느냐 그것이 문제였다.

"비록 적이지만 얼마간의 세찬은 보내야 되지 않겠소?"

무거운 침묵을 깨고 인조가 먼저 힘없는 말로 운을 떼었다.

"지금은 적이지만 한때는 형제국이었소. 형제국의 의를 생각하여 세찬을 보낸다면 저들이 굳이 마다할 리야 있겠소."

인조의 초라한 말 한마디가 억지로 떡을 떼어 입에 넣던 신료들의 눈시울을 붉게 했다.

"만일 저들이 우리가 보낸 세찬을 받는다면 화친에 응할 의향이 있다고 보아도 될 것이에요. 그러면 그때 가서 경들이 화친을 이끌어 내면 되지 않겠소?"

인조는 과인이라는 표현을 자제하고 우리라는 표현을 썼다.

"지당하오신 말씀이옵니다, 전하."

좌의정 홍서봉이 손바닥으로 입술을 닦으며 밝은 표정을 지었다. 지쳐 헬쑥한 얼굴의 인조가 자신이야 어떻든 종사와 신민의 안위를 보호하려고 안간힘을 쓰는 앞에서 경망스럽게 어두운 얼굴을 들 수 없었기 때문이었다.

"그러면 누구를 먼저 보내면 되겠소?"

좌의정의 밝은 얼굴에 힘을 얻은 듯 인조의 억양도 조금 높아가고 있었다.

"전하, 지모도 있고 임기응변에도 능한 선전관(왕명을 전달하는 관원) 위산보가 어떠하겠나이까?"

"오! 그 사람이면 되겠어요. 그 사람을 속히 부르도록 하세요."

좌의정의 추천에 인조의 낯빛이 밝아졌다.

임금과 만조백관의 간곡한 기원이 서린 세찬을 들고 위산보는 적진의 마부태를 찾았다. 그러나 청 태종이 입성한 이후 청나라 진영의 경비는 삼엄했다. 더구나 조선국 왕으로부터 항복을 받아 낼 만반의 준비를 갖춘 적의 진영에서 적국의 선봉장을 찾는 일부터가 황제의 근위병들에게 업신여김을 당하는 일이었는데, 그 업수이여긴 조선 사신의 초라한 세찬을 들여다보던 한 장수가 결국 그 세찬을 엎어 버리고야 말았다. 그것도 세찬이냐는 경고를 주려는 것이었으나 위산보에게는 하늘이 무너지는 사건이 아닐 수 없었다.

"이, 이, 이런……!!!"

경악한 위산보의 머리털이 쭈뼛 솟아올랐다. 초라할 수밖에 없는 세찬이었으나 거기엔 임금과 만조백관, 그리고 조선 전 백성의 꿈과 기원이 서려 있었다. 그 꿈과 기원이 사나운 장수에 의해 산산이 조각나 버린 것이었다.

지모도 있고 임기응변에도 능한 위산보였으나 순간 눈알이 하얗게 뒤집히지 않을 수가 없었고, 이성 또한 까맣게 잃지 않을 수 없는 일이었다.

어떻게 달려들었는지는 모르나 위산보의 손에 그 장수의 멱살이 꺼들려 있었고 멱살을 잡고 흔들던 위산보가 그 장수를 냅다 내동댕이치면서 싸움이 시작되었다. 그러나 그것도 잠시, 땅바닥을 구르던 장수가 눈알을 부릅뜬 채 일어나면서 벌어진 난투극은 일방적인 싸움으로 이어지고 있었다. 전장에서 뼈가 굵은 우람한 장수를 말 잘하는 선비가 이겨낼 수는 없는 일이었다.

관모가 찢어지고 상투를 잡힌 채 실컷 봉변만 당한 위산보는 어찌나 분한지 어린아이처럼 엉엉 소리 내어 울며 성으로 향했다. 얼마나 울었는지 위산보의 두 눈은 퉁퉁 부었고, 얼굴과 목에는 심한 상처까지 나 있었다.

꺽꺽 숨막히는 울음을 토해 내며 자초지종을 이야기하는 위산보의 설명에 경악한 인조와 중신들은 두 주먹만 떨 뿐 아무 말도 못하고 있는데,

분함을 참지 못해 몸을 떨던 호조판서 김신국이 자리를 박차고 일어섰다.

"전하, 신이 다시 한번 적진에 나아가 마부태를 만나 보겠나이다. 윤허하여 주소서."

김신국이 결기를 세우자 이경직이 따라나섰다.

"소신 또한 보내 주소서, 호조판서 김신국과 함께 다녀오겠나이다."

자청하여 나서는 두 사람을 인조는 말리지를 못했다.

떠나는 그 두 사람을 남문까지 따라 나온 좌의정 홍서봉이 김신국의 손을 잡고 "너무 격분 마오, 냉정을 되찾아 순리로 일을 풀어 나가야 합니다." 하므로 김신국은 다소 분기를 가라앉히고 성문을 나섰다.

"이게 누구이오이까, 호조판서가 아니오? 어서 오시오."

마부태가 예의 그 장수다운 모습으로 두 사람을 맞았다.

"내가 화친을 청할 때는 오지 않더니 황제 폐하께서 오시니 스스로 찾아오시는구려, 그래 무슨 일로 오셨소?"

"황제 폐하께 새해 인사 차 들렀소이다."

"오호! 그래요. 허나 지금 폐하께서는 진중에 아니 계시오이다. 폐하를 알현하시려면 내일 다시 오셔야겠소이다."

"마 대인께서 황제 폐하께 조선 사신의 알현을 주선해 주실 수 있을는지요."

"그야 그렇게 해야지요. 내일 누구누구 오실 게요? 이왕이면 정승 중에 한 분이 오셨으면 좋을 텐데…… 그렇게 하시겠소?"

"좌의정을 모시고 오겠소이다."

"아, 그래요? 그러면 조선국의 좌의정이 알현을 청한다고 미리 말씀 올려놓겠소이다."

"감사하오이다. 마 대인."

화통한 마부태에 비해 전에 없이 무뚝뚝한 김신국이 허리 굽혀 감사를 표한 후 퉁명스럽게 말을 이었다.

"그리고 또 있소이다."

"또…… 라니요?"

마부태가 의아한 눈을 들었다.

"오전에 있었던 일을 알고 계시는지요?"

정색한 김신국 앞에서 마부태가 웃었다.

"아, 그 일 말이지요? 조금 전에 들었소이다."

"부족한 세찬이었으나 우리 전하께서 정성을 다하신 것이었소이다. 먼 길 오신 황제 폐하께 올리는 우리 전하의 정성을 그렇게 박대해서야 쓰겠소이까."

정색하고 따지는 김신국을 조마스런 마음으로 바라보는 이경직이 오히려 긴장했다.

"하하― 그건 잘못되었소이다. 그 세찬 문제는 이미 내가 황제 폐하께 말씀 올렸소이다. 우리 폐하께서는 그 세찬을 잘 받은 것으로 하겠다고 하셨으니 돌아가시거든 조선 임금께 잘 전하시오."

이경직은 안도했다. 또한 김신국의 마음에 어렸던 응어리도 풀렸다. 더불어 인조와 백관들도 통쾌하게 생각했다.

꼭두새벽부터 서두른 좌의정 홍서봉과 김신국, 이경직은 아침 일찍 마부태 진영에 도착했다.

"이미 말씀은 고해 올렸으니 가십시다."

긴장으로 몸이 굳은 세 사람이 마부태를 따라 청 태종이 있는 진영으로 들어섰다. 그런데 그 진용의 위세가 어찌나 대단했던지 그 위세에 눌린 세 사람의 오금이 다 저렸다.

황제가 거처하는 진의 위용은 가히 하늘을 찌를 만했다. 전후좌우로 정돈된 진영하며, 번쩍이는 기치창검과 하늘을 가득 메운 오색깃발, 생전보지도 못했던 철갑전차와 바퀴 달린 화포…… 장비와 병장기만큼은 조선에 비해 월등하게 앞선 것들이었다.

그 가운데에 3층의 단이 보였고 그 단 위에 궁전이 있었다. 이동식 궁전이었다. 3층의 단과 궁전은 모두가 황금색이었고 멀리서 보기에도 누렇게 빛나는 궁전은 가까이 다가갈수록 더욱 화려해 보였다.

3층의 단을 올라 궁전에 들어서자 또한 작은 단이 보였고 그 단 위에 청태종 홍태시가 황금빛 찬란한 용포를 입고 화려한 모습으로 앉아 있었다. 오색찬란한 비단 휘장과 푹신한 붉은 융단만으로도 황제의 권위가 실감났다.

황제 앞임에도 불구하고 너무도 화려한 장식에 넋이 팔려 딴 세상에 와 있는 착각에 젖었을 때 문득 마부태의 목소리가 귓전을 스쳤다.

"무엇들 하는 게요, 예를 올리지 않고."

낮고 짧은 마부태의 외침에 비로소 정신을 차린 세 사람이 화려한 황금빛 용포를 향해 세 번 절하고 나란히 꿇어 엎드렸다.

좌의정 홍서봉을 가운데로 하여 그 좌우에 김신국과 이경직이 자리했다.

"누가 좌의정이냐?"

화려한 용포 속에서 굵고 카랑카랑한 목소리가 흘러 나왔다. 마치 화사한 꽃 속에 숨어 있는 굵고 날카로운 가시 같은 목소리였다.

좌의정 홍서봉이 낮게 엎드렸다.

"너희 나라의 문서를 보니 모두 우리를 노적(奴賊: 노예)이라 칭하였는데 우리가 누구의 종(奴)인가 말해 보라."

홍서봉뿐 아니라 김신국과 이경직도 그 말에 가슴이 떨렸다. 이런 위용의 황제가 노예나 종일 수는 없었다.

"짐이 너희 나라와 약조를 맺은 후 나는 항시 광명정대하게 행사했거늘 힘도 없는 변방의 조그만 나라가 어찌 이리도 방약하게 구는가. 이따위 작은 일로써 짐이 이곳까지 꼭 내려와야 하는가?"

세 사람이 더욱 머릴 조아렸다.

"괘씸한지고!"

홍서봉이 눈을 감았다.

"너희가 진정 살기를 바라느냐, 죽기를 바라느냐!"

그 말에 홍서봉이 눈을 번쩍 뜨고 바닥에 바짝 엎드렸다.

"진정으로 너희가 살고자 한다면 너 좌의정은 이 글을 가져가 너희 임금에게 전하라. 짐의 글을 읽고 보내는 너희들의 회답 여하에 따라 너희 나라의 존폐 여부를 결정할 것이니 명심하라."

마부태가 누런 종이에 쓴 글을 받쳐 들고 내려와 상 위에 놓자 세 사람은 세 번 절하고 그 글을 공손히 받들어 나왔다.

그렇게 황실을 나서는 세 사람의 등줄기에서는 식은땀이 배어나고 있었다. 인조와 백관들이 그토록 갈망하는 화친 논의는 고사하고 어찌 된 영문인지 높다랗게 앉은 청 태종의 위엄에 세 사람 다 가위에 눌린 듯 입이 떨어지지 않아 마냥 머리만 조아리다 나온 것이었다.

산성을 향하는 세 사람의 가슴이 허전했다. 이대로 어디론가 사라져 버리고만 싶었다. 그 기대에 찬 눈들을 어떻게 대할 것인가. 꼭두새벽부터 세 사람의 장도를 애써 챙겨 주던 인조와 백관들이 그토록 간절히 바라는 소망은 단 한마디도 못하였으니…… 빈손으로 돌아가는 이들의 가슴은 천근처럼 무겁고 쓰리고 아팠다.

"전-하, 신 등을 차라리 죽여 주소서……"

창백하게 굳은 안색의 세 사람이 엎드린 채 울기만 하자 이들을 맞이하는 인조와 중신들의 낯빛도 창백하게 바래 불안에 떨고 있었다.

"도승지는 그 글을 읽으라."

인조의 명에 도승지가 청 태종의 글을 펼쳐드는 순간 숨을 삼킨 숭은전은 적막 속으로 빠져들었다.

『대청국 관온인성 황제(大淸國 寬溫仁聖 皇帝)는 조선국 왕에게 말하노라. 너희 나라가 명나라에 협조하여 우리 나라를 괴롭히므로 짐이 크게 노하여 정묘년에 군사를 일으켜 너희와 형제의 관계를 맺었다. 그런데 근래에 와서는 무슨 까닭으로 척화로 공론을 모아 짐의 신하들을 핍박하는가. 너희가 짐의 신하들을 괴롭히므로 이제 짐이 친히 대군을 거느리고 왔도다. 짐을 막아 볼 테면 막아 보라. 또한 짐의 모든 신하들이 이미 황제라 칭하거늘 너희가 어찌 이를 말리려 드느냐. 이 또한 방자한 일이로다.

이제 짐은 너희의 팔도를 멸할 터인데, 너희가 아비 섬기듯 하던 명나라가 장차 어떻게 너희를 구원하려는가, 두고 보리라. 너희가 먼저 짐으로 하여금 군사를 일으키게 하였으니 피하지는 못하리라.

짐의 군사가 한양에 입성하던 날에 너희는 너희들의 처자를 버리고 겨우 단신으로 도망하여 남한산성에 들어가 숨어 있으니 비록 목숨을 연장한다 한들 무슨 소용이 있겠는가.

정묘년의 욕됨을 씻고자 척화를 부르짖다가 스스로 화를 초래한 것이니 이 욕됨은 장차 무엇으로 씻을 것이며, 또한 웃음거리를 후세에 남기게 하였으니 무엇으로 그 부끄러움을 가리겠는가.』

글을 다 읽고 난 도승지가 조용히 자리에 앉았고, 침통하게 굳은 안색의 인조와 중신들 사이에서는 간간 흐느끼는 소리가 들렸다.

"과인은 화친을 바라고 있었소. 헌데 화친하겠다는 소리는 끝끝내 없고 팔도를 멸한다는 소리만 있으니 대체 이 일을 어찌하면 좋겠소."

창백한 인조의 손가락이 떨고 있는 앞에서 고개 숙인 중신들이 아무런 대답을 못했다. 그러자 "어째 말들이 없소." 하고는 인조는 수척해 바짝 야윈 이조판서 최명길에게 눈길을 돌렸다. 화친을 해서라도 종사와 생민을 먼저 구하고자 했던 최명길의 뜻을 끝내 외면한 자신이 부끄러워 그 최명길을 바라보면서도 인조는 끝내 입을 열지 못했다.

"전하, 화친에 관한 한 이조판서 최명길보다 잘 아는 신료는 없을 것이오니 최명길의 의중을 한번 들어 보시오소서."

"그러하옵니다, 전하. 이판에게 좋은 방도가 있다면 이는 종사를 위한 계책일 터이니 그 의견을 들어 보시오소서."

최명길을 바라보는 인조의 눈빛이 처연하다 못해 서글퍼 보이자 보다 못한 좌의정이 나섰고, 그 뒤를 호조판서 김신국이 동조하고 나섰다.

좌의정과 호조판서가 자신을 거론함에 고개 들던 최명길이 순간 아연하여 몸 둘 바를 몰라 했다. 인조의 하염없는 눈길이 자신에게 쏠려 있던 것이었다.

"화, 황공하옵니다, 전하. 신에게 무슨 의견이 있겠나이까."

최명길이 황급히 허리를 숙였다.

"아니오, 이판. 일찍이 이판의 의견에 따랐던들 오늘과 같이 해괴한 글은 받지 않았을 것이오. 늦었더라도 이판의 의견을 따를 터이니 속마음이 있거든 기탄없이 말해 보오."

처연함 속에서도 애써 부드러움 담아 바라보는 인조의 그윽한 눈빛에 영의정 김류의 실눈이 가늘게 찢어지고 있었다. 속셈을 하느라 머릿속이 분주한 모양이었다.

"전하, 청 태종이 우리 조선으로부터 무언가 큰 것을 얻어내려고 작정한 듯하옵니다."

"큰 것을 얻어내려고 작정했다……?"

"그러하옵니다, 전하."

"하면……"

"저들에게는 큰 것일 것이나 조선으로서는 치욕일 것입니다, 전하."

"치……욕……?"

"그러하옵니다, 전하."

"경이 말하는 치욕이 무엇을 뜻하는지 소상하게 말씀해 보오."

인조가 허리를 세웠다.

"아뢰옵기 황송하오나…… 저들의 국호를 후금이 아닌 청으로 고쳐 불러야 할 것 같사옵고 그리고 홍태시를 칸(汗)에서 황제(皇帝)로 높여 불러야 다시는 트집 잡지 않을 것으로 여겨지옵니다."

인조는 한숨을 토해 내었다.

"그 두 가지 요구를 들어준다면 저들이 화친에 응해 올 것 같으오?"

"우선 급히 취할 것은 그 두 가지이옵고, 그 다음은 저들과 부딪치면서 풀어 가야 할 과제라 사료되옵니다."

"그 두 가지 말고도 또 있다…… 이 말씀이오?"

인조가 궁금한 눈으로 최명길을 바라보는데 좌의정 홍서봉이 다시 끼어들었다.

"이판의 말을 듣고 보니 그렇사옵니다. 저들이 보낸 국서에도 우리 조선이 저들을 인정하지 않고 있음을 빌미로 트집을 잡은 적이 있었사옵니다."

"이제 전하께서 저들의 국호를 쓰시고 황제 앞으로 국서를 보내신다면 저들이 조선을 침공한 명분이 사라지게 될 것이옵니다. 명분이 사라지고 나면 저들도 서둘러 화친에 응할 것이오니 그때 가서 화친을 논의해도 늦지 않으리라 사료되옵니다."

"화친만 이루어 낼 수 있다면 무엇인들 못하겠소. 내 경의 뜻을 따르리라. 대청국 황제에게 올리는 국서를 초해 주시오."

"화, 황공하옵니다, 전-하."

밝아지는 인조의 낯빛에 비해 최명길의 안색은 어두워지고 있었다. 이번의 국서는 조선이 그동안 오랑캐로 적대해 온 후금을 대청제국으로 높이는 일이요, 홍태시를 황제로 높여 부르는 일이었다. 적국과 적국의 임금을 조선보다 높여 부름이 어찌 치욕이 아니겠는가. 그리고 오늘의 이 국서는 기록으로도 영원히 남을 것이었다. 언제 어느 때의 누가 무엇을 어떻게 했다는 기록은 연년세세, 세세생생토록 이어져 후손들이 보고 또 볼 것이었다. 그 역사 앞에서 최명길은 갈등하고 괴로워했다.

거처로 물러나온 최명길이 조용히 사색에 잠겼다. 어차피 국서를 써야 할 일이라면 상대의 기분을 흡족하게 하는 내용들로 가득 채워야 할 것이었다. 비굴하지 않으면서도 떳떳한 말로 상대의 마음을 움직이게 하는 글이어야 할 것이고, 또한 지금껏 써 왔던 그 어떤 국서보다도 신중하고 정성스러워야 할 것이었다.

정묘호란 시 맺은 형제의 맹약을 깨뜨린 일과 공유덕과 경중명이 산동을 탈출하여 후금에 투항하려던 것을 방해했던 일, 청나라 사신을 푸대접하여 양국 관계를 소원하게 했던 일, 등을 비교적 소상히 적고, 그 잘못을 모두 조선에 돌려 사죄를 바란다는 내용으로…… 약자의 설움이란 이런 것이 아니랴…… 옳은 것을 옳다 못하고 그른 것을 그르다 할 수 없는 약소국의 설움을 최명길은 입술을 깨물며 아파했다.

조선에 잘못이 있다면 인조반정 이후 반정의 주체 세력들이 후금을 무지한 오랑캐로만 본 것이었다. 여진족의 누르하치가 만주에 흩어져 할거하던 부족을 통합하여 후금을 건국한 것이 광해 8년(단기 3949년, 서기 1616년)의 일이었다.

새롭게 일어나는 신흥 제국 후금과 무너지는 제국 명나라 사이에서 조선에 유리한 중립적 실리외교를 펼치던 광해를 반정세력들이 숭명배금(崇明排金) 즉, 후금을 배척하고 명나라를 숭상하자는 명분으로 난을 일으켜 광해를 몰아내고 정권을 잡았으나 그러나 반정 직후 그 후금으로부터 정묘호란을 당해 형제의 맹약을 맺는 굴욕을 겪었고, 다시 병자호란을 당해 말로 다 할 수 없는 치욕을 겪고 있음이었으니 국제 정세에 어두웠던 안목이 가져온 결과치고는 그 끝이 너무도 참담하고 무서웠다.

사색에서 깨어난 최명길이 붓을 들었다. 조선의 흥망성쇠가 달렸다 해도 과언이 아닌 글을 최명길이 차분하게 써내려 갔다.

『조선국 왕은 삼가 대청국 관온인성 황제 폐하께 말씀 올리옵니다. 소방(少邦)이 대국에 죄를 지어 스스로 병화(兵禍)를 초래하였나이다. 어제 들으니 황제 폐하께서 궁벽하고 누추한 땅에 오셨다 하므로 사신을 보내 마음속 정성을 전달하려 하였으나 칼과 창으로 그 길이 막히고 끊어져 통할 길이 없었나이다. 비록 늦긴 하였으나 국서를 진달할 기회를 이제야 얻었사오니 기쁨보다 두려움이 앞서옵니다.

오늘 대국에서 옛 맹약의 내용을 밝게 가르쳐 주시고, 책망을 주시어 스스로 죄를 깨닫게 하시오니 소방으로서는 그 고마운 마음을 어찌 다 표현해야 할지 모르겠나이다. 지난날 공유덕과 경중명의 일은 비록 소방의 본심에서 비롯된 일은 아니었사오나 의심과 오해를 사기에 충분한 일이 었습니다. 또한 소방의 신민들인지라 식견이 천박하여 명분과 의리만을 고집하다 마침내 대국의 사신들을 푸대접하는 지경에까지 이르렀으니 이 죄를 어찌 다 감당하오리이까.

조선이 청국에 대하여 척화로 공론을 모았사온즉 소방은 그 죄를 이미 아나이다. 만일 폐하께서 소방의 백성들을 불쌍히 여겨 소방으로 하여금 마음을 고쳐 스스로 새롭게 하기를 용납하여 주신다면 소방이 나쁜 마음 을 씻고 복종하여 섬기기를 오늘로부터 하겠나이다. 그러나 폐하께서 싸 움으로 결판을 내시고자 하신다면 시세가 극도에 달한 소방은 죽기를 기 약할 따름이옵니다.』

붓을 놓은 최명길은 그 글을 몇 번이고 다시 읽었다. 한 줄 한 자의 글 이 행여 청 태종의 비위를 상하게 할까 염려한 까닭이었다.

중신들이 숭은전으로 모여들었다. 최명길이 초한 국서의 내용을 듣기 위함이었다.

국서를 읽어 나가는 도승지의 목소리가 젖어 떨렸고, 듣고 앉아 있는 중신들의 숨소리도 잦아들었다. 읽기를 마친 도승지가 제자리로 돌아가 앉고 최명길이 부복하여 있는데도 중신들은 말이 없었다.

숭은전이 또다시 깊은 고요 속으로 빠져들고 있었다.

"경들의 의향은 어떠하오?"

오랜 침묵 끝에 힘없는 인조의 하문이 있었으나 중신들은 고개를 들지 못했다.

"왜들 말이 없소."

침통한 인조의 음성이 떨려 나왔다.

"더 다른 말이 없다면 서둘러 국서를 보내야 하지 않겠소."

"전하, 신이 국서를 전달하고 오겠나이다. 윤허하여 주소서."

좌의정이 침통한 분위기를 일신하려는 듯 서둘러 자리에서 일어서자 이경직이 따라 일어섰고, 임금과 신하들 사이에 더 이상의 말은 없었다.

최명길이 숭은전을 물러나오는데 영의정 김류가 최명길 옆으로 바짝 다가와 최명길의 손을 잡고 최명길을 치하했다.

"공의 노고가 컸어요, 어쩌면 나의 뜻과도 그렇게 같으오. 진작에 서둘 렀어야 했을 화친을…… 쯧쯧."

"오늘 우리들은 만고의 죄인이 되었습니다."

"아, 당치 않소이다, 이판대감. 죄인이라니요? 오늘의 공은 다 이판대 감께서 세운 겝니다. 그러니 죄인…… 어쩌고는 듣기 민망하오이다. 앞 으로 잘해 봅시다. 아직 할 일도 많고 하니…… 나 먼저 가오이다, 에헴."

김류는 척화를 주창하다 오늘 또다시 화친으로 돌아서 최명길의 손을 잡았다. 그러나 최명길은 그런 그를 탓하지 않았다. 영의정뿐 아니라 그 누구도 탓할 일이 아니었다. 휘적휘적 팔을 내저으며 멀어져 가는 영의정 의 뒷모습이 다만 안쓰러워 최명길의 가슴에 비애가 서렸다.

그날 오후 사신으로 갔던 좌의정 홍서봉과 이경직이 산성으로 돌아오 며 조정엔 또 한바탕 회오리바람이 불었다. 청 태종이 온 이후 더욱 삼엄 해진 경비로 국서는커녕 마부태조차 만나지 못했다는 것이었다.

"아니, 그게 무슨 소리요."

동그랗게 치뜬 눈으로 인조와 중신들이 좌의정과 이경직을 번갈아 쳐다보았다.

"적진을 지키는 장수의 말로는 지금 적진에는 청 태종을 배알하러 온 몽고 왕들이 와 있으므로 돌아가 있으면 다시 연락하겠다 하였사옵니다."

마지막 걸었던 희망이 사라지는 듯하자 인조는 낙담하여 얼굴빛이 사색이 되었다. 하루하루를 근근히 연명해 가는 산성의 사정으로는 다급하지 않을 수가 없었다. 추위와 기아, 질병과 고통만이 남아도는 산성이었다.

임금도 병이 났고, 온전한 중신도 몇 안 되었다. 언제부터인가 척화는 전설 속의 옛 이야기가 되어 항전할 전의마저 상실한 조선이었고, 그나마 살기 위해 적의 처분만을 기다리는 입장으로 전락한 조선이었다. 조선엔 기력이 없었다. 이러한 때에 협수사(協守使) 유백증으로부터 영의정 김류를 참형에 처해야 한다는 통렬한 상소가 올라와 조정을 들끓게 했다.

『나라의 신하 된 자는 맡은 바 소임에 충성을 다해야 난을 당해서도 그 힘을 얻을 것이온데, 평소 무위도식하던 자에게 난을 맡기셨으니 수습인들 어찌 온전히 할 수 있겠나이까. 지금 대신들 가운데 오랫동안 정승 지위에 있는 자는 오직 김류뿐이옵니다.

김류는 조정에서 무위도식하고 자리나 지키면서 다른 사람들이 웃거나 욕하거나 불구하고 제 지위나 보전하며 근근히 날짜만 보내고 있던 자였사옵니다. 지난번 마부태, 용골대가 사신으로 왔을 때에도 정부의 수반 자리에 있으면서 처사를 잘못하여 양국간 싸움의 실마리를 만들었으니 오늘의 변은 실로 김류로부터 말미암은 것이옵니다.

더구나 김류는 겁이 많고 꾀가 없으며 그 성질은 괴팍스러워 제 고집을 꺾을 줄 모르는 자이온데, 그런 그의 권세는 장수와 정승을 겸하여 있기에 그 집으로 끊임없이 뇌물이 들어와 저택이 사치스럽고 또한 재물이 넘쳐흘러 나라의 힘으로 제집 재물이나 지키는 데 온 힘을 다하고 있으니 어찌 나라인들 온전하겠나이까. 임금의 피난길은 초라한데 김류의 피난 짐은 무려 우마 60여 필이 동원되고 그 첩까지 가마에 태워 보냈다 하니 누가 임금이고 누가 신하이옵니까?

척화와 화친 사이에 이간질을 일삼고 시세에 영합하여 어제는 척화로 또 오늘은 화친으로 매양 태도를 바꾸니 정책인들 제대로 펼칠 수 있겠나이까. 이런 자가 바로 조선의 수상이옵니다.

괜한 고집으로 우리 군사만 축내고, 사기를 땅에 떨어뜨리기만 할 뿐이니 그런 자는 마땅히 목을 베어 그 머리를 장대에 달아야 할 것이옵니다.

김류를 효수하시면 온 나라 신민이 감동하고 군율이 스스로 엄정해질 것이오니 우리가 어찌 오랑캐보다 못하겠나이까.』

상소로 인해 조정이 술렁이자 김류는 도망하여 절로 들어가 숨어버렸다. 김류가 조회에도 참석치 않고 모습 또한 보이지 않자 인조는 오히려 유백증을 파직하고 그 자리에 이목을 내정하여 협수사로 삼았다.

한치 앞도 분간할 수 없는 환란 속에서 내우를 자초할 수 없다는 인조의 고육지책이었으나 유백증의 태도는 오히려 당당했고, 참형은 면했으나 김류의 잘못을 지적하는 소리는 곳곳에서 넘쳐 나고 있었다.

다시 연락을 주겠다 하던 청나라로부터 수일이 지나도록 연락이 없자 기다림에 지친 인조가 좌의정 홍서봉과 최명길, 윤회, 허한 등을 보내 두 번째 글을 올리게 했다. 그러나 이때의 청나라 진영은 청 태종 홍태시가 아끼는 장수 액부 양고리(額駙 揚古利)의 죽음으로 잠시 침울해 있었다. 청 태종은 그에 대한 애도로 싸움을 잠시 중단하라 명했는데, 양고리는 청 태종의 매부이자 청 태조 누르하치 때부터 명장으로 이름을 날린 청나라

제일의 용맹한 장수였다. 그런 장수가 수원 광교산 전투에서 전라병사 김준룡에게 패전을 당해 처참하게 죽은 것이다. 그런 사실을 포위당한 남한산성에서만 까맣게 모르고 있었다.

인조의 명으로 홍서봉과 최명길 등이 국서를 받들고 적진에 갔으나 마부태는 보이지 않고 다만 다른 장수가 대신 나와 내일 다시 오라고만 했는데, 그 장수의 뒤로 보이는 적진에서는 군사를 이동하고 진을 옮기느라 분주한 모습이 눈에 띄었다.

적의 주력부대가 산성을 향해 이동하여 탄천과 성 동쪽 망월봉(望月峰)에 집결하고 있는 걸로 보아 최후의 결전에 대비해 만전을 기하고 있는 모습이었다. 사신을 맞이했던 장수도 바쁘다는 말만 남기고 홀연히 그 자리를 떠나자 홍서봉, 최명길 일행은 허탈한 심정으로 다시 돌아가야 했다.

그 다음날, 홍서봉과 최명길 등 일곱 명의 사신이 적진으로 들어가 가까스로 국서를 전달했는데, 군사의 이동과 진의 정비를 끝낸 적진에서는 용골대가 대신 나와 사신을 맞았다.

국서를 받으면서도 용골대는 방약무인한 태도였다.

도끼눈을 치뜨고 사신의 위아래를 훑어보는가 하면 사신들을 세워 둔 채로 소리부터 질렀다.

"정묘맹약을 어긴 잘못이 우리에게 있는가, 너희 나라에 있는가. 어디 한번 말해보라."

다리를 꼬고 앉아 죄인 취조하듯 하는 용골대의 방자한 처사에 사신들은 서서 그 수모를 삭일 수밖에 없었다.

"장군! 잘잘못은 이미 국서에 다 밝혔소이다. 정묘약조를 어긴 잘못은 우리 임금께 있는 것이 아니라 우리 신료들에게 있소이다. 장군께서 믿지 못하시겠다면 칼로 내 배를 갈라 창자를 꺼내 증명해 보이리라. 결단코 우리 임금께는 잘못이 없소이다.”

가슴을 치며 격분해 말하는 최명길의 입술이 경련을 일으켰다.

“너희 나라엔 끝까지 싸우자고 떠드는 자들이 많다고 들었는데 그자들이 어째 한 사람도 보이질 않느냐. 너희 임금은 말로만 싸움질하는 자들의 노리개냐, 허수아비냐, 그거나 한번 말해 보아라.”

안하무인으로 떠들어 대는 용골대의 흉언에 모골이 송연한 조선 사신들이었지만 마땅히 할 말이 없었다.

“소방이 어찌 대국인 청나라에 대항할 수 있겠소, 언사가 지나치시오.”

좌의정이 용골대의 언사를 제지했으나 용골대의 입가엔 비웃음이 흘렀다.

“이 국서는 황제 폐하께 올릴 것이다. 그러니 너희는 돌아가 하회나 기다려라.”

두루마리 국서를 손아귀에 들고 삿대질처럼 흔들어 대던 용골대가 그 말을 끝으로 군막을 빠져나가자 갑자기 텅 빈 막사에 조선 사신들만 우두커니 남게 되었다. 분하고 원통하고 억울해서 그냥 있을 수가 없었다. 용골대가 앉았던 걸상이라도 한 방 걷어차고 싶었으나 억지로 참아 내는 조선 사신들의 얼굴로 분통한 기색이 구름처럼 몰려들었다. 비참했다.

화친을 주도해 오던 최명길마저 적진의 장수에게 수모를 당하고 돌아왔는데도 산성에서는 이제 더 분노할 기력마저 없는지 듣는 둥 마는 둥이었다. 인조는 인조대로 병이 나 드러누웠고, 영의정 김류는 낯짝을 숨긴 지 이미 오래였다. 멀쩡하다고 하는 중신 일곱이 적진에 다녀왔으니 이들이 격노하지 않으면 격노할 사람도 없었다.

하루 한 끼씩으로 주린 배를 채운다 해도 산성에 남은 식량은 고작 해야 열흘 치…… 임금도 신하도 모두가 견딜 수 없는 고통을 초인적인 인내로 참아 내고 있었으나 오래 버틸 수 없는 일이었다. 거기에다 갑자기 들이닥친 한파에 노천에서 기숙하던 장수와 군사들이 무더기로 동사하고, 그나마 남아 있는 군사들의 손가락 발가락도 동상에 얼고 또한 썩어 문드러져 그 참상이 참혹했다.

산성은 고통의 신음 소리에 묻혀 서서히 침몰하고 있었다.

다음날도 또 그 다음날도 청 태종의 하회는 없었다. 그러자 애가 탄 최명길과 홍서봉이 적진으로 달려가 마부태를 찾았다.

"최 대감, 홍 대감 어서 오시오. 추운 날씨에 어인 일이신지……"

마부태의 태도는 용골대와는 달랐다. 전장에서 뼈가 굵은 장수답지 않게 어색하나마 예를 찾으려 노력하는 것이 최명길의 눈에는 다행스러워 보였고 홍서봉의 눈에는 편하게 보였다.

"황제 폐하의 하회를 기다려도 아니 오시기에 이렇게 달려 왔소이다. 무례를 용서하시구려."

"아, 우리 용장군이 받은 국서 말이요? 이미 회신하신 걸로 알고 있는데 아니 받으셨단 말이요?"

"그러하오이다, 마 대인. 우리 전하께옵서는 황제 폐하의 하회를 애타게 기다리고 계시오이다."

"잠깐 기다려 보시구려, 내 곧 알아보리다."

마부태가 장막 안을 향해 소리치자 장수 하나가 달려 나왔고, 마부태의 지시에 그 장수는 다시 달려나갔다.

"나라 사이의 국서는 절차가 있게 마련이라 시간이 좀 걸리는 모양입니다."

"……"

"여러 나라에서 보내 온 국서를 받고 황제 폐하의 답서를 전하다 보면 다소 혼선이 있을 때도 있고요. 지금 가서 알아보고 오라 했으니 곧 연락이 올 겝니다."

친절을 베푸는 마부태에게 홍서봉과 최명길이 웃음 띤 얼굴로 고개를 숙여 보였다.

"마 대인께서는 황제 폐하를 가까이에서 뫼시니 광영이 크시겠소이다."

"신하 된 자가 임금을 보필하는 것이야 당연한 도리이지 그것이 어찌 광영이라 할 수 있겠소이까."

"우리 같은 소방의 신료들에게는 황제 폐하를 알현하는 것만으로도 일생의 광영이오이다."

"허허…… 그래요."

최명길의 몸 낮춤이 기분 좋았던지 마부태가 껄껄 웃었다.

"그런데 마 대인, 황제 폐하의 뜻이 어디에 계신지 마 대인께서는 아시는지요?"

"황제 폐하의 뜻이요?"

"그러하오이다, 마 대인."

"허-허…… 황제 폐하의 뜻이라…… 이제 곧 아시게 되겠지요."

마부태가 웃으며 즉답을 피하자 최명길의 가슴에 궁금증이 일었다.

"곧 알게 되다니요, 마 대인. 그게 무슨…… 뜻입니까?"

무언가 께름칙한 것이 최명길을 휘어감는 것 같았다.

"공유덕과 경중명 장군이 대군을 이끌고 예친왕 다이곤 전하가 계신 김포로 갔소이다. 이제 곧 무슨 소식이 있을 겁니다."

"예-에……?"

그때 나갔던 마부태의 장수가 국서를 받들고 들어왔다.

국서를 받아 든 최명길의 머릿속이 혼란스러웠다. 이들이 강화도까지 공략하리라고는 꿈에도 생각지 못했던 일이었다.

　공유덕과 경중명이 강화도로 향했다면 이는 큰일이었다. 만일 강화도가 적의 수중에 떨어진다면……?!"

　아찔한 일이었다. 최명길이 홍서봉과 함께 서둘러 마부태의 진영을 나섰다.

　'강화도! 강화……도! 강…… 화……도!'

　최명길은 무엇에 씌인 사람처럼 앞만 보고 달렸다. 신발이 벗겨지고 관모가 벗겨지는 줄도 모르고 급히 산을 오르는 최명길을 홍서봉이 최명길의 신발과 관모를 주워 들고 뒤쫓아 가는데 최명길의 걸음이 어떻게나 빠른지 미처 쫓아가질 못했다.

　"전하! 전하께서는 어디 계시느냐! 어서 아뢰렷다!"

　최명길이 까맣게 죽어 가는 얼굴로 황급하게 서두르자 내관들이 고개를 갸우뚱했다.

　"대관절 무슨 일이길래 이판 대감이 저리 허둥대시는가……"

　"그러게 말이외다. 생전 차분하신 분이…… 오늘은 별일이외다."

　"그나저나 빨리 모시게, 다급하신 모양인 게야."

　대전 내관의 인도를 받은 최명길이 인조가 누워 있는 거처로 찾아 들었다.

　"전-하, 이 일을…… 이 일을 어찌 해야만 좋사옵니까."

　"아니, 이판대감. 대체 무슨 일인데 이리 되었소. 안색이 온통 사색이구려."

　평소 그답지 않게 쿵쾅거리며 달려와 엎어지듯 부복하는 최명길을 바라보며 오히려 인조가 놀라 물었다.

　"적의 대병이 강화도로 향했다 하옵니다. 어서 속히 서둘러 영을 내리시오소서. 검찰사 김경징에게 강화도 수비에 만전을 기하라고 말이옵니다."

"무, 무어라! 아니, 그게 무슨 소리요. 자세히 좀 말해 보오."

순간 튕겨 일어선 인조의 안색도 굳어지고 있었다.

"전하, 마부태가 말하길 공유덕과 경중명이 대군을 이끌고 다이곤이 있는 김포로 향했다 하옵니다. 이는 강화도마저 저들의 수중에 넣으려는 계략이 아니옵니까. 강화도가 먼저 함락되면 조선은…… 조선은 이제 정녕 길이 없게 되옵니다. 전-하."

"그, 그것이 사, 사실이오?"

"신이 어찌 거짓을 아뢰겠나이까, 어서 속히 군령을 하달하시오소서."

인조의 눈앞이 갑자기 깜깜해졌다. 그 눈앞에 어린 원손이 떠오른 것이었다. 인조는 아픔도 잊고 벌떡! 자리를 박차고 일어나 숭은전으로 향했다. 숭은전엔 급히 모인 중신들이 불안에 떨고 있었다.

"도승지는 체찰부에 명하여 전령을 띄우라! 검찰사 김경징은 죽음을 무릅쓰고서라도 강화도를 사수하라고!"

놀란 도승지가 체찰부를 향해 득달같이 달렸다.

"이를 대체 어찌하면 좋단 말이요, 설상가상이라더니…… 엎친 데 덮친 격은 이를 두고 하는 말이 아니겠소……"

인조가 경련하며 다시 소리쳤다.

"저들이 이제 강화도마저 유린할 모양이요. 다이곤이 공유덕과 경중명을 이끌고 강화도로 향했다 하니…… 어허! 어찌하면 좋겠소, 대체 이를 어찌하면 좋겠어."

인조가 불에 덴 사람처럼 안절부절못하자 경황이 없기는 중신들도 마찬가지였다. 인조와 함께 강화도 몽진을 나섰던 중신들이었다. 남한산성에서 발이 묶이리라고는 상상도 못했던 중신들이었다. 그런데 강화도가 함락될 위기에 놓이게 되자 발등에 불이 떨어진 듯 마음들이 급했다. 강화도가 함락되면 조선은 그날로 최후를 맞게 되는 것이다.

"어찌 대답들이 없소!"

인조가 노기를 실어 소리쳤으나 중신들은 묵묵부답이었다. 속수무책, 말 그대로 대책이 없었다. 강화로 가는 길이 이미 끊겼는데 어찌 대책인들 세울 수 있으리……

"허…… 허…… 허……."

용상에 등을 떨군 인조가 공허하게 웃었으나 눈가엔 눈물이 괴고 있었다.

그때 도승지가 돌아왔다.

"지금 막 전령이 떠났나이다."

그러나 아무 대답도 없었다. 갈 수 없는 강화도로 전령을 보낸들 무엇하겠는가. 고인 눈물이 두 뺨을 타고 흘렀다. 중신들 사이에서 숨죽인 흐느낌이 들려오고 있었다.

"도승지는…… 청 태종이 보낸 답서를 읽으라."

인조의 명에 울상이 되어 버린 도승지가 청 태종의 답서를 펼쳐 들었다.

도승지의 음성이 떨려 나왔다.

『짐이 너희 나라에 사신을 보내 정묘맹약을 어긴 죄를 물어 징벌하러 가겠다 누차에 걸쳐 통보했거늘 너희는 진정 마이동풍이었다. 싸움의 실마리는 너희가 제공한 까닭에 짐이 군사를 일으켰으니 이는 하늘이 바른 심판을 하는 것이니라.

너희가 척화를 주장하며 싸움을 준비한다기에 짐은 실로 많은 준비를 했었노라. 그런데 짐이 막상 군사를 일으켜 보니 너희는 한낱 허수아비에 지나지 않았다. 이것은 무슨 까닭이냐. 또한 닭장에 갇힌 비루먹은 닭처럼 산성에 갇힌 채 조석으로 박두한 운명을 앞에 두고서도 부끄러움을 알지 못하니 그것은 또 무슨 까닭이냐.

전쟁은 병장기로 하는 것이지 세 치 혓바닥과 붓끝으로 하는 것이 아님을 너 조선국 왕은 똑똑히 알아야 할 것이니라.

천지의 도는 착한 사람에게는 복을 주고 악한 사람에게는 화를 내려 지극히 공정할 뿐 사사로움이 없는 것이다. 이에 짐은 천지의 도를 본받아 진심으로 복종하고 항복하기를 청하는 자는 안전하게 하여 줄 것이고, 악당이 되어 순종치 않는 자는 서슴없이 벨 것이니라. 교활하고 간사한 자는 말이 막히도록 그 혀를 뽑아 버릴 것이니 너 조선국 왕은 명심하라.

너희가 짐에게 대적한 까닭에 짐이 군사를 일으켜 이곳에 이르렀지만 만일 너희 나라가 모두 짐의 판도(版圖) 안에 들어온다면 짐이 너희 사랑하기를 어찌 적자(赤字)와 같이 하지 않겠는가. 너희가 살려고 한다면 성에서 나와 항복하고, 끝까지 싸우겠다면 지금 당장 나오라. 두 나라의 군사가 서로 맞닥뜨리면 하늘의 바른 심판이 있을 것이다.』

분노할 기력마저 잃은 중신들이었다. 다만 최명길이 인조를 향해 흐느끼며

"만일 이렇게 받아들일 수 없는 청을 강요한다면 대국은 마침내 시체만 쌓인 빈 성을 얻을 뿐이니 그 또한 이로울 것이 무엇이겠나이까." 했다.

최명길이 다시 답서를 써야 했다. 분기탱천하던 인조와 중신들…… 이제는 그 어디서도 찾아볼 수 없는 아련한 옛이야기였다. 허상일지라도 분

기탱천하던 모습이 다시 한번 보고 싶었다. 그런 모습이 사는 모습이 아닐는지……

최명길의 마음속으로 만감이 교차하고 있었다. 적의 칼날이 목줄에 닿아 있는 지금 상책이란 있을 수 없었다.

결론은 하나…… 두 손을 번쩍, 하늘 높이 드는 일이었다. 이미 누구도 부인하지 않는 일이었다. 부지런히 적진을 오가며 방법을 찾는 체해도 이미 지금은 그 과정 속에 들어 있는 것이었다. 남은 것은 결론에 도달하는 시간, ……시간이 문제였다.

마음을 가다듬은 최명길이 붓을 들었다.

『조선국 왕은 삼가 대청국 관온인성 황제께 글을 올립니다. 소방은 십 년이나 된 형제의 나라로서 대국이 흥하는 초창기에 실로 많은 죄를 지었나이다. 돌이켜 보면 지난날의 잘못은 소방이 우매하고 용렬하여 지은 죄업이었나이다. 이제야 비로소 그 죄업을 깨달아 참회하고 스스로 반성하고 있사오니 엎드려 바라옵건대 부디 황제 폐하의 너그러우신 마음으로 용서하여 주시기 바라옵니다.

오늘날 소방의 간절한 소망은 마음을 고치고 생각을 바꾸어 지난날의 죄를 깨끗이 씻고 황제 폐하의 명을 좇고자 할 뿐입니다. 이를 허락하여 주신다면 모든 절차와 의식을 행하여 따르겠나이다.

삼가 생각하건대 황제의 덕은 하늘과 같아 소방을 불쌍히 여겨 반드시 용서하실 것이라 믿사옵니다.』

쓰기를 마치자 최명길은 비변사로 향했다. 중신들과 더 의논하기 위함이었다.

그런데 국서의 초안을 조목조목 짚어 가며 읽어 가던 김상헌이 버럭 소리를 지르며 그 초안을 북북 찢어 팽개쳐 버렸다.

"이것이 항서이지 무슨 국서요."

"아니 대감, 이것은 국서올시다. 이 무슨 해괴한 망동이요?"

오랜만에 자리에 나온 김류가 눈을 하얗게 치뜨며 김상헌을 꾸짖었다.

"이보시오 이판! 이판의 선대부(先大夫)께서는 선비들 사이에서도 지조 있는 선비로 추앙받았었소. 그 사실을 잊었소? 그런데 그 피를 이어받은 이판은 어찌 그 모양이오!"

김상헌의 노기에 병조판서 이성구가 목에 핏대를 세우며 김상헌을 향해 먼저 손가락질부터 퍼부었다.

"어찌 대감을 옳지 않다 하겠소이까. 허나 이는 부득이한 일이 아니오이까. 대감은 전부터 화친을 배척하여 나랏일을 이 지경에 이르도록 방치하고도 한 일이 무엇이오이까. 비록 후세에 이름은 남을지 모르나 임금과 사직을 배반한 패덕이 아니오. 지난날 형판이 제 자신의 명예를 지키겠다고 적장 앞에 고변한 일이나 대감이 입으로만 척화한다고 떠벌이는 일이나 무엇이 다르오이까. 입이 있으면 어디 말해 보시오. 예판!"

병조판서 이성구가 양볼을 파르르 떨어가며 일갈하자 김상헌은 기다렸다는 듯이 대꾸했다.

"말 한번 잘했소. 척화를 주장한 건 이 몸이니 대감이 나를 묶어 오랑캐 진영으로 보내 주시오. 그러면 나는 가서 열 번이고 백 번이고 마땅히 죽으리다."

"누가 나가서 죽으라 했소? 척화를 고집했으면 마땅히 오랑캐 진영에 가서 의(義)로써 대적을 해 보라 이 말이지. 안에서만 무찌르자, 무찌르자 하지 말고 말이외다. 우물안 개구리도 분수가 있지 어찌 대감만 깨끗한 척 하시오이까!"

최명길이 두 사람을 말리며 찢어진 국서를 주워들었다.

"대감께선 찢으셨으나 나는 다시 붙여야 하겠습니다."

최명길이 찢어져 구겨진 국서를 펴 풀로 찬찬히 붙여 나갔다. 그런 최명길을 본 체도 안 하는 김상헌이 이성구로부터 말할 수 없는 수모를 당하자 눈에 독을 품은 채 뛰쳐나갔고, 화가 난 이성구 또한 밖으로 뛰쳐나갔다. 밖으로 나가는 이성구를 보며 신익성은

"화친을 주장하는 자는 내가 먼저 칼로 베겠다."며 눈을 부라렸으나 그 말은 힘 잃은 자의 독백에 지나지 않는 말이었고, 이제는 그 신익성을 눈여겨보는 사람도 없었다.

이때 강화도로 출발했던 전령이 되돌아왔다. 적의 매복에 걸려 초주검이 되다시피 하여 돌아온 처참한 몰골이었다. 그 모습을 본 산성 사람들은 두려워 자포자기의 극단으로 빠져들고 있었다.

이날부터 김상헌은 식음을 전폐한 단식에 들어갔다. 굶어 죽겠다는 것이었다.

다음날 새벽, 좌의정 홍서봉이 병으로 자리에서 일어나지 못하자 우의정 이홍주와 최명길, 윤휘가 적진을 향해 출발했다. 어젯밤, 우여곡절을 겪은 눈물로 얼룩진 국서였다. 적진에서는 용골대가 맞았다.

"마 장군께서는 출타 중이오이다. 부득이 내가 맞이하게 되었으니 그리 아시오."

지난번에 비해 다소 상냥하게 맞았으나 성질은 어쩔 수 없는 것인지 애써 겸양을 떠는데도 목소리와 행동은 거칠었다.

"자리에 앉으시오."

용골대는 자리에 앉은 채 사신에게 자리를 권했다.

"언제쯤 조선의 임금이 성을 나올 거요, 그거나 말해 보시오?"

사나운 언사에 행동거지는 순 쌍놈이었다. 사신이 가져간 국서에는 관심도 없이 다리를 꼬고 앉아 연신 이빨만 쑤셔 댔다.

"성을 나오시다니요……?"

"그럼 굶어 죽을 거요?"

사신들은 기가 찼다. 게트림이나 득득 해 대며 이빨만 쑤시고 있는 놈의 코빼기를 한 대 갈기고 싶은 심정을 억누를 수가 없었다.

"이보시오, 용 장군. 언사가 너무 지나치시오, 굶어 죽다니요."

"왜, 내 말이 틀렸소? 산성엔 지금 잡아먹을 개도 없잖소."

흘겨보던 용골대가 꺼억 하고 트림을 해 대었는데 역한 기름 냄새가 사신들 코앞까지 풍겨 왔다.

'에이 더러운 잡놈의 새끼!' 하며 벌떡 일어선 최명길이 용골대의 코빼기를 냅다 걷어찼다. 그러자 코피를 쏟으며 뒤로 나자빠진 용골대가 무릎으로 엉금엉금 기어 나와 잘못했다며 벌벌 떠는 모습…… 이…… 환영처럼 보이다 사라졌다. 꼭 그러고 싶었다.

최명길은 어금니를 꾹 물었다. 앞으로도 이런 수모는 얼마든지 당할 터였다.

조선 사신들이 눈에 가득 독을 품고 미동도 않자 용골대가 의자에 비스듬히 누운 채 손으로 최명길을 가리켰다.

"이보시오, 최 대감. 국서를 이리 가져와 보시오."

최명길이 국서를 공손히 받쳐들고 갔으나 용골대는 그 국서를 누운 채 왼손으로 덥석 집어 들었다.

"잘 썼겠지요? 황제 폐하의 노여움을 살 만한 대목은 없겠지요?"

대답 대신 조선 사신들이 이를 앙다물자 머쓱한 용골대가 자리에서 일어섰다.

"예서 기다리시오. 황제 폐하를 배알하고 올 것이니……"

조선 사신들이 자리에서 일어나 배웅했다. 용골대가 조선의 국서를 들고 있기 때문이었다.

초조하게 기다리는 시간이 길면 길수록 기다리는 사람의 애간장은 녹아내리는 법이다. 황제를 배알하러 간 용골대가 네 시간이 지나도록 돌아오지 않자 불안, 초조, 긴장이 극도에 달한 세 사람은 생병이 날 지경이었다.

이홍주와 최명길, 윤휘는 배고픔도 잊은 채 목을 빼어 차례로 그 장막 안쪽을 바라보며 애를 태웠고, 그렇게 진이 빠져 지칠 대로 지친 세 사람이 늘어져 있을 때 씩씩대는 용골대의 그림자가 나타났다. 반색하며 일어서던 조선 사신들이었으나 그러나 그 얼굴에 날아든 건 불안의 그림자였다.

"뭘 잘못 썼길래 황제 폐하께서 저리 노하신단 말이요!"

그 한마디에 세 사람의 가슴이 철렁 내려앉았다.

"잘못 쓰다니요? 우리들로서는 극존칭을 썼소이다."

"극존칭?"

노려보던 용골대가 그 국서를 홱 집어던지며 소리쳤다.

"이것이 극존칭이라는 거요?"

최명길이 달려가 땅바닥에 떨어진 국서를 집어 들었다.

"당신들은 명나라에 국서를 보낼 때도 그 따위로 써 보냈소?"

집어든 국서를 들고 일어서던 최명길이 도대체 알 수 없다는 듯 고개를 갸웃하며 용골대를 바라보았다.

"그깟 죽어 자빠지는 명나라에는 신(臣)칭을 하면서 죽고 사는 명줄을 쥐고 계시는 우리 황제 폐하께는 왜 그다지 뻣뻣하냐 그 말이오."

순간 최명길의 머릿속으로 쩡! 하는 충격이 일었다. 원인을 안 것이었다.

"……원, 니미……"

그 국서로 말미암아 용골대는 청 태종에게 무려 네 시간 동안이나 들볶였다. 그까짓 것도 해결하지 못할 거라면 당장 옷 벗으라고…… 더구나 양고리의 죽음으로 심기가 매우 불편해 있던 홍태시였다.

"돌아가시오. 돌아가서 잘 생각하고 또 생각해서 다시 잘 써 가지고 오시오…… 알겠소, 내 말?"

최명길이 고개를 숙인 채 깊은 한숨을 내쉬었다.

"명나라에 보내듯 하란 말이오! ……이 말도 못 알아들었으면 뒈질 날만 기다리든가."

그 말에 조선 사신들이 두 눈을 부릅떴으나 씩씩대며 노려보는 용골대의 거친 숨소리에 이내 내리깔았고, 그런 조선 사신들의 목구멍으로 쓴물이 올랐다. 입에서 쓴 내가 나고 목구멍이 쓰렸으나 내색치 못하고 용골대의 눈치를 살폈다.

용골대의 말뜻을 모를 리 없는 조선 사신들이 마치 죄진 사람처럼 깊이 고개를 숙인 채 용골대의 화가 누그러들기만을 기다렸다. 황제가 노여워했다면 그 앙화가 곧 조선 조정에 미칠 것이기 때문이었다.

"아, 뭣들 하는 게요. 썩 돌아들 가질 않고!"

용골대가 또다시 꽥! 소릴 지르자 깜짝 놀란 조선 사신들이 청나라 군진에서 도망치듯 굴러 나왔다. 잘 있으라는 말도 못하고 굴러 나온 것이다.

이홍주, 최명길, 윤휘 등이 도망치듯 나와 산 아래에 이르렀을 때 짧은 겨울 해는 이미 중낮이 겨워 해거름에 있었고, 점심조차 걸러 허기진 조선 사신들이 아련하게 보이는 산꼭대기 남한산성을 핏기 잃은 얼굴로 바라보는데, 그날따라 산성은 어찌 그리 멀게 느껴지는지…… 조선 사신들의 두 다리가 자꾸 꼬여 그 자리에 풀썩 주저앉고만 싶었다.

인조와 중신들이 모인 숭은전엔 아무런 미동도 보이지 않았다. 아니 숨소리조차 들리지 않았다. 용골대가 한 말을 그대로 전하지 않을 수도 없어 그대로 고했으나 다 듣고 난 인조와 중신들은 고개를 깊이 떨군 채 어깨만 가늘게 떨 뿐이었다.

한때의 분기탱천이 칠흑같이 어두운 절망을 몰고 온 듯…… 그렇게 정지된 시간은 깨어날 줄 몰랐다.

얼마나 시간이 흘렀을까. 드디어 인조가 무거운 고개를 천천히 들고 최명길을 바라보았다.

"그 일은……용골대가 바라는 대로…… 하시구려. 방…… 법이…… 없질…… 않소."

그 한마디에 중신들이 엎어지며 통곡을 쏟아 놓았다.

"망극하옵니다, 전-하."

"저언-하……"

"저-언-하……"

중신들의 통곡 소리를 뒤로 한 인조는 숭은전을 나섰다. 이제야 비로소 모든 것이 홀가분해진 것이었다. 이제 청나라는 임금의 나라요 조선은 그 신하국이 된 것이다.

울음을 그친 중신들이 모여 국서를 새로이 초하기로 했다. 그 첫머리가 『조선국왕 신(臣) 이종(李倧)은 삼가 대청국 관온인성 황제 폐하께 글을 올립니다』로 시작되었다.

병조판서 이성구는 김상헌을 빗대어 괜한 화풀이를 하고 있었다.

"그놈의 늙은 여우가 아침부터 울어 대더니 일이 이 지경이 되었소. 그놈의 늙은 여우부터 베어 없애야 나라가 성할 것인데…… 이놈의 늙은 여우를 그냥!"

책상을 내리치며 분통을 터트리는 이성구의 과격한 언사에 아무런 대꾸도 없이 의창군 광과 신익성은 자리에서 일어나 몸을 피했다. 잘못하면 허명만 탐한 무리로 간주될 수 있었다. 그들은 이제 죽을 때까지 결코 함부로 입을 놀리지 않을 것이다. 이젠 뒤바뀐 세상이었다. 갈수록 저들의 요구는 거세어질 것이고, 또한 거칠어질 것이다. 척화를 부르짖던 신료들을 잡아 보내라고 할 것은 당연한 일 일 것이고, 또 그 다음은 왕족을 잡아 보내라 할 것이었다.

만주 심양……

칠흑같이 어두운 심양의 밤하늘이 붉게 타오르는 화광으로 환하게 밝아지고 있었다. 허성환과 이무진이 종횡무진으로 치달으며 청나라 군진의 군량미 창고와 화약창고를 터트린 결과였다.

허성환과 이무진에게 청나라 군진의 담과 벽은 장애물이 아니었다. 높은 담을 뛰어넘는 것쯤이야 식은 죽 먹기로 여기는 허성환과 이무진이었다. 수년씩 옥수수 뛰어넘기로 단련된 몸들이었다. 용수철처럼 튀어 높은 소나무 가지에도 자유자재로 오르내리는 두 사람에게 고작 한 길 남짓

한 돌담은 장애물 거리가 못 되었다. 더구나 달 없는 깜깜한 밤에 검은 옷과 복면을 써 잘 보이지도 않는 허성환과 이무진이 빠른 걸음으로 순식간에 왔다 사라지는 것을, 졸음에 겨워 하품이나 해대는 창고지기들로서는 전혀 눈치챌 수 없는 일이었다.

화광이 충천하는 심양 밖 오 리 지점의 높은 소나무 가지 위에 우뚝 선 두 사람이 솟아오르는 화광을 바라보며 웃고 있었다.

"형님, 스승님의 안목이 참으로 대단하지 않습니까?"

말소리가 아니라면 사람이 있는지조차 모를 만큼 완벽한 복색이었다.

"따지고 보면 간단한 이치인데, 우리가 미처 깨닫지 못하는 부분을 일깨워 주시는 것이 대단하시지."

"이럴 때를 대비해서 우리를 훈련시키셨을까요?"

"꼭 그런 것은 아니셨겠지, 하지만 이런 훈련은 받았다는 것만으로도 우리가 더 고마운 일 아닌가?"

"저도 그렇게 생각합니다, 형님. 그리고 오늘 보니 비로소 알겠습니다. 스승님께서 왜 그토록 엄하게 훈련을 시키셨는지요."

"그렇게 안 하셨으면 지금 우리가 저 장쾌한 모습을 볼 수 있었겠나."

"하하하하…… 맞습니다, 형님, 저 장쾌한 불기둥을 보니 훈련받을 때의 고통이 한순간에 사라지는 것 같습니다. 아주 통쾌합니다."

두 사람이 소나무 가지 위에 나란히 서서 호된 훈련받을 때를 돌이켜 보았다.

"자네는 천불동 아래에 있는 바위계곡을 뛰어 건널 때 오금이 저리지 않던가?"

"아유, 왜요. 오금이 저려 도저히 못 뛰겠는데 스승님의 불호령이 무서워 죽기 살기로 뛰었지요. 그 아래가 천 길 낭떠러지 아닙니까. 아유, 지

230

금 생각해도 오싹 합니다."

"하하하…… 그랬지. 나도 그랬으니까. 그런데 그 훈련이 없었다면 그
것이 더 오싹한 일이 아니었겠나."

"네, 형님. 지금 보니 그렇습니다. 스승님을 만난 것만으로도 큰 복인
데, 그런 큰 훈련을 받고 이렇게 장쾌한 일을 이루고 보니 스승님이 존귀
하게 보입니다. 얼마나 오랫동안 많은 생각을 하셨겠습니까."

"생각 없이 생각하시고 말씀 없이 말씀하시는 분이니까."

"하하, 이젠 형님 말씀이 스승님 말씀 같습니다."

"오랫동안 스승님과 같이 있었으니 언행이 닮을 밖에."

두 사람이 그 말끝에 하하 하고 웃었다.

"화약에 기름 냄새가 여기까지 진동하는구먼."

"하, 이젠 산동으로 가셔야지요. 이 흔적을 말끔히 씻어 내려면요."

"그래, 이 밤 안으로 떠나지. 이번 일은 분명 명나라가 저지른 일로 알
게 해야 해."

"이번 일이 명나라가 한 일로 알려지면 명나라를 얕잡아 보는 일도 줄
어들겠지요?"

"그리 되겠지. 명나라에도 지략에 밝은 장수들이 꽤 있으니까. 특히 오
삼계 같은 장수는 청나라가 감히 쉽게 넘을 수 없는 높은 산이잖아."

"예, 저도 그리 보았습니다."

"오삼계가 산해관을 지키고 있는 한 청나라는 그 문을 결코 쉽게 열지
못할 거야."

"산해관을 뚫지 못하면 중원 정복도 어렵지 않겠습니까? 그런데 선우
선사께서는 왜 그렇게 말씀하셨을까요?"

"내란, 명나라 안에서 일어나는 내란이 문제지."

"내란이요……?"

"음."

대답과 함께 허성환이 고개를 끄덕였으나 어둠에 가려 고갯짓이 보이지 않았다.

"아, 그렇지. 안에서부터 무너지면 막을 방법이 없지."

그제야 알았다는 듯 혼잣말처럼 중얼거리며 이무진이 허성환을 돌아보았다.

"그런데 형님도 그렇게 생각하십니까?"

"내가 보기엔 황실에 있는 환관들에게 문제가 있어 보여."

"환관들이요?"

이무진이 의외라는 듯 되물었다.

"늙은 환관들이 자신의 장래를 보장받으려고 힘 좀 있다 하는 군벌들을 찾아다니며 종친과 외척들을 이간질하는데 그것이 문제지."

"황실에 있는 환관들이 뭐가 부족해서요?"

그 말에 허성환이 하하 하고 웃었다.

"부족할 것이 없어 보여도 가장 불쌍한 것이 환관들이거든."

"예? 어째서요?"

이무진이 궁금하다는 듯 허성환을 바라보았다. 복면에 가린 허성환의 모습은 보이지 않고 다만 허성환의 눈빛만 반짝반짝 빛났다.

"늙어 병든 환관들은 내다 버리거든."

"예? 아니 어찌 그런 일이……"

"그것이 환관이나 궁녀들의 삶이야. 끝이 참 불쌍하지."

"어떻게 비인간적인 일이 황궁에서 일어난단 말입니까?"

이무진의 목소리가 격앙되어 높아졌다.

"그것이 어쩌면 중국 황실의 한계이기도 해."

"참으로 비정하네요, 형님."

그러면서 이무진이 순간적으로 조선 왕실의 내관들과 봉림대군을 생각해 보았다. 조선도 그럴까……? 하는 생각이 들었다.

"환관들도 사람인데…… 저 살 궁리인들 안 하겠어? 그것이 군벌들과의 밀착관계야. 환관들은 황제 곁에 늘 있는 사람들이고, 새롭게 일어나는 군벌들은 황제의 신임이 필요하잖아."

"환관들은 군벌들이 황제의 신임을 받도록 주선해 주고, 자신은 죽을 때까지 군벌로부터 보장을 받는다 그 말이네요."

"그렇지."

"그런데 그 많은 환관들을 무슨 수로 다……?"

"그러니 내란이 일어나는 게지. 다들 저 살자고 일으키는 싸움이니까."

"그 참…… 저 하나 살자고 전쟁도 불사하다니……"

"모든 전쟁이 다 그렇지 뭐."

"하, 그런 줄도 모르면서 명나라만을 숭상하는 일이 지상 과제인 양 여기는 조선이 가련해 보입니다."

"속을 깊숙이 들여다보면 어느 나라나 다 똑같아. 수행자들은 안 그런가? 선우 선사의 제자 사마휘를 봐. 그자도 속이 검어 보이잖아."

"예, 형님. 그자는 속에 있는 욕심이 밖으로 드러나 보였습니다. 그런데 어쩌자고 신선 같은 선우 선생께서 그런 자를 제자로 받아들였을까요?"

"사연이 깊지."

갑자기 허성환이 긴 한숨을 내쉬었다.

"형님께선 그 내막을 잘 아십니까?"

"다는 몰라도 조금은 알지, 무림과도 관계가 있으니."

"선우 선사께서는 무림을 떠난 지 오래되지 않았습니까?"

"오래되었지, 허나 나라에 내란의 조짐이 보이고, 조정이 혼란해지니까 무림인들이 들썩이는 거야. 내란을 막고 조정을 안정시킨다는 명분으로."

"아니, 무림인들이 어떻게 정치에 관여합니까?"

"명나라를 세운 주원장이 나라를 안정시킨다는 구실로 철권통치를 했는데, 그때 그 앞에서 움직인 조직이 검교(檢校)야."

"들어 본 것 같습니다."

검은 복면을 쓴 이무진이 고개를 끄덕였다.

"황제 직속의 정탐기구로 수많은 사람들을 죽였지. 몽고족인 원나라를 무너뜨린 주원장의 최측근 장수들도 이 검교에 의해 몰살을 당할 정도였으니 검교가 얼마나 무서운 조직이었겠나. 그 검교의 중심 조직이 무림인들이고, 사마휘는 그런 무림 조직을 실질적으로 이끌고 있는 핵심 인물이었지."

"아니, 어떻게 그런 자가 선우 선사 같은 고명하신 어른 밑에 있습니까?"

이무진의 두 눈이 똥그래졌다.

"그자는 추앙받는 선우 선사의 명성을 이용해 자신의 신분을 세탁하려는 것이고, 선우 선생은 그걸 알면서도 어쩔 수 없이 받아들인 것인데, 나라는 점점 혼란에 빠져들고, 청나라는 명나라 정복에 혈안이 되어 있으니 검교가 되었든 무림이 되었든 우선 나라를 안정시킬 수 있는 힘 있는 조직이 나타나 조정과 나라를 안정시키길 바라신 것이지."

"그것 참. 아무리 그래도 그렇지. 어떻게 그런 자가 선우 선생의 제자랍시고 함부로 나댑니까."

"중원에서 존경받는 선우 선사도 저렇게 진퇴양난에 빠지는 걸 보면 이번 전쟁은 세상이 뒤집어질 전쟁임이 분명해."

"기왕 뒤집어질 거라면 확 뒤집어져서 못사는 사람들이 잘사는 세상 되었으면 좋겠습니다."

"그건 꿈이지, 누구나 똑같이 꾸는 꿈."

"형님도 그런 세상을 꿈꾸십니까?"

이무진이 허성환을 돌아보았으나 보이는 건 반짝이는 눈빛뿐이었다.

"손발이 닳도록 평생을 일해도 편안하게 먹고살지 못하는 사람들을 보면 가슴이 답답하지. 그래서 스승님께서 가끔 말씀하시잖아, 앞으로는 누구나 다 잘사는 양지바른 세상이 온다고……"

"그 말씀 들을 때마다 궁금해지는 게요, 누구나 다 잘사는 양지바른 세상이 어떤 세상인지, 또 그때가 언제인지 머릿속에서 떠나질 않아요. 정말 요, 순 같은 시대가 있었는지도 궁금하고."

"스승님 말씀이니 믿어야지. 저 화광을 보면서도 모르겠나?"

그 말에 이무진이 하하 하며 맞장구를 쳤다.

"지금 겪고 있으면서도 믿지를 못하다니, 어이구 이 멍청한 거."

두 사람이 껄껄대고 웃었다.

"시간이 꽤 되었는데 그만 내려갈까?"

웃음을 그친 허성환이 이무진을 돌아보았다.

"예, 형님."

소나무에서 내려온 두 사람이 화광이 충천하는 심양 외곽의 길을 택하여 서서히 내닫기 시작했다. 그러나 달리는 두 사람의 모습은 어둠에 가려 보이지 않았다.

강화도……

봉림대군이 오열하고 있었다. 누가 들을까 숨죽인 채 숨어서 피눈물을 쏠고 있었다.

　사람이, 군사가 있어야 싸움이고 전쟁이고 치러 내는 것이다. 그런데 그 싸움을 치러 낼 군사가 없었다. 무지렁이라 불리는 저 수많은 민초들이 이제는 더 이상 높은 양반들을 위해 무모한 희생은 하지 않겠다는 팔뚝질 같은 저항심을 그렇게 행동으로 드러내 보인 것이다. 잘난 너희들이나 잘해 먹으라는 무지렁이들의 성난 돌팔매질이 아니고 무엇이랴……

　민초들의 단단한 등 돌림에 봉림대군은 밤새 숨죽여 오열했다. 군대의 기강이 무너진 것이 아니라 천심이라 할 민심이 떠난 것이다. 민심이 떠난 현장을 봉림대군은 두 다리가 떨리고 가슴이 터지도록 보고 또 보고 분명하게 확인까지 한 것이다. 숨죽여 오열하는 봉림대군의 눈앞에 병사들이 사라진 그 텅 빈 진지가 자꾸 어른거렸다.

　'어찌 이럴 수가…… 어찌 이럴 수……가 있단 말인가. 아, 하늘이여, 조선의 하늘이시여……'

　봉림대군이 피맺힌 절규로 밤을 지새우던 그날 새벽…… 동녘 하늘이 어스름히 밝아 올 무렵에 여명을 가르며 작은 배 한 척이 진해루 아래로 미끄러지듯 들어오고 있었다. 적군의 순찰조였다.

　눈알을 반들거리며 달려든 적군의 순찰조에 의해 강화도 해안은 텅 비었음이 확인되었고, 그 확인을 알리는 하얀 깃발의 신호를 필두로 적의 선단이 강을 덮듯 새까맣게 몰려들기 시작했다.

　갑곶에 주둔하고 있던 충청수사 강진흔이 새까맣게 몰려드는 적의 선단을 발견하고는 곧바로 일곱 척의 전함을 몰고 앞으로 나아갔다. 죽기를 각오한 강진흔이 천자총통을 쏘아 적선 두 척을 침몰시키며 접전을 벌이자 사기가 오른 강진흔의 선단이 수백 척의 적선 사이를 헤집고 다니며 적선을 침몰시켜 나아가기 시작했다. 그러나 끝도 없이 밀려드는 적선을 단 일곱 척의 배로 상대하기란 애초부터 무리였다. 일곱 척에 의해 수십 척이 침몰되었음에도 적 선단은 겁을 먹기는커녕 한 치의 흔들림도 없이 포위망을 좁혀왔다.

"공격대형을 유지하고 천자총통을 쏘아라. 천자총통을 쏘아 적선을 침몰시켜라."

강진흔이 목이 터져라 외치며 싸움을 독려했다. 그러나 필사즉생(必死卽生)의 각오도 헛되이 조선 수군은 어느새 독 안에 든 쥐의 형세로 몰리고 있었다.

포탄과 화약이 떨어져 더 쏠 수 없이 된 배들이 포위한 적 선단의 노리개가 되어 가고 있을 무렵 적이 쏜 화포에 강진흔의 배도 부서지고, 조선 수군의 배 한 척도 침몰당하자 강 건너에서 응원하던 몇 되지 않는 조선 군사들의 입에서는 비명이 터졌다. 그때 장신이 거느린 조선군의 선단이 갑곶에 들어서고 있었다. 이를 본 강진흔의 얼굴엔 생기가 돌았고, 육지의 조선군은 환호를 올렸다. 강진흔의 선단이 구원되길 바란 것이었다. 그러나 주사대장 장신의 선단이 당연히 나서서 싸워 줄 것으로 알았던 강진흔과 육지의 응원군 얼굴엔 실망과 분노의 그림자가 짙게 드리우기 시작했다. 장신이 나서서 싸우길 꺼리는 것이었다.

장신의 선두에 섰던 정포만호(井浦萬戶) 정연과 덕포첨사(德浦僉使) 조종선이 가까이에 있던 적선 1척을 과감하게 침몰시키고 앞으로 전진하고 있는데도 장신은 징을 쳐 그들조차 회군시키고는 서서히 도망을 치는 것이었다. 이를 본 육지의 군사들이 돌을 던지며 분개했고, 사지에 몰린 강진흔은 죽을힘을 다해 싸운 끝에 포위망을 벗어나 일단 후퇴하는 데 성공했으나 수군들의 몰골은 비참하기 그지없었다.

얼마나 악을 썼던지 치뜬 수군들의 두 눈에선 파아란 살기가 광선처럼 쏟아지고 있었다.

"나라의 두터운 은혜를 받고서도 어찌 차마 이럴 수가 있느냐. 이놈, 장신아!"

피눈물을 흘리며 강진흔이 퇴각하자 적 선단에서는 강화도를 향해 일제히 홍이대포(紅夷大砲)를 쏘아대기 시작했다.

시뻘건 포연이 내뿜길 적마다 울려 퍼지는 천둥 벼락 같은 대포 소리가 어찌나 컸던지 조선군의 진지가 다 우르릉 하며 흔들렸고, 그 소리에 놀라 겁먹은 강화도의 조선 군사들이 당황하여 어쩔 줄 모르고 있는데, 날아온 포탄이 조선군 진지에 떨어져 작렬하자 혼비백산한 군사들이 들고 있던 창칼을 내던진 채 맨손으로 치뛰고 내리뛰다 그 길로 도망쳐 달아나 버렸다.

도저히 버틸 수가 없었다. 그렇잖아도 겁이 나 죽을 판이었는데 그걸 참고 앉아 있다가는 날아온 포탄에 맞아 죽는 데야 내뛰지 않을 도리가 없었다.

포탄은 진해루에도 떨어졌다. 진해루에 당당하게 나타난 김경징이 이민구와 호위 장졸들을 거느리고 근엄하게 자리 잡고 앉았는데 하필이면 포탄이 진해루 앞뜰에 떨어져 폭발했다. 얼마나 놀랐던지 김경징은 한 길이나 치뛰었고, 뒤로 자빠진 이민구는 일어날 줄 몰랐다.

단 일격의 포탄에 겁을 집어먹고 정신없이 파고든 것이 진해루 마루 밑이었다. 마루 밑에 납작 엎드린 김경징과 이민구가 좀더 안전하게 숨을 곳을 찾느라 눈알을 굴리는데 눈앞에 나루 창고가 보였다. 누각보다는 창고가 훨씬 더 훌륭하게 보였다.

마루 밑의 두 사람이 마치 약속이나 한 듯 창고를 향해 뜀박질을 쳐댔다. 마침 그곳엔 두 대군과 김상용, 박동선, 조익 등이 먼저 와 있었고 호조정랑 임선백이 눈에 불을 켠 채 숨을 씩씩대고 있었다.

"다들 어디 있는가…… 했더니 나보다도 먼저 와 있었구랴"

김경징이 다른 사람들도 마루 밑에 숨었다 도망 온 줄로 착각하고 눈알을 반들거렸다.

"아무래도 안 되겠소이다. 나는 성안으로 들어가 성을 지킬 계책을 다시 세우겠소. 이러다간 정말 큰일 나겠소이다."

먼지를 함빡 뒤집어 쓴 김경징이 능청스럽게 말했다. 그러자

"큰일은 이미 났질 않았소이까?"

하고 앞섶에 묻은 먼지를 휘휘거리며 터는 김경징을 향해 돌연 큰소리가 났다. 호조정랑 임선백이었다.

"하늘 아래 둘도 없는 천혜의 요새인 장강을 버리고 어찌 허물어진 성안에 들어가 숨으려고만 하시오이까. 나라의 존망이 이번 한 싸움에 달렸는데 대장 된 몸으로 나아가 싸울 생각은 아니하고 어째서 후퇴할 생각만 하여 군사의 사기를 떨구느냐 그 말이오이다!"

눈에 불을 켠 임선백의 나무람에 먼지 털던 김경징이 손을 멈추고 그 임선백을 빤히 올려 보았다. 여차하면 임선백의 귀퉁배기부터 올려붙일 태세였다.

그때 또다시 포탄 터지는 소리가 고막을 찢어대자 으악 놀란 김경징이 창고 바닥에 납죽 엎드렸고, 김경징 뒤에서 괜스레 눈에 힘을 주던 이민구도 껑충 놀라 마주 엎드렸다.

그런 김경징은 쳐다도 안 보고 임선백은 봉림대군에게 고해 올렸다.

"대군 마마, 적선은 빠르기가 나는 것 같고, 우리 배는 썰물 때는 움직이기 곤란한 큰 배이오니 수군만 믿고 기다릴 수는 없사옵니다. 지금이라도 진해루 아래에 진을 펴시고, 지세가 좁고 험한 곳에 매복군을 두어 마

지막 혈전을 준비하시는 것이 도리일 듯 싶습니다. 이미 허물어진 성을 지킨다는 것은 아이들 장난과 같은 말이오니 성안에 있는 군사를 모두 불러내어 모든 병장기를 다 쓰더라도 나루터에서 전력을 다해 상륙하는 적을 막는 것이 우선 상책이라 사료되옵니다."

"그리하소서."

김상용이 크게 고개를 끄덕이며 봉림대군을 바라보았다.

"그리하겠습니다."

봉림대군이 선뜻 나섰다.

봉림대군이 말을 몰아 성에 들어섰다. 그런데, 성안엔 군사의 그림자도 보이지 않았다.

"아니……?"

성문을 지키는 파수꾼도 수문장도 없었다.

놀란 봉림대군이 정신나간 사람처럼 뛰어다니며 성안을 살펴보았다. 그러나 군사라고는 단 한 사람도 눈에 띄지 않았다.

"이럴 수가!"

낙심한 봉림대군이 돌아와 털어놓는 이야기에 넋이 나간 김상용이 그때까지 창고바닥에 엎드려 있던 김경징을 꾸짖어 세워 다시 성안으로 피신해 들어갔다.

홍이대포를 쏘아 대던 적선들도 해안에 조선 군사들이 없음을 알고는 앞을 다투어 상륙전에 돌입하기 시작했다. 전열을 가다듬은 청병들이 일사불란하게 움직이며 성을 향해 진격해 들어가는 그 앞엔 거칠 것이 없었다.

아무런 저항도 받지 않고 단숨에 성 앞까지 짓쳐들어오는 적군의 모습을 넋을 잃고 쳐다보던 김경징의 등줄기가 어쓱했다. 온몸으로 돋는 소름에 한기를 느낀 것이다. 그때 성루의 한 귀퉁이가 무너져 내리며 벼락 치듯 포탄이 또 한번 작렬하자 으악 놀란 김경징의 두 다리가 먼저 내뛰었다.

저도 모르게 말 잔등에 찰싹 달라붙은 김경징이 어떻게 내뛰었는지도 모르게 내뛰었는데 정신을 차리고 보니 장신의 배였고, 장신은 그런 김경징을 싣고 멀리 도망을 쳐 버렸다.

검찰사가 달아난 성안은 금세 아수라장이 되었다. 군사가 없으니 군령이 설 까닭도 없거니와, 늙은 재신과 늙은 부녀와 늙은 궁인들만이 남아 있는 성안은 공포에 질려 숨소리조차 멎은 듯했다. 그예 죽음의 그림자가 뒤덮기 시작한 것이다.

사대부의 드높은 기품을 자랑하던 여인들도 돌보아 주고 막아 줄 사람들이 사라지고 난 뒤에는 비바람에 고개 꺾인 한낱 들꽃의 신세에 지나지 않았다.

세자빈이 있는 행궁의 사정은 더욱 비참했다. 궁녀들조차 도망가고 없는 텅 빈 행궁엔 내관 몇 사람과 급히 달려온 봉림, 인평 두 대군과 봉림 대군의 부인만이 두려움에 떨고 있는 세자빈을 지키고 있었다.

이제 열 달 된 세손을 안은 채 눈물범벅이 된 세자빈은 발만 동동 굴렀다.

"이 한 목숨 버리는 일이야 무엇이 아깝고 두렵겠습니까마는, 세손만은…… 세손만은 구해야 되지 않겠습니까."

수행할 신료도 없이 성문 밖으로 나선다는 것은 위험한 일이었다. 그것도 엄동설한에 여자의 몸으로 적병의 포위망을 뚫는다는 것은 불가능한 일이었다.

"이를…… 어찌하면 좋단…… 말입니까……"

고고한 자태를 잃지 않으려던 세자빈이 끝내 허물어지며 울부짖었다.

"고정 하시오소서. 마…… 아…… 마……"

고정하시라고는 했지만 그 진한 모성 앞에서 봉림대군의 눈시울도 뜨거워지고 있었다. 그러나 방법이 없었다. 성을 나간다 하더라도 청병의 추격과 엄동설한은 여자의 몸으로 이겨낼 수 없는 불가항력의 일이었다. 발 빠른 사람을 시켜 세손만이라도 안전한 곳으로 숨길 수 있다면……

봉림대군의 생각이 거기에 이르자 봉림대군이 젖은 눈으로 세자빈을 바라보았다. 그런데 뜻밖이었다.

"압니다. 여자의 몸으로야 어찌 저 강한 청병의 추격을 피할 수 있겠습니까. 그러니 튼튼한 내관들을 가려내어 세손을 맡길 수밖에요."

마치 세자빈이 자신의 속을 들여다 본 것처럼 말하는 것이었다.

"마마, 잠시만 기다려 보시오소서. 내관들을 불러 모으겠사옵니다."

봉림대군이 급히 내관들을 불러 모아 그중 건장해 보이는 김인, 서후행, 임우민, 권준, 유호선 등 다섯 사람을 가려내어 세자빈 앞으로 나아갔다.

5_ 하늘이여,
땅이여

"너희는 내 말을 명심해서 듣거라. 어리신 세손은 장차 이 나라의 보위를 이어 나가실 귀하신 몸이니라. 세손을 너희들에게 맡기는 것은 우리는 이곳에서 죽으나 이 나라는 장차 다시 일어설 것이기 때문이니라. 그런즉 너희는 무슨 수를 써서라도 반드시 이곳을 빠져나가 주상 전하의 품으로 세손을 뫼셔야 할 것이니라. 알겠느냐?"

"명심하겠나이다. 빈궁 마—마"

세손을 받아 안은 김인의 목소리가 떨렸고, 이를 지켜보는 봉림, 인평 두 대군과 봉림대군 부인의 양 볼에도 굵은 눈물이 소리 없이 흘러내리고 있었다.

김인이 잠든 세손을 품에 안고 나서자 세자빈은 그 자리에 털썩 주저앉아 참았던 울음을 다시 터트렸다.

"전—하…… 신첩을 죽여 주시오소서…… 세손도 지키지 못한 이 못난 신첩을 차라리 죽……여 주소서……"

세자빈의 통곡을 말릴 겨를도 없이 봉림, 인평 두 대군이 세손을 호위하여 성문까지 따라나섰다.

성문을 지키던 전 장령 송국택과 민광훈, 여이홍, 민계, 유정, 이의준, 민우상 등이 자신들도 세손 아기씨를 보호하겠다며 따라나서자 봉림대군이 송국택의 두 손을 말없이 꾹 눌러 잡았다.

송국택은 그런 봉림대군에게 머리 숙여 절한 뒤 바쁘게 말을 몰아 앞길을 터 나갔다.

관원들이 합세하여 세손을 보호하겠다 나서므로 용기백배한 내관들이 나는 듯이 말을 달려 해변에 닿았다. 이들 관원들의 목숨 건 도움으로 세손은 그 즉시 교동으로 옮겨지고 다시금 주문도로 갔다가 그날 안으로 청나라 군병들의 손길이 닿지 않는 당진으로 무사히 옮겨 갔다.

원손이 빠져나간 직후 지키는 사람이 없던 북문으로 적의 대병이 물밀듯 밀려들었다.

"남자는 보이는 대로 베어 버리되 여자는 마음껏 취하라! 먼저 차지하는 자가 임자이니라!"

앞장선 장수의 호령에 환호를 지르던 청졸들이 성안으로 쏟아져 들어갔다. 그런데…… 환호하며 내달리던 청졸들의 발걸음이 우뚝 멈추어졌다.

"이게 뭐야!"

이미 하얀 소복으로 갈아입고 죽음을 기다리던 사대부 가의 부녀들이었다. 그 부녀들이 청나라 군졸의 난입을 알고 스스로 목을 매거나 은장도로 가슴을 찔러 자결한 것이었는데 그 사태가 홍수를 이룬 것이었고, 그 주검들 앞에서 청졸 들의 눈알이 홉떠진 것이다.

"이런, 니-미. 재수도 더럽게 없는 날일세."

야차와 같이 히죽버죽대던 청나라 장졸들이 검붉은 피를 뒤집어 쓴 채 널브러진 시체를 보고서야 욕심을 낼 까닭이 없었다.

쓰러져 울고 있던 세자빈의 귀에도 청나라 군사들이 질러 대는 낯선 괴성은 생생하게 들렸다.

"전하! 그리고 세자 저하! 부디 옥체를 보전하소서."

눈물을 거둔 세자빈이 인조와 소현세자가 있는 남한산성을 향해 숙배하고 나서 은장도를 꺼내 자진을 시도했다. 순간 놀란 봉림대군 부인이 달려들어 세자빈의 손에 든 은장도를 빼앗았다.

"아니 되옵니다. 마아—마! 주상전하와 세자 저하, 그리고 원손 아기씨를 생각하시오소서. 마마께오서는 다음 대의 중전이 되실 지중하신 몸이옵니다. 고정하시오소서. 마아—마."

봉림대군 부인의 힘겨운 제지에 목에 상처만 남긴 세자빈이 다시금 쓰러져 울기 시작했고, 또한 일이 이미 틀린 것을 안 김상용은 남문 화약고로 득달같이 달려 나가 산처럼 쌓인 화약고의 화약궤에 걸터앉았다. 그러자 그 앞에 눈물범벅이 된 가솔들과 성문 아래까지 따라오던 윤방이 김상용을 말렸다.

"상공(相公)께서는 어찌 꼭 죽으려고만 하십니까. 상공께서 분사하시겠다면 나도 따라 죽겠소이다."

"나는 나라의 은혜를 두텁게 받은 몸이요. 그런 나라가 위태로움에 처했으니 이젠 내가 그 은혜에 보답할 차례요."

"상—공......"

윤방이 김상용을 바라보며 눈물을 떨구었다.

"이 한 몸 바쳐 저들의 극악무도함을 잠시만이라도 저지할 수 있다면 무엇이 아깝겠소. ......나는 살만큼 살았으니 공께서는 공연히 죽음을 자처하지 마시고 살아 뒷일을 처리해야 하실 게요. 내 걱정 마시고 어서 가오."

오히려 김상용이 윤방을 만류하자 눈물을 닦던 윤방이 고개를 떨군 채 소리 내어 울며 문밖으로 나갔다.

김상용은 또 따라온 가솔들을 애써 타일러 돌려보내고 그중 믿음직한 하인에게 입었던 옷을 벗어 주며 부탁했다.

"네가 만일 살아남거든 이 옷을 내 아이들에게 전하여 뒷날 허장[18]하는 제구로 쓰도록 하거라."

"대감 마님……"

"어허! 어찌 이리 경망스러운고…… 울지 말고 어서 가거라…… 지체할 시간이 없느니라."

"대…… 감…… 마…… 님……"

"어허…… 어서 가래두……"

엎드린 채 피눈물을 쏟는 하인을 일으켜 세운 김상용이 그 하인의 등을 쓰다듬고는 이내 밀어내자 떨어지지 않는 발걸음으로 돌아보고 또 돌아보는 충복을 향해 김상용이 꺼칠한 손을 들어 흔들어 보였다. 마지막 보여주는 주인의 정이었다.

그리고 끝까지 남아 있는 별좌 권순장과 성균관 생원 김익겸, 그리고 열세 살 난 손자 김수전과 평생의 수발을 들어 온 노복을 부드러운 눈으로 바라보았다.

"권 별좌와 김 생원은 가서 할 일이 있지 않던가. 어서 가서 할 일 마저 해야지."

"대감! 온 나라에 청나라 군사들로 꽉 찼사옵니다. 저희들더러 어디로 가라 하시옵니까. 저희는 끝까지 대감을 따르겠사옵니다."

"허어, 그 사람들……"

더 이상 말이 없었다. 말이 필요치 않았다. 더 무슨 말을 할 수 있으랴……

"자넨 수전일 안구 어서 가게. 예 있을 자리가 아니야. 어서 멀리 피하도록 하게."

노복이 김상용의 손자를 안고 나가려 하자 손자는 할아버지의 옷자락을 꼭 잡고 울며 놓질 않았다.

"할아버지, 저도 끝까지 남을래요. 할아버지랑 같이 죽을 거예요."

김상용은 그 손자를 와락 끌어안았다. 엉엉 소리 내어 우는 손자의 등을 쓰다듬는 김상용의 노안에도 눈물이 고여 흐르고 있었다.

바라보는 노복도 울고, 권 별좌와 김 생원도 흐르는 눈물을 감추지 못했다. 전쟁이 아니라면 손자의 재롱에 맘껏 행복에 젖었을 김상용이었다.

그때 남문이 부서지며 청나라 병사들이 불개미 떼처럼 쏟아져 들어오는 모습이 보였다. 그런 적병을 눈물에 젖은 눈으로 노려보던 김상용이 드디어 부싯돌을 치기 시작했다. 쏟아져 들어온 청나라 병사들이 남문 주변에 가득 찼던 것이다.

마른 쑥잎가루에 붙은 불을 화약궤의 심지에 붙이자 심지는 파지지직 소리를 내며 삽시간에 타 들어갔다.

순간 김상용은 손자를 감싸 안았고, 노복이 그 김상용과 수전을 두 팔로 감쌌다. 권 별좌와 김 생원이 함께 김상용을 감싸려 달려드는 찰나 천지를 깨트리는 굉음과 함께 시뻘건 불기둥이 하늘 높이 치솟았다.

그것도 잠시, 화약고에 남아 있던 다른 화약에 불이 옮겨 붙으며 연쇄 폭발이 일어나자 남문 주변에 배치되어 있던 청나라 병사들에게도 그 폭발은 엄청난 타격이 되었다.

김인을 보내고 돌아오는 길에 폭발음에 놀란 봉림대군이 인평대군을 돌아보았다.

"무슨 폭발이 저리 큰가. 이건 우리 쪽에서 터트린 것 같은데."

"그런 것 같사옵니다. 형님."

"그렇다면 이건 필시……"

"그렇사옵니다. 빨리 가셔야 할 것 같사옵니다."

"빈궁 마마! 빈궁 마마를 지켜야해!!"

인평대군을 바라보던 봉림대군이 득달같이 내뛰었고 놀란 인평대군이 뒤따랐다.

세자빈이 있는 행궁에 다다랐을 때 의외로 권 진사댁 모녀가 뛰어오며 봉림대군을 불렀다.

"대군 마마."

경황 중에도 봉림대군이 걸음을 멈추고 권오희의 어머니를 향해 고개를 숙여보였다. 큰 길을 사이에 두고 서로 마주보고 사는 가까운 이웃이기에 평소와 다름없이 마주치는 만남이었으나 죽느냐 사느냐를 가름하는 전장에서 만나게 되니 기쁨과 반가움이 컸다.

"빈궁 마마를 지킬 사람이 없다는 소릴 듣고 달려오는 길입니다. 저희가 비록 힘은 없사오나 곁에서 빈궁 마마를 지키겠사옵니다."

그렇게 말하는 권오희 어머니의 두 손을 봉림대군이 덥석 잡고 고개를 깊이 숙였다.

"감사합니다. 감사하옵니다."

감읍해하는 봉림대군의 두 눈에 눈물이 그렁했다. 그런 봉림대군의 두 눈을 바라보던 권오희가 고개를 숙이고 눈물을 닦았다.

목숨 걸고 빈궁을 지켜야 할 궁녀들조차 도망가고 없는 텅 빈 행궁에 빈궁을 지키겠다고 찾아준 권 진사댁 모녀가 봉림대군의 눈에는 선녀처럼 보였다.

"안으로 들어가시지요."

봉림대군이 안내를 하자 인평대군이 앞장서 그 두 사람을 인도했다.

세자빈의 흐느끼는 소리가 급한 걸음으로 뛰다시피 하는 봉림대군의 귀에 들렸다.

"빈궁 마마!"

부인의 무릎에 쓰러져 울고 있는 세자빈을 보자마자 봉림대군이 눈물부터 쏟았다. 그런데 세자빈의 상처 난 목에서 핏방울이 흘러내리고 있었다. 놀란 봉림대군이 내관과 부인을 돌아보았고, 내관이 황망스러운 표정으로 그간의 경위를 재빠르게 설명했다. 그러자 봉림대군과 인평대군, 권 진사댁 모녀가 통곡을 하며 세자빈을 감쌌다. 세자빈의 그 허허로운 빈 방엔 봉림과 인평대군, 봉림대군 부인과 권 진사댁 모녀, 그리고 내관의 울음소리로 가득 채워지고 있었다.

꽝장한 폭발음에 놀란 공유덕과 경중명이 진 밖으로 뛰쳐나갔다. 진중에서 작전회의를 주도하던 예친왕 다이곤도 그 폭음에 놀라 뛰쳐나와 허둥대는 두 장수에게 폭음의 경위를 알아보라 지시했다.

오래지 않아 폭음의 진원지와 분사한 조선 대신, 그리고 몰살당한 청병의 숫자까지 정확하게 파악한 보고서가 올라왔다. 보고서를 읽어 내려가던 다이곤이 눈살을 찌푸렸다. 얻은 것에 비해 잃은 청병의 숫자가 너무도 많은 때문이었다.

허탈한 심정이던 다이곤이 잠시 생각에 잠겼다. 조선이라는 나라를 어떻게 볼 것인가 그걸 생각하고 있었다. 만만하게 보았던 조선에서 청나라가 자랑하는 명장 양고리를 잃었고, 또 심양 군진에서는 군량미와 화약창고가 모두 불에 타 없어졌다는 보고가 들어왔다. 홍태시의 본진이 조선 깊숙이 들어올 때부터 내심 걱정하고 있던 일이었는데, 그 일이 현실로 다가오자 태종 홍태시로부터 비밀리에 철군을 서두르라는 명을 하달받은 다이곤이었다. 그런데 만일 강화도에서 일이 잘못되어 남한산성에서조차 제2, 제3의 분사가 일어난다면 이는 조선은 물론, 청나라에도 치명적인 상처가 될 것이었다. 쥐도 궁지에 몰리면 고양이를 문다는 속담을 곱씹어 되새겨 보던 다이곤이 공유덕과 경중명을 불러 살인. 약탈. 방화 및 강간 등을 하지 못하도록 강력한 지시를 내리고, 아울러 인질로 쓸 포로들을 잘 보호하라는 엄명도 내렸다.

그토록 살기등등하던 청나라 병사들의 기세가 다이곤의 한마디에 의해 거짓말처럼 수그러들며 수색이 시작되었다.

제일 먼저 민가에 숨어있던 윤방이 초라한 몰골로 잡혀 나왔다. 이어 세자빈의 방에도 창칼을 든 청나라 병졸들이 들이닥쳤다.

"물러섰거라!"

울던 봉림대군이 눈물을 거두고 들이닥친 청나라 병졸들을 향해 호통을 쳤다. 그 호통 소리가 어찌나 컸던지 달려들던 병졸들이 움찔하며 한 발 뒤로 물러섰다. 병졸들의 눈에도 남다른 의복을 한 봉림대군과 세자빈 등이 예사로이 보이지 않았음인지 거칠게 대들지는 못하고 서로가 눈치를 보며 주저하는데, 그 틈을 비집고 들어온 장수 차림의 사내가 봉림대군 일행을 한참 뜯어보더니 병졸들에게 창칼을 거두라는 지시를 내렸다. 그리고는 길을 트라 명함과 동시에 봉림대군 일행에게 트인 길로 나가라는 손짓을 해보였다.

아직도 상기된 채로 우뚝 서 있던 봉림대군이 그 장수를 노려보다 말고 세자빈을 돌아보았다.

"빈궁마……마…… 송구하오나 방을 나서야 할 것 같사옵니다."

"……"

대답 없는 세자빈을 대신하여 늙은 내관이 세자빈을 일으키려 하였으나 힘이 없어 일으키지 못하고 대신 젊은 봉림대군 부인과 권오희가 양쪽에서 세자빈을 부축하여 방을 나섰다.

마당엔 봉림대군의 집안 가솔들과 왕실의 종친들, 그리고 사대부가의 부녀들이 잡혀 나와 추위에 떨고 있다가 세자빈과 봉림대군을 보자 바닥에 엎드리며 울음을 터트렸다.

……강화도의 위기는 고려 때에도 있었다. 삼별초의 항쟁이 그것이었다. 몽고와의 39년 전쟁을 끈질기게 싸워 지켜 낸 역사의 섬 강화도가, 금성탕지와도 같던 강화도가 청나라 공략 단 하루 만에 처참하게 함락된 것은 무능한 관료들의 책임 불감증이 빚어낸 이미 예상되었던 참화였다.

조선은 명나라가 지켜 줄 것인즉 자주국방이 웬 말이냐는 명나라 사대주의와 문약에 빠진 문치 제일주의…… 그리고 30여 년 권력을 독점해 온 몇몇 공신들의 고인 물은 썩는다는 평범한 진리를 묵살한 채 재목이 될 만한 인재들은 그 싹부터 철저하게 잘라내고 자신들이 쌓은 아성 안에서만 안주하려는 치밀한 족벌정치에 조선은 새로워질 기회마저 잃은 것이다.

그 결과 조선은 거꾸로의 성장인 퇴보만을 거듭했고, 몰락의 상징인 분열만을 거듭했다. 공신이요 아비인 그 후광을 등에 업은 아들들이 저질러 놓은 사건들을 나라가 책임져야 하는 대가는 실로 엄청난 것이었다.

책임질 줄 모르는 무능한 관료들로 인해 결국 강화도는 함락되었고, 강화도 함락은 남한산성의 인조에게 처참한 최후를 안겨 주었다.

"무, 무어라, 가, 강화도가 함락되었어!"

놀라 화등잔 같은 눈으로 벌떡 일어선 인조가 용상에 다시 앉지 못하고 황망하게 소리쳤다.

"강화도가 함락되다니…… 이, 이게 무슨 소린가. 이게 무슨 소리야……"

"소, 송구하옵니다, 전-하……"

적진을 다녀온 좌의정 홍서봉, 이조판서 최명길이 눈물범벅이 된 얼굴로 적진에서 듣고 본 바를 소상하게 고해 올리고, 강화도에서 잡혀 온 내관 나업과 종실인 진원군을 만나 들은 이야기며, 또 봉림대군이 손수 쓴 서찰과 원임 대신 윤방, 승지 한흥일의 장계를 인조에게 전해 올리자 사색이 된 인조가 그 장계를 받아든 채 놀라고 당황하여 떨고 있었다.

그 떨리는 손으로 서찰을 펼치던 인조가 또 한번 놀라며 소리쳤다.

"어허! 하늘이…… 하늘이 정녕 조선을 버리시는구나, 허, 허허……"

분명한 봉림대군의 서체였다.

인조가 체모도 잊은 채 봉림대군의 서찰에 얼굴을 묻으며 웃음소리 같은 울음을 터트리자 시립해 있던 소현세자도 무너지듯 땅바닥에 무릎을 꿇으며 처연한 울음을 터트렸고, 부황기에 누런 얼굴들을 한 중신들도 아찔한 현기증을 느끼며 목 놓아 울기 시작했다. 입으로는 임금을 부르나 눈앞에 어른거리는 부모와 처자식을 생각하매 통곡이 아니 나올 수 없었다.

한 가닥 희망을 걸고 있던 구원군의 소식은 끝내 없고 난공불락의 요새로 믿었던 강화도는 또 어떻게 함락되었는지······

'그동안 김경징은 무얼 하고 있었단 말인가?'

중신들의 의문이 거기에 이르자 차츰 울음이 잦아들었다. 인조도 궁금한 것이 있었다.

"이보시오 이판, 어린 우리 원손은 어찌 되었다 하더이까, 또 빈궁은 어찌되었고······"

말끝에 또 울컥 하고 울음이 물렸으나 인조는 그 울음을 참느라 몇 번인가 어깨를 출렁이었다.

"어리신 세손께오선 성이 함락되기 전에 동궁 내관 김인에게 맡겨져서 전 장령 송국택, 민광훈 등의 호종을 받으며 강화도를 탈출했다 하옵는데 지금까지 그 종적을 찾지 못하였다 하옵니다."

최명길의 이야기가 끝나자 인조는 또 한번 탄식하며 털썩 하고 용상에 등을 떨궜다.

"빈궁 마마와 두 분 대군, 그리고 왕실의 부인들은 모두 인질이 되어 내일이면 적진에 당도한다 하옵니다."

"종사의 신위는 어찌되었다 하오?"

다소 진정을 찾은 인조가 눈물을 찍어내며 하문했다.

"윤방이 민가에 숨었다 체포되는 바람에 신위의 행방은 묘연하다 하옵니다."

"검찰사 김경징은 어찌되었는지 모르오?"

인조의 하문에 중신들의 귀가 쫑긋했다.

"아뢰옵기 송구하오나 김······경······징은 싸움이 채 시작되기도 전에 도망하여 아직도 그 자취를 찾지 못하였다 하옵니다."

돌연 인조의 핏발 선 두 눈에 살기가 돋았다. 인조뿐만이 아니었다. 중신들도 그러면 그렇지! 하는 눈빛들이었다.

사색이 된 영의정 겸 체찰사 김류의 사지가 부들부들 떠는 듯하더니 이윽고 덜덜덜덜 떨기 시작했다. 분명코 멸문지화를 당할 것이었다. 피난짐이 왕실보다 많았다고 이미 탄핵을 받고 있던 처지가 아니던가······

인조는 말없이 어금니를 욱! 하고 물었다. 결단코 그냥 넘기지 않으려는 눈빛이었다.

"그 외 다른 말은 없더이까!"

문득 인조의 음성이 냉정해졌다. 그러자 갑자기 찬바람 몰아치듯 숭은전도 조용해졌다.

"전 우의정 김상용이 열세 살 난 손자를 안고 화약궤에 앉아 분사했다 하옵는데 그로 인해 남문 주변에 진을 치고 있던 청병 수백 명도 사상자를 냈다 하옵니다. 그리고 별좌 권순장과 성균관 생원 김익겸, 그리고 나이든 김상용의 노복도 김상용과 함께 분사했다 하옵니다."

김상용이 분사했다는 내용에 이르러 인조는 두 눈을 질끈 감았다. 마치 자신의 손발이 잘려나간 듯 애통스러워 하는 모습이었다. 이어 순절한 사람들의 이름이 나오자 숭은전의 분위기는 더욱 침통하게 가라앉았다.

질끈 감은 인조의 눈꺼풀이 경련으로 파르르 떨고 있었다.

"이상길, 심현, 이시직, 송시영, 윤전, 홍명형, 김수남, 정백형, 민성, 강위빙, 이돈오, 이돈서, 이가상, 이중규, 이사규, 황선신, 구원일, 강홍업, 김득남, 이삼, 안몽상, 이사후, 기패관, 이광원, 서언길, 고의겸, 차명세, 송영춘, 황대곤과 사가집종 이국화와 송해수 등이 순절했다 하옵니다. 그리고 자결한 사대부의 부인들은 다음과 같사옵니다."

부인들의 이름을 발표한다 하자 중신들이 바짝 긴장했다.

"김류의 아내 유씨와 첩 신씨, 김경징의 아내 박씨와 첩 권씨, 김진표 (김경징의 아들)의 아내 정씨, 윤선거의 아내 이씨, 이성구의 아내 권씨와 두 딸과 며느리 구씨, 이일상과 한오상의 아내, 권순창의 아내 장씨와 권순정의 아내 장씨, 특히 선비 심지담은 그 어머니와 아내, 첩, 아들들이 모두 죽었는데 몸으로 그 어머니의 시체를 가리고 죽었다 하옵니다."

들고 있던 김류가 바닥에 머리를 박은 채 그대로 꼬꾸라졌다. 병조판서 이성구도 이미 제정신이 아닌 듯 꿇어 엎드린 채 엉덩이를 들먹이며 울부짖고 있었다. 숭은전의 중신들은 너 나 할 것 없이 초상집의 상주가 되어 소리 죽여 울부짖기 시작했다.

강화도로 피난 갔던 신료들과 사대부의 기품 있는 부인들과 딸, 며느리들이 그 이름을 지키기 위해 자결한 사람이 많았으나 미처 자결하지 못해 포로가 된 여인들도 많았다.

그러나 특히 강화도 부사 이민구의 부인과 두 며느리와 같이 추하고 더러운 짓으로 사람들로부터 침 튀기는 욕을 먹는 여인들도 있었다.

욕을 먹는 것은 정절을 잃은 여인뿐이 아니었다. 강화도를 지키지 못한 김경징, 이민구, 장신 등은 욕을 먹다먹다 못해 종내엔 죽음을 당하여 그 집안들이 멸문되었고, 강진흔은 열심히 싸우고도 적의 도강을 막지 못했다 하여 억울한 죽음을 당했으나 그의 칭송은 영원히 끊이지 않았다.

강화도가 함락당했다는 소식에 산성은 이내 곡성과 아우성으로 진동하기 시작했다. 그리고 그렇게 며칠이 지나는 사이 이번엔 무인과 장수들이 들고일어났다.

"오늘의 이 사태는 모두가 문사들의 세 치 혀끝이 만들어 낸 재앙이오이다. 이런 문사들을 제거하지 않으면 앞으로도 이 나라엔 잠시도 바람 잘 날 없을 것이외다."

"일찍 서둘러 화친을 이끌어 냈으면 나라가 적에게 무릎 꿇고 항복하는 일만은 없었을 것 아닙니까. 싸움이 어디 마음만 가지고 되는 일입니까?"

수백 명의 군사를 이끌고 있는 장수의 수장은 체찰부 중군 신경연과 남양군 홍진도였는데 이들이 구굉과 신경진의 진중을 왕래하며 울분을 토로하던 끝에 일을 벌였다. 굶주리고 추위에 언 장수들과 병사들로 가득 들어찬 숭은전 앞뜰에 척화를 주창하던 문관 몇이 개 끌리듯 끌려나와 누런 이를 드러내며 웃고 있는 군사들 앞에 죄인처럼 꿇린 것이다.

"난 너희들 같이 조동아리만 달고 사는 문관들을 보면 밤에 잠을 이루지 못하는 사람이다. 나라가 항복하면 우리 같은 무인들은 죽음을 면치 못할 것이니 내 죽기 전에 세 치 혀끝으로 나라와 생민을 우롱한 못된 네 놈들부터 처단하고 죽을 것인즉 너희는 나를 원망치 말라."

사태가 자못 심각하게 발전하고 있었다. 흡사 고려 때 무신의 난인 정중부, 최충헌의 난이 재발하듯 하자 체찰사 김류가 무서움 무릅쓰고 나서서 떨며 말렸으나 핏발 선 눈의 중군 신경연이 그런 김류부터 서슴없이 베려 하므로 기겁한 김류가 그 길로 달아나 산속으로 숨었고, 김류가 달아나자 척화를 주창하던 신료들도 도망하여 빈 절간의 마루 밑으로 숨어 버렸다.

사태가 이에 이르자 급히 달려 나온 최명길이 혀가 마르고 손발이 닳도록 거듭 거듭 만류한 끝에 내란만은 막았으나 울분에 떠는 무인들의 분노는 삭이지 못했다.

1월 26일 밤, 인조는 대소 신료들이 모인 숭은전으로 나아갔다. 누렇게 뜬 중신들의 얼굴을 보며 인조는 가슴이 아팠다. 그들 중에는 졸지에 처와 자식들을 잃은 사람들이 많았다. 자신을 보필하던 사람들이 당한 슬픔은 인조에겐 자신의 팔다리가 잘리는 고통과도 같았다. 어찌 슬프고 원통하지 않으랴.

인조는 강화도 함락 이후 순절한 사람들을 생각하며 거의 매일 밤을 뜬눈으로 지새웠다.

김상용의 분사는 인조의 가슴에 한을 남게 했다. 입안이 꺼칠하고 입맛이 써 음식이 입에 들어가지도 않았지만, 죽음을 달게 맞이한 김상용을 생각하매 인조는 차마 입에 음식을 댈 수가 없었다. 창백하게 야윈 인조의 움푹 들어간 두 눈에는 눈물이 마를 날 없었고, 튀어나온 광대뼈가 나날이 불거지는 그 수척한 인조의 얼굴을 바라보며 대소 신료들은 자신의 슬픔도 잊은 채 눈시울을 붉혔다. 숭은전은 침통했다. 그 무겁게 가라앉은 침묵을 인조가 거두며 입을 열었다.

"이 모두가 과인이 부덕한 탓이요…… 위로는 종묘사직과 아래로는 신민의 생명을 책임진 과인이 그 소임을 다하지 못하였으니…… 이는 마땅히 죽음으로써 용서를 빌어야 할 것입니다."

"망극하옵니다, 전하."

"지나치신 말씀 거두어 주오소서."

엎드린 신료들의 어깨가 다시 출렁했다.

"과인은 이제 조선의 살아남은 신민을 위해 기꺼이 성을 나가 청 태종 앞에 무릎을 꿇을 것이오."

"전-하……"

"전-하…… 신 등을 차라리 죽여 주시오소서…… 전-하."

침통하던 숭은전이 다시 오열로 젖어들기 시작했다. 인조가 항복을 결심한 것이었다.

"이것은 과인이 쓴 항서입니다…… 도승지는 이것을 받아 읽으라."

눈물에 얼룩진 얼굴의 도승지가 항서를 받아 들었다. 항서를 펼친 도승지의 눈에 다시 또 눈물이 고였다.

『조선국왕 신 이종은 삼가 대청국 관온인성황제 폐하께 글을 올립니다.

……

이제 들으니 폐하께서 며칠 안으로 환궁하신다 하심에 신이 스스로 달려 나아가 용광(龍光: 얼굴)을 우러러 뵈옵지 못한다면 정성을 보일 도리가 없사오니 후회한들 무슨 소용이 있겠나이까. 오직 신은 조선 3백 년의 종묘사직과 수천 리의 백성들을 폐하께 우러러 부탁할 뿐이옵니다. 엎드려 원하옵건대 참다운 정성을 굽어 살피시고 인자하신 분부를 명백히 내리시어 신이 안심하고 복종할 길을 열어 주시옵소서』

항서를 읽고 나자 통곡 소리는 더욱 거세어졌다.

"전-하……."

"전-하……."

이젠 숭은전이 발을 구르며 목 놓아 울부짖는 중신들의 울음소리로 떠나갈 듯했다.

병색이 짙은 신료들은 울다 지쳐 쓰러졌고, 힘이 남은 신료들은 다시 일어나 울고 또 울었다. 나라가 망하는 마당이었다. 나라가 망하는데 어찌 일신인들 온전할 수 있으리……

까무라치는 중신들이 점점 늘어가고 있었다.

그칠 줄 모르는 눈물로 밤새 울고 난 다음날 퉁퉁 부어 붉게 충혈된 눈으로 우의정 이홍주, 이조판서 최명길, 호조판서 김신국은 항서를 받들고 적진을 향했다. 마부태가 맞이하자 최명길이 나섰다.

"우리 전하께서 일찍이 나와서 폐하를 뵙고자 하였으나 대청국 군사의 위엄이 하도 두려운지라 미처 와서 뵙지를 못하였습니다."

정색한 마부태가 조선 사신 일행을 넌지시 내려 보았다.

"다행히 용서하여 주신다면 내일이라도 성을 나와 뵙기를 간절히 원하오니 성스러운 황제 폐하의 은덕을 조금이라도 입을 수 있도록 선처해 주시길 간청합니다."

"황제 폐하께는 그렇게 전해 올리겠소."

마부태의 대답은 짧고 간단했다. 표정도 사뭇 굳어 있는 것이 최명길의 가슴을 불안하게 했다. 이젠 예전의 마부태와 최명길이 아니었다. 이제는 승자와 패자의 입장이었다. 예우를 달리해야 하는 것은 당연한 일이었고, 최명길은 그 마부태의 굳은 얼굴을 향해 깍듯이 예를 올렸다.

이날 산성에서는 육조의 문서를 모두 불태워 버렸다. 그것은 조선이 청나라를 일컬어 썼던 노(奴: 종)니 적(賊: 도둑)이니 하는 문서가 많이 남아 있던 까닭이었다. 그 문서가 청나라에 들키는 날이면 무슨 트집을 잡을지 몰라 사전에 미리 소각하는 것이었다.

이젠 철저한 패자였다. 패자는 또한 패자다워야 했다. 패자가 패자답지 못할 때에는 얻어맞는 일밖에 더 없었다. 공연히 터지고 나서 울고 불며 후회한들 무슨 소용이 있는가.

이제 남은 것은 항복의 절차와 척화론자들을 묶어 적진에 보내는 일이었다. 항복의 절차는 청나라와 상의하면 될 일이나 척화신을 보내는 것이 문제였다. 이는 오로지 조선 내부의 문제였다.

척화신을 잡아 보내라고 한 것은 청나라에서 한 일이지만, 조선 무신들은 척화를 부르짖던 자들은 모두 제거해야 한다며 벼르고 있던 터인지라 간단치가 않았다. 그리고 달아났던 김류가 무장들에게 그들을 모두 잡아 압송하겠다는 약속을 하고 돌아온 터여서 조정의 입장은 난처했다.

청나라의 요구야 당연한 것이었고, 살기등등한 조선 무신들의 주장도 묵살할 수만은 없어 일단 척화를 주장했던 사람들은 다 잡아 보내기로 정승들과 합의했다. 그 합의한 내용을 가지고 세 정승이 인조를 배알했다.

"모두가 종사를 위해 애썼던 사람들인지라 누굴 빼고 누굴 취할 수 없었나이다."

"누구 누구요?"

인조의 퉁명스런 하문에 김류가 다시 납죽 엎드렸다.

"예조판서 김상헌, 이조참판 정온, 전 대사간 윤황 부자와 오달제, 윤집, 김수현, 김익희, 정뇌경, 이행우, 홍전 등 모두 열한 명이옵니다."

인조는 말이 없었다. 척화와 화친으로 양분된 신료들의 의견과 주장이 서로 달랐다 하나 이는 모두 인조의 신하들이었다. 어찌 자신에게 충성을 다하던 신하들을 적에게 선뜻 내줄 수 있겠는가. 인조의 가슴이 찢어지는 듯했다.

인조로부터 별다른 대답을 얻지 못한 세 정승이 11명을 그대로 압송하려 할 때였다. 관향사 나만갑이 세 사람을 만류하며 나섰다.

"열한 명은 너무 많소이다. 종사를 위하는 충정으로 본다면 척화나 화친이나 다 같은 거 아니오니까. 조선의 인재를 열한 명씩이나 골라 적진에 보내 생죽음 당하게 한다는 것은 너무도 억울한 일이오이다. 빼낼 수만 있다면 다른 몇 명이라도 빼내어 아까운 인재의 유실은 막아야 하오이다."

"공의 말에도 일리는 있소."

세 정승이 나만갑에게 기대를 걸었다.

"보내야 할 사람과 말아야 할 사람의 판단 기준이 있다면 알려 주시오. 그러면 공의 의견을 따르리다."

김류가 나만갑의 의견에 따르겠다 공언하자 옆에 있던 대사간 박황이 자신의 의견을 제시했다.

"제 생각에는 몇 사람만 보내도 될 듯싶사옵니다. 자고로 모든 주장에는 주장자가 한둘 있게 마련이온데, 화친의 주장자 하면 이판 최명길 대감인 것처럼 척화의 주장자는 당연히 예판 김상헌 대감 아니겠습니까. 그 외는 모두 주장을 따르는 무리들이니 그야 얼마든지 변명할 여지도 있는 문제이고……"

"영감의 말을 들으니 그 또한 일리 있는 말이오. 어디 계속해 보시구려."

세 정승이 대사간 박황의 말에 귀를 기울였다.

"예판대감이야 연세도 많으시고 병석에 계시니 주장자이면서도 어찌해볼 도리 없는 분이고…… 오달제와 윤집은 당초부터 줄곧 척화만을 주장해 왔사옵니다. 이 두 사람을 보내자는 말도 차마 입에 담지 못할 일이나 끝끝내 아니 보낼 수 없다면 이 두 사람을 보내는 것만 하겠습니까?"

일리 있는 박황의 주장에 힘을 얻은 듯 다시 또 김류가 나섰다.

"묘당(의정부의 다른 표현)에서도 보내야 할 사람에 대한 의견이 영감의 말과 같았다면 내가 어찌 많은 사람을 보내려 했겠소. 이제 영감의 말을 들어보니 그 말이 옳은 것 같소, 그대로 합시다."

"오달제와 윤집의 자제들이 반드시 나를 원망할 것이나 조정에서 본다면 오히려 다행한 일이니 이 또한 근심을 더는 일 아니겠습니까."

"그렇지요, 당연히 그렇지요. 그 두 사람은 어차피 갈 사람 명단에 있던 사람들이니 그렇다 치더라도 나머지 아홉 명에 대해서는 영감이 그들의 은인이오이다. 에헴!"

몽당수염을 쓰다듬으며 내뱉는 김류의 공연한 공치사에 박황이

"은인이라고 공치사 받자는 것이 아니올시다. 그러나 어쨌든 근심이 줄 어들었다 하시니 다행일 뿐입니다." 하며 그 공치사를 사양했다.

적진에 보낼 척화신의 일이 매듭지어지자 중신들은 항복의 절차 문제를 놓고 갑론을박했다.

"입에 담긴 민망한 일이나 그 일은 청장 마부태나 용골대와 의논해야 옳지 않겠소이까. 저들의 의향을 따르는 것이 순서상 도리일 테니까요."

최명길의 그 말은 옳았다. 김류는 인조에게 고하여 좌의정 홍서봉과 이조판서 최명길, 호조판서 김신국을 다시 적진에 보냈다.

"그렇잖아도 사람을 보내려던 참이었소."

마부태가 굳은 얼굴로 세 사신을 맞았다. 그러자 세 사신은 굳게 얼어붙은 마부태의 얼굴을 불안한 마음으로 바라보며 공손히 절하고 자리에 앉았다.

"황제 폐하께서 급히 서두르시라는 명이시오."

세 사신이 자리에 앉기 무섭게 마부태가 보챘다.

"오늘이 28일, 내일까지 준비해서 모레 아침에 나오도록 하시오."

"예, 마 대인. 그리하겠사옵니다."

최명길과 조선 사신들이 마부태의 말, 즉 청 태종의 명을 순순히 따르겠다 하자 굳은 얼굴이 다소 풀린 마부태가 항복의 절차를 간략하게 설명했다.

"항복의 예(禮)에는 옛날부터 두 가지 규례가 있소이다. 첫 번째 절차는 너무 참담하니 그만두도록 하고, 두 번째 절차로써 행하도록 하시오."

마부태가 말한 첫 번째 절차라는 것은 무엇인가. 항복한 자의 정신과 혼을 빼앗아 영구 불멸토록 종으로 삼겠다는 함벽여츤(銜璧輿櫬)의 의식이었다. 사형수와 같은 수의를 입고 두 손을 묶은 뒤 자기가 죽어 들어갈 빈 관을 짊어지고 식장으로 들어가는 항복례를 말하는 것이다. 관을 메고 가는 것은 언제 어느 때를 막론하고 아무데서나 죽여도 좋다는 뜻으로 종신 사형선고나 다름없는 참담한 의식이었다.

조선의 사신이라 하여 어찌 그 의식을 모르겠는가. 조선의 사신 일행은 안도의 숨을 길게 쉬었다. 첫 번째 절차를 면해 준 것만도 감읍한 처사였다.

"예를 행한 뒤에는 곧바로 대궐로 돌아가게 할 것이니 염려하지 마시고, 출성할 때는 호행인 5백 명만 거느리되 군사는 거느리지 마시오."

"우리 전하께서는 늘 곤룡포를 입고 계시는데, 곤룡포를 입고 출성하셔도 되올는지요."

홍서봉이 나직하게 말하자 마부태가 손을 저었다.

"그것은 아니 될 말이오. 그 자리는 임금끼리 외교하는 자리가 아니라 죄인이 항복하는 자리예요. 남색 복장으로 하라시는 명이 계셨소."

최명길이 다시 조심스럽게 물었다.

"우리 전하께서 성을 나오실 때 어느 문으로 나오시는 것이 옳겠습니까."

"죄 있는 사람이 감히 정문(남문)으로 나올 수 없는 일이니 서문으로 나오면 될 것이오."

"강화도에서 붙잡힌 포로들은 어떻게 처리하실 것이온지……"

"황제 폐하께서 처리하실 문제이나 현재까지는 세자와 대군, 공경(公卿)의 자제와 척화신만을 데리고 가기로 결정되었소이다. 허나 때에 따라서 데리고 갈 포로의 수가 많아질 수도 있을 것이니 그건 그때 가 봐야 알 것 같소. 그러나 모르긴 해도 사대부의 부녀들은 많이 데려갈 것으로 보아요. 뭐…… 그건 그리 아시고 국새인 국보(國寶: 임금의 도장)는 새로이 주조해 줄 것이니 앞으로는 그것을 쓰면 될 겝니다. 그밖에 상세한 것은 이제 곧 황제 폐하의 친서가 전달될 것이니 그리 아시고 준비들 하시지요."

처음에 비해 많이 부드러워진 마부태를 바라보며 세 사람은 공손히 절하고 물러 나왔다. 그날 저녁, 마부태와 용골대가 직접 청 태종의 친서를 들고 왔다. 산성에서는 황제의 칙사가 왔다하여 전에 없이 분주를 떨었으나 식량은 고사하고 땔감마저 없어 빈 절간의 행랑채를 헐어 그 재목으로 땔감을 삼았다. 그러나 융성한 대접이라 할 상 위에는 닭 두 마리에 나물 몇 가지가 전부였고, 초라한 상일지나 마부태와 용골대는 아무 말 없이 받고 일어나 조용히 돌아갔다.

마부태와 용골대가 돌아간 그날 밤, 숭은전엔 대소 신료들이 모여 이제 전쟁의 종식을 알리는 청 태종의 그 답서 앞에 무릎을 꿇었다.

『대청국 관온인성 황제는 조선국 왕에게 알리노라. 지난번 너의 글을 보니 짐의 마음이 매우 흡족하도다. 이제 짐은 너와 맺는 군신 간의 신의를 대대로 지켜 갈 것이니라. 이에 너는 명나라에서 준 고명책인[19]을 바쳐 죄를 청하고, 명나라와의 국교를 끊되 그 연호를 버리고, 앞으로는 나의 연호를 쓰라. 또한 조선의 왕자들과 모든 대신들의 장자와 차자를 인질로 보내야 할 것이니라. 그리고 짐이 명나라를 정벌할 때에는 너에게 조서를 내릴 것이니 너는 기마병과 보병, 수군을 준비하였다가 차질 없이 응전에 임하도록 하라. 이제 짐은 돌아가는 길에 가도를 공략할 것이니라.

---

19) 고명책인(誥命冊印): 조선국왕 승인증서와 금으로 된 도장

너의 충성심을 이번 기회에 볼 것이니 너는 배 50척을 보내도록 하라. 또한 설날과 동지, 성절(聖節: 청 태종 생일)과 경조사에 사절을 보내고, 사신을 맞이하고 보낼 때에는 명나라에 하던 옛 예를 어기지 말도록 하라. 우리가 잡은 포로들이 훗날 압록강을 건너 도망쳐 가거든 너는 그들을 잡아 짐에게 보내야 할 것이며 포로들을 속환하고자 한다면 이는 짐이 들어줄 것이다.

내외의 여러 신하들끼리 서로 혼인을 맺어 화친을 굳게 하는 것은 장려할 일이나 조선에서 성을 새로이 쌓거나 수리하는 것은 허락치 않으니 그리 알라. 너희 나라에 잡혀와 있는 올량합(兀良哈: 두만강 일대의 여진족)의 종족은 모두 돌려보내 주되 왜국과의 무역은 그전대로 하라. 너는 이미 죽었던 몸이었느니라. 이제 짐이 너를 살려내어 너희 종묘사직과 흩어진 너의 처자까지 다시 찾아 주었으니 너는 짐의 은혜를 생각하여 훗날까지 신의를 어기지 않도록 하라. 세공[20] 바칠 물목은 다음과 같으니라.

황금 1만 냥, 백금 1천 냥, 수우각궁면 200부, 단목 200근, 환도 20자루, 표피 100장, 녹피 100장, 차 1000포, 수달피 400장, 청서피 300장, 호초 10근, 요도 26자루, 종이 1천 500권, 오조용문석 4벌, 백저포 200필, 세주 2천 필, 마포 400필, 색면포 1만 필, 포 1천 4백 필, 쌀 1만 포 등을 기묘년(2년 후) 가을서부터 바치도록 하라.」

청 태종의 답서에 신료들의 놀라 벌어진 입이 다물어지지 않았다. 엄청난 물목도 물목이려니와 사대부의 부녀들을 포로로 잡아가고 대소 신료들의 장남과 차남 은 물론 인조의 장남인 소현세자와 차남인 봉림대군까지 인질로 잡아간다는 대목에 이르러 숭은전은 놀람과 분노, 두려움과 공

---

20) 세공(歲貢): 황제국에 바치는 공물

포가 한데 뒤섞인 채로 흉흉하였다. 그러나 어쩌랴, 이젠 따르지 않을 수 없는 것을……

정축년 1월 30일,

이대로 영원히 떠오르지 않길 바라던 아침 해가 기어코 떠오르고야 말았다. 아침 일찍 나오라고 하던 저들의 요구를 무시할 수 없어 새벽부터 서두른 인조와 소현세자가 푸른 남색 군복을 갖추어 입고 서문을 통해 남한산성을 나갔다.

인조는 성을 나서며 주위를 둘러보았다.

45일 전, 산성에 입성할 때와 달라진 것은 아무 것도 없었다. 산천은 의구하되 인걸은 간 데 없다 하더니 다만 그 사이에 군사들만 죽어 나갔고 자신의 의복만이 바뀌었을 뿐이었다.

산 위엔 해가 떴으나 산 아래로 내려갈수록 안개가 자욱했다. 지척을 분간하기 어려울 만큼 농 짙은 안개로 인조가 부축을 받으며 하산을 시작했고, 그 뒤를 따르는 3공 6경과 5백 명의 수행인들도 입을 굳게 다문 채 묵묵히 따랐다.

남한산성을 거의 다 내려왔을 무렵 안개는 산중턱에 그림처럼 걸려 있었다. 시야가 훤히 트인 가운데 청병들이 양 옆으로 길게 늘어서 이미 인조와 그 배행원들을 기다리고 있었다.

인조는 그 사이를 고개 숙이고 걸었다. 고개 숙인 인조의 머릿속으로 온갖 악몽 같던 지난 일들이 주마등처럼 스쳐 지나가고 있었다. 임경업의

266

장계를 받고 놀라던 일과 도원수 김자점의 패전에 놀라 혼절했던 일, 몽진길이 막혀 남대문 문루에서 허둥대던 일과 밤길의 남한산성을 허겁대며 오르던 일 등이 마치 꿈속의 일이었던 양 한 발짝 한 발짝 내딛는 인조의 무거운 걸음 그 발자국 속에 다시는 떠올리고 싶지 않은 기억으로 묻혀가고 있었다.

그렇게 얼마나 걸었을까…… 서서히 12만 대군의 위용이 나타나기 시작했다.

무수한 깃발과 바둑판같이 정열한 적의 진중은 과연 명나라를 함몰시킬 만한 위용이었다. 막강해 보이는 기병군단과 포병군단, 그리고 예리한 긴 창을 들고 도열한 보병군단과 이름을 알 수 없는 온갖 병장기들로 가득 들어찬 송파벌의 모습은 가뜩이나 움츠러든 인조의 가슴을 전율케 했다.

진중 한가운데로 들어섰을 때 섬뜩한 북소리와 함께 9층 단이 보였다. 그 위에 펼쳐진 황금빛 일산(日傘)과 황색 장막은 떨리는 가슴에도 화려하게 보였고, 그 좌측으로 보이는 3층 단 위에 지어 놓은 대궐 같은 황금빛 전각은 설핏 보기에도 조선 천지에서는 아직껏 보지 못한 대단히 화려한 전각이었다.

이윽고 인조의 행렬이 수항단인 9층 단 앞에 당도했다.

청 태종은 그 9층 단을 중심으로 동서남북 사면에 또한 수만 명의 병사들을 일사불란하게 배치하여 놓았는데, 인(人)의 바다와 같은 장엄함에서 뿜어져 나오는 기세가 얼마나 대단했던지 압도된 인조와 3공 6경들은 숨조차 쉬는 것을 잊을 정도였다. 또한 햇빛에 번뜩이는 병장기의 섬광이 마치 번개처럼 번쩍거리자 마음을 그렇게 먹어서 그런지는 몰라도 청군의 위용은 가히 하늘과 땅을 덮고도 남을 것 같았다.

인조와 3공 6경들이 넋을 잃고 있는데 별안간 큰 북소리가 울렸다. 그 북소리가 얼마나 크게 들렸던지 인조와 3공 6경들의 가슴이 서늘하여 서로를 쳐다보는데 그때 마부태가 외쳤다.

"상층에 계신 황제 폐하를 향하여 삼배구고두(三拜九叩頭)를 행하시오"

짧고 낮았으나 근엄한 목소리였다. 그제야 북소리의 뜻을 알 것 같았다. 의식(儀式)의 시작을 알리는 북소리였다.

인조와 3공 6경들이 세 번 절하고 아홉 번 머리를 조아리는 삼배구고두를 눈 물 속에서 치루고, 다시 인조 혼자만이 아물거리는 9층을 향하여 힘겹게 올랐다.

그날따라 햇살은 어찌 그리 밝은지…… 9층 단 아래로 보이는 인의 바다는 이젠 번쩍이는 빛의 바다였고 위로 올라갈수록 그 장엄함은 더욱 더했다.

의식의 주재자(主宰者)에서 의식의 복종자로 전락하고 보니 무슨 의식의 절차가 그리 복잡하고 까다로운지 일일이 다 정신 차려 행하기도 어려웠지만, 예관의 지시에 따라 움직이는데도 눈알이 돌고 머리가 어지러워 속이 다 울렁거릴 지경이었다.

분명 힘차게 울리고 있을 군악소리였으나 인조의 귀에는 아무런 소리도 들리지 않았고 또한 눈앞이 아른거려 몇 층을 어떻게 올라왔는지도 몰랐다. 갑자기 조용하다는 생각이 들어 정신을 차리고 보니 어느새 자신이 그 화려하게 보이던 일산 아래까지 올라와 있는 것이었다.

일산 아래에는 역시 황금색 용포를 차려입은 청 태종이 근엄하게 앉아 미소인지 조소인지 모를 웃음을 짓고 있었다. 그때 또 인조를 깜짝 놀라게 하는 목소리가 들려 왔다. 예관의 근엄한 목소리였다.

"삼배구고두례!"

얼마나 긴장했던지 예관의 목소리에도 흠칫 놀라는 인조였다.

인조는 다시 세 번 절하고 아홉 번 머리 조아렸다. 인조의 그 조아린 머리 위로 청 태종의 껄껄거리는 웃음소리가 짓누르듯 지나갔다. 동북아시아의 승자(勝者)로서 당당하게 웃는 웃음일 것이었다.

조선이 오랑캐라 그토록 멸시하던 여진족의 우두머리 홍태시…… 세종 때 사군육진을 설치하여 발호하는 여진족을 눌러 다스렸고, 가까이는 임진왜란이 일어나기 전 신립 장군이 변방을 어지럽히던 여진족을 보란 듯이 소탕했었다. 그로 말미암아 여진족은 200여 년이나 조선을 상국으로 받들어 왔다. 그런데 후금 건국 20여 년 만에 조선은 그 여진족에게 나라를 송두리째 빼앗기는 어처구니없는 참변을 당했다. 시시각각으로 변동하는 국제정세를 비웃기라도 하듯 오직 명나라 숭상만을 부르짖던 인조 반정의 무능한 관료들이 내란이나 다름없는 당쟁을 일삼다 조선을 멸망의 구렁텅이로 몰아넣은 것이다.

의식을 끝내고 난 청 태종이 인조에게 담비의 털가죽으로 만든 갖옷 두 벌을 선물로 주었다. 인조는 그 중 한 벌을 입고 바닥에 엎드려 다시 세 번 절함으로써 성은에 대한 감사와, 이제 청나라는 진정으로 조선의 상국(上國)이 되었음을 몸으로 표현해 보였다.

청 태종이 또 한번 호쾌하게 웃었고, 그 웃음소리는 바람을 타고 조선의 방방곡곡 골골에까지 널리 퍼져 나갔다.

좌우로 빼곡이 들어찬 청나라 진중 사이를 고개가 꺾인 수행인 오백을 이끌고 인조는 휘적휘적 걷고 있었다. 어쩌다 항복하는 지경에 이르렀는지, 황겁결에 치른 항복이긴 하지만 의식은 또 어떻게 치렀는지, 어지럽게 난무하는 상념들로 인조는 방금 전의 일도 기억하질 못했다.

신료들이 허리 숙여 무어라 고하는데도 그 말소리조차 들리지 않았고, 다만 빈껍데기 같은 몸뚱아리가 신료들이 이끄는 대로 따라 가고만 있었다. 땅만 보며 걷는 인조의 귓속에 아직도 또렷한 것은 청 태종의 오만 방자한 웃음소리와 청 태종의 동생들이라 하는 여덟 명의 왕들이 왁자하게 떠들며 웃어제끼던 낭자한 모습만이 머릿속에 남아 떠돌고 있을 뿐이었다.

청 태종의 진영이 가물가물하게 보일 때까지 인조는 정신을 수습하지 못하고 있었다. 그때, 휘청거리며 걷는 인조의 눈앞에 선녀들이 보였다. 언제 날아왔는지 구름 떼처럼 모여든 선녀들이 인조의 눈앞에서 너울거리자 인조는 그 선녀들에게 다가가 무언가 하소연을 하고 싶었다.

"전하, 우리 좀 구해 주소서. 우릴 풀어 구해 주소서. 전하……"

"우리가 무슨 죄가 있나이까. 우릴 살려 주소서. 전하, 살려 주소서……"

'선녀가 날 도와야지, 날더러 살려 달라니……?'

이상한 선녀들도 다 있다 인조는 생각했다.

"전하, 저희를 버리지 마옵소서. 우릴 구해 주소서, 전하……"

그런데……

"아니……?!"

경악한 인조가 고개를 뒤로 뺐다. 정신이 든 것이었다.

구름 떼처럼 날아들어 너울대던 선녀들이 선녀가 아니라 포로로 잡힌 조선인 부녀자들이란 걸 그때야 안 것이었다.

"전하…… 구해 주소서…… 구해 주소서……"

피에 젖어 찢어진 치맛자락을 움켜쥔 채 발버둥 치는 부녀자들의 모습이 엉켜 있던 인조의 머리를 맑게 했다.

"저 좀…… 저 좀 풀어 주소서, 전하…… 우리 아이들이…… 우리 아이들이 굶어 죽어가고 있나이다. 전하…… 저 좀 풀어 주소서……"

한눈에 해산한 부인으로 보이는 퉁퉁 부은 얼굴의 여인이 온 힘을 다하여 절규하던 끝에 눈을 뒤집으며 쓰러져 굴렀으나 다른 여인들은 쓰러진 그 여인을 쳐다도 안 본 채 허우적대며 앞으로만 달려 나왔다. 울며 뛰어나오던 몇 사람이 서로의 발에 걸려 넘어졌고, 그 넘어진 사람에 걸려 다시 여러 사람들이 무더기로 넘어지며, 밟고 밟히며 울부짖는 참상이 인조의 눈앞에서 환상처럼 벌어지고 있었다.

"전하, 저희를 구원하여 주소서."

"우리 좀 살려 주소서, 전하. 전-하. 저-언-하……"

소복 차림의 조선인 부녀자들이 머릴 풀어 산발한 채 목 놓아 울부짖는 귀곡성(鬼哭聲) 같은 울음소리가 조용하던 청나라 진영을 발칵 뒤집어 놓았다. 황제 폐하가 계신 진중에 이 무슨 불경한 일이냐며 성을 왈칵 돋운 청나라 군졸들이 눈알을 부라린 채 손에 채찍을 찾아 든 것이었다.

"이것들이…… 씨양!"

마치 짐승몰이 하듯 했다.

사정없이 휘갈기는 청졸들의 채찍에 등줄기가 갈라지고 앞가슴이 찢어지며 비명 소리가 터져 오르는 가운데 구름 떼처럼 몰려들었던 부녀자들이 짐승 떼처럼 쫓겨 가기 시작했다.

매에 못 이긴 조선인 부녀자들이 우리와 같은 진중에 다시 갇힘으로써 발을 구르며 아우성치던 그 소란은 잦아들었으나, 그 광경을 지켜보는 인조의 가슴은 천 갈래 만 갈래로 찢어졌고, 수행하던 오백여 신료들도 갈가리 찢기어지는 채찍의 파열음에 전율하며 몸서리를 쳤다.

그 인조의 행렬이 도망치듯 강을 건너 동대문에 이르렀을 때 해는 지고 벌써 저녁 어스름이었다. 이때 또 청나라 진영에 포로로 잡혀 있던 수많은 부녀자들이 달려 나와 인조의 행렬 앞에 엎어지며 뜻하지 않은 사태가 벌어졌다. 살려 달라 애원하기 위해 달려 나온 여인들이었으나 부녀자들의 집단행동으로 난장판이 된 청나라 진영에서는 청졸들이 몰려나와 채찍과 몽둥이로 그 부녀자들을 두들기며 내몰았다. 그러나 이제 가면 영이별로 아는 포로들이 차라리 임금의 발 앞에 엎어져 죽을지언정 청나라엔 가지 않겠다며 몽둥이에 맞서 맨몸으로 저항한 것이 사태의 발단이었다.

몽둥이에 맞아 쓰러지면서도 진중으로는 아니 돌아가려 하자 약이 오른 청졸들이 오히려 인조의 행렬을 후려 패며 소리쳤다.

"네놈들이 은근히 선동을 하니까 저것들이 난동질을 부리는 것 아니냐. 항복했으면 안 보이는 길로 조용히 물러갈 것이지 어찌 대로를 따라 들어와 저 난리를 치게 만드느냐." 하며 몽둥이를 마구 휘두른 것이었다.

그때 인조를 수행하며 뒤따르던 전 참의 이상급이 청졸이 휘두른 몽둥이에 맞아 즉사하는 사태가 벌어졌고, 조선인 부녀자들 중에는 팔다리가 부러지고 살가죽이 터진 부상자가 백여 명이나 속출했다.

청졸들의 난동이 극악무도하게 발전하며 기승을 부리자 인조를 수행하던 오백여 수행원들이 인조를 둘러싸며 맨몸으로 막아낼 필사의 각오를 다지는데, 인조와 수행원 오백 명을 호송하던 마부태의 기병 백여 명이 칼을 빼어 들고 달려와 난동 부리는 청졸 십수 명을 그 자리서 목 베면서 청졸 들의 난동도 수그러들었다.

위기를 가까스로 모면한 인조가 동대문을 벗어나 대궐에 들어섰을 때는 날이 완전히 어두웠을 때였다.

그러나 횃불을 밝혀 든 청졸들은 그때까지도 대궐 안 집기와 귀중품들을 약탈해 내고 있었고, 도성 안엔 청나라 군졸 외에 조선 사람이라고는 그림자조차 보이지 않았다. 그뿐이 아니었다.

향교동의 어구로부터 좌우에 있던 붓 가게의 행랑과 광통교 근처의 크고 작은 인가들이 불에 타 모두 무너졌고, 길가엔 수북이 쌓인 썩은 시체들을 개들이 물어뜯으며 날뛰고 있었다. 목불인견…… 눈 뜨고는 차마 볼 수 없는 참혹한 참상이 환궁하는 인조를 떨게 했다.

인조를 보내고 난 청 태종도 곧 철군에 들어갔다. 신속한 철군이었다.

철군을 환송하기 위해 초췌한 몰골을 한 신료들을 대동한 인조가 다시 동대문 밖으로 나가 초라한 모습으로 환송하는데, 화려한 황금색 연(輦)을 탄 청 태종 홍태시가 그 화려한 용포와는 어울리지 않는 무거운 얼굴로 인조의 환송을 받았다. 아니, 정확한 말로는 받는 둥, 마는 둥이었다.

항복받을 때와는 사뭇 다른 청 태종의 무거운 모습에 까닭을 알지 못하는 인조가 오히려 불안해했다.

심양 본진의 군량미 창고와 화약고 폭발에 마음이 불안한 청 태종이 초라한 인조의 환송 따위에는 관심도 없이 단지, 조선의 왕자들과 사대부의 장. 차남들은 예친왕 다이곤의 예속 하에 두었으니 그리 알라는 말만을 남긴 채 바람같이 내달려 그날로 양주를 거쳐 익담령(益潭嶺)을 지나 곧바로 심양으로 향했다.

청 태종이 서둘러 철군한 그 다음날, 휑뎅그렁하게 텅 빈 대궐로 마부태와 용골대가 역관 정명수를 이끌고 입궐했다. 입궐 소식에 바람같이 달려 나간 영의정과 좌의정이 그들을 영접했는데, 그 자리에서 영의정 김류가 웃는 낯으로 허리를 납죽 숙였다.

"이제 두 나라는 부자(父子)의 나라가 되었으니 무슨 말씀인들 따르지 않사오리까. 앞으로 가도를 공격하고 명나라를 공격하는 일에도 솔선하여 앞장서겠사옵니다. 명령만 내리소서, 무엇인들 못하겠나이까."

아첨이었다.

정명수가 통역하자 마부태와 용골대가 흡족하게 웃었다.

"한 가지 부탁이 있소이다."

좌의정 홍서봉이 역관 정명수의 소매를 잡으며 다정한 얼굴을 했다.

"황금은 우리나라에서 생산되는 것이 아니니 황제께 아뢰어 감면하게 해주시면 참으로 고맙겠소이다. 이것은 온 나라 신민이 희망하는 바이니 부디 청을 거절하지 말아 주셨으면 합니다."

그러자 정명수는 두 정승을 똑바로 쳐다보았다. 마부태와 용골대가 정명수의 얼굴을 바라보며 궁금해하는데도 정명수는 통역보다 면박을 먼저 주었다.

"조선과 청나라가 조공 바칠 물목을 의논할 때는 무얼 하고 지금에야 내게 말한단 말이요. 조선이 차마 하지 못했던 말을 어찌 내가 마, 용 두 장군께 말할 수 있으며 마, 용 두 장군인들 어찌 감히 황제 폐하께 아뢸 수 있겠소."

좀 더 친근한 모습을 보이려 했던 좌의정 홍서봉의 딱 벌어진 입이 다물어지지 않았다. 아랫사람 꾸짖듯 하는 정명수의 언사에 능욕을 느낀 것이었다.

정명수의 신분은 관노였고, 정명수가 맡은 통역 또한 중인들이나 할 수 있는 하급직의 낮은 벼슬이었다.

종8품의 하급 관원인 역관은 정1품 정승 앞에서 감히 고개조차 들 수 없는 신분이었다. 허리 숙인 채 통역에 실수만 없으면 그것만으로 광영으로 알던 역관들이었는데, 그러나 정명수는 고개를 세우고 두 대신을 빤히 쳐다보고 있었다. 조선의 목을 죄고 있는 마부태와 용골대의 신임을 얻은 정명수가 그 신임을 무기 삼아 창칼처럼 내질러 보고 있는 것이었다.

일국의 대신들에게 통역관으로서는 감히 할 수 없는 언사를 함부로 지껄이는 정명수를 한참 동안이나 물끄러미 바라보던 좌의정 홍서봉의 얼굴엔 수모와 비애가 서리고 있었고, 정명수는 신분에의 설움을 설욕이라도 하듯 쾌재 어린 얼굴로 두 대신을 노려보고 있었다.

그러나 영의정 김류는 달랐다. 정명수의 신분이야 어떻든 현실이 중요하다 생각했다. 그리고 다이곤의 진중에 잡혀 있는 자신의 첩의 소생인 딸의 방면이 무엇보다 급했다.

"통사, 내 부탁 좀 들어주시오. 내 딸이…… 내 딸이 청국 진중에 잡혀 있소. 내 딸 좀 풀어주시오."

김류가 정명수 앞에서 딸의 방면을 애걸하자 고개를 세운 정명수가 그 즉시 김류의 청을 마, 용 두 장수에게 말했고, 그 청을 듣고도 마, 용 두 장수는 서로 쳐다만 볼 뿐 대답이 없었다. 그러나 김류의 소청은 집요한 것이어서 두 장수가 인조를 배알하는 자리에서도 자신의 딸의 석방 문제가 거론되도록 유도했으나 인조 앞에서조차 마, 용 두 장수의 입은 열리지 않았고, 김류의 첩의 딸 문제로 임금이 오히려 능멸당하는 꼴이 되자 참다못한 좌의정 홍서봉이 꾸짖으며 나섰다.

"이보시오, 영상대감! 지금 세자 저하 내외분과 봉림, 인평대군이 인질로 잡혀가시는 판국이외다. 일국의 재상으로서 세자 저하와 대군들을 구원해 내려는 의지는 보여주지 않고 어찌 영상의 서녀만 구원하려 애쓰오이까. 영상의 서녀가 세자 저하의 안위보다 더 급하다― 이 말이외까."

"허―! 그 참, 과인의 꼴이 우습게 되었구려."

인조는 쓸쓸한 얼굴로 김류를 흘겨보았다. 김류의 고집은 그래도 멈추지 않았다. 좌의정의 질책과 임금의 눈 흘김도 받았으나 돌아가는 마, 용두 장수와 정명수에게 끈질기게 따라붙어 마부태의 진중까지 쫓아 들어갔다.

"이보시오 정 판사, 제 딸을 방면만 시켜 주신다면 은 천 냥을 드리리다. 마 장군께 잘 좀 말씀드려 주시오."

김류는 하위직인 종8품 역관의 벼슬을 종1품격인 판사로 부르길 주저하지 않았다. 판사(判事)는 왕명을 받아 중죄인을 추국하며 재판하는 의금부의 수장으로 정2품직인 6조 판서보다도 1품계 위인 정승의 반열이었다.

김류가 비굴도 서슴치 않고 정명수에게 아첨하자 정명수의 목이 갑자기 빳빳했다.

"정 판사, 이제 정 판사와는 한 집안과 같은 사이니 공이 청하는 바를 내가 어찌 따르지 않을 것이며, 내가 청하는 바를 공 또한 어찌 거절하시겠소. 내 딸을 구해 내는 일에 극력 힘써 주시면 내 정 판사에게 뭐든지 해 드리리다. 그깟 은 천 냥이 대수겠소?" 하며 김류는 정명수를 끌어안았다.

믿음과 정을 나타내려는 김류의 의도였으나 그러나 정명수는 그런 김류를 밀쳐 내며 앞섶을 털었다. 그러자 김류가 그 앞에서 두 손을 모으고 애원했다.

"정 판사, 정 판사가 원하는 것이 무엇이요. 판사께서 원하시는 것이 있으시다면 이 몸이 임금 앞에 엎어져서라도 정 판사의 소원이 이루어지도록 힘쓰겠소이다. 정 판사, 정…… 판……사……"

영의정 김류가 몸을 떨며 애걸해도 이미 꼿꼿하게 굳은 정명수의 목은 휠 줄 몰랐고 정명수가 김류의 붙잡은 손을 매정하게 뿌리치며 휭하니 사라져 버리자 멀어져 가는 정명수를 망연자실하여 바라보던 김류가 곧 죽을 것 같은 얼굴로 휘청거렸다.

"저, 정……정 판-사……아……"

"나랏일을 이따위로 그르친 주제에 무어라? 제 딸년 속환하는데 은 천 냥이라? 이런 쥐새끼 같은 놈!"

김류가 정명수의 소매를 잡고 늘어지며 조선 포로들의 속환 값을 부추기고 다닌다는 소문에 새로 임명된 병조판서 신경진이 주먹으로 책상을 내려치며 분통을 터트렸다.

"옳은 말씀입니다, 대감. 그 자는 시류에 영합하여 자신의 영달이나 꾀하는 그런 간특한 자일 뿐 아니라 나라를 이 꼴로 만든 장본인이오이다. 산성에서 하는 꼴을 똑똑히 보지 않으셨습니까. 윤황이란 자는 또한 어떠합니까. 그자는 척화 주장하기를 매양 밥 먹듯 하면서 하는 말이, 만일 오랑캐가 쳐들어오면 자신의 여덟 아들을 이끌고 나가 싸워서 오랑캐를 물리치겠다, 큰소리치던 자올시다. 그런데 그자들이 지금 어디에 있습니까? 평양이 무너졌다 하니까 왕실이 파천을 결정하기도 전에 먼저 내뺀 자들 아닙니까. 지금도 종적이 묘연하여 어디에 있는지 조차 모르는 실정이니 진정 이런 자들을 앞서 베지 않는다면 무슨 낯으로 나라의 안정을 꾀하겠습니까.”

남문 수비대장을 맡았던 호위대장 구굉이 팔뚝을 걷어올리며 맞장구를 치자 김류에게 붙어 아부하던 신료들조차 김류의 그 추태엔 혀를 찼고, 살기등등한 무장들의 눈치를 살피던 좌의정 홍서봉이 외환으로 인해 가뜩이나 살얼음판 같은 조정에 내우마저 자초할 순 없다 하여 관료들의 자숙을 재삼재사 당부, 동분서주한 끝에 긴장된 정국을 다소간이나마 진정시켰으나 돌발적 사태가 언제 일어날지 모르는 아슬아슬한 정국은 불안하기만 했다.

소현세자와 봉림대군이 심양으로 들어가기 이틀 전인 2월 6일에 인조는 예친왕 다이곤의 진영을 찾았다. 다이곤에게 볼모로 잡혀가는 두 아들 내외와 인평대군 신변의 안전을 부탁하기 위해서였다.

“아이구, 국왕 전하. 전하께서 이 누추한 곳을 다 찾아 주시다니요.”

기별을 받고 마주 나오던 다이곤이 활짝 웃으며 인조를 반갑게 맞이했다.

“예친왕 전하, 일찍이 찾아뵈었어야 했을 것을 이제야 찾아뵙게 되어 송구하기 이를 데 없습니다.”

“별말씀을요. 이렇게 찾아 주신 것만으로도 영광입니다.”

아들 뻘이나 다름없는 26세의 젊은 다이곤에게 인조가 깊숙이 허리 숙여 정중한 예를 올리자 그런 인조의 두 손을 잡아 일으키는 다이곤의 얼굴이 붉게 물들고 있었다.

“산성에서 고생이 많으셨단 얘긴 들었습니다. 또한 입궐하신 대궐의 형편도 어려우시단 얘기 들었구요."

자신의 휘하 병졸들이 대궐을 약탈한 사실에 민망한 얼굴을 보이던 다이곤이 말없이 고개 떨군 인조와 그 신료들에게 성의껏 준비한 음식으로 호의부터 베풀었다. 그러자 그 호의에 감읍한 인조가 고개 돌린 채 눈물을 흘리므로 그 눈물에 또한 민망해하던 다이곤이 곧 바로 조선의 왕자들이 기거하고 있는 막사로 인조를 안내했다.

갑작스런 아버지의 방문에 구르듯 달려 나온 초췌한 몰골의 세 아들이 인조의 발 앞에 엎어지며 울음을 터트렸다. 그러자 다이곤이 또다시 머쓱해했고, 갈수록 통렬하게 울어대는 그 울음에 더욱 민망한 얼굴을 보이던 다이곤은 슬그머니 자리를 피했다. 막사 안은 두 왕자 내외와 인평대군, 또 그 왕자들을 수행할 신료들이 흘리는 눈물과 울음으로 가득 메워지고 있었다.

인조는 특히 세손의 행방을 몰라 얼굴이 반쪽이 된 세자빈의 어깨를 다독이며 위로했다.

"세손의 일은 너무 심려치 말거라. 이제 곧 궁으로 돌아올 것이 아니겠느냐. 궁으로 돌아오면 내 바로 너희 품으로 보내 줄 것인즉 마음 놓거라."

그리고 인조는 세자를 돌아보았다.

"심양이 예서 멀기도 하거니와 날씨도 몹시 춥다 하니 부디 몸조심 하거라."

"아 바 마 마……"

인조의 그 말끝에 소현세자가 참았던 울음을 다시 터트렸다.

"그리고…… 적진이기는 하나 너는 조선국의 세자임을 잊어서는 아니 되느니라."

눈물범벅의 소현세자가 울음을 삼키고 아버지를 올려 보았다. 비록 젖어 있기는 하나 국왕으로서의 체통을 세운 형형한 눈빛이 거기 있었다.

"명심하겠사옵니다, 아바마마."

소현세자의 대답을 들으며 인조는 그 눈빛으로 봉림대군과 인평대군을
바라보았다.

"너희들도 건강해야 하느니라."

"예, 아바마마."

"무슨 일이 있더라도 네 형을 잘 보필해야 할 것이야…… 그곳이 적진
이긴 해도 너희가 있는 곳은 곧 조선의 왕실이 아니겠느냐. 왕실의 체통
과 법도는 한시도 잊어서는 아니 되느니라."

"예……"

봉림과 인평대군의 대답을 끝으로 인조는 더 이상 말이 없었다.

기약도 할 수 없는 적진에 세 아들 모두를 인질로 보내야 하는 아버지
의 심정이 복받쳐 오른 것이다.

지금의 청나라는 명나라 정복에 혈안이 되어 있다. 승리를 얻기 위해
서라면 조선의 왕자쯤이야 언제라도 쉽게 이용할 청 태종이었다. 그런 청
태종이 승리를 얻기 위해 자신의 세 아들을 전쟁에 참전시킨다면 그때는
세 아들의 목숨조차 장담하기 어려운 지경이 될 것이다.

왕실에서 금과 옥처럼 자라 온 세 아들이 살육의 현장 그 피비린내 나
는 전쟁터에서 총소리에 놀라고 포탄이 터지는 소리에 놀라 오들오들 떠
는 모습이 인조의 눈앞에 영상처럼 떠오르자 인조는 세 아들을 와락 끌어
안았다.

'어떻게 키운 아들인데…….'

끌어안은 인조의 어깨가 떨고 있었다.

'어떻게 키운 아들인데…… 그 참혹한 전쟁터에…… 인질로 보낸단 말

인가…….'

불안한 마음의 인조가 자신의 무력함에 치를 떨며 자신보다 더 큰 세 아들을 가슴에 꼭 안았다.

입술을 깨문 인조의 두 볼 위로 핏물 같은 눈물이 흘러내리고 있었다. 이괄의 난과 정묘호란에 놀라 병을 얻은 제 어미 인렬왕후의 사랑도 맘껏 받지 못한 세 아들이었다. 아비의 가슴에 그것이 자꾸 걸렸다.

복받쳐 오르는 울음을 참는 인조의 목에서 끅, 끅 하는 소리가 났다. 울음을 속으로 삼키는 아버지의 몸 떨림에 세 아들은 아버지를 부둥켜안고 다시 또 울었다. 며느리들이 따라 울고 수행할 신료들이 또한 목 놓아 울면서 막사 안은 온통 눈물로 바다를 이루고 있었다.

이날 소현세자를 따라 볼모지로 떠날 신료들이 결정되었다.

세자시강원의 관료들과 익위사의 관원 및 왕명을 전달하는 관원인 선전관, 말과 가마를 관리하는 관원인 사복시, 의관(醫官: 의원) 등등이었다.

세자시강원은 왕세자를 위하여 경서와 역사를 강의하며 도의(道義)를 가르치는 기관이었고, 익위사는 왕세자를 호위하는 기관으로 이들은 소현세자의 볼모 생활이 끝날 때까지 왕세자를 보필해야 할 임무를 지닌 신료들이었다.

춘성군(春城君) 남이웅을 현지의 재상으로 삼고 대사간(사간원의 장) 박황, 참의 김남중의 직위를 높여 시강원의 대빈객(大賓客: 세자에게 학문을 가르치는 최고 벼슬. 정2품)과 부빈객(副賓客: 종2품)으로 삼았다. 그러나 이때 마부태의 진영에 있던 박노가 석방되어 돌아왔으므로 김남중 대신 박노가 그 임무를 맡았는데, 이는 박노가 청나라 사람들과 안면이 더 있다 하여 김남중이 체임되고 박노가 부빈객으로 승차한 것이었다.

무재(武宰: 무관 출신으로 판서나 참판의 벼슬을 지낸 관원)에 박종일, 이기축이 임명되었고 시강원 보덕(輔德: 사서삼경과 도의를 가르치는 관원. 정3품)에 황일호. 겸보덕(兼輔德: 학문과 문장이 뛰어난 홍문관 관원. 정3품)에 채유후. 필선(弼善: 학문을 가르치는 관원. 정4품)에 조문수. 겸필선(정4품)에 이명웅. 문학(文學: 세자에게 글을 가르치는 관원. 정5품)에 민응협. 겸문학에 이시해. 사서(司書: 서적관리 관원. 정6품)에 서상리. 겸사서에 정뇌경. 설서(說書: 학문과 도의를 가르치는 관원. 정7품)에 유계. 겸설서에 이회가 임명되었다.

익위사의 익위(정5품)에 서택리, 양응함. 사복시(정3품)에 정이중. 선전관(정3품)에 위산보와 변유, 구오. 부장(部將)에 민연. 의관(醫官)에 정남수, 유달 등을 임명하여 적진일지라도 조선 왕실의 체통을 지키는 데 최선을 다하게 했다.

그러나 임지로 떠날 신료들이 결정된 그날 저녁, 천리 타국의 전쟁터에 끌려가는 것이 두려워 시강원의 보덕 황일호는 친구의 병을 보살펴 주어야 한다는 핑계로 빠졌고, 익위사의 익위 양응함도 병을 핑계삼아 빠지며 그 자리에 자신보다 계급이 낮은 하급 무관들을 강제로 선임했다.

병을 빙자하여 자신의 소임을 하급 무관에게 억지로 떠맡긴 익위사의 처사에 반발, 항의하던 하급직 무관들이 급기야 자신들의 억울함을 비변사에 호소하면서 일은 벌어지고 말았다.

"이런 쳐 죽일……!"

"쓰면 뱉고 달면 삼키는 것이 저들의 본마음 아니외까."

"내, 이것들을 쌩!"

비변사의 무장들이 저마다 책상을 걷어차며 일어섰다. 분별 잃은 몇몇 관료들의 지각없는 행동이 관원들의 자숙으로 잠잠하던 정국에 결국 회오리를 몰고 왔다.

"시대가 편할 때는 좋은 벼슬자린 제 놈들이 다 해 처먹고 나라가 조금이라도 어려워지면 우리 무인들에게 책임을 덮어 씌워 미꾸라지처럼 빠져나가는 이런 잡스런 인간들이 어찌 나라의 녹을 먹는 신료라 할 수 있겠습니까!"

"일국의 수상이라는 영의정 김류부터가 그렇소이다. 이번 세자 저하의 수행길에 김경징을 다시 천거하니까 제 어미 상(喪) 중이라 못 보낸다 했다지 않소이까. 제 아들놈이 못나 제 마누라 죽은 걸 모르고 영의정이란 자가 아직도 제 자식놈만 감싸고 도니 이런 파렴치한 사태가 빚어지는 것 아니겠소."

"지금 신료들 가운데 상 당한 사람이 어디 저 혼자뿐이랍디까? 강화도에 들어갔던 사람 중에 이민구 마누라를 빼고는 살아 나온 사람이 없질 않소이까. 도성에 남아 있던 부인들도 목매어 순절한 사람들이 부지기수올시다. ……헌데, 제 마누라 죽었다고 제 아들놈 못 보내겠다 하는 것은 왕실을 업신여긴 처사가 아니고 뭐란 말입니까. 세자 저하께서 인질로 잡혀가는 마당에 마누라 상타령이라니요."

터져 오르는 분통을 더 이상은 못 참겠는지 격분한 무관들의 노한 분기가 더욱 충천하고 있었다.

"영상이라는 자가 저 모양이니 나라 꼴이 이 지경이 아닙니까. 병을 핑계하고, 친구를 팔아 북행길을 면하려고 드는 자들이 다 그 김류를 따라 좇아가던 놈들입니다. 어찌 이들을 주둥아리만 가진 신료라 아니할 수 있습니까."

"말로만 충성, 충성, 주둥이로 하는 충성이야 누군들 못 할까, 쌍-놈들!"

맨 처음 일어섰던 무장이 자리를 박차고 나서며 다른 무관들을 이끌었다.

"갑시다, 이런 자들을 요절내지 않으면 누굴 요절내겠소. 갑시다!"

뒤따르는 무장과 무관들의 기세는 자못 살벌했다. 그렇잖아도 한번쯤은 벼르고 있던 이들이었다. 이들 무인들이 떼지어 몰려다니며 김류에게 붙어 아부하던 자들과 북행길에 빠져 달아나려 했던 자들을 잡아 끌어내어 걷어차고 발로 밟으며 몽둥이로 후려갈기자 피투성이가 된 육조의 관리들이 길바닥과 육조의 뜰 앞에서 힘없이 나뒹굴었다. 그 광경에 무서워 공포에 떨던 문신들이 달아나고 혹은 도망치며 소문을 퍼트렸다.

"무인들이 난을 일으켰다. 무신정변이 일어났다."

소문은 삽시간에 치닫고 내뛰어 병조판서 신경진의 귀에도 들어갔다.

"무에야, 무신정변!"

기겁을 한 신경진이 병조의 군사를 풀어 소문의 진상을 급히 파헤쳤으나 그 소문은 곧 허위임이 밝혀졌고, 이어 칼과 몽둥이를 들고 육조의 관아를 누비던 무장과 무인들이 붙잡혀 왔다. 그러나 사태의 전말을 전해 들은 신경진은 의분에 떠는 그 무장들을 오히려 위로하여 돌려보냈다.

예친왕 다이곤이 홍제원을 경유하여 창릉을 지나 심양으로 향할 것이라는 전갈을 받고 인조는 홍제원으로 향했다. 다이곤의 행차는 청 태종의 행차만큼이나 화려했는데 어딘지 모르게 바쁘고, 또한 서두르는 기색이 역력해 보였다. 배웅길에 나선 인조가 고개를 갸웃했다.

청 태종의 맏아들 호격(豪格)은 청 태종의 막내 동생인 다이곤보다 나이가 많았다. 그러나 영민하기가 막내 동생인 다이곤에게는 비할 바가 아니므로 청 태종은 막내 동생인 다이곤을 아들처럼 신임하여 사랑했다. 그 사랑에 힘입어 다이곤의 세력은 청 태종 다음으로 막강했고, 그 막하에 조선의 세자와 두 대군이 인질로 있었다. 화려한 다이곤의 행차를 바라보며 인조가 정성을 다해 배웅하자 조선의 살림살이를 아는 다이곤은 인조의 환송을 웃음으로 답했다.

다이곤이 조선에 호의적인 태도를 보이는 것은 청나라가 정복한 여러 나라 중에서 지조와 절개를 그 중 으뜸으로 치는 조선의 아름다운 여인들을 맘껏 취한 까닭이었다. 절조(節操)와 예를 아는 조선의 많은 여인들을 품에 안고서야 창과 칼밖에 모르던 다이곤의 마음이 녹아내린 것은 당연한 일이었다.

다이곤의 행렬 뒤로 세자와 대군의 행렬이 보였다.

말에서 내린 소현세자와 봉림, 인평 두 대군이 아버지 인조에게 엎드려 마지막 하직 인사를 올리고는 눈물을 뿌리며 북행길로 접어들었고, 그 뒤를 포로로 잡힌 조선의 여인들이 통곡하며 끌려가고 있었다.

포로로 잡힌 조선 여인들의 수는 헤아릴 수 없이 많아 청 태종이 철군하던 첫날부터 이어지는 행렬길이 7일째인 오늘에도 그 끝이 보이지 않았고, 앞으로 남은 5일 동안에 다시 또 수십만 명이 끌려 갈 것이었다.

그 애처로운 행렬을 눈물로 바라보던 인조가 가슴이 아파 더 이상 보지 못하고 환궁 길에 올랐다. 눈물겨운 행렬을 차마 볼 수 없다 하여 인조는 큰길을 버리고 작은 길을 따라 신문(돈의문)에 들어섰으나 그 길 위에서도 중년의 여인이 땅을 치며 통곡하는 것이 보였다.

"여러 해 동안 강화도를 구축하여 백성들의 피난처를 마련했는데, 나라의 책임을 맡은 높은 사람들은 어찌하여 날마다 술로 소일하여 오늘날 일이 이 지경이 되도록 하였습니까. 백성을 모두 죽이고 그 위에 높이 앉은들 그것이 무슨 소용이겠나이까."

인조가 애처로운 눈으로 그 여인을 바라보았다.

"나는 남편과 아들 넷 모두를 적의 칼날에 잃고 이제 늙은 이 한 몸만 남았으니 장차 이 일을 어찌한단 말입니까. 누굴 믿고 누굴 의지하고 살란 말입니까. 아이고 하늘이여, 당신도 귓구멍이 있다면 내 말을 들어 보시오. 이 허물이 누구에게 있는 것입니까. 그리고 이 원통함은 누가 풀어 줄 것입니까. 아이고… 원통하고 절통해라…….."

조선의 천지 사방이 눈물에 젖어 마를 날이 없었다. 가여운 이 여인뿐 아니라 잡혀가는 사람들도 또한 남겨진 사람들도…….

환궁하는 인조의 어금니가 질근질근 씹어지고 있었다. 환궁해 본들 이미 예전의 대궐이 아니요, 정붙일 곳이라고는 눈곱만큼도 없는 텅 빈 대궐이었다. 그 텅 빈 대궐로 마지못해 들어가는 인조의 눈빛에 핏발이 몰려들고 있었다. 대전 내실의 보료조차 약탈당해 남아 있는 것이라고는 구들과 천정뿐인 휑뎅그렇게 텅 빈 내실 맨바닥에서 쌓이느니 울분이요, 나오느니 한숨뿐인 장탄식을 털썩 깔고 앉아 인조는 나라를 이 지경으로 끌고 간 인사들을 척결하기 위해 극단의 조치를 단행하기 시작했다.

먼저 승정원에 전교(왕의 명령)를 내렸다. 이번 사태에 책임 있는 자들은 지위고하를 막론하고 그 죄를 물을 것인즉 승정원에서는 만반의 준비를 엄히 갖추라는 내용이었다. 추상같은 인조의 엄명에 의정부의 대신들은 전전긍긍했고, 그와 때를 같이하여 대간들의 탄핵이 시작되었다.

인조의 엄명이 아니더라도 김류, 김자점의 극죄를 주장하는 재야 사림(士林: 유학자)의 상소들은 이미 터진 봇물처럼 쏟아져 들어오고 있었다. 거기에 양사(사헌부, 사간원)의 탄핵까지 겹치자 대궐은 걷잡을 수 없는 소용돌이 속으로 급속히 빨려 들고 있었다.

『나라를 절단낸 간흉 김류와 싸워 보지도 않고 스스로 패한 평양 감사 및 도원수 김자점, 임금을 근왕하지 않은 팔도의 감사와 관찰사, 강화도 수비를 책임졌던 검찰사 김경징과 부검찰사 이민구, 강화유수 장신, 그리고 또 나라가 이 꼴이 되도록 방치한 조정의 무능한 신료들 모두를 잡아내어 극형에 처하라.』는 실로 어마어마한 내용의 탄핵들로 꽉 찬 상소가 산같이 쌓여지는 서탁 앞에서 하얗게 치떠지던 인조의 두 눈에 어느덧 살기가 돋기 시작했다.

사헌부, 사간원의 상소와 재야 사림에서 죄인으로 언급한 공통된 인물은 영의정 김류와 그 아들 김경징, 도원수 김자점과 유도대장 심기원, 원임 대신 윤방과 각도의 감사와 관찰사, 강화유수 장신과 부사 이민구, 그리고 충청수사 강진흔 등이었다.

"이자들의 죄는 과인이 직접 물을 것인즉 먼저 의금부에 하옥토록 하라."

인조는 친국을 선언하고 나섰다.

의금부는 역모나 역적 등의 중죄인만 다루는 곳이었다. 한번 들어가면 그 누구라도 성해 나올 수 없는 곳이 의금부였다. 그 의금부에 죄인들을 하옥시켜 가혹하게 다루고자 했던 인조의 의도는, 나라의 대임을 맡은 관료들이 책임을 회피하려고만 드는 관행에 쐐기를 박고 그 책임을 직접 추궁함으로써 일벌백계의 본을 만대에 세우고자 함이었다.

쇠사슬에 손발이 묶인 죄인들이 꿇어 엎드린 의금부 앞마당에서 주먹을 불끈 쥔 인조가 어금니를 앙다문 채 그들을 노려보고 있었다. 그리고 그 양옆으로 무장한 의금부의 관원, 그리고 두려운 얼굴들을 한 조정의 백관(벼슬아치)들이 시립해 있었다.

상투를 풀어 산발한 채 공포에 떨고 있는 죄인들을 불같은 숨을 내뿜으며 노려보던 인조가 주먹으로 무릎을 치며 드디어 일성을 터트렸다.

"이 금수만도 못한 놈들!"

그 첫마디에 꿇어 엎드린 죄인들이 움찔했다.

"너희는 나라의 중책을 맡은 중신들로 나라의 보살핌과 나라의 녹을 누구보다도 많이 받는 자들이었느니라. 그런 너희가 나라가 위급한 지경에 당했음에도 그 책무를 다할 생각은 아니하고 오로지 너희 일신의 안위만을 꾀하였으니……"

김류가 오싹 하며 어깨를 떨었다.

"너희 같은 자들의 죄를 다스리지 않고서야 어찌 이 나라를 아름다운 나라라 할 수 있겠느냐!"

순간 인조의 두 눈에서 살기가 번뜩였다.

"이제 과인은 하늘과 백성들의 눈물을 대신하여 그 죄를 벌하고자 하노라!"

폭발하듯 터져 나오는 인조의 대갈일성에 의금부 앞마당은 얼음장 같은 냉기로 덮여 갔다.

제일 먼저 도마에 오른 것은 김류와 김경징 부자였다.

"먼저 네놈의 언사와 행실이니라."

인조의 핏발 선 두 눈이 두려움에 떨고 있는 김경징을 향해 날아들었다.

"네놈은 이 나라 조선에 네 애비 영의정만 있는 줄 알았지 그 위에 상감이 있는 줄은 몰랐으니 어찌 네가 과인의 녹을 먹은 신하라 할 수 있겠느냐."

머릴 풀어 산발한 김경징이 고개를 떨군 채 부들부들 떨기 시작했다.

"너는 네 입으로 버릇처럼 말하길, 너희 두 부자가 아니었다면 나라의 어려움을 구해 낼 사람이 없을 것이라 했다는데 과연 네 말대로 너희 두 부자가 이 나라 조선을 구했느냐, 아니면 망쳤느냐, 어디 말해 보거라."

288

노기충천한 인조의 노성에 꿇어 엎드린 김경징은 사시나무 떨듯 떨기만 했다.

"그래도 네 애빈 반정에 조금 공이 있는 자였느니라. 그 공을 잘 보전하여 자손만대에 길이 전했으면 오죽 좋으랴만 네놈은 3대는커녕 네 대에서그 뿌리를 아주 뽑아 버렸느니라."

김경징은 이미 사색이 되어 인사불성이었다.

"괘씸한 놈! 그러구도 네놈이 강화도를 책임진 검찰사였더냐!"

꿇어 엎드려 같이 떠는 중에도 김류가 제 아들 김경징을 곁눈질로 돌아보는 그 때 인조의 노성이 또다시 폭발했다. 깜짝 놀란 김류가 다시 납죽엎드렸다.

"너로 말미암아 억울하게 죽어 간 생령이 그 얼마인 줄 아느냐. 이노옴!"

인조의 추상같은 호령에 넋이 나간 김경징은 무서워 덜덜 떨고만 있고시립해 있던 백관들과 의금부의 무장들도 그 준엄한 꾸짖음엔 바짝 긴장해 목을 잔뜩 움츠렸다.

"강화도 수비를 그르치고 검찰사로서 직무를 유기한 죄!"

납죽 엎드린 김류가 고개를 살금 들고 인조를 바라보다 말고 다시 털썩고개를 떨궜다. 인조의 두 눈에 살기가 가득 찬 때문이었다. 김류의 몸이더욱 거세게 떨기 시작했다.

"억울하게 죽어 간 백성들의 원혼을 달래자면 네놈의 그 머리통이 필요할 것인즉!"

순간 인조의 두 눈에 살기가 번뜩였다.

"죄인 김경징을 효수²¹⁾토록 하라."

---

21) 효수(梟首): 죄인의 자른 머리를 장대에 달아 사람들이 붐비는 곳에 내거는 형벌

순간 숨이 멎은 의금부 앞마당은 경악한 채로 깊은 정적에 휩싸이고 있었다.

반정 1등 공신 영의정 김류의 아들이 설마 죽음이야 당하랴 싶었다. 그러나 결과는 그 설마 했던 기대가 얼마나 가당찮은 기우였던가를 극명하게 보여주고 있었다.

한 사람의 목숨을 잘라 낸 인조의 목소리에 날이 섰다. 시퍼런 칼날이었다.

"곤경에 처한 강진흔의 선단과 위급 지경의 강화도를 구출할 생각은 아니하고 저 살 궁리만으로 비겁하게 도망을 친 강화유수 장신, 네놈도 들거라!"

덜덜 떨던 중에도 장신이 고개를 들었다.

"네놈의 형인 장유가 공조판서니라. 네 형의 공을 생각해서라도 너를 살려 두고자 하였으나 네놈 목숨 중한 줄만 알고 왕실을 업신여긴 죄와 백성을 도탄에 빠뜨린 죄는 백번을 생각해도 용서할 수가 없었느니라."

고개 들었던 장신이 두 눈을 질끈 감았다.

"죄인 장신을 사형에 처하라."

순간 장신이 두 눈을 감은 채로 고꾸라졌다. 이미 고꾸라진 김경징은 미동이 없었고 장신 또한 미동이 없었다.

인조의 싸늘한 눈길이 쓰러진 두 사람은 쳐다도 안 본 채 다시 영의정 김류와 도원수 김자점을 향했다. 그러나 김류와 김자점은 이미 제정신이 아니었다.

김류는 자신의 아들이 효수로 결정 날 때부터 혼 줄이 나갔고, 유난히 겁이 많은 김자점은 의금부 앞마당에 끌려 나올 때부터 이미 반쯤 정신이 나간 상태였다.

"죄인 김류는 듣거라."

시립해 있던 백관들의 목에서 마른침 넘어가는 소리가 났다.

"너는 나라의 수상으로 이번 난을 사전에 방지하지 못한 죄가 크다. 그리고 네 아들 김경징을 강화도 검찰사에 임명할 때도 과인은 네게 그 소임을 맡겨도 되겠느냐 물었었다."

정신 줄 놓은 김류의 몸이 움쩍도 하지 않았다.

"그때 너는 네 아들놈이 강화도 방비만은 누구보다도 잘 할 것이라 하였느니라. 그러나 알고 보니 그것은 네놈 부자의 재산을 도피시키기 위한 하나의 술책이었음을 과인은 늦게서야 알았느니라."

시립한 백관들과 의금부 관원들이 움쩍도 않는 김류를 비수 같은 눈빛으로 찔러보고 있었다.

"네놈 부자의 재산 도피가 이 나라 왕실의 존엄보다 앞선단 말이더냐, 이 더러운 놈아!"

갑자기 노성을 지르는 인조의 눈시울이 붉게 젖어가고 있었다.

"어찌 원손을 제쳐두고 네놈들의 재산이 먼저 강화도에 들어갔느냐 이 말이다."

의금부 앞마당으로 찬바람이 쓸며 지나갔다. 꿇어 엎드린 죄인들의 산발한 머리카락이 바람에 흩날렸다.

"잘난 네 아들놈의 무능으로 원손의 행방은 아직 모르고 있느니라."

인조는 한동안 말을 잇지 못했다. 눈물을 이겨내려는 인조의 몸이 가늘게 경련을 일으키며 떨고 있었다.

"정녕…… 너희 두 부자는 효수하여 세상의 본보기로 삼아야 마땅할 것이나 네놈이 반정의 공신이기에 목숨만은 붙여 두노라. 죄인 김류의 공신 훈작을 모두 거두고 삭탈관직하여 멀리 귀양 보내되 위리안치토록 하라."

위리안치란 죄인이 기거할 움막을 가시 울타리로 에워싸고 그 가시울타리 속에 죄인을 가두어 두는 극한 형벌을 말하는 것이다.

인조는 냉정을 되찾아 가고 있었다. 반정 공신이라 하여 그 죄를 가벼이 다룬다면 제2, 제3의 이 같은 일들이 반복될 것이다. 그것을 우려하여 인조는 목소리에 다시금 결기를 돋구었다.

"죄인 김자점도 듣거라!"

김자점이 겨우 고개를 들며 몸을 일으켰다.

"네놈 또한 반정의 공신이나 봉수를 사사로이 가로막고 적의 침공 사실을 사흘이나 늦춘 죄, 죽어 마땅할 것이니라."

시립한 관원들의 눈빛이 고개든 김자점을 향해 화살처럼 날아들었다.

"또한 싸움은 해보지도 않고 도망부터 하였으니 너를 어찌 조선군의 도원수라 할 수 있겠느냐."

고개를 든 김자점이 멀뚱한 눈을 꿈벅거리고 있었다.

"너를 사랑한 과인의 마음이 태산과도 같았는데 고작 너는 네 목숨이 아까워 도망만 하였단 말이더냐."

멀뚱히 고개를 든 김자점의 얼굴을 향해 인조의 질타가 주먹처럼 날아갔다.

"산성에 외로이 숨어 있는 과인은 생각이 나지도 않더란 말이더냐이…… 괘씸한 놈아!"

인조의 질타가 연타로 날아들었다.

"너를 어떠한 형벌로 다스려야 과인의 가슴에 맺힌 한을 풀 수 있겠느냐."

불끈 쥔 인조의 두 주먹이 무릎 위에서 부들부들 떨었다.

"네놈도 공신의 훈작을 모두 거두고 삭탈관직할 것이니라."

터져 오르는 분노를 참지 못해 떠는 인조의 몸이 발작하듯 보였다.

"죄인 김자점을 삭탈관직하여 멀리 귀양 보내되 위리안치토록 하라."

순간 고개를 푹 꺾은 채로 히죽이던 김자점이 그대로 고꾸라졌다. 삭탈관직과 위리안치의 유배에 정신을 잃은 것이다. 평생을 가꿔 온 온갖 부귀영화가 마치 꿈속의 일이었던 양 한순간에 물거품처럼 사라져 버리자 허망함을 이기지 못한 김자점의 넋이 먼저 나간 것이었다.

김자점이 쓰러지건 말건 단호한 인조의 의지는 거기서 멈추지 않았다.

유도대장 심기원과 강화부사 이민구, 원임 대신 윤방은 각기 맡은 바 소임을 다하지 못한 죄로 삭탈관직과 원지유배에 위리안치를, 부원수 윤숙과 신경원, 강원감사 조정호, 경기수사 신경진, 충청감사 정세규, 충청수사 강진흔은 임금을 근왕하지 않은 죄로 멀리 귀양 보내도록 했다.

그러나 강진흔은 끝까지 싸우지 않아 적이 바다를 건너게 했다는 누명을 쓰고 귀양지에서 다시 잡혀 와 억울한 죽음을 당했다. 피난지 강화도에서 강진흔만큼 힘써 싸운 장수도 없었으나 죽임을 당하게 되자 충청 수영의 군관과 군졸들이 대궐 문 앞에 엎드려 그의 죄를 면하여 주길 빌고, 또한 비변사에 탄원하기도 하였으나 원손의 행방을 모르는 인조의 노기에 눌려 결국 아까운 죽음을 당한 것이다. 또한 전라병사 김준룡은 광교산 전투에서 적장 양고리를 죽이는 승리를 하고도 전라감사 이시방과 합동작전을 이루지 못해 청군에게 패하여 임금을 구하지 못했다는 죄로 끌려와 귀양을 갔다.

그리고 함경감사 민성휘, 황해감사 이배원, 황해병사 이석달과 전라감사 이시방, 경상감사 심연, 경상병사 허완, 충청병사 이의배, 북병사 이항, 남병사 서우 등, 주요 외직의 수령들이 삭탈관직 당해 귀양지로 유배되는 일들이 꼬리를 물고 있었다.

조정의 이름 있는 권문세가들과 조선 팔도의 세도가들이 삭탈관직 당하거나 먼 곳으로 유배당하는 사태가 홍수를 이루자 조선의 정국은 두껍게 얼어붙기 시작했다. 그 바람에 들고일어나려던 무인들의 기세도 한풀 꺾여 소리소문 없이 수그러들었다.

인조는 여러 날 동안 슬픔에 잠겨 있었다. 한때 그들과 같이 반정을 일으키고 그들에 의해 임금에 추대된 인조였다. 그런 그들을 죄질에 따라 죽이거나 멀고먼 험지로 귀양 보낸 인조의 마음이 마냥 편할 수만은 없었다. 창경궁 양화당의 그 넓은 빈방에 홀로 외로이 남은 노회한 인조는 허전한 마음을 가누지 못했다.

인렬왕후가 십수 년 병석에 있다가 세상을 뜬 지 3년……

하늘을 우러러 한 점 부끄럼 없기를 바라는 인조였으나 오히려 그 3년 동안 숨 막힐 듯 긴박한 상황은 하루도 잘 날 없어 홀로된 인조를 괴롭게 했다. 그런 소요 속에서 더구나 새 중전의 간택은 바랄 염도 없었고, 수족과 같던 신하들마저 쫓아낸 지금 텅 빈 양화당은 무슨 큰 동굴처럼 느껴져 인조의 마음을 더욱 을씨년스럽게 하고 있었다.

그 비어있는 양화당에서 둥지 잃은 새처럼 외로워하는 인조를 언제부터인가 후궁인 귀인(貴人: 내명부의 종1품 후궁) 조씨가 달래주고 있었다. 때론 상처 입은 새를 어루만지는 마음으로, 때론 중전이었던 인렬왕후의 후덕했던 마음을 흉내내면서……

그렇게 인조의 외로움을 다잡아 가던 귀인 조씨가 어느 날부터인가 비어 있는 양화당의 틈을 엿보기 시작했다. 3년이 되도록 새 중전의 간택이 없자 인조의 늦사랑을 독차지한 위세로 욕심을 내기 시작한 것이다.

인조의 정실 자식인 세자와 대군들이 언제 돌아올지 모르는 전쟁터에 인질로 잡혀갔고, 세자 내외가 기거하던 동궁전도 텅 비어 있었다. 자신의 아들인 숭선군(崇善君)과 낙선군(樂善君)이 인조의 사랑을 함뿍 받고 있던 터에 전쟁터에 나간 세자와 대군들에게 변고라도 생겨 보위를 물려받지 못할 일이 생긴다면 그 자리는 당연히 제 자식이 물려받아야 했다.

'그래야지, 당연히 그래야 하고말고!'

귀인 조씨의 입술이 바싹 타지 않을 수 없었다.

'내 아들 숭선군이야 말로 타고난 왕재가 아닌가 말이야.'

귀인 조씨의 자가당착적인 논리의 비약이 꿈을 갖게 했다. 자신은 중전이 되어 조선의 국모가 되고, 자신의 맏이인 숭선군이 당당하게 보위를 물려받아 조선의 임금이 되는 꿈.

텅 비어 있는 대궐에서 안 꾸어 본 꿈이 없도록 온갖 꿈을 다 꾸어 본 귀인 조씨가 그리는 꿈은, 희망과 상상이 한데 어우러진 환상 같은 꿈이었다. 그 꿈이 귀인 조씨의 마음에 야심을 불러일으켰다.

못할 것도 없다 여긴 귀인 조씨가 꿈을 현실로 이루어 보려는 뜻을 세우기 시작하면서 눈치 빠른 관료들이 도왔다. 출세 가도를 달리기 위해 줄설 곳을 찾던 조정의 관료들이 귀인 조씨 앞에 경쟁적으로 줄을 서가며 귀인 조씨의 야심에 불을 댕기기 시작한 것이다.

6_ 금강산
백의선인

"배운다는 것은 알기 위함이고 안다는 것은 행하기 위함이니라."

샛별같이 반짝이는 눈을 뜬 어린 제자 홍인을 향해 백의선인이 말했다.

"그 사람의 행하는 바를 보면 그 사람의 아는 바를 알 수 있고, 그 사람의 아는 바를 보면 그 사람의 배운 바를 알 수 있느니……"

홍인의 두 눈이 반짝반짝 빛났다.

"사람은 배운 만큼 알고, 아는 만큼 행하는 것이니라."

반짝이는 두 눈으로 자신의 이야기를 흡수해 내는 어린 제자를 향해 백의선인이 흐뭇한 미소를 지었다.

"적게 배웠으면 적게 아는 만큼, 많이 배웠으면 많이 아는 만큼…… 그 실행이 뒤따라야 하는 것이 학문인 게야. 알겠느냐?"

"……예."

인조가 삼전도(송파) 수항단에서 청 태종에게 엎드려 항복하던 정축년(인조 15년)의 이른 봄.

금강산 비로봉의 북쪽, 금강산의 제일경 만물상을 안고 있는 오봉산 천주봉……

천주봉은 동해를 향해 가리산(동북향) 쪽으로 뻗은 능선과 세지봉, 망양대, 문주봉(동남향) 쪽으로 뻗은 능선이 마치 학이 날개를 펴 천불동(千佛洞)과 천폭동(千瀑洞)을 감싸 안은 듯한 형세의 산이다. 그 안쪽, 천불동과 천폭동을 일러 오만물상(奧萬物相)이라 하고 또 다른 별칭으로 별금강(別金剛)이라 한다.

뒤로는 만물상과 천선대(天仙臺)를 업고 가슴에는 천불동과 천폭동을 안은 천주봉 중턱, 병풍처럼 깎아지른 그 벼랑 위에 조그만 암자 하나가 있다. 그 암자 맞은편엔 자연이 만들어낸 천연의 동굴이 있는데 동그라미, 네모, 세모(○, □, △)가 나란히 양각된 나무판이 걸려 있는 그 동굴을 삼인굴(三印窟)이라 했고 암자를 삼일암(三一庵)이라 했다.

동굴과 암자의 규모는 작아도 삼일암은 천불동과 천폭동을 굽어보고 멀리 동해의 푸른 바다를 훤히 바라볼 수 있는 자리에 당당하게 앉아 있었다.

그 삼일암에 백발을 어깨 너머로 쓸어내린 노스승과 그 앞에 무언가 골똘한 모습으로 반짝이는 눈을 뜬 소년이 단정하게 꿇어 앉아 스승의 말씀에 귀를 기울이고 있는데, 그런 제자의 모습을 마주보는 노스승의 입가에는 간간 미소가 흐르고 있었다.

어린 제자 홍인이 한겨울의 혹독한 추위를 이겨내고 어려운 수련을 이끌어 가는 것도 대견스러웠지만 이젠 어린 소년의 모습에서 청년으로 성장하는 모습이 더욱 미더워 안도하는 웃음이었다.

홍인이 삼일암에 처음 온 때가 아홉 살.

육 년이 지나는 사이 병아리가 변하여 독수리로 탈바꿈해 가는 과정에 있었다. 지난 오 년 동안 홍인은 금강산 오르내리기를 비롯, 확대법[22]과 돌 던지기[23], 모래주머니 메고 옥수수 뛰어넘기와 모래자루 격타하기 등 어린 나이에 감내하기 실로 어려운 수련을 군소리 한마디 없이 잘 참고 해내었다. 요즈음은 그 수련을 다 하고도 시간이 남는지 스승을 흉내 내어 벽을 바라보고 앉아 있는 모습이 종종 눈에 띄었다.

"쇠귀에 경(經) 읽기라는 말이 있느니라."

"예."

"그 말은 주옥같은 경구(警句)가 팔만 사천 가지에 이르더라도 실행이 없으면 모두 다 소용없다는 뜻이니라. 실행이 없는 학문을 어찌 살아 있는 학문이라 할 수 있겠느냐."

"……"

"입으로만 중얼대는 경구는 죽은 경구지……"

"……?"

"이미 죽은 경구인데, 그런 경구를 붙들고 평생을 씨름한들 무슨 소득이 있겠느냐. 신통력이 살아 숨쉬는 경이라는 것은 사람이 몸소 실천하는 데에 있는 것이니라.

"……!"

"그래서 장자라는 사람은 육경[24]을 성인의 찌꺼기라고까지 말했던 게야."

스승의 말씀 한마디 한마디를 놓치지 않으려 눈빛을 반짝이는 어린 제자를 바라보며 백의선인이 조용한 미소를 지었다.

"글이라는 것은 옛것을 기록하여 후대에 전해주는 역사 전달의 기능도

---

22) 확대법(擴大法): 작은 콩을 응시하여 호박처럼 크게 보이게 하는 정신수련
23) 돌 던지기: 멀리 있는 표적을 돌을 던져 맞추는 훈련
24) 육경: 시경, 서경, 역경, 춘추, 예기, 악기

있다마는 글의 본래 뜻은 참[眞理]에로 이끄는 역할이 주된 기능인 게야. ……돌 지난 아이가 걸음마를 배울 때 부모가 손을 잡아 주잖던?"

"예!"

"글이라는 것은 그와 같은 것이니라."

가슴까지 내려오는 은백의 아름다운 수염을 쓰다듬는 스승의 그윽한 눈빛 앞에서 홍인은 더욱 자세를 가다듬었다.

입춘이 지나고 우수가 지났다 하더라도 천주봉 절벽의 오두막 암자를 휘어 감고 도는 바람은 코끝이 얼도록 매서웠다. 문틈새를 비집고 들어오는 황소바람을 문풍지가 울어대며 막는다 해도 어림없는 일이었다.

"허나 부모의 자애로운 손길 같은 글이 산처럼 쌓였다 하더라도 천지만물의 묘용을 한눈에 꿰뚫어 보는 힘은 그 글 안에는 없느니라."

"……?"

"그 힘이라는 것이 무엇이겠느냐?"

"……??"

자애 가득한 스승의 질문이나 그러나 짐작 못할 스승의 물음에 말문이 막힌 듯 홍인의 눈앞이 갑자기 깜깜했다.

문득 문풍지 우는소리가 나며 뒤안에서 와르르 하는 소리가 났다. 삭풍이 마지막 힘을 다해 장작더미를 무너뜨린 것이리라.

"교외별전[25]의 신묘한 선법이 그 힘이니라."

말끝에 웃음 짓는 스승이었고, 답답한 가슴에 고개 숙이던 홍인의 머리가 번쩍 들린 건 그 때였다.

'신묘한 선……법……?'

---

25) 교외별전(敎外別傳): 말이나 글을 통하지 않고 마음에서 마음으로 전하는 법

그때 문이 덜컹하며 또 한번 삭풍이 몰아쳤다. 그러나 그 바람소리는 홍인의 귀에 들리지 않았다.

"그 신묘한 선법이 무엇인지 알겠느냐?"

"……?"

도무지 짐작이 가지 않았다. 그러나 기대에 부푼 홍인의 두 눈만이 웃고 있는 스승을 한껏 올려 보았다.

"천지만물의 묘용을 아는 신묘한 비법은 숨에 있느니라."

"예에……?"

홍인의 두 눈이 동그랗게 치떠졌다.

"숨 속에 그 비밀이 있다는 말이다. 그런데 그렇게 놀라는 것을 보니 네가 무언가 큰 것을 기대했었나 보구나. 허허허……"

"아, 아니옵니다. 스승님."

대답과는 달리 홍인의 고개가 다시 숙여졌다.

"허나, 같은 숨이라 할지라도 이 숨은 보통 숨과는 다르지."

"……?"

"암, 다르고말고."

그 다르다는 말씀에 떨구었던 홍인의 두 눈빛이 궁금증으로 다시 빛났다.

"천지에 가득한 기운을 운용할 수 있는 주재자가 되느냐 마느냐는 단지 숨을 어떻게 고르느냐에 따라 달려 있는 것이니…… 그 숨만 잘 고르면 비밀한 선법도 두루 터득할 수 있다는 말이다."

홍인의 두 눈빛이 궁금증으로 물들어 갔다.

"법대로만 숨을 쉰다면 마침내 용이 여의주를 얻듯 온갖 조화와 신묘한 선법도 쉽사리 얻을 수 있겠지."

홍인의 눈빛이 반짝했다.

"밝고 빛나는 그 신묘한 선법이 본래부터 숨 속에 숨어져 있었으니 숨을 고르게만 한다면 절로 찾아지는 것이기는 하나, 그러나 그에 못지않게 고난과 고통 또한 따르느니라."

웃음을 거둔 스승이 문득 엄한 눈으로 홍인을 쏘아보았다. 그 눈빛 앞에서 숨소리조차 잦아진 홍인이 마른침을 삼켰다. 그 때

"……배워 보겠느냐?"

하는 스승의 물음이 있었고, 이어 그 샛별 같은 눈빛만큼이나 또렷한 소리로 또박또박 대답하는 홍인의 목소리가 났다.

"어떤 어려움이 닥치더라도 참고 이겨내 반드시 이루어 보겠사옵니다."

"그……래?"

스승이 웃었다. 호탕한 웃음이었다. 한바탕 호탕하게 웃고 난 스승이 옷깃을 단정하게 여몄다.

"그래야지, 암! 그래야 하구말구. 허 허 허."

스승이 자세를 고쳐 앉으며 홍인을 정시하자 홍인의 목에서 또 한번 마른침 넘어가는 소리가 났다.

"그럼, 지금부터 내가 하는 대로 따라 해 보거라."

스승이 먼저 가부좌를 틀고 앉았다.

홍인도 따라 가부좌를 틀고 앉았으나 처음부터 잘 될 리가 없었다. 한참 용을 쓰던 끝에 가부좌를 틀고 용케 앉긴 앉았으나 무릎과 발목이 우악스럽게 아팠다.

"그래, 그렇게 가부좌를 틀고 앉아서 등허리는 곧게 쭉 펴고…… 허리는 가볍게 툭! 놓는 게야. 아랫배로 숨쉬기 편하게…… 그래, 그렇지!"

홍인이 쩔쩔매었다.

"그리고는 이렇게, 오른 손바닥 위에 왼손을 얹어 살짝 잡고 발목 위에

가볍게 내려놔, ……그래 됐다. 고개는 앞으로 조금 숙이고, ……그렇지!"

스승이 하라는 대로 하는데 발목이 아파 도무지 정신이 없었다.

"눈은 뜨되 시선은 자연스럽게 아래로 내려서 양쪽 무릎 밖을 벗어나지 않게 하는 게야…… 그래 그렇게, 절대로 눈을 감아서는 아니 되느니라."

"……예."

"실제로 보는 것은 들어오고 나가는 숨을 본다고 생각하는 게야. 시선은 아래에 있지만…… 그래야 정신을 뺏기지 않느니라. 알겠느냐?"

"예."

어금니는 다물되 혀끝을 윗니와 입천장 사이에 살짝 대고…… 입안에 침이 고이면 수행에 방해되지 않는 범위에서 조심스럽게 삼키면 되느니. ……처음엔 어색할 게다. 하지만 오랫동안 참고 견디다 보면 자연히 그 수행법을 터득하게 될 것인 즉, 오늘 일러준 말들을 잊지 말고 명심하여 수련에 정진하도록 하거라."

"예!"

"자세는 그만하면 됐다. 그만하면 바른 자세는 되었는데…… 어떻게 숨을 쉬느냐 하면 말이다. 들이쉬는 숨과 내쉬는 숨의 길이가 언제나 같아야 하는 게야, 물론 숨은 코로만 쉬어야 하는 게고……"

홍인이 숨을 쉬어 보았다. 뭐 별거 아니라 생각했다.

"숨 길이를 맞추려면 속으로 수를 세면 되겠지. 들이쉴 때 셋까지 세었으면 내쉴 때도 셋까지 세고, 들이쉴 때 넷까지 세었으면 내쉴 때도 넷까지 세고 하면서 말이다."

홍인이 속으로 스승의 말뜻을 새겼다.

"그리고 숨은 아랫배로 깊이 쉬어야 하는데, 숨이 들어갈 때는 아랫배가 나오고 숨이 나갈 때는 배가 들어가도록 하는 게야. 어디 한번 해 보거라."

홍인은 숨소리를 크게 내어 숨을 들이쉬고 내쉬어 보았다.

"처음엔 잘 안 되지. 그리고 숨소리가 너무 커. 숨소리는 너도 듣지 못할 만큼 고요해야 하느니라."

말끝에 홍인의 숨소리가 쑥 들어갔다.

"어디, 숨을 천천히 들이쉬어 보거라. ……그렇지! 배는 나오고…… 이젠 천천히 숨을 내쉬어 보거라. ……그래, 그렇게."

몇 번을 그렇게 해 보았다. 수월한 듯했다.

"속으로 수 세는 것을 잊지 말아야 하느니라."

"예!"

"처음부터 무리하게 욕심내지 말고 조금씩, 조금씩 몸에 알맞게 재미를 붙여 보거라."

시간이 조금 흘렀다.

홍인은 속으로 하나 둘 셋 까지를 세며 숨을 들이쉬고 또 하나 둘 셋 까지를 세며 숨을 내쉬어 보았다. 그 정도가 제 몸에 알맞은 듯했다. 그러나 시간이 흐르면 흐를수록 다리가 아파 견딜 수가 없었다.

가만히 앉아 숨만 쉬는 것이 뭐 어려울 게 있겠느냐 싶었다. 그러나 정녕 제대로 앉아 법대로 숨을 쉬자니 여간 어려운 일이 아니었다.

바작바작 땀이 났다.

온몸이 뒤틀리며 어디가 어떻게 아픈지도 모르게 온 전신이 쑤시며 다리가 저려왔다. 이렇게 어려운 수행을 하루 이틀도 아니고 몇 달, 아니 몇 년, 아니 수십 년을 이렇게 앉아 하셨을 스승님을 생각하니 존경심이 절로 우러났다.

"힘들지?"

스승이 웃었다.

그러나 홍인은 대답을 못했다. 송곳으로 찔러대듯 파고드는 우왁스런 통증으로 전신은 온통 땀으로 젖어 들었다.

"허허허…… 힘들 게다. 힘이 들더라도 숨을 참거나 멈추어서는 아니 되느니라. 꾸준하고 끊이지 않게 하여 호흡의 길이를 맞추되 고르고, 가늘고, 부드럽게 하다보면 자연히 길고 깊은 숨을 쉬게 되는 게야……"

홍인이 계속해서 숨을 쉬어 보았다.

"수련을 하다 보면 잡념이 일어나기 마련이다. 잡념이 일어나면 생각을 호흡에 맞추어 숨이 들어가면 들어가는 숨을 보고 숨이 나가면 나가는 숨을 보거라. 생각이 숨을 따르게 되면 잡생각이 일어나지 않을 것이니 유념하도록 하고……"

"예!"

"걸을 때는 걸음 수에 맞추어 숨을 쉬고 잠자리에 들지라도 호흡을 의식하여 생각을 풀어놓지 않도록 하거라."

"……예."

"앞으로는 하루를 3등분해서 여덟 시간은 자고 여덟 시간은 수련하고 나머지 여덟 시간은 일하는 데 쓰되 지금부터는 호흡수련에 중점을 두고 수행에 임하거라."

"예."

"네 수행의 진척에 따라 익힐 것이 많으니 어렵더라도 참고 이겨내야 하느니라. 알겠느냐?"

"예, 스승님."

"너무 욕심을 내면 되려 병이 되느니 그 점 염두에 두고……"

"예."

"그럼 됐다. 이젠 그만 건너가거라."

"예."

홍인이 가부좌를 풀었다. 그러나 저리다 못한 두 다리는 마비되어 꼼짝할 수가 없었다. 밖으로 나가기는커녕 다리를 들어 움직일 수조차 없어 쩔쩔매는 데 웃으며 다가온 스승이 홍인의 허리춤 몇 군데를 손가락으로 쿡쿡 찔렀다. 그런데, 그토록 저리며 아프던 다리가 거짓말처럼 말끔히 나아 홍인은 스승의 그 손가락을 신기한 듯 바라보았다.

"방금 무어라 했습니까?"

"어젯밤 동사자가 삼백여 명이나 발생했다 하옵니다."

"삼백여 명이나?"

"그러하옵니다, 세자 저하."

놀란 소현세자가 벌어진 입을 다물지 못했고, 숨을 삼킨 채 바라보는 봉림대군의 두 눈이 똥그렇게 치떠졌다.

병자호란을 당해 조선이 청나라에 무조건 항복하고 난 이후 청나라에 볼모로 잡혀온 왕실의 소현세자와 봉림, 인평대군. 그리고 사대부들의 장, 차남들이 포로로 끌려온 조선의 여인들과 함께 가혹한 고통에 몸서리치는 만주 심양의 조선인 포로수용소……

강화도에서 잡힌 왕실 및 문무 양반의 부녀자들과 서울, 개성, 사리원, 평양 등지에서 붙잡힌 칠십만 조선인 부녀자들이 눈보라 몰아치는 광활한 눈밭 위에 개미떼처럼 운집해 있었다.

코끝에 고드름이 달리는 혹한 위에 살을 찢는 듯한 대륙의 찬바람이 연이틀이나 몰아쳐 70만 포로들의 머리카락까지 하얗게 얼어붙이자, 그 바람 앞에 너덜대는 천막으로 바람만 겨우 막은 포로 수용소의 참상은 빙산지옥, 웅크린 여인들을 산채로 얼어 붙이는 빙산지옥의 참혹한 현장이었다.

소현세자를 대신하여 간밤 숙직자인 시강원 보덕 정태화와 문학 정뇌경, 그리고 이무진을 대동한 봉림대군이 그 빙산지옥의 현장인 포로수용소를 향해 바쁘게 걸음을 옮기고 있었다.

3백여 구의 시신이 마치 통나무 등걸처럼 나뒹구는 참담한 현장에서 봉림대군은 차마 두 눈을 바로 뜰 수 없었다.

발가벗겨진 채 뻣뻣하게 굳은 시신들의 음부와 눈, 코, 입은 얼어 하얀 성애가 끼어 있었고 갑작스런 봉림대군의 행차에 몸둘 바를 몰라 하는 몇몇 여인들을 제외하고는 한쪽 구석에서는 그 주검을 앞에 두고서도 눈물은커녕 사람의 눈이라 할 수 없는 핏발 선 야수의 눈을 가진 사람들이 이제 막 들것에 실려 나온 시체를 놓고 치열한 싸움을 벌이고 있었다. 죽은 사람이 입고 있던 옷을 벗겨 먼저 차지하려는 아귀다툼이었다.

그 소란 속에서 산처럼 쌓인 시체 더미를 바라보는 봉림대군의 눈시울이 뜨거워지고 있었다.

모두가 죄 없는 여인들이었다. 그 죄 없는 여인들이 이역만리 험한 곳에 끌려와 부모와 남편과 자식만을 오매불망 그리워하다 파랗게 얼어 치뜬 눈을 감지도 못한 채 억울하게 죽어간 것이다. 그리고 모질지 못해 순박하기만 하던 사람들이 살기 위해 성난 야수로 돌변할 수밖에 없는 통한의 현실 앞에서 봉림대군의 뜨거운 숨이 또다시 삼켜졌다. 발가벗겨진 알몸의 시체가 곧바로 나무토막처럼 내던져진 것이다. 그 시체 더미를 바라보는 봉림대군의 눈시울로 강화도의 텅 빈 진지와 김상용의 분사가 겹쳐

지더니 갑자기 시야가 뿌옇게 흐려지고 있었다.

"아니 됩니다. 이에서 희생자가 더 나와서는 아니 됩니다."

눈물에 젖은 봉림대군이 그 역시 처연하게 고개 꺾인 정태화와 정뇌경, 이무진에게 말했다.

"이대로 가다간 우리 조선 사람들이 모두 동사하고 말겠습니다."

봉림대군이 그 세 사람을 바라보며 소리쳤다.

"방법을 찾아야 합니다. 우리 동포가 살 수 있는 방법을……!"

소리치던 봉림대군이 어느새 야수들의 싸움터로 뛰어들고 있었다. 뛰어가는 봉림대군을 미처 말리지 못한 놀란 이무진과 정태화, 정뇌경이 달려가는 봉림대군을 소리쳐 부르며 뒤쫓았다.

"대, 대군 마마, 아니 되옵니다! 돌아오소서, 대군마—마!"

"마—아—마!"

그러나 봉림대군은 시체의 옷가지를 조금이라도 더 차지하고자 이리떼처럼 달려드는 여인들이 서로의 머리채를 잡아채며 휘두른 주먹에 입술이 터져 선혈이 낭자한 아귀다툼의 현장 한가운데로 들어섰다.

뺏고 빼앗기며 살기 위해 몸부림치던 사람들의 냉혹한 눈빛이 갑작스런 봉림대군의 출현으로 움찔하고 있었다.

"여러분이 겪는 고통…… 어찌 말로……위로가 되겠습니까."

봉림대군이 두 눈을 질끈 감아 눈물을 털어 버리고 애써 밝은 표정을 지으려 했다. 그때, 시체 더미 속에서 앳되어 보이는 소녀의 주검이 봉림대군의 눈에 띄었다. 봉긋하게 갓 솟아오른 젖가슴으로 보아 열대여섯 살이나 되었을까……? 살아 있었다면 갸름한 얼굴에 청초하게 보였을 아름다움을 지닌 소녀였다.

"고국을 떠나 이역하늘 아래까지 끌려 온 것만으로도 고통인 줄…… 압니다. 더구나 이곳의 날씨는 조선과 같지 않아 변화가 무쌍하다고 하니, 기온이 다시 급랭하기 전에 각별히 유의하셔서 본국으로 돌아갈 때까지는 무사하셔야 합니다."

봉림대군이 동포들을 바라보며 진정으로 위로했다.

"부디, 무사하시길…… 바랍니다."

그 말끝에 눈시울이 다시 붉어졌다.

소현세자와 자신은 볼모의 신세요, 여인들은 포로의 신세였다. 누가 누구를 위로할 그런 처지가 아니었으나 그러나 평소 무심했던 말, …… 무사하길 바란다는 그 소망 어린 말 한마디가 이토록 간절할 줄은 예전에 미처 몰랐었다.

죽어 산처럼 쌓인 가엾은 사람들과 그 안에 소녀의 주검이 눈시울 붉어 가던 봉림대군의 가슴을 다시 뜨겁게 달구었다. 무덤이라도 쓸 수 있다면 그 앞에 머리 숙여 추도의 향이라도 사르겠건만, 무덤은 고사하고 시체의 처리조차 마음대로 하지 못하는 현실 앞에서 봉림대군은 솟구쳐 오르는 울분을 억누를 수가 없었다.

갑자기 봉림대군의 두 어깨가 출렁했다. 봉림대군이 여인들의 앞임에도 불구하고 피맺힌 울음을 울컥하고 토해 내자, 숨죽여 둘러섰던 여인들도 그 봉림대군 앞에 엎어지며 울부짖기 시작했다.

땅을 치며 통곡을 쏟아내는 것은 가련한 동포들의 죽음이 애달프기도 했거니와 살아도 산목숨이 아닌 자신들의 처지가 죽도록 서글펐기 때문이었다. 발버둥을 치며 우는 여인들이 갈수록 늘어나고 있었다.

곡성이 진동하는 가운데 눈물에 젖은 봉림대군의 두 눈이 무엇에 놀란 양 흠칫했다. 잘못 본 것이 아닌가 하여 거듭 눈을 씻고 다시 살펴보는데, 이무진이 소스라치며 소리를 질렀다.

"살아 있습니다. 대군 마마! 사람이 살아 있사옵니다!"

소스라친 이무진의 외침보다도 봉림대군의 두 발이 먼저 달려가고 있었다.

그 소녀였다. 시체 더미 속에 버려진 소녀의 손가락이 움찔움찔하더니 이젠 팔꿈치를 들어 움직이고 있었다.

"어서 빨리!"

봉림대군이 이무진과 정뇌경을 재촉했다.

놀란 여인들이 우르르 쫓아 나갔고 봉림대군과 이무진, 정태화, 정뇌경이 그 소녀를 시체 더미 속에서 끄집어내었다.

다른 시체들과 마찬가지로 아직은 뻣뻣하게 굳어 있는 몸이었으나 그러나 미약하나마 가느다란 숨결이 되살아나고 있었다. 파랗던 입술도 점차 붉게 물들어 가고 있었고…… 소생의 빛이었다. 그런데, 순간 소녀의 얼굴을 바라보던 봉림대군의 머리끝이 쭈뼛했다. 소녀가 다름 아닌 권오희였던 것이다.

놀란 봉림대군이 솜두루마기를 벗어 권오희를 감싼 채 어깨와 팔을 문지르며 주무르자 이무진, 정태화, 정뇌경과 둘러선 여인들이 저도 모르게 달려들어 권오희를 감싸 안고 팔다리를 주무르기 시작했다. 이어 들것이 대령했고 권오희는 들것에 실려 다시 천막 안으로 옮겨졌다.

기적이었다. 막혔던 기혈(氣血)이 햇볕에 녹으며 되돌기 시작한 것이었고, 천막 안으로 옮겨진 후 여인들의 극진한 보살핌 속에 권오희는 서서히 깨어나고 있었다. 깨어나는 권오희를 바라보며 봉림대군은 소현세자가 있는 군막을 향해 걸음을 급히 옮겼다. 마음이 급했다.

삼백여 구의 시체가 산더미처럼 쌓여 있는 수용소의 정황을 보고 받는 자리에서 소현세자는 숨죽인 채 두 눈을 꾹 눌러 감았고, 이어 그 시체 더미 속에서 한 소녀가 다시 살아났는데 그 소녀가 다름 아닌 권오희라는 대목에 이르러 소현세자의 두 눈도 번쩍 떠졌다.

　"권오희, 그 낭자가……?"

　"그러하옵니다, 세자 저하."

　"그래, 정녕 소생했단 말인가?"

　"그러하옵니다, 세자 저하."

　놀라움에 두 눈을 부릅뜬 소현세자 앞에 봉림대군이 허리를 숙였다. 암울하기만 하던 조선인 포로촌에 권오희의 소생은 한 가닥 실낱같은 희망의 전령이 찾아 온 것만 같은 소식이었다.

　"세자빈을 지켜준 일만 해도 가상한 일인데, 그 추위 속에서 다시 살아나다니…… 참으로 기적 같은 일이 아닌가?"

　"저도 처음엔 믿기지 않아 몇 번인가 다시 보았사온데, 이 세 사람과 손수 권오희를 천막 안으로 옮겨 뉘인 다음에야 그 사실이 꿈이 아닌 줄 알았사옵니다."

　상기되어 얼굴이 붉어지는 봉림대군을 바라보던 소현세자가 고개를 끄떡이며

　"그렇다면 어서 의원을 보내 낭자의 용태부터 살펴 주도록 하시게."

　"예, 저하. 그리하겠사옵니다."

　그제서야 봉림대군의 급한 마음이 가라앉았고, 정태화, 정뇌경, 이무진의 스산했던 마음도 녹아내리고 있었다.

"하온데……, 저하."

봉림대군이 기쁨에 잠겨 있는 형 소현세자앞에 조신하게 허리를 숙였다.

"수용소의 낡은 천막으로는 언제 또 희생자가 나올지 모르는 일이온지라, 보다 근본적인 대책이 강구되어야 할 줄 아옵니다."

"그러하옵니다, 세자 저하. 수용소의 천막은 청나라 군병이 임시로 세워 놓은 허술하기 짝이 없는 것이오라, 그 천막으로는 이 추위를 감당해 내기가 어려울 것으로 보이옵니다."

봉림대군에 이은 정태화의 아룀에 동감을 나타내던 소현세자가 긴 한숨을 내뿜으며 수심 가득한 낯빛을 띠었다.

"그걸 어찌 모르겠습니까. 허나 방도가 없질 않습니까?"

"저하, 찾아보면 방법은 있을 것이옵니다. 너무 심려치 마시옵소서."

수심에 젖어 가는 소현세자를 봉림대군이 위로했고, 위로하는 그 봉림대군을 바라보는 소현세자의 눈빛이 처연했다.

"무슨 방법이 있는 겐가?"

"저하, 예친왕을 만나 보는 것이 어떠하겠나이까?"

"예친왕…… 다이곤을?"

"그러하옵니다, 저하. 예친왕 다이곤에게 수용소의 참상을 숨김없이 알린 연후에 청나라가 나서서 대책을 세우도록 설득하는 것이 우선 순서가 아니겠나이까?"

"우리가 저들의 포로인데 저들이 우리의 말을 듣겠는가?"

낙망한 목소리였다.

"만일 저들이 우리의 말을 귀담아 듣지 않는다면 우리 스스로 나서는 수밖에 없질 않겠사옵니까?"

"스스로 나서다니……?"

소현세자가 눈을 똥그렸다.

"들판에 널려 있는 갈대를 꺾어다 이엉을 엮어 보온이라도 해야 되지 않겠나이까?"

"갈대로 이엉을?"

"앉아서 죽음을 기다리는 것보다는 그것이 차라리 나으리라 여겨지옵니다."

어림없는 소리라는 듯 콧바람을 내던 소현세자가 가라앉은 무거운 소리를 냈다.

"아녀자들이 그 일을 할 수 있으리라고 보는 겐가?"

"아녀자라 할지라도 힘을 합치면 적어도 지금보다는 나을 것이옵니다."

"세자 저하, 청나라에서 허락만 한다면 갈대를 꺾어오는 일은 그다지 어려운 일이 아니라 사료되옵니다."

정태화가 다시 동조하고 나서므로 정색했던 소현세자가 타오르듯 하는 봉림대군의 두 눈을 똑바로 주시했다.

"그렇다면 이번 일, 누가 적임이라 보는가?"

"굳이 신료들을 보내기보다는 제가 직접 가서 만나 보겠나이다."

"아우님이?"

포로들의 기숙(寄宿) 문제를 해결하기 위해 스스로 그 소임을 자청하고 나서는 봉림대군을 바라보는 소현세자의 놀란 눈이 다시 똥그래졌다.

"굳이 아우님이 가실 일이 아니지 않은가"

"저하, 예친왕은 청 태종의 동생이옵니다. 가벼이 신료들을 보낼 일이 아니라 사료되옵니다."

소현세자가 정색하여 봉림대군을 바라보았다.

"허락하여 주소서, 저하."

눈빛만 아니라 생각도 깊었다.

아우의 그 사려 깊음에 소현세자가 안도했다. 자신보다 일곱 살 아래인 스무 살의 봉림대군이 소현세자의 눈에 갑자기 어른스러워 보이고 있었다.

"하면…… 누구와 함께 가는 것이 좋겠는가?"

"보덕 정태화와 문학 정뇌경, 그리고 제 스승인 이무진이 수용소의 참상을 보았으니 함께 가는 것이 어떠하겠나이까?"

"지당하신 말씀일세, 그렇게 하시게."

고개를 크게 끄덕이며 격려의 눈빛을 보내는 소현세자를 향해 정태화와 정뇌경, 이무진이 다시 바닥에 엎드리며 부복했다.

"감사하옵니다, 세자 저하."

세자의 처소를 나서는 봉림대군의 머리 위로 밝은 햇살이 쏟아져 내리고 있었다. 그런데 언제부터인가 온 전신을 휘감고 도는 알 수 없는 무거운 책임감에 전율하던 봉림대군이 포로수용소의 참상을 두 눈으로 목격한 이후 그 책임을 스스로 자임하고 나면서부터 갑자기 가슴 속에서 알지 못할 자신감이 용솟음쳐 오르고 있었다.

봉림대군과 정태화, 정뇌경, 그리고 압록강을 건널 때부터 합류하여 봉림대군을 그림자처럼 호위하는 이무진이 예친왕 다이곤의 군진(軍陣)을 찾았다. 다이곤의 군진은 청 태종 홍태시가 있는 궁궐 동쪽 끝에 자리 잡고 있는데, 다이곤의 군진은 청 태종의 위용에 버금갈 만큼 정돈이 잘

되고 정비를 잘 갖춘 군진이었다.

끝없이 이어지는 담장 안에서는 수천인지 수만인지 모를 군사들이 횡대와 종대로 정돈한 채 창칼을 휘두르며 훈련하는 모습이 보였고, 야트막한 야산에서는 조총과 활을 든 궁수들이 쉴 새 없이 총과 활을 날리며 훈련하는 모습도 보였다. 또 지평선이 아른대는 너른 들판에서는 끊임없이 이어지는 포술(砲術)훈련과 기마병(騎馬兵)의 기마 교련이 다이곤을 찾아가는 네 사람의 가슴을 아리게 했다. 조선에서는 감히 상상도 못할 장비와 병력의 절제된 훈련 모습이어서 추위 속에 찾아가는 네 사람의 마음이 더욱 시려 움츠러들었다.

무엇보다 특이한 것은 포술 훈련과 기마 교련이었다.

포병이 포탄을 수없이 쏘아대고 나면 곧 바로 수천의 기마병들이 공격을 감행했는데, 좌우로 날개를 펼쳐 포위해 들어가는 진법은 학익진(鶴翼陣)이었다. 그 진의 전개가 어찌나 신속하고 빠른지 눈이 미처 따라잡지 못할 정도였고, 그 위풍당당한 모습은 더 이상 그들 앞에 거칠 것이 없어 보이는 그야말로 천하무적의 당당한 위용이었다.

이 훈련은 이제 곧 진행될 명나라와의 싸움에서 그대로 전개될 싸움의 전법이 될 것이었다. 끊임없이 훈련에 임하는 이들의 기세로 보아 싸움은 곧 청나라의 승리로 이어질 것이고, 불을 보듯 명백한 그 사실 앞에 명나라 숭상은 관습이요 습관처럼 몸에 밴 이들 네 사람의 가슴은 무겁게 내려앉았으나 이무진의 두 눈은 활활 타오르고 있었다.

이무진이 활활 타오르는 눈으로 봉림대군을 바라보니 봉림대군 또한 눈에 불을 켜고 훈련장면을 응시하고 있었다.

'조선이 조금만 일찍 군비증강에 힘을 쏟았다면……'

훈련광경을 바라보며 비탄의 감회에 젖어 길을 가던 봉림대군이 문득 고개를 들었다. 짙은 화약 냄새와 불에 탄 잿더미의 그을음 냄새가 담장 안에서 물씬 풍겨나온 것이다. 그 순간 봉림대군이 이무진을 돌아보았고, 이무진은 그런 봉림대군을 마주보며 씨익 하고 웃었다.

'아! 심양 폭발!'

하고 기억을 되살린 봉림대군이 주변을 돌아보았다. 이무진의 말대로 화약창고며 군량미창고가 불에 타 무너져 내린 건물들이 즐비하게 눈에 들어왔다. 아직 치우지 못해 타다 남은 잔해가 잘 정돈된 군진과 묘한 대조를 이루고 있었다. 청 태종이 철군을 서두른 이유를 현장을 직접 보고서야 안 것이었다.

'도대체 스승님은 신인가, 사람인가?'

봉림대군은 이무진을 그렇게 생각했다. 그런 봉림대군을 바라보며 이무진은 모른 척 웃고만 있고, 정태화와 정뇌경이 놀란 눈을 화둥그렸다.

"큰 폭발이 일어났던 것 같사옵니다, 대군 마마."

정태화가 놀라며 말했다. 그러자 정뇌경이

"이정도의 폭발과 불이라면 대규모 병력이 움직였을 텐데, 혹 명나라가 움직이지 않았겠사옵니까, 대군 마마."

"저야 잘 모르지요, 헌데 피해가 막심한 거 같습니다."

이무진으로부터 자초지종을 들은 봉림대군이었으나 시치미를 뚝 떼고 모른 체 했다.

"불은 여기만 난 것이 아니고 저쪽 진영에도 났던 것 같사옵니다. 허물어진 건물들이 보이는 걸 보면 말이옵니다."

정태화가 멀리 보이는 다른 진영의 허물어진 건물을 바라보며 놀란 듯이 말했다.

"폭발과 불은 대규모였음이 분명한 것 같습니다. 그런데 이제 다 온 거 아닙니까?"

봉림대군이 더 이상의 말을 막고 화재를 돌리려 할 때 다이곤의 군진에서 군사들이 나오는 모습이 보였다. 마중 나오는 군사들이었다. 그 군사들의 도열 끝에 만면에 웃음 가득한 예친왕 다이곤의 화려한 모습이 나타났다.

"이게 누구요, 봉림대군이 아니신가……?"

"오랜만에 뵙사옵니다."

호들갑에 가까운 다이곤이었으나 봉림대군은 긴장으로 몸이 굳어 가고 있었다.

예친왕 다이곤은 봉림대군보다 일곱 살 많은 소현세자와 동갑이었는데도 소현세자에 비해 훨씬 나이가 더 들어 보였다. 생사를 가늠하기 어려운 전장에서 뼈가 굵은 탓도 있겠거니와 호색가로 소문난 그의 주변에 아름다운 여인들이 무수히 있다는 것도 한 가지 이유일 것이다.

소현세자보다 두 배나 더 나이 들어 보이는 어른 같은 예친왕 다이곤 앞에서 봉림대군의 긴장이 풀어지지 않고 있었다.

"여긴 조선보다 추운 곳인데……, 세자는 잘 있소?"

"황제 폐하와 예친왕 전하의 은덕으로 잘 계시옵니다."

봉림대군의 공손한 태도에 다이곤이 "허허" 하고 웃었다. 진짜 나이 든 사람 같았다.

"아, 편히 앉으시오, 편히들……,"

호피 깔린 용상에 깊숙이 앉은 화려한 모습의 다이곤이 의자 끝에 걸터앉아 불안한 기색을 보이는 봉림대군과 정태화, 정뇌경, 이무진을 보고 하는 말이었다.

"우리나라에 온 뒤로 소식을 몰라 궁금했었는데 이렇게 찾아 주시니 고맙소."

그때 궁녀들이 찻상을 들고 들어왔다.

"자, 드시면서 이야기합시다."

김이 무럭무럭 오르는 찻잔을 먼저 들어 보이는 다이곤의 모습은 여유로워 보였다.

승자의 여유로운 모습이란 저런 것일까 생각하며 바라보던 봉림대군의 시린 가슴이 갑자기 뭉클했다. 아버지 인조대왕의 허전한 모습이 다이곤의 모습 위에 순간 어리다 사라졌기 때문이었다. 뿐만 아니라 살기 위해 몸부림치던 핏발 선 여인들의 처절한 눈빛도 봉림대군의 눈앞에 매달리다 사라졌다.

소현세자와 자신이 기거하는 막사가 추워 솜바지 저고리를 몸이 둔하도록 껴입었는데도 몸이 자꾸 떨렸다. 세자가 있는 막사의 사정이 그러할진대 수용소의 참상이야 말해 무엇하리……,

봉림대군의 콧등이 시큰하며 눈시울이 붉어지는데 무럭무럭 오르는 찻잔의 김으로 인해 다이곤이 미처 눈치채지 못했다.

다이곤은 차를 마시는 데도 열심이었다. 기름이 둥둥 뜬 우윳빛 차를 김을 후후 불어 가며 마시는데 후르륵 짭짭 하는 소리가 듣기에도 맛나게 들렸다.

봉림대군이 그 차를 조심스레 한 모금 마셔 보았다. 구수한 향에 비해 맛은 비릿했고 조금 있자니 속이 매슥매슥하며 당장 구역질이 올랐다. 그러나 내색할 수는 없었다.

무슨 영생의 보약이라도 마시듯 후르륵 짭짭대는 다이곤을 김 너머로 바라보며 봉림대군은 그 차를 구역질을 꾹꾹 눌러 가며 억지로 다 마셨다. 마시고 나니 가슴이 답답하고 얼굴이 화끈거렸다.

"차 맛이 어떻소?"

다이곤이 달아오른 봉림대군의 얼굴을 바라보며 물었으나 봉림대군은 머뭇거렸다.

"처음 마시는 사람은 속이 편치 않을 거요."

봉림대군이 궁금한 얼굴을 했다.

"이 차는 내가 특별히 주문해 만든 것이라 맛도 효과도 모두다 특별한 겁니다."

궁금하기는 정태화와 정뇌경, 이무진도 마찬가지였다.

"특히 정력에는 그만이고, 추위를 이겨내는 데도 탁월한 효과가 있으니……"

다이곤이 웃고 있었다.

"나를 따르는 아름다운 여인들이 좀 많아야지."

다이곤이 좀 더 소리내어 웃었고 봉림대군은 가슴이 답답하고 얼굴이 화끈거리는 이유를 그제야 알 것 같았다. 남성의 양기(陽氣: 정력)를 촉발시키는 강정제(强精劑)를 다이곤이 차처럼 마시고 있는 것이었다. 그 강정제를 믿고 양기를 무작정 뽑아내 쓰다 보면 몸은 쉬이 쇠락을 가져올 뿐이었다. 다이곤의 얼굴이 초로의 증세를 보이는 이유가 거기에 있었다. 그런데도 다이곤은 많은 여인들을 거느린 것이 사뭇 자랑이라도 되는 양 떠벌리기를 주저하지 않았다.

맨 처음 몽고를 점령했을 때 기막힌 미인이 있어 데리고 왔는데 그 짓 할 때는 꼭 짐승같이 하기를 좋아한다는 이야기에서부터, 명나라 귀족 출신의 여인과 동침할 때는 꼭 목욕을 같이 해야 하며 여인의 몸을 손수 씻겨 주어야 한다는 비릿한 이야기와 바다 건너 멀리 왜국에서 데리고 온 여인들은 그 짓 할 때 소리를 하도 질러 사람의 혼을 아주 우려 뺀다는 웃

318

지 못할 이야기를 아무 거리낌 없이 쏟아 놓았는데, 그중 최근에 조선에서 데리고 온 여인들과 동침 이야기가 나올 때는 봉림대군과 정태화, 정뇌경, 이무진의 얼굴이 무안하여 고개를 들지 못했다. 여인들만 능욕당하는 것이 아니라 마치 자신들이 능욕당하는 것 같아 가슴 한구석에서는 주먹 같은 울화가 치밀어 올랐다.

그 껄껄거리는 다이곤을 봉림대군이 조심스럽게 불렀다. 봉림대군의 마음이 한담이나 듣고 있을 만큼 여유롭지 못했기 때문이었다.

"예친왕 전하."

문득 정색한 다이곤의 얼굴이 봉림대군 눈앞으로 다가왔다.

"전하께서도 말씀하셨듯이 이곳 날씨는 조선과 사뭇 다르옵니다."

'그야 당연하지 않은가.' 하고 되묻듯 다이곤의 두 눈이 봉림대군을 쏘아보았다.

"날씨뿐만 아니오라 생활환경도 많이 다른지라."

정색한 다이곤을 향해 봉림대군이 조심스럽게 말을 이어갔다.

"온돌을 사용하던 조선에서는 하루 두 번 아침저녁으로 불만 지피면 한겨울 추운 날씨도 따뜻하게 보낼 수 있었사오나 이곳은 바람도 찬 데다 맨바닥에서 생활을 해야 하고, 또 수시로 천막 안에다 불을 지펴야 하는 어려움 때문에 뒤바뀐 생활에 적응하지 못해 고통 받는 사람들이 참으로 많사옵니다."

"그야 그렇겠지요, 그런데……?"

"천막 안에서 불을 지펴 본 경험들이 없는지라 첫째는 연기에 질식해 골머리를 앓는 사람들이 많고, 두 번째는 불을 너무 많이 지펴 천막을 태운 사람들이 부지기수입니다. 또 밤에는 불이 꺼져 추위에 언 채 밤을 지새우기가 일쑤이니 추운 날씨에 웅크리고 있는 그 참상이 너무도 딱하여……."

봉림대군의 눈시울이 다시 붉어졌다.

"그래, 무슨 일이라도 난 게요?"

정색하여 바라보던 다이곤이 붉게 젖어 가는 봉림대군의 두 눈을 바라보며 물었다.

"그저께 밤, 저희 수용소에서 동사……자가 무려 3백여 명이나 발생했사옵니다."

순간 다이곤의 두 눈이 번쩍 했다.

"아니, 그게 무슨 말이요. 소상히 좀 말해 보시요."

생각보다 훨씬 큰 다이곤의 반응에 조심하던 봉림대군의 목소리에도 힘이 올랐다.

"폭설이 내린 뒤 땔감 없는 저희 수용소에 강추위가 몰아닥쳐 동사자가 발생한 것이니 누구를 탓할 일은 아니옵니다만, 그 참상이 너무도 참혹하여 차마 두 눈을 뜨고는 바로 보지 못할 지경이었사옵니다."

"그래, 이번 추위에 3백여 명이나 떼죽음을 당했다 그 말이요?"

"그러하옵니다, 예친왕 전하."

"허-"

다이곤이 탄식했다.

"이번 추위야 이곳에서는 끝물 추위로 여기는 대단찮은 추윈데 그 추위에 얼어죽다니…… 쯧쯧."

"전하, 앞서도 말씀드렸듯이 조선 사람들은 따뜻한 온돌을 사용하던 사람들이옵니다. 또 이번 추위는 일찍이 조선에서는 겪어 보지 못한 추위이기도 하옵고……"

"허허-"

다이곤이 쓴 입맛을 다셨다.

"이 정도 추위도 견디지 못하고 죽어버린다면야······"

"전하, 아무리 강추위가 몰아친다 하더라도 하룻밤쯤이야 어찌 이겨낼 수는 있을 것이옵니다. 하오나 그 추위에 무방비로 노출되어 떨고 지치다 보면 종내에는 작은 추위도 이겨내지 못하고 쓰러지는 것 아니겠사옵니까?"

봉림대군의 그 말을 다이곤이 옳게 받아들이고 있었다.

"이 추위를 천막 한 장에 의지하여 감내해 내기란 어려울 듯하오니······"

"우리 군사들도 똑같은 천막을 쓰고 있소. 더구나 이번 전란 중에 명나라 군사들이 들어와 우리 군량미와 화약창고에 불을 지르는 바람에 피해가 막대합니다. 황제 폐하께서도 이 일 때문에 서둘러 귀국하신 것이 아니오."

갑자기 봉림대군의 말을 가로막은 다이곤이 청나라 사정을 설명했다. 더 이상의 물자 공급은 어렵다는 뜻을 알리려는 저의였다.

"전하, 수용소의 포로들은 모두가 아녀자들이옵니다. 굶주리고 추위에 지쳐 얼어 죽어가는 것을 차마 두 눈으로는 보지 못하겠나이다."

봉림대군이 다시 바닥에 엎드렸다.

"현장은 가보았소?"

"그러하옵니다, 전하. 여기 이 세 사람들과 함께 현장을 돌아보고 왔사옵니다."

다이곤이 봉림대군과 함께 바닥에 엎드리는 그 세 사람을 바라보았다.

"천막생활에 익숙치 못한 저들인지라 천막 안과 밖의 기온차가 그다지 느껴지지 않았사옵고, 또한 입고 덮고 자는 천 조각마저 부족한 형편이온지라, ……부디 대국의 선처만을 바랄 뿐이옵니다.”

다이곤의 얼굴이 잠시 어두워지는 듯했다.

“그렇다면 큰일이지 않은가, 추위가 풀리자면 아직도 멀었는데……”

“전하, 갈대라도 꺾어 보온이라도 하는 것이 옳지 않겠나이까?”

“그런 임시방편으로 해결될 일이 아닌 것 같소.”

다이곤이 해결 방법을 찾는 듯했다.

“잠시 기다려 보시오, 내가 황제 폐하께 말씀드려 방도를 찾아볼 것인즉.”

황제에게 품의하여 방도를 찾겠다는 다이곤의 말에 봉림대군과 정태화, 정뇌경, 이무진이 자리에서 일어나 다시 한번 절하고 바닥에 엎드렸다.

“감사하옵니다, 예친왕 전하. 이 은혜를, 이 은혜를 어찌 갚아야 하올지……”

“은혜랄 게 무에 있겠소. 이제는 다 같은 황제 폐하의 백성들인 걸.”

그 말에 봉림대군의 머릿속으로 만감이 교차했다.

“조선국을 대신하여 백성들의 고초를 내 일처럼 애달파 하는 대군의 모습이 정녕 보기 좋소이다.”

말끝에 다이곤이 껄껄 하고 웃었다.

“정녕 다이곤이 그렇게 말했다 그 말씀인가?”

“그러하옵니다, 저하.”

놀라는 소현세자 앞에 봉림대군이 웃는 낯으로 부복했다.

“청나라에서 나서 준다면야 그 보다 다행한 일이 어디 있겠는가. 아우님이 큰일을 하셨네, 참으로 큰일을 하셨어."

소현세자의 얼굴이 환하게 밝아지고 있었다.

동사자의 보고를 받은 지 꼭 하루 동안 소현세자는 가슴을 짓누르는 부담에 음식조차 소화를 못해 초췌하고 꺼칠한 모습이었다. 이제 그 마음의 짐을 벗어 홀가분한 듯 소현세자의 목소리가 명랑했다.

"이제는 저들이 하루속히 조처하기만을 기다려야겠구먼."

"그러하옵니다, 저하. 다이곤이 직접 황제를 배알하고 품의한다 하였사오니 곧 무슨 소식이 있을 것이옵니다. 기다려 보시오소서."

봉림대군이 환하게 밝은 얼굴을 한 소현세자를 바라보며 밝게 웃었다.

"아, 그리고 그 낭자는 어떠한가?"

"그렇잖아도 오는 길에 막사에 들렀사온데 이제는 기력을 많이 회복했사옵니다, 저하."

"그런가, 다행한 일일세. 참으로 다행한 일이야……"

소현세자가 고개를 끄덕이며 안도했다. 강화도 피난지에서 궁녀들조차 죽음이 두려워 도망가기 바쁘던 터에 목숨 걸고 세자빈을 지켜준 것이 고마워 소현세자는 권오희 모녀를 어여삐 여겼다. 그런데 권오희의 어머니가 압록강을 건너 심양으로 향하던 중에 권오희와 떨어져서 이산가족이 되었는데 생사조차 모른다는 소식을 듣곤 애통해 하던 소현세자였다. 그런 까닭에 홀로 된 권오희나마 봉림대군 처소와 가까운 막사에 두고 잘 보살펴 주라 당부했던 터였다. 그런 권오희가 어머니를 잃어버렸다는 죄책감에 아무것도 먹지 못하고 시름시름 앓다가 동사했고, 다시 봉림대군에 의해 기적적으로 살아났다는 그 사실에 소현세자가 안도의 숨을 쉬었다.

청나라의 조치는 소현세자와 봉림대군이 생각하는 것보다 훨씬 더 빠르게 진행되고 있었다.

다이곤의 보고를 받은 태종 홍태시는 그 즉시 조선인 포로들을 이번 전쟁에 공이 있는 모든 군사들에게 상급으로 나누어 주라 명한 것이었다. 재물로 간주되던 포로들이 죽어 없어지는 것을 바라지 않던 청나라로서는 오히려 급한 일이었다.

그 날로 논공행상이 단행되었고, 이미 준비하고 있던 대로 조선인 포로들은 전쟁의 공신들에게 나누어지기 시작했다. 승리자의 전리품이 된 것이었다.

단 며칠 만에 70만 명의 포로들이 전쟁에 참여했던 군사들에게 상급으로 나눠지며 수용소는 텅 비게 되었다. 소현세자와 봉림대군이 미처 예상하지 못했던 일이었다.

조선인 포로들 중 왕족과 이름난 사대부의 부녀자들은 전쟁 1등 공신인 청 태종의 동생들과 마부태, 용골대, 공유덕, 경중명 등에게 골고루 나눠졌고, 이름 없는 양반 부녀자들과 상민의 부녀자들조차 전쟁에 참가했던 하급 병졸들에게까지 빠짐없이 나누어지자 청 태종은 곧바로 포로 속환(贖還)령을 내렸다.

포로속환령은 조선에도 통보되었다. 그러나 포로 속환의 소식에 접한 조선의 사정은 달랐다. 전 영의정 김류가 속환비를 부풀려 놓을 대로 부풀려 놓은 뒤라 속환비 마련이 여의치 않았던 것이다.

한 집안의 어머니요 딸이요 며느리들인 이들 포로들이 하루라도 일찍 집으로 돌아와야 했으나 조선의 속사정은 그렇게 암울하기만 했다. 그런 가운데서도 속환에 대비해 이미 재물을 마련하고 있던 일부 부유층의 아들들과 남편들은 속환시[26]가 열리는 심양의 조선인 포로촌을 향해 득달 같이 달려갔다.

바람처럼 달려온 조선의 남정네들로 심양의 속환 시장은 북새통을 이루기 시작했다. 다시는 못 볼 줄 알았던 가족의 얼굴들이 마주치는 순간 속환시장은 기쁨과 부끄러움, 환희와 비애가 서로 교차하는 눈물의 상봉 장이 되었다.

대대로 조선은 예의도덕의 나라요 효자열녀의 나라였다. 자신의 어머 니와 처와 딸과 며느리를 구하기 위해 그 아들이요 남편이요 아버지인 조 선의 남정네들은 자신들이 살던 집을 팔고, 논과 밭을 팔고, 조상 대대로 물려 오던 선산마저 팔아 속환비를 마련해 갔으나, 그러나 하루가 다르 게 치솟는 부녀자들의 몸값에 조선의 남정네들은 이역만리 외로운 심양 땅에서 또다시 닭 쫓던 개의 신세가 되어 복받쳐 오르는 피눈물을 속으로 삼켜야 했다.

왕실의 부녀자들과 이름 있는 사대부가의 나이든 부녀들 몸값은 부르 는 것이 값이었고, 그에 따라 덩달아 일반 부녀자들의 몸값도 하늘 높은 줄 모르고 치솟아 조선 남정네들의 가슴을 허허롭게 하고 있었다.

조선인들의 효심을 아는 청나라 사람들이 그 효심을 악용하여 일확천 금을 우려 빼고자 했던 계산에서였다. 그러나 통사정에도 불구하고 속환 이 어렵게 된 일부 조선인들이 속환을 포기한 채 되돌아가는 사태가 속출 하면서 속환 시장이 소강 상태를 보이자, 잇속에 밝은 청나라 사람들은 어머니를 찾으러 왔다는 자식들에게만 엄청난 양의 재물을 요구하여 조 선의 살림이 바닥이 나도록 박박 긁어 치부를 한 연후에 그들의 아내요

---

26) 속환시(贖還市): 청나라에 포로가 된 조선의 포로들을 돈을 받고 돌려보내던 곳

딸이요 며느리들은 인심쓰고 준다는 듯, 손해보고 준다는 듯, 그 아니꼬
운 능청으로 파장에 떨이하듯 하므로 이에 허리가 휜 조선의 왕실과 사대
부는 치욕으로 얼룩진 수모를 또다시 당하고 돌아와야 했다.

왕실과 사대부의 전 재산이 이미 청나라로 빠져나간 이후에 가난한 양
반이나 이름 없는 선비들, 그리고 민초라 불리우는 상민들의 속환은 아예
그림의 떡이나

다름없었다. 그 엄청난 속환비를 마련할 길이 없는 것이었다.

그런 중에도 60만이나 되는 포로들이 비싼 속전을 치르고 가족의 품으
로 돌아왔다. 꿈에도 그리던 가족의 품이었다.

그러나 금의환향이 아닌 흑의야행(黑衣夜行)이나 다름없는 환향은 애초
부터 문제를 안고 있었다. 절개와 지조를 으뜸으로 아는 지체 높은 사대
부의 집안에서는 많은 비용을 들이고 찾아온 아내와 며느리들을 대문으
로 들어오게 할 수 없다 하여 하인들이나 쓰는 쪽문으로 들어오게 했고,
더 심한 사대부나 양반 선비들 집안에서는 그 여인들을 아예 친정으로 보
내거나 대문 밖에서 살게 했다. 이미 집 밖에 나가서 더럽혀진 여자라는
이유였다.

친정이라고 예외는 아니었다. 이미 시집을 갔으면 그 집안의 귀신이 될
일이지 애꿎게 친정이 웬말이냐며 내지르는 추상같은 문전 박대에 여인
들은 시집과 친정집 대문 밖을 전전하다 논두렁에 쪼그린 채로, 또 마을
앞 당산 나뭇가지에 목을 맨 채로 그렇게 싸늘하게 죽어 갔다. 꿈에도 그
리던 가족의 그리운 정을 손끝에 묻혀 보기도 전에……

조선의 힘없는 남정네들로 인해 나라가 망했음에도 오히려 책임은 그들
의 아내요, 딸이요, 며느리가 지고 죽어가야 했던 기막힌 사연을 여섯 갑
자 전에 일어났던 병자호란은 바로 어제 일처럼 생생하게 기억하고 있다.

여자의 절개가 도덕의 척도로 평가되었던 시대의 슬픔…… 설령 그것이 패전으로 인한 어쩔 수 없는 불가항력적인 일이었다 할지라도 순절은커녕 죽지도 못했냐는 가당치 않은 억지가 엄연했던 시절의 가슴 아픈 비극이었다.

따지자면 비극은, 여러대에 걸쳐 임금과 신하들이 관습적으로 저질러 온 부정(不淨)과 패륜(悖倫)의 소산이었다. 중전보다 후궁이 많고, 부인보다 첩이 많아 유독 질투와 흉계와 모함이 많았던 어두웠던 시절…… 정실 자식보다 서출 자식들이 많아 불목과 골육상쟁은 일삼아도 화목과 인화 단결을 모르던 암담했던 시대…… 싸질러놓기만 할 뿐 거둬들일 줄은 몰라 서로가 책임을 미루기만 하던 병색 짙던 사회……

다시는 무능한 남자들로 인해 이 땅의 순결한 아낙들이 공포에 질린 채 무참하게 죽게 할 순 없다는 각오를 되뇌면서도 돌아서면 그 책임 질줄 모르는 남정네들이 저질러 놓은 병든 사회가 내지르는 팔뚝 같은 시뻘건 손가락질에 눌려 비싼 속가를 치르고 환향한 여인들이 '화냥년'이라는 억울한 오명을 뒤집어 쓴 채 그 한을 풀지 못하고 또 그렇게 쓰러져 굴렀다.

지금도 잠실의 석촌 호숫가에는 히매가리 없던 조선의 남정네들과 책임질 줄 모르던 그 사내들을 향해 청 태종의 삼전도비(三田渡碑)가 청 태종의 넘치는 힘을 자랑이라도 하듯 불끈 솟은 모습으로 당당하게 서 있다.

"이래서는 아니 될 일이오. 어찌 이 여인들에게 죄를 물을 수 있겠소."

조선의 천지 사방이 때 아닌 환향녀들의 시체들로 홍수를 이루자 지방 각 관아에서 올라온 상소를 읽어가던 인조가 좌의정으로 승차한 최명길을 돌아보며 안타까운 얼굴을 했다.

"비록 환향한 여인들이라고는 하나 모두가 절개를 잃은 것도, 또 모두가 몸을 망쳤다고도 볼 수 없는 일이지 않소.”

“지당하신 말씀이옵니다, 전하.”

“이 모두가 과인이 덕이 없어 일어났던 일이니 죄를 묻는다면 의당 과
인에게 물어야 할 것입니다.”

“저, 전하! 지, 지나치신 말씀이옵니다. 거두어 주시옵소서.”

“아니요, 좌상. 과인에게 복이 있었다면 어찌 이 같은 일들이 일어났겠
소. 이 모든 것은 과인이 부덕한 탓입니다.”

“저, 전-하.”

최명길이 몸 둘 바를 몰라 하는데 인조가 그윽한 눈길로 최명길을 바라
보았다.

“……좌상.”

“하교하시오소서, 전하.”

“저 여인들이 무슨 죄가 있겠소.”

최명길이 문득 궁금한 얼굴을 했다.

“저 가여운 여인들을 생각할 때마다 과인의 마음은 찢어지는 듯했소.
헌데 어렵사리 돌아온 고국에서 죽음이라니요.”

최명길의 얼굴이 더욱 궁금한 빛을 띠었다.

“아니 되오. 이에서 희생자가 더 나와서는 아니 됩니다!”

인조가 단호하게 소리쳤고 순간 최명길의 얼굴이 밝아졌다. 인조의 의
중을 안 것이었다.

“좌-상.”

“예, 전하.”

“저들을 구할 방도가 없겠소? 저들을 살릴 수 있는 현책 말이요.”

“황공하옵니다, 전하. 어리석은 신에게 무슨 현책이 있겠나이까. 다

만……"

"다만……? 그래 무어요. 속 시원히 말해 보구려, 좌상."

인조가 허리를 세워 다가들었다.

"신의 어리석은 소견으로는 우선 사대부들의 그 가슴에 쌓인 의심부터 씻어내야 할 것으로 사료되옵니다."

"사대부들의 의심?"

"그러하옵니다, 전하."

"사대부의 의심이라……"

허리를 세웠던 인조가 용상에 등을 떨구며 긴 숨을 내쉬었다. 그럴 만도 했다. 여자의 목소리가 담을 넘는 것도 금기시 여기는 조선에서 적군의 포로가 되어 잡혀갔다 돌아왔으니……

"전하께오서 하교하신 바와 같이 우리 여인들 모두가 절개를 잃은 것 아닐 것이옵니다. 이는 다만 우리 여인들이 오랑캐의 포로가 되었었다는 그 사실 하나에 절개를 으뜸으로 아는 사대부들의 석연찮은 의심이 더해 그리 된 것이오니, 무엇보다 그렇게 믿는 사대부들의 마음을 돌이키는 일이 우선 아니겠나이까."

인조가 고개를 끄덕였다.

"그러자면 먼저 여인들을 새롭게 거듭날 수 있도록 성은을 베푸셔야 하실 줄로 아옵니다."

"새롭게…… 거듭난다?"

"그러하옵니다, 전하."

"무슨 말이오, 자세히 말씀해 보시구려."

인조가 궁금한 얼굴을 했다.

"우선 이 여인들을 흐르는 맑은 물에 몸과 마음을 깨끗이 씻게 하여 그 정성을 사대부들에게 보임으로써 돌아선 사대부들의 마음에 감동을 일게 하는 것이옵니다. 그런 연후에 이들이 순결하게 거듭났음을 정결한 의식을 통하여 증명케 하시옵고, 동시에 성은(聖恩)을 베푸시어 사대부와 그 여인들을 함께 위로하여 주신다면 지금과 같은 불미한 일은 다시는 없을 것이옵니다."

두 눈이 점점 커지던 인조가 무릎을 치며 반색했다.

"과연!"

인조가 허리를 세워 최명길을 바라보았다.

"그리 하십시다, 그게 좋겠어요."

최명길의 제안에 인조가 동의하여 내린 어명은 이러했다.

『도성과 경기도 일원은 한강, 강원도는 소양강, 경상도는 낙동강, 충청도는 금강, 전라도는 영산강, 황해도는 예성강, 평안도는 대동강을 각각 회절강(回節江)으로 삼을 것이니 환향한 여인들은 다시 태어나는 정성으로 몸과 마음을 깨끗이 씻으라. 또 각 도의 수령들은 정결한 그 의식을 어명에 따라 엄숙하게 치르되 다시 태어난 순결한 여인들을 또다시 박대하는 일이 있다면 이는 국법으로 엄히 다스릴 것이니 이에 해당되는 사람들은 각별히 유념토록 하라.』

인조의 추상같은 어명을 굳이 어길 사람은 없었다. 또한 국법을 어긴 사례를 보고하는 수령들에게는 특별 진급의 기회까지 주어진다 하므로 눈에 불을 켠 지방의 수령들이 특별반을 편성해 가며 사례 수집에 나섰으나 그러나 그 환향한 여인들을 구박했다는 사례가 단 한 건도 보고되지 않으면서 환향녀로 인해 걷잡을 수 없이 소용돌이치던 흉흉한 민심은 서서히 가라앉고 있었다.

다이곤의 군진에서 작은 소란이 일고 있었다.

"나도 속환하란 말이다. 왜 나를 조선으로 보내지 않느냐, 나를 풀어달란 말이다. 이놈들아."

은장도를 빼어들고 자신의 목을 곧 찌를 것같이 험악한 분위기를 만들고 있는 것은 포로수용소에서 기적적으로 살아난 권오희였다. 그 권오희가 다이곤의 내전에서 고래고래 소리를 지르며 난동을 부리고 있는 것이었다.

권오희가 다이곤의 군진으로 끌려오게 된 것은 권오희의 미모 때문이었다. 논공행상을 준비하던 다이곤의 수하 장수들이 포로수용소를 오가다 봉림대군 처소 근처에서 우연히 권오희를 보게 되었는데, 포로들 중 빼어난 미모를 갖춘 권오희를 눈여겨본 다이곤의 수하 장수들이 자신들의 공을 좀 더 인정받기 위해 권오희를 빼돌려 다이곤에게 상납한 것이었다. 다이곤도 그런 권오희의 미모를 보고는 흡족해했다. 그런데 다소곳이 다이곤의 내전 침실로 들어가야 할 권오희가 대전 내실에 다다르기 전에 내관들을 뿌리치고 이내 은장도를 빼어든 것이었다.

"그 칼부터 치우시오, 예가 어디라고 감히 은장도를 빼어드시오?"

겁에 질린 내관이 불안한 목소리로 권오희를 말렸다.

"나를 풀어 조선으로 보내 달란 말이다."

"그 칼부터 치우고 말하시오, 이제 곧 예친왕 전하께오서 납실 터이온데 이게 무슨 짓이오. 그 칼 좀 치우고 말하시오, 제발……"

울상이 된 내관이 겁에 질린 채 발을 동동 굴렸다.

"나를 풀어 보내라, 그렇지 않으면 이 자리에서 내 목을 찔러 죽어 버릴

331

테다.”

“낭자, 제발 고정하시오. 이제 곧 예친왕 전하께오서 납신단 말이외다. 권 낭자아……”

겁에 질린 내관이 발을 동동 구르건 말건 권오희는 더욱 큰 소리로 악을 썼다.

“나를 보내라. 나를 풀어달란 말이다. 이 나쁜 놈들아.”

“제발 권 낭자아……”

울상이 된 내관이 권오희 앞에 두 손을 모으고 애걸했다. 그때 굵은 목소리가 났다.

“무슨 일이냐.”

그예 다이곤이 나타난 것이었다. 내관이 소스라쳤고 권오희는 요지부동이었다.

“어찌된 일이냐고 묻지 않느냐.”

묻는 다이곤에게 내관이 자초지종을 고했다. 그러자 다이곤이 권오희의 아래위를 찬찬히 뜯어보았다. 그때 다시 권오희가 소리쳤다.

“나를 풀어 조선으로 보내라. 그렇지 않으면 이 자리에서 죽고 말 것이다.”

권오희를 쳐다보는 다이곤의 머릿속으로 갑자기 강화도가 떠올랐다. 자신의 순결을 지키기 위해 은장도로 목을 찔러 자결한 수많은 조선 여인들과 목을 매 자결한 여인들, 그리고 물로 뛰어든 여인들이 까맣게 떠오른 것이다. 목숨을 버리면서까지 순결을 지키고자 했던 조선 여인들의 그 절개와 지조에 감탄을 자아냈던 다이곤이었다. 권오희가 그 모습이었다.

‘우악스런 힘으로야 어찌 저 아름다운 순결을 받을 수 있겠는가.’

다이곤이 그렇게 생각했다. 그 생각 끝에 다이곤이 부드러운 목소리를 냈다.

"조선으로 돌아가면 반겨 맞을 가족은 있는가?"

그 말에 노기에 치뜬 권오희의 두 눈이 조금 수그러들었다.

"그전에 약속부터 해라, 나를 풀어 줄 건지 말 건지."

권오희의 당돌한 말에 다이곤이 껄껄 웃었다.

"그대의 말을 들어 보고 합당하다면 풀어 주겠다."

"내가 죄를 져 끌려 온 것도 아닌데 왜 나를 구속하느냐."

"그대는 죄가 없을지라도 그대의 임금이 죄를 져 대신 끌려 온 것이니 오해는 말라."

"백성의 죄를 임금이 대신 진다는 말은 들었어도 임금의 죄를 백성이 대신 진다는 말은 들어 보길 처음이다. 임금의 죄를 어찌 백성에게 묻느냐?"

권오희의 당돌한 말에 다이곤이 또다시 껄껄 웃었다. 그 말은 맞는 말이었다. 백성들을 끌고 온 것은 백성들의 몸값을 받으려는 청나라의 전략이었기 때문이다.

"그대의 말에 일리가 있다."

다이곤의 말투가 처음보다 한층 부드러워졌다.

"그래, 조선으로 돌아간다면 조선에서 반겨 맞을 가족은 있는가?"

다이곤이 재차 물었다.

"어머니도 같이 끌려오시다 압록강변에서 잃어버렸다."

"그럼 조선에는 누가 있는가?"

다이곤의 부드러운 말에 다소 냉정을 찾은 권오희가 또박또박 말을 이었다.

"조선에는 아무도 없다."

"아버지나 형제도 없단 말인가?"

"아버진 오래전에 돌아가셨고, 어머니와 나, 그리고 가솔들 셋뿐이었는데 가솔들은 다 뿔뿔이 흩어졌고 어머니마저 당신들로 인해 잃어버렸으니 이젠 나 혼자 남았다."

"그런데 어찌 조선으로 가려고 그러는가?"

"조국이 조선이니 조국으로 돌아가려는 것뿐이다."

"허어……"

다이곤의 입에서 감탄하는 소리가 났다.

"피붙이도 없는 조선에 돌아간다 한들 흉흉한 세상인데, 연약한 여자의 몸으로 살아갈 수 있겠는가?"

"살고 죽고는 나중 문제이고, 나는 꼭 만나야 할 사람이 있다."

"만나야 할 사람?"

다이곤이 궁금한 낯빛을 했다.

"그게 누군가, 필요하다면 내가 찾아주겠다."

"그럴 필요 없다. 그 분은 내가 직접 찾을 것이니까."

그 분이라는 말에 다이곤이 더욱 궁금한 낯빛을 했다.

"찾는 사람이 조선에 있는가?"

"그렇다."

"찾는 사람이 조선에 있다……?"

다이곤이 더더욱 궁금해했으나 권오희의 눈빛은 또렷했다.

포로들의 송환이 이루어졌다면 왕자들도 조선으로 돌아갔을 것이다. 봉림대군은 조선의 둘째 왕자이니 당연히 돌아가지 않았겠는가 짐작한 권오희였다. 그러나 그것은 권오희의 짐작일 뿐이었고…… 봉림대군이 포로촌에 남아 있으리라고는 꿈에도 모르는 권오희였다.

"내가 모실 그 분은 나의 목숨을 구해 주신 나의 은인이시다."

"은인……?"

다이곤이 궁금한 얼굴로 주위 내관들을 둘러보았다. 그러나 내관들은 꿀 먹은 벙어리 모양들을 했다.

"죽었던 나를 살려 내신 분이다. 나는 그 분을 찾아 은혜를 갚아야 한다."

"죽었다 살아나……?"

"얼어 죽었던 나를 살려 내신 분이다."

순간 다이곤의 머릿속이 맑아졌다. 포로촌에서 기적적으로 살아난 낭자가 있다는 보고를 들어 알고 있었다.

'포로수용소에서 죽었다 살아났다면…… 그 낭자……?'

권오희가 말하는 그 분이란 봉림대군을 말하는 것 같았다.

"봉림대군을 말하는가?"

다이곤의 물음에 권오희가 흠칫했다.

"그 입에 봉림대군이라는 말을 함부로 올리지 말라."

"허허…… 무어라."

"그 분은 내 목숨을 살리신 분이다. 그러니 나는 그 분을 찾아 반드시 은혜를 갚아야 한다."

"무슨 수로 은혜를 갚는단 말인가?"

"그분의 종이 되어서라도 죽을 때까지 은혜를 갚을 것이다."

"허어……"

궁금증이 풀린 다이곤의 눈빛이 흔들렸다.

"꼭 봉림대군을 찾아야 하는가?"

"그렇다."

다이곤이 한참을 생각에 잠겼다 다시 말을 이었다.

"봉림대군이 내 군진에 있는 걸 아는가?"

"그건…… 모른다."

순간 권오희의 눈빛도 흔들렸다. 조선으로 돌아간 줄로만 알았던 봉림대군이 아직 포로촌에 남아 있다는 말에 권오희의 가슴에서 쿵! 하는 소리가 들리는 듯했다.

"그대가 그토록 애타게 찾는 봉림대군이 내 군진에 있으니 그대는 염려를 말라. 그리고 그 칼은 이젠 내려놓으라."

권오희가 목에 겨누었던 은장도를 천천히 내려 칼집에 꽂았다.

"봉림대군을 꼭 만나야 한다면 만나야지. 그러나 지금은 전쟁 중이니 만날 수 없고, 전쟁이 끝나면 자연스럽게 만나게 해 줄 것이니 기다리라."

봉림대군을 만나게 해 주겠다는 다이곤의 말에 권오희의 굳었던 표정이 풀어지고 있었다. 그런 권오희를 바라보며 다이곤의 입가에 웃음이 번졌다.

"그대는 고맙다는 인사도 할 줄 모르는가?"

농담 같은 다이곤의 말에 권오희가 머쓱해했다.

"고, 고맙소."

"허허…… 나를 끝까지 적으로 아는 모양이요? 봉림대군과 나는 형제처럼 지내는 사이인데."

다이곤의 뜬금없는 말에 권오희가 자세를 고쳤다.

"감, 감사하옵니다."

"내 말엔 기척도 않더니 봉림대군과 형제라니 본 모습이 나오는구려."

아름다운 자태도 자태려니와 그 마음, 오로지 일편단심인 어여쁜 그 마음이 다이곤으로 하여금 부러움을 갖게 했다. 봉림대군은 참으로 복도 많다 여기며……

"처소를 따로이 마련해 줄 것이니 봉림대군을 만날 때까지 편히 있으시오."

"감사하옵니다, 예친왕 전하."

처음보다 한결 부드러워진 권오희의 모습을 한동안 넋을 놓고 바라보던 다이곤이 내관에게 지시했다.

"거처를 좀더 편안하게 만들어 드리거라."

"알겠사옵니다, 예친왕 전하."

대답과 함께 대전을 나서는 내관과 그 내관을 따라 나가는 권오희를 끝끝내 바라보는 다이곤의 두 눈에 처연함이 서리고 있었다. 다이곤에게 수많은 여인들이 있었지만 저렇듯 오롯한 일편단심은 보느니 처음이요, 당하느니 처음이었다. 얼마나 그리움이 사무쳤으면 적장 앞에서조차 은장도를 빼어 들고 죽으려 했겠는가. 다이곤이 다시금 조선 여인들을 감탄의 눈으로 보게 되었고, 그리고 그 봉림대군에게 묘한 감정도 싹텄다. 그것은 군신 간의 의리로서보다 한 사내로서 느끼는 야릇한 감정, 질투심이었다.

－2권으로 계속